JO WILDE

# Nur wir beide



GOLDMANN

*Buch*

Julie und Michael Marshall leben schon lange aneinander vorbei, schlafen in getrennten Zimmern und sprechen kaum mehr miteinander. Kurz vor dem 35. Hochzeitstag will Julie einen Schlussstrich ziehen und Michael die Scheidungspapiere überreichen. Doch just an diesem Abend verkündet der Premierminister den Lockdown, und die Papiere landen erst mal in der Schublade. Michael wird ab sofort im Homeoffice arbeiten, Julie muss ihren geliebten Blumenladen schließen. Die Vorstellung, gemeinsam zu Hause festzusitzen, ist für beide nur schwer erträglich, und so versuchen beide, es irgendwie zu verhindern: Julie will eines der Kinder nach Hause holen, doch die haben längst ihr eigenes Leben. Michael wiederum will sich bei seiner Mutter einquartieren, die jedoch bereits mit zwei Damen aus ihrer Bridge-Runde eine WG gegründet hat. Es hilft also nichts: Julie und Michael sind einander auf unbestimmte Zeit ausgeliefert. Nach und nach stellen sie fest, dass sie mehr miteinander verbindet, als sie geglaubt haben …

*Autorin*

Jo Wilde lebt mit ihrer Familie in einem Dorf in Derbyshire. Sie träumt davon, im Rentenalter gemeinsam mit ihrem Mann im Wohnmobil die Welt zu bereisen. Bis dahin gibt sie sich mit imaginären Welten zufrieden und schreibt fleißig Romane, auch unter den Namen Joanna Courtney und Anna Stuart.

Jo Wilde

# Nur wir beide

Roman

Aus dem Englischen
von Sylvia Strasser

GOLDMANN

Die englische Originalausgabe erschien 2020 unter dem Titel »Just the Two of Us« bei Piatkus, an imprint of Little, Brown Book Group.

Sollte diese Publikation Links auf Webseiten Dritter enthalten, so übernehmen wir für deren Inhalte keine Haftung, da wir uns diese nicht zu eigen machen, sondern lediglich auf deren Stand zum Zeitpunkt der Erstveröffentlichung verweisen.

MIX
Papier | Fördert gute Waldnutzung
FSC® C014496

Penguin Random House Verlagsgruppe FSC® N001967

1. Auflage
Deutsche Erstveröffentlichung März 2023

Umschlaggestaltung: UNO Werbeagentur, München
Umschlagmotive: FinePic®, München
Redaktion: Susanne Bartel
LS · Herstellung: ik
Satz: KCFG – Medienagentur, Neuss
Druck und Bindung: GGP Media GmbH, Pößneck
Printed in Germany
ISBN: 978-3-442-49199-5

www.goldmann-verlag.de

*Von ganzem Herzen für Sarah-Jane, Paul, Ella und Joe.*
*Auf schwarzen Staub, tropische Cocktails, Sprungbretter,*
*ziemlich viel Regen und noch mehr Gelächter!*

# Kapitel eins

## Erster Tag

Julie Marshall trat aus dem eleganten Bürokomplex auf die belebte Straße und spähte verstohlen nach rechts und links. Der braune Umschlag schien ihr die Finger zu verbrennen. Hastig steckte sie ihn in die große Umhängetasche mit dem Zebramuster. Zum Glück hatte sie daran gedacht, sie mitzunehmen. Michael konnte die Tasche nicht ausstehen. Das passte. Sobald sie ihm die Unterlagen gegeben hätte, würde es keine Rolle mehr spielen, was er mochte und was nicht. Dann würde sie tun und leben und sein können, wie es ihr gefiel.

»Frei«, sagte sie laut, um sich selbst zu überzeugen.

Ein Paar, das gerade vorbeiging, warf ihr einen befremdeten Blick zu. Die beiden waren jung und gut aussehend und hatten ihre Hände in unerschütterlichem Vertrauen ineinander verschränkt.

»Keine Sorge«, rief sie ihnen zu, »ich bin nicht betrunken, aber bald geschieden!«

Noch enger aneinandergedrängt gingen die beiden eilig weiter, als wäre Julie eine Art böser Fluch, den es abzuwehren galt. Vielleicht war sie das ja.

»Frei«, wiederholte sie, leiser dieses Mal. Und doch fühlte es sich immer noch nicht richtig an. Die anderen Wörter, die sich an die Oberfläche zu drängen versuchten, ließen sich dadurch nicht aufhalten: allein, nutzlos, gescheitert.

Fröstelnd wandte sie sich ab und ging entschlossen in Richtung Parkhaus. Ihre Ehe zu beenden war kein Scheitern. Zuzugeben, dass eine Beziehung nicht mehr funktionierte, zeugte vielmehr von innerer Stärke. Sagte man jedenfalls. Das Problem war nur, dass Julie sich keineswegs stark fühlte. Mit ihrem Auftreten und ihrer Art, zu reden und sich zu geben, wirkte sie auf andere zwar selbstbewusst, aber in Wirklichkeit fühlte sie sich ungefähr so gefestigt wie Wodka-Wackelpudding.

Als sie sich vorhin im Büro des Immobilienmaklers nach Mietwohnungen erkundigt hatte, hatte sie so gezittert, dass ihr die Hälfte der Exposés aus der Hand gefallen war. Der junge Mann hatte sie besorgt gemustert. Ihre Tochter habe eine üble Trennung hinter sich, hatte sie geschwindelt und sich sofort dafür geschämt, aber für die Wahrheit hätte sie sich noch viel mehr geschämt – nämlich dafür, dass sie, ohne es zu merken, aus einer Ehe, um die sie alle beneidet hatten, in eine Ehe gerutscht war, die im Grunde nicht mehr existierte.

Julie blinzelte entschlossen. Sie würde auf keinen Fall weinen. Die dunklen Tage lagen definitiv hinter ihr. Sie hatte sich am eigenen Schopf aus dem Sumpf gezogen und war es sich schuldig, nicht wieder hineinzustolpern. Es gab noch so viel, was sie mit ihrem Leben anfangen konnte, und sie würde sich nicht von dem Gedanken, versagt zu haben, davon abhalten lassen. Leute ließen sich andauernd scheiden, und hinterher ging es ihnen besser. War nicht ihre eigene Schwester ein ganz anderer Mensch geworden, nachdem sie sich vor zehn Jahren aus ihrer Ehe befreit hatte?

Julie verdrängte alle Gedanken an Clare. Ihre kleine Schwester schlitterte von einer unglücklichen Beziehung in die nächste. Das wollte Julie nicht. Sie trennte sich nicht von ihrem Mann, um einen anderen zu finden, sondern um zu sich selbst zu finden. Was für ein Klischee! Sie stöhnte unwillkürlich auf, während sie in ihrer Tasche nach der Plastikkarte für den Zugang zum Parkhaus kramte. Ungeduldig schob sie den Umschlag beiseite und tastete sich durch den üblichen Bodensatz. Ihre Finger streiften den Schlüsselanhänger, einen flauschigen Ball, den Adam ihr letztes Jahr mit den Worten »Den verlierst du bestimmt nicht, Mum!« zu Weihnachten geschenkt hatte. Ihr Herz ruckelte. Was die Kinder wohl zu alldem sagen würden? Hoffentlich schockierte es sie nicht zu sehr.

Sie sind keine Kinder mehr, Julie, korrigierte sie sich im nächsten Moment. Die Mädchen waren schon lange ausgezogen, und Adam, der seit vier Jahren studierte, hätte auch schon eine eigene Wohnung haben können. Ihre Töchter und ihr Sohn waren Erwachsene, die ihr eigenes Leben führten. Es war keine Lösung, noch länger unglücklich zu sein, nur um den Schein einer heilen Welt aufrechtzuerhalten.

Wieder spürte Julie Tränen aufsteigen. Und wieder zwang sie sie hinter ihre Augenlider zurück. Natürlich war es furchtbar, dass es ihre Ehe, wie sie einmal gewesen war, nicht mehr gab, aber sie wusste einfach nicht mehr, wie sie

sie noch retten könnte. Das Einzige, was Michael und sie noch teilten, war die Haustür. Sie schliefen getrennt, und ihre Terminkalender waren sowohl beruflich als auch privat so ausgefüllt, dass Tage vergehen konnten, ohne dass sie sich zu Gesicht bekamen.

Julie konnte sich nicht erinnern, wann sie das letzte Mal eine richtige Unterhaltung geführt hatten. Ihre Gespräche beschränkten sich darauf, einander mitzuteilen, dass sie die Mülltonnen rausgestellt hatten oder Essen im Kühlschrank stand. Sie kochten zwar füreinander, aßen aber nur selten zusammen. Sie nahmen die Wäsche des anderen von der Wäscheleine, kamen jedoch schon lange nicht mehr auf die Idee, sie sich gegenseitig vom Leib zu reißen. Sie stritten sich ja nicht einmal mehr. Nachdem Julie sich in den letzten Jahren wirklich um ihre Ehe bemüht hatte, musste sie jetzt einsehen, dass es keine Rettung mehr gab. Sie musste handeln, und zwar schnell, weil es nur noch vier Wochen bis zu ihrem fünfunddreißigsten Hochzeitstag waren. Und eine tote Ehe zu feiern wäre eine Farce. Höchste Zeit, den Tatsachen ins Auge zu blicken. Eine Scheidung war das Beste.

Traurig war es trotzdem.

Erleichtert, dass sie die Plastikkarte gefunden hatte, zog sie sie aus der Tasche und legte sie auf das Lesegerät an der Tür. Nichts. Die große graue Tür blieb zu. Sie drehte die Karte um und versuchte es noch einmal. Wieder nichts.

»Bitte lass mich rein!«, bettelte sie.

Die Tür ignorierte sie. Zum dritten Mal an diesem Nachmittag kämpfte Julie gegen die Tränen an.

»Die Dinger können ganz schön nerven, was?«, sagte plötzlich eine fröhliche Stimme hinter ihr.

Julie drehte sich um.

Eine ältere Frau trat neben sie. »Warten Sie.« Sie stellte ihre zahllosen Einkaufstüten auf den Boden, deutete mit einer Kopfbewegung verlegen darauf und sagte, während sie nach ihrer eigenen Parkkarte kramte: »Vorräte. Falls es zu diesem – wie heißt das noch mal? – Lockdown kommt.«

»Lockdown?«, wiederholte Julie. »Glauben Sie wirklich, dass uns der droht?«

Die Frau warf ihr einen schrägen Blick zu. »Wo leben Sie denn?«

Julie dachte an ihren Besuch beim Scheidungsanwalt und daran, dass sie im Moment wirklich andere Sorgen hatte als einen möglichen Lockdown, aber die Frau war so nett, dass sie sie damit nicht behelligen wollte. Auf einmal kam sie sich töricht vor. Die Welt war aus den Fugen geraten, und sie regte sich wegen einer einzigen kleinen Ehe auf. Aber es war *ihre* Ehe – oder war es zumindest gewesen –, und deshalb konnte sie im Augenblick an nichts anderes denken.

Sie schaute auf die Einkaufstüten, aus denen Klopapier, eine Familienpackung Doppelkekse und eine große Flasche Baileys hervorguckten.

Ihre neue Bekannte folgte ihrem Blick. »Falls uns die Milch ausgeht«, sagte sie, bückte sich und tätschelte die Likörflasche wie einen kleinen Hund. »Schmeckt fantastisch mit Cornflakes. So, dann wollen wir mal!«

Sie hielt die Parkkarte, die sie aus ihrer Handtasche gezogen hatte, an den Kartenleser, und die Tür öffnete sich bereitwillig.

»Wie haben Sie das gemacht?«, fragte Julie verblüfft.

»Zauberei!« Die Frau lächelte und bedeutete ihr vorauszugehen, bevor sie wieder nach ihren Tragetaschen griff. »Haben Sie daran gedacht, vorher Ihr Ticket zu entwerten?«

Julie stöhnte auf. »Nein. Ich bin ein hoffnungsloser Fall, was solche Dinge angeht. Mein Mann sagt immer …« Unvermittelt brach sie ab. *Mein Mann!* Vierunddreißig Jahre lang hatte sie einen Ehemann gehabt. Bald würde sie keinen mehr haben. Bald würde sie allein sein.

»Alles in Ordnung?« Die Frau musterte sie besorgt.

Julie wurde jetzt erst bewusst, dass sie auf der Betontreppe, die zum Parkdeck führte, stehen geblieben war. »Wie komme ich denn jetzt hier raus?«, fragte sie und fühlte sich auf einmal geradezu lachhaft unsicher.

»Wenden Sie sich an den Parkhauswächter, der regelt das schon.«

Julie lächelte der Frau dankbar zu und ging leicht schwankend in die angegebene Richtung. In Gedanken war sie schon wieder in dem edlen Büro des Scheidungsanwalts, während sie, die Tasche mit dem Zebramuster und ihrem unheilvollen Inhalt fest an sich gepresst, auf das Häuschen des Parkhauswächters zusteuerte.

»Entschuldigung, könnten Sie mir vielleicht helfen?«, fragte sie, so höflich sie konnte. »Mir ist da etwas Dummes passiert, und ich muss schnellstens nach Hause.«

»Ist bestimmt nicht so schlimm. Was haben Sie denn für ein Problem?«, erwiderte der stämmige Mann lächelnd.

Als Julie ihm gebeichtet hatte, dass sie das Ticket nicht entwertet hatte, zeigte er ihr, wie sie das nachträglich noch tun konnte. Plötzlich kam ihr der Gedanke, ob es nicht besser wäre, in diesem Parkhaus festzusitzen, anstatt nach Hause zu fahren. Die Scheidungsunterlagen bei einem Anwalt abzuholen war eine Sache; eine ganz andere war es, ihren Mann damit zu konfrontieren. Wie in aller Welt hatte es nur so weit kommen können?

Eine halbe Stunde später bog Julie von der Hauptstraße in ihre ruhige Sackgasse ein. Ihre Nervosität wuchs. Im Frühlingssonnenschein sah ihr Haus viel zu hübsch für ihre Stimmung aus. Der Kirschbaum mitten auf dem winzigen Rasenstück vor dem Haus trug die ersten Blüten, und in den Blumentöpfen rechts und links des Eingangs sprossen vielversprechende grüne Triebe. Sie stellte den Motor ab und betrachtete versonnen das Gebäude, das die letzten zwanzig Jahre ihr Zuhause gewesen war. Es war nichts Besonderes, aber bedeutend besser als die nichtssagenden kleinen Wohnungen mit ihren Versprechungen von »exklusivem Wohnen« und einem »cleveren Grundriss«, die zusammen mit den Scheidungsunterlagen in ihrer Tasche lauerten.

Da sie Platz für ihre wachsende Familie gebraucht hatten, hatten Michael und sie ihren Traum von einem schnuckeligen Cottage aufgegeben und stattdessen dieses schlichte Haus aus den Fünfzigerjahren gekauft. Julie hatte sich schnell in seine glatten weißen Wände und die Panoramafenster mit Holzrahmen verliebt. Als Michael gleich nach ihrem Einzug in einem Anfall von Arbeitswut eine Holzveranda angebaut hatte, hatten sie es selbstgefällig für viel schöner als jedes Cottage befunden. Und lange Jahre war es zweifellos ein glückliches Heim gewesen. An jedem Fenster hingen Vorhänge in heiteren Farben, und über das seitliche Gartentor hinweg konnte man einen Blick auf die große Grünfläche hinter dem Haus erhaschen, die an Wiesen und Felder angrenzte. Bei drei lebhaften Kindern war es dieser großzügige Garten gewesen, der den Ausschlag zum Kauf gegeben hatte. Zwanzig Minuten nach der ersten Besichtigung hatten sie ein Angebot unterbreitet. Es war eine der besten Entscheidungen ihres Lebens gewesen. Doch in letzter Zeit kam es Julie, jedes Mal wenn sie in ihre Einfahrt einbog, so vor, als würde sich ein Gewicht auf ihre Brust legen. So konnte es nicht weitergehen.

Sie schnappte ihre Tasche, stieg schwungvoll aus und betrat das Haus durch die Vordertür. Drinnen war es totenstill. Vorbei waren die Tage, an denen fröhlicher Familienlärm durchs Haus schallte. Michael allerdings müsste da sein. Sein Chef habe alle Mitarbeiter des Ingenieurbüros dazu aufgefordert, von zu Hause aus zu arbeiten, hatte er ihr gestern erzählt. Er plane, sein Homeoffice in Brionys Zimmer einzurichten.

Bei der Aussicht darauf, ihn die ganze Zeit um sich zu haben, hatte sie sich endlich den entscheidenden Ruck gegeben, den Anwalt aufzusuchen und die längst vorbereiteten Unterlagen abzuholen. Jetzt brauchte sie sie Michael nur noch in die Hand zu drücken, sich für eine

Wohnung zu entscheiden und ihre Koffer zu packen. Und angesichts der Tatsache, dass die Regierung Maßnahmen zur Eindämmung des Coronavirus ergriff, was bereits erste Einschränkungen des Alltags mit sich gebracht hatte, sollte sie ihre Pläne besser heute als morgen in die Tat umsetzen.

Mit klopfendem Herzen, wie vor einer rasanten Achterbahnfahrt, setzte Julie vorsichtig einen Fuß vor den anderen. Keine Spur von Michael, weder im Wohnzimmer noch in der Küche. Ein fröhliches »Hallo!« zu rufen, um ihn gleich darauf über ihre Trennungsabsichten zu informieren, kam ihr unpassend vor. Wahrscheinlich ist er oben in seinem neuen Büro, dachte sie. Aber als sie sich der Treppe zuwandte, nahm sie aus dem Augenwinkel eine Bewegung wahr.

Michael war draußen im Garten und fütterte Mr Nibbles, Brionys uraltes Kaninchen. Julie beobachtete, wie er mit ihm redete, und kam sich wie eine Voyeurin vor. Michael lächelte. In letzter Zeit eine Seltenheit. Entweder nickte er oder grummelte etwas, oder er schlurfte einfach an ihr vorbei. Die Tage, an denen er mit ihr geredet hatte wie jetzt mit dem Kaninchen, waren längst vorbei.

Ein Gefühl von Traurigkeit überkam sie. Sie umfasste ihre Tasche fester und hörte den Umschlag darin rascheln.

Michael richtete sich auf und ging zum Haus. Die Art, wie sein Körper sich plötzlich anspannte, verriet ihr, dass er sie gesehen hatte. Die Beobachtung tat weh, aber es war nun einmal so. Sie hatten sich auseinandergelebt, und es hatte keinen Sinn, das zu leugnen.

»Du bist schon zurück«, stellte er in schroffem Ton fest, als er hereinkam.

»Ich bin wieder da, ja.«

»Schönen Tag gehabt?«

»Hm.«

Er drängte sich an ihr vorbei und ging zur Treppe.

Sie schluckte, nahm allen Mut zusammen und sagte: »Das heißt, nein, eigentlich war es kein so schöner Tag. Ich muss mit dir reden, Michael.«

Er blieb stehen, drehte sich aber nicht um. »Jetzt?«

»Das wär am besten.«

Sie griff in ihre Tasche, und ihre Finger schlossen sich um den Umschlag. Wozu das Ganze hinauszögern? Sie musste es hinter sich bringen. Aber warum zitterten ihre Hände dann so? »Es ist wichtig«, stammelte sie.

Jetzt wandte er sich doch zu ihr um und sah sie stirnrunzelnd an. Sie machte sich auf eine bissige Erwiderung gefasst.

»Alles in Ordnung, Julie?«

Zu ihrer Überraschung war seine Stimme leise und sanft. Eigentlich war Michael immer ein sanfter Mensch gewesen. Sie erinnerte sich noch genau daran, was ihre Mum gesagt hatte, als sie ihn das erste Mal nach Hause mitgebracht hatte: »Du hast dir einen sanften Mann ausgesucht – gute Wahl, mein Schatz! Die sanften sind die besten.« Wieder musste sie schlucken.

»Ja, alles in Ordnung. Das heißt ...«

Sie schaffte es einfach nicht, den Umschlag aus ihrer Tasche zu ziehen. Es war, als würde eine Macht wie aus

*Star Wars* sie daran hindern. Aber das war doch lächerlich! Sie holte tief Luft und griff nach den Unterlagen.

In dem Moment klingelte Michaels Handy. Er warf einen Blick aufs Display und verzog entschuldigend das Gesicht. »Mein Boss. Da sollte ich rangehen.«

»Aber …«

»Können wir später reden? Vielleicht nach der Ansprache des Premierministers?«

»Die Ansprache. Sicher. Dann eben nach der Ansprache.«

Er hob die Hand mit dem Telefon und nahm das Gespräch an. »Geoff! Wie geht es dir?«

Die Scheidungsunterlagen hinter dem Rücken versteckt, schaute Julie ihm nach, wie er langsam durch den Flur ging. Sie empfand eine unglaubliche Erleichterung – obwohl sie das Ganze immer noch vor sich hatte. Immerhin waren die Papiere jetzt im Haus, wodurch ihre Entscheidung irgendwie realer geworden war. Und auf ein paar Stunden kam es auch nicht mehr an. So hatte sie noch ein bisschen Zeit, um sich an den Gedanken an ein neues Leben zu gewöhnen. Sie zog auch den schmalen Packen mit Immobilienangeboten aus ihrer Tasche. Wenn sie sich ein paar Wohnungen aussuchte, könnte sie vielleicht schon für nächste Woche Besichtigungstermine vereinbaren.

Ja, dachte sie, während sie Michaels Stimme oben in Brionys Zimmer hörte, sie würde sich umziehen, etwas zu essen machen und sich beruhigen. Und nachdem sie sich angehört hätten, was der Premierminister zu sagen hatte, würden sie und Michael miteinander reden. Sie mussten einen neuen Weg in die Zukunft finden, jeder für sich, und so schwer das auch sein mochte, würde es letztendlich doch für sie beide das Beste sein.

# Kapitel zwei

Julie starrte auf den Fernseher. In grellem Rot lief das Wort in Endlosschleife am unteren Bildschirmrand entlang.

*Lockdown.*

Darüber blickte der Premierminister in die Kamera und sprach mit ruhiger Besonnenheit von »nur unbedingt notwendigen Einkäufen« und »Menschen, die für die Aufrechterhaltung des öffentlichen Lebens das Haus verlassen müssen«. Julie bekam nur Bruchstücke seiner Rede mit, weil dieses eine Wort – *Lockdown* – ihre ganze Aufmerksamkeit auf sich zog.

Nervös rutschte sie auf dem Sofa hin und her und warf dem Kissen, unter dem sie die Scheidungsunterlagen versteckt hatte, immer wieder verstohlene Blicke zu.

»Wir dürfen das Haus nicht mehr verlassen?«, stammelte sie.

»Nur für dringende Besorgungen und ein bisschen Bewegung an der frischen Luft.«

»Und ab wann?«

»Ab jetzt«, antwortete Michael. »Ab sofort.«

Julie dachte an die Frau im Parkhaus, die jetzt wahrscheinlich selbstzufrieden ihren Baileys trank, während sie hier mit Michael, dem einzigen Menschen, von dem sie unbedingt wegwollte, in der Falle saß. Was für eine grausame Ironie des Schicksals!

»Was ist mit den Kindern?«, fragte sie.

Er hob eine Augenbraue. »Was soll mit ihnen sein?«

»Sie werden doch sicher nach Hause kommen wollen.«

»Das glaube ich kaum. Sophie wird eher froh sein, wenn sie sich mit Leo in ihrem Liebesnest einigeln kann.«

»Hör auf, es so zu nennen.«

»Wieso denn?«

»Das ist herablassend.«

»Ist es nicht. Es ist nett. Außerdem nennen sie es selbst so. Leo hat es sogar auf ein Türschild geschrieben.«

»Im Ernst? Und Sophie hat zugelassen, dass er es aufhängt?«

»Ja. Ich hab's gesehen, als ich letzte Woche bei ihnen war, um ihr Klo zu reparieren.«

Julie hätte vor Frust beinah mit den Zähnen geknirscht. Ihr eigenes Klo im Erdgeschoss funktionierte seit Monaten nicht mehr, aber er kümmerte sich um das von Sophie? Leo, seit einem halben Jahr ihr Ehemann, war Töpfer, ein Handwerker, Himmel noch mal! Hätte er das nicht selbst hinbekommen müssen? Andererseits war es nett von Michael, dass er ihnen geholfen hatte. Julie wäre sogar mitgegangen, hätte sie davon gewusst, aber er hatte es ja mit keinem Wort erwähnt. Obwohl sie nur zwanzig Minuten entfernt wohnte, hatte Julie ihre Älteste seit Wochen nicht mehr gesehen, weil sie im Laden mit den ganzen Bestellungen alle Hände voll zu tun gehabt hatte. Und dank des Lockdowns würde sie sie wieder wochenlang nicht sehen. Womöglich monatelang! Sie durfte gar nicht daran denken.

»Der Laden!«, jammerte sie.

»Du wirst zumachen müssen«, sagte Michael.

»Aber das geht nicht.«

»Der Premierminister hat gesagt, wer von zu Hause aus arbeiten kann, soll das auch tun.«

»Aber ich kann nicht von zu Hause aus arbeiten!«

»Wieso nicht? Früher hast du das doch auch gemacht.«

Julie sprang auf. Panik stieg in ihr auf. Mit energischen Schritten durchquerte sie das Zimmer und riss die Tür zum Wintergarten auf. Nach Adams Einschulung hatte sie auf einmal erschreckend viel Zeit gehabt, mit Floristik begonnen und in diesem sonnigen Raum an einem Campingtisch gearbeitet. Damals hatte sie sich unbändig über jeden Auftrag gefreut, aber jetzt graute ihr bei der Vorstellung, hier arbeiten zu müssen anstatt gemeinsam mit Clare in ihrem Laden, wo immer etwas los war. Die Vergrößerung des Geschäfts hatte ihr vor ein paar Jahren geholfen, eine düstere Zeit durchzustehen. Was, wenn sie es tatsächlich schließen müsste? Würde sie dann wieder zu dieser verwirrten, zornigen, chaotischen Person von damals werden?

»Hat er wirklich gesagt, dass die Geschäfte schließen müssen?«, fragte sie und nickte zum Fernseher.

»Ich fürchte, ja.«

»Na toll!«

Sie ließ sich aufs Sofa zurückfallen und hörte die Scheidungsunterlagen hinter dem Kissen rascheln. Es juckte sie in den Fingern. Vielleicht war jetzt der richtige Zeitpunkt, um ihm die Papiere zu geben. Dann wären die Fronten wenigstens geklärt, und sie könnten sich mit gutem Grund aus dem Weg gehen, anstatt so zu tun, als wäre es die viele Arbeit, die ihnen keine Zeit füreinander ließ. Aber irgendwie fühlte es sich nicht richtig an, die Scheidung einzureichen, während eine globale Pandemie drohte – es passte nicht zu dem vom Premierminister beschworenen Geist von Dünkirchen. Zum eingeforderten Zusammenhalt. Im Augenblick gab es wichtigere Dinge als ihre Ehe. Zum Beispiel die Sorge um die Kinder.

»Briony ist in London, Mike.«

»Ich weiß.«

»Wäre es nicht besser, wenn sie nach Hause käme? Hier in Derbyshire ist es bestimmt sicherer.«

Er schüttelte den Kopf. »Das wird sie nicht wollen, Julie. Schließlich ist sie …«

»Biochemikerin, ich weiß.«

Wie hätte sie das vergessen können! Michael ließ keine Gelegenheit aus, es zu erwähnen. Sie wusste noch genau, wie er sich gefreut hatte, als Briony anfing, sich für Naturwissenschaften zu interessieren – schließlich hatten seine Eltern als Chemiker in der Forschung gearbeitet. Jetzt allerdings dachte Julie mit Unbehagen an den Beruf ihrer Tochter.

»Aber sie werden das Labor doch bestimmt schließen, oder?«, sagte sie.

»Eher nicht. Wahrscheinlicher ist, dass sie jetzt jeden in der Forschung brauchen. Und Briony ist nicht zu ersetzen.

Sie hat ihre Doktorarbeit über die Entwicklung von Impfstoffen geschrieben, weißt du nicht mehr?«

»Natürlich weiß ich das!« Was nicht ganz stimmte. Julie hatte sich nie so detailliert für Brionys beruflichen Werdegang interessiert wie Michael, was jedoch nicht hieß, dass sie nicht mächtig stolz auf ihre Zweitälteste war. Und sich um sie sorgte. »Trotzdem wäre sie hier sicherer.«

»Da hast du recht«, pflichtete Michael ihr ernst bei. »Aber ich bezweifle, dass Bri das auch so sieht.« Er warf einen Blick Richtung Fernseher, wo immer noch das Wort *Lockdown* in roter Schrift am unteren Bildschirmrand entlanglief, und sah dann wieder Julie an. »Passiert das gerade wirklich, Jules?«

Ihr stockte der Atem, als sie ihren Kosenamen hörte. So hatte er sie schon lange nicht mehr genannt. Eigentlich redete er sie kaum noch mit *irgendeinem* Namen an.

»Kaum zu glauben, oder?«

»Gemeinsam werden wir es schaffen«, betonte der Premierminister gerade, aber Julie war sich nicht sicher, ob ihr gefiel, wie dieses »gemeinsam« für sie persönlich aussah. Wenn sie schon hier festsaß, wäre es besser, eins von den Kindern hier zu haben. Sie würde Adam anrufen. Die Prüfungen an den Schulen waren bereits abgesagt worden, und allem Anschein nach würden jetzt auch die Universitäten schließen. Dann würde ihrem Jüngsten keine andere Wahl bleiben, als nach Hause zu kommen. Gott sei Dank!

»Ich spreche mit Adam«, sagte sie. »Wenn keine Vorlesungen mehr stattfinden, muss er doch nach Hause kommen.«

Michael nickte. Seine Miene entspannte sich. »Tu das. Gut. Das wäre schön. Dann wäre wenigstens einer von ihnen in Sicherheit.«

Julie verzog den Mund zu einem leichten Lächeln. Die Liebe zu ihren Kindern war immerhin ein gemeinsames Band in dieser seltsamen Zeit, auch wenn es inzwischen so hauchzart geworden war wie die Spinnfäden im Altweibersommer. Aber Spinnfäden waren bekanntlich stärker, als sie aussahen. Julie griff zu ihrem Telefon, rief ihre Favoriten auf und tippte dann auf den Namen ihres Sohnes.

»Mum! Hi.«

»Hi, Schatz. Wie ist die Lage?«

»Der Wahnsinn! Die Uni wird dichtgemacht. Hier herrscht absolutes Chaos! Keine Ahnung, wie sie das mit den Abschlussprüfungen machen wollen. Die brauche ich doch, um als Sachverständiger arbeiten zu können.«

»Und was sagen sie dazu?«

»Niemand weiß was Genaues. Vielleicht werden stattdessen unsere bisherigen Leistungen als Grundlage der Benotung genommen, dann müsste ich es so einigermaßen schaffen.«

»So einigermaßen?«

»Komm schon, Mum, jeder vergeigt mal ein paar Klausuren.«

Julie verkniff sich die Antwort. Jetzt war nicht der richtige Zeitpunkt für eine Diskussion.

»Wann kriegst du Bescheid?«

»Keine Ahnung. Die Dozenten werden nach einer

Lösung suchen müssen. Aber hey, keine Prüfungen! Wenn das keine guten Nachrichten sind.«

Sie glaubte, aus seiner Stimme herauszuhören, wie er lächelte. Adam war ein fröhlicher Mensch, immer schon gewesen. Es würde eine wahre Wohltat sein, ihn hier zu haben.

»Wann kommst du denn nach Hause? Sollen wir dich abholen? Das ist doch sicher erlaubt, oder? Lockdown hin oder her.«

»Äh …« Etwas in seiner Stimme hatte sich verändert. Sie konnte es so deutlich hören wie das Knirschen der Gänge, wenn eine Schaltung eingerostet war.

»Adam?«

»Ich weiß noch nicht, Mum.«

»Du weißt nicht, ob wir dich abholen dürfen?«

Er schluckte hörbar. »Ich weiß noch nicht, ob ich nach Hause komme.«

»Was?« Sie spürte, dass Michael sie anstarrte, und wandte sich instinktiv von ihm ab. »Was soll das heißen, Adam? Wo willst du denn sonst hin?«

»Na ja, vielleicht zu Chelsea nach Hause.«

»Chelsea?« Julie sah die Freundin ihres Sohnes vor sich, eine quirlige Blondine aus Kent. »Sie hat eine eigene Wohnung?«

Verlegenes Schweigen, dann: »Nein, sie wohnt noch bei ihren Eltern.«

Julie rieselte es kalt den Rücken hinunter. »Du fährst mit ihr zu ihren Eltern?«

»Vielleicht. Ich weiß es noch nicht, Mum. Aber für den

Fall, dass der Lockdown länger dauern sollte, wäre ich gern mit ihr zusammen, verstehst du?«

»Natürlich. Ganz klar. Ich habe nur nicht gewusst, dass es zwischen euch so ernst ist.«

»Wir sind jetzt drei Jahre zusammen, Mum!«

»So lange schon? Ach so. Gut, dann … Also, wie wäre es denn, wenn du mit Chelsea hierherkommst? Wir haben doch jede Menge Platz. Sophie hat ihr eigenes Zuhause, und Briony wird bestimmt in London bleiben müssen.«

»Ja, ich weiß, ich hab vorhin mit ihr gesprochen.«

»Wirklich?« Wie immer, wenn sie erfuhr, dass ihre Kinder miteinander sprachen, war Julie verwirrt. Sie fand es ja wunderbar, aber andererseits auch irgendwie merkwürdig, dass sie untereinander Kontakt hatten, ohne sie mit einzubeziehen. Eigentlich eine dumme Reaktion. »Wie geht es ihr?«

»Sie konzentriert sich voll und ganz auf ihren Job. Du kennst sie doch – sie liebt Herausforderungen.«

»Ja, das stimmt. Hoffentlich passiert ihr nichts.« Ihre Stimme war brüchig geworden, und Adam musste es bemerkt haben.

»Alles in Ordnung mit dir, Mum? Und mit Dad?«

Sie riss sich zusammen und fuhr betont munter fort: »Uns geht's gut, Schatz. Wie gesagt, wir haben jede Menge Platz. Solltest du mit Chelsea doch herkommen wollen, würden wir uns freuen.«

Schweigen. Sie konnte Geräusche hören, eine Art Schlurfen. Wahrscheinlich war seine Freundin bei ihm, und jetzt wechselten sie vielsagende Blicke.

»Das ist lieb von dir, Mum«, antwortete Adam schließlich. »Aber Chelseas Eltern rechnen schon fest mit uns. Ihre kleine Schwester fühlt sich einsam.«

»Ich fühle mich auch einsam«, platzte es aus Julie heraus. Im nächsten Moment biss sie sich auf die Unterlippe. »Nein, nicht einsam«, verbesserte sie sich hastig. »Ich wollte nur sagen, dass ich dich gern sehen würde.«

»Tut mir leid, Mum.« Er klang angespannt. »Wir haben schon Pläne gemacht. Und Chelseas Familie ist richtig nett. Normal, weißt du?«

»Normal?« Das Wort legte sich wie ein Eispanzer um ihr Herz. »Was soll das heißen? Sind wir etwa nicht normal, Adam?«

»Doch! Klar seid ihr das. Ich wollte damit nicht sagen, dass unsere Familie nicht normal ist. Mit Chelseas Familie hat man einfach Spaß. Mit euch natürlich auch. Aber es wird ganz nett sein, mal was anderes zu sehen.«

»Was anderes? Schön.«

Er kam also nicht nach Hause. Ihr kleiner Junge kam nicht zu ihr nach Hause. Ihr Nest war definitiv leer. Julie griff sich mit der freien Hand ins Haar, krallte die Finger hinein, wie um sich daran festzuhalten. Aber es war sinnlos: Auf einmal erfasste sie ein heftiges Zittern. Ihr Körper reagierte endlich so, wie er es schon hatte tun wollen, seit sie das Büro des Anwalts verlassen hatte.

»Mum?« Ihr Sohn klang jetzt verunsichert.

»Alles okay, Adam«, stieß sie hervor. »Ich hoffe, du und Chelsea habt viel Spaß bei ihrer Familie. Das wird dir sicher guttun. Sie wohnen am Meer, nicht wahr?«

»Ja, genau!« Dankbar griff er nach diesem Strohhalm. »Dort können wir wenigstens an den Strand gehen.«

»Klingt prima. Das wird bestimmt schön.«

»Ja. Und euch besuchen wir, sobald es wieder möglich ist. Wenn das alles vorbei ist.«

»So machen wir's.« Sie musste diese fürchterliche Unterhaltung beenden, bevor sie noch etwas sagte, was ihr hinterher leidtat. Oder anfing zu weinen. »Wunderbar. Dann sag Chelsea ganz liebe Grüße und ihren Eltern vielen Dank von mir. Von uns.«

»Mach ich. Wir telefonieren und sehen uns per FaceTime und so, in Ordnung?« Adam überschlug sich fast vor lauter Liebenswürdigkeit, etwas, was sie nicht ausstehen konnte.

»Sicher. Ich muss jetzt leider Schluss machen. Pass auf dich auf, mein Schatz.«

»Du auch auf dich, Mum.« Und schon legte er auf. Wahrscheinlich war er unsagbar erleichtert, dass er bei dieser verdammten Chelsea und ihrer »normalen« Familie unterkommen konnte.

Julie sah Michael an, der kerzengerade in seinem dämlichen Sessel saß.

»Er kommt nicht?«

Sie schüttelte den Kopf.

»Dann … sind es also nur wir zwei?«

Sie holte tief Luft und hörte wieder das Rascheln der Scheidungsunterlagen. »Ja, nur wir zwei«, bestätigte sie.

Nie zuvor hatten diese Worte einen unheilvolleren Klang gehabt.

# Kapitel drei

Michael Marshall ging in seine Garage, schloss die Tür, ließ sich dagegenfallen und atmete tief ein und aus. Julie tobte durchs Haus wie ein Wirbelsturm, und er fürchtete, von dem Sog mitgerissen zu werden. Seine Frau hatte immer schon eine unglaubliche Energie gehabt. Wie ein Dynamo erzeugte sie sie scheinbar aus dem Nichts. Als er sie kennengelernt hatte, hatte er das an ihr bewundert und es geliebt, wie sie ihn von den Füßen riss, mit denen er so fest auf dem Boden der Tatsachen stand. Wie sie ihn auf Abenteuer mitnahm und er dabei völlig neue Erfahrungen machte. Heute jedoch fand er ihre Art einfach nur ermüdend. Er war erschöpft und fühlte sich seltsam weinerlich.

Er stieß sich von der Tür ab und zog schwungvoll die Abdeckplane von seinem Motorrad. Eine Moto Guzzi, einst der ganze Stolz seines Dads – und jetzt seiner. Er hatte geweint, als Ken, sein Vater, an Herzversagen gestorben war. Geheult wie ein Schlosshund. Julie hatte ihn in die Arme genommen, ihm sanft die Tränen abgewischt und ihn ermuntert, »alles rauszulassen«. Und das hatte er getan. Aber das war etwas anderes gewesen als diese komischen Halbtränen, die sich seit einiger Zeit in den sonderbarsten Momenten ihren Weg aus seinem Inneren nach außen bahnten. Auch deshalb war das Motorrad eine prima Sache. Beim Motorradfahren konnte man weinen, ohne dass es jemandem auffiel. Kein Mensch konnte echte Tränen von denen unterscheiden, die einem der Fahrtwind in die Augen trieb.

Er tätschelte die Guzzi. Sie hieß Gertie – sein Vater hatte sie so getauft – und war eine V7 Sport, ein Kultbike. Zu gern hätte er eine kleine Spritztour gemacht, aber momentan wartete er auf eine neue Ölpumpe, die er bei Gary, seinem Mechaniker, bestellt hatte. Und solange die nicht da war, musste die arme alte Gertie in der Garage bleiben. Sie hatte Startverbot. Ausgangssperre, wie er selbst.

Michael seufzte, ging zu dem Schraubenschlüsselset hinüber und ließ seine Finger über die fein säuberlich nach Größe geordneten Werkzeuge gleiten. Es hatte etwas Beruhigendes. Wie viele Male er sein Motorrad schon repariert hatte! Die Italiener mochten etwas von Stil verstehen, waren aber nicht unbedingt die Zuverlässigsten, was Qualität betraf. Er bezweifelte, dass auch nur ein einziges Teil noch aus der Zeit stammte, als sein Vater ihm Gertie zu seinem achtzehnten Geburtstag vermacht hatte. Das stimmte ihn zwar traurig, aber immerhin war die Karosserie noch dieselbe. Okay, entrostet und neu lackiert, aber immer noch die alte. Immer noch wunderschön.

»Wir kriegen dich schon wieder hin, Gertie, altes Mädel«, brummte er. »Und dann können wir wieder zusammen auf Tour gehen.«

Das stimmte doch, oder? Aber konnte ihm Gary während des Lockdowns die Ölpumpe überhaupt besorgen? Er beschloss, ihn anzurufen, ihm ein bisschen Druck zu machen, damit er sich dahinterklemmte. Dann könnte er wenigstens eine Spritztour unternehmen, wenn ihm hier alles zu viel wurde. Wenn ihm Julie zu viel wurde.

Der Gedanke an seine Frau rief die vertraute Traurigkeit hervor. Das einzige Gefühl, das er derzeit mit ihr in Verbindung brachte. Irgendetwas stimmte nicht zwischen ihnen. Auch wenn Michael nicht besonders scharfsinnig sein mochte, so war er ganz sicher nicht dumm.

Er hoffte inständig, dass der Blumenladen nicht wochenlang schließen müsste. Julie liebte ihr Geschäft. Seit dessen Eröffnung vor fast fünfzehn Jahren hatte sie eine Menge Arbeit darin investiert, und inzwischen lief es ausgezeichnet. Zeitschriften hatten Artikel über sie gedruckt, sie hatte Auszeichnungen gewonnen, und ihre Umsätze waren beachtlich. Aber wer würde während eines Lockdowns Blumen kaufen?

»Alle«, hörte er Julies Stimme in seinem Kopf. »Wenn man eingesperrt ist, braucht man umso dringender Blumen, etwas Schönes, damit man nicht den Verstand verliert.«

Michael sah das anders. Für ihn fielen Blumen nicht in die Kategorie der lebenswichtigen oder systemrelevanten Dinge. Aber wie Julie schon oft festgestellt hatte, fehlte ihm auch meistens der Sinn fürs Schöne. Zumindest die Schönheit seines Motorrads wusste er zu schätzen. Sogar Julie hatte vor langer Zeit zugegeben, dass es ein echter Hingucker war. Noch heute konnte er sie vor sich sehen, wie sie in Budapest genau an der Straßenecke, wo er angehalten hatte, um einen Schluck aus der Wasserflasche zu nehmen, aus einem Café gekommen war. In äußerst knappen Shorts und einem atemberaubenden roten Top war sie auf ihn zugekommen und hatte Gertie bewundert. Am selben Abend war sie auf seinem Campingplatz aufgetaucht, angeblich weil sie sich das Motorrad noch einmal ansehen wollte. Als sie Stunden später rittlings auf Michael saß, hatte sie ihm gestanden, dass sie möglicherweise doch eher seinetwegen gekommen war. Er hatte sein Glück kaum fassen können. Und in mancherlei Hinsicht konnte er es bis heute nicht.

Sicher, Julie war ein Wirbelwind, aber ein warmer, schillernder, exotischer. Sie hatte Licht in sein eher graues Leben gebracht, und auch wenn es ihn manchmal geblendet hatte, hatte er das gern in Kauf genommen. Als strebsamer Sohn relativ ernster Eltern war ihm Julies überschwängliche, impulsive Art völlig fremd gewesen. Aber sie gefiel ihm. Und nicht nur ihm, sondern interessanterweise auch seinen Eltern. Als sein Dad zwei Wochen vor ihrer Hochzeit starb und Julie alles absagen wollte, hatten Michael und seine Mum darauf bestanden, an ihren Plänen festzuhalten.

»Wir brauchen dieses Glück«, hatte er unter Tränen zu Julie gesagt. »Sonst gehen wir beide unter. Und *du* bist dieses Glück.«

Und er hatte recht behalten. Mit ihrer Liebe, ihrer Fürsorglichkeit und ihrer natürlichen Freude hatte Julie ihm durch die schreckliche Zeit geholfen. Die Hochzeit war bittersüß und dennoch wunderschön gewesen. Sie waren mit dem Motorrad in die Flitterwochen gefahren, wundervolle Flitterwochen, auch wenn sie wegen der Beerdigung nicht ganz so lang ausgefallen waren wie geplant. Sie hatten es nicht bis zu den griechischen Inseln geschafft, doch das hatte keine Rolle gespielt. Selbst wenn sie nur bis nach Skegness gekommen wären, wäre er glücklich gewesen, weil Julie an seiner Seite war.

Eine plötzliche Unruhe erfasste ihn. Er stürzte zur Garagentür und riss sie auf. Die Sonne schien auf den Rasen, der ziemlich ungepflegt war. Das Gras musste dringend gemäht werden.

»Sorry, Nibbles«, sagte er zu dem Kaninchen, das an den langen Halmen in seinem Käfig knabberte. Wie alt mochte das Tier jetzt sein? Michael grinste, als er sich an den Zermürbungskrieg erinnerte, den Briony mit ihnen geführt hatte, um ihr geliebtes Haustier zu bekommen. O ja, Briony wusste, wie sie ihre Ziele erreichte, egal ob es sich dabei nun um ein Kaninchen oder einen Abschluss in Biochemie handelte. Diese Zielstrebigkeit und das Verständnis für naturwissenschaftliche Zusammenhänge hatte sie von Betty, ihrer Granny. Er musste seine Mutter unbedingt anrufen. Da sie sich seit dem Tod seines Vaters beharrlich weigerte, einen anderen Mann auch nur anzusehen, war Betty ganz allein; in ihrem Alter definitiv ein Grund zur Sorge.

Er fuhr zusammen, als im Haus eine Tür zugeknallt wurde. Julie. Sie knallte immer mit den Türen. So teenagerhaft wie sie hatten sich nicht einmal ihre Kinder als Teenager benommen.

»Michael?«

Er war überrascht, dass sie nach ihm rief. Er machte

kehrt, ging in die Garage zurück, griff nach einem Schraubenschlüssel und duckte sich instinktiv hinter das Motorrad.

»Michael, bist du da? Clare meint, wir sollten unsere Blumen online anbieten. Sie will unser Logo auf ihr Auto pinseln, und ich dachte, vielleicht hast du noch ein bisschen Farbe, damit wir …« Die Garagentür flog auf, und da stand sie, quirlig und temperamentvoll in einem leuchtend gelben Pullover. »Michael? Was machst du denn da?«

Er spähte kurz zu ihr hoch. »An Gertie herumbasteln, was sonst?«

»Ja, was sonst.« Sie betrachtete das Motorrad, seufzte leise und ließ dann ihren Blick über die Regale schweifen. »Farbe?«

Er legte den Schraubenschlüssel beiseite und griff nach der kleinen Dose mit Metallicrot, das er zum Ausbessern von Gerties Traumkarosserie benutzte. Er gab die Farbe nicht gern her, weil er Angst hatte, den exakten Farbton vielleicht nicht mehr nachkaufen zu können, aber ihm war klar, dass der Gedanke kleinlich war. »Hier.«

»Danke.« Sie nahm die Dose und klopfte nervös mit der Fingerspitze auf den Deckel. »Das Geschäft muss doch weiterlaufen, oder?«

»Sicher. Dann hast du also vor, weiterhin in den Laden zu gehen?«

»Wenn ich kann.«

»Ist das erlaubt?«

»Wenn wir ihn als Werkstatt und nicht als Einzelhandelsgeschäft nutzen, ja.«

»Verstehe.«

»Und falls es Probleme geben sollte, arbeiten wir eben von hier aus. Das hast du vorhin ja selbst vorgeschlagen.«

Wirklich? Er war so ein Idiot! Auf einmal war ihm seine Frau nicht ganz geheuer. Energie hatte sie immer schon gehabt, aber diese Selbstsicherheit, diese Bestimmtheit, die waren neu an ihr. Als sie nach Hause gekommen war und erklärt hatte, dass sie mit ihm reden müsse, war ihm angst und bange geworden. Und Angst verspürte er immer noch. Er schaute sich um. Ob er sich in der Garage einquartieren könnte? Oder vielleicht …

»Weißt du, Julie, ich hab mich gefragt, ob ich nicht zu meiner Mum fahren sollte.«

»Wirklich?«

Bildete er es sich nur ein, oder hatten ihre Augen tatsächlich kurz aufgeleuchtet? Seine Brust zog sich zusammen.

»Ich mache mir Sorgen. Ich meine, sie ist zweiundachtzig und lebt allein.«

»Ich weiß.«

»Schutzlos.«

»Ach, komm schon, Michael! Betty ist ungefähr so schutzlos wie ein Sherman-Panzer.«

»Das ist nicht wahr. Psychisch vielleicht, aber sie gehört zu einer der Risikogruppen. Wenn sie sich mit dem Virus infiziert …«

Julie sog geräuschvoll Luft ein und machte ein zerknirschtes Gesicht. »Du hast recht. Entschuldige. Ich wollte nicht … Du weißt, wie sehr ich deine Mum mag.«

Sie standen sich gegenüber. Die alte Uhr zwischen ihnen an der Wand tickte hörbar.

»Hast du sie schon angerufen?«, fragte Julie schließlich.

»Nein, ich wollte erst mit dir reden. Fragen, ob du, na ja …« Er ließ den Satz unbeendet. *Ob du mich hier brauchst,* das hatte er sagen wollen, aber sogar unausgesprochen klangen die Worte lächerlich. Julie brauchte ihn nicht. Wenn er ehrlich war, brauchte sie ihn schon seit Jahren nicht mehr.

»Sie freut sich bestimmt, wenn du kommst«, erwiderte sie steif.

Er nickte und griff nach seinem Handy. »Dann werde ich mal …«

»Gut.«

Sie verließ die Garage, und die Tür fiel krachend ins Schloss. Michael konnte nur mühsam den Reflex unterdrücken zusammenzuzucken. Er setzte sich auf den perfekt geschwungenen, abgewetzten Ledersitz seiner Guzzi und drückte die Schnellwahltaste für die Nummer seiner Mutter, bevor er es sich noch anders überlegte.

»Michael! Das ist aber schön! Wie geht es dir? Ist das nicht der komplette Wahnsinn?«

Beim Klang ihrer fröhlichen Stimme blinzelte er verdutzt. Gerade eben hatte er die Sache mit dem »schutzlos« fast selbst geglaubt, aber jetzt kam Betty Marshall so rüber wie eh und je. Sie war nicht im Geringsten schutzbedürftig.

»Da hast du recht, Mum, das ist wirklich alles höchst sonderbar. Ich mach mir Sorgen um dich.«

»Um mich? Aber wieso denn? Ach so, du meinst, weil ich eine alte Frau bin?«

»Na ja, ich weiß ja, dass du gesund und fit bist, aber dieses Virus kann richtig gefährlich sein, wenn man …« Er zögerte. Die Bezeichnung »anfällig« würde sie vermutlich noch mehr hassen als »alt«.

»Schon ein paar Jahre auf dem Buckel hat?«, ergänzte sie munter. »Danke für den Hinweis, mein Schatz, aber das ist mir durchaus bewusst. Ich bin ja nicht blöd. In dreißig Jahren als Chemikerin in der Forschung lernt man das ein oder andere über solche Dinge, und ich bin noch nicht senil.«

Er lachte. »Das ist mir doch klar, Mum. Aber du neigst dazu, dich für unbesiegbar zu halten.«

»Und ich neige auch dazu, es zu beweisen.«

»Schon, aber …« Es war sinnlos, mit ihr darüber zu diskutieren. »Hör mal, Mum, ich hab mir gedacht, dass ich dich besuchen und bei dir bleiben könnte, bis diese Geschichte vorbei ist.«

»Bei mir bleiben? Wieso willst du denn bei mir bleiben?«

»Damit ich mich um dich kümmern kann, für dich einkaufen und all so was. Es heißt, Menschen über siebzig sollen ihre Wohnungen nicht mehr verlassen, deshalb hab ich mir gedacht, dass ich zu dir komme und …«

»Genug, Michael, das reicht. Ich bin dir einen Schritt voraus.«

»Was?«

»Ich habe mich bereits lange mit meiner Freundin June

unterhalten. Sie ist pensionierte Immunologin und hat mir alles erklärt. Man will uns alte Leutchen aus dem Weg haben, damit wir uns nicht anstecken, ernsthaft krank werden und die Krankenhausbetten belegen.«

»So ist das nicht, Mum.«

»Doch, es ist sogar genau so. Aber das ist schon richtig.«

»Ich finde einfach, du solltest jetzt nicht allein sein.«

»Der Meinung bin ich auch, Michael, und deshalb ziehe ich zu Carol und Liz.«

»Du machst *was*?«

»Ich ziehe zu Carol und Liz. Wir spielen Bridge zusammen. Carol hat ein riesengroßes Haus, und seit dem Tod ihres Mannes geistert sie ganz allein darin herum. Da ist jede Menge Platz für Liz und mich. Wir gründen eine Senioren-WG.«

»Verstehe.«

»Das Einzige, was jede von uns mitbringen soll, sind saubere Unterhosen und drei verschiedene Sorten Gin. Na, was sagst du?«

Michael schaute in den Garten. Mr Nibbles hoppelte behäbig in seinem Auslauf herum. War das Einbildung, oder hatte das Kaninchen in den Hinterläufen keine Kraft mehr? Er fröstelte.

»Das klingt großartig, Mum. Hört sich nach einer Menge Spaß an.«

»Nicht wahr? Es gibt sogar einen Pool, ich kann also etwas für meine Fitness tun. Und einen Whirlpool. Und einen riesigen Garten, in dem ich töpfern kann. Liz' Sohn ist der Geschäftsführer des örtlichen Supermarkts am Ort und wird dafür sorgen, dass uns tonnenweise Lebensmittel geliefert werden. Wenn es sein muss, brauchen wir das Haus monatelang nicht zu verlassen. Du siehst also, es gibt keinen Grund, sich um mich Sorgen zu machen.«

»Stimmt. Offensichtlich nicht.«

»Michael? Alles in Ordnung mit dir?«

»Ja. Alles bestens.«

»Wie geht's euch denn? Und den Kindern? Kommen sie nach Hause?«

»Nein. Sie sind vollauf mit ihrem eigenen Leben beschäftigt.«

»Kann ich mir vorstellen. Dann seid ihr also allein, du und Julie?«

»Sieht so aus.«

»Und das ist in Ordnung?«, fragte sie zögernd. Diese zaghafte Art sah ihr gar nicht ähnlich.

»Natürlich ist es das, Mum. Wieso sollte es nicht in Ordnung sein?«

»Na ja, ich weiß nicht. Das ist schließlich eine schwierige Phase, wenn die Kinder das Haus verlassen. So ... seltsam. Man fühlt sich orientierungslos.«

»Meinst du das ernst?«

»O ja. Ich glaube, dein Vater und ich haben uns nie so oft gestritten wie in der Zeit, als du studiert hast.«

»Ihr habt euch gestritten?«

Sie lachte leise. »Wir waren nicht perfekt, Michael. Kein Paar ist das. Rede mit ihr.«

Er blinzelte verwirrt. »Mit wem?«

»Mit Julie natürlich. Deiner Frau.«

»Ach so. Ja, klar.«

»Gott, ich weiß noch, wie es war, als ihr euch kennengelernt habt! Du warst noch nie so glücklich. Ich hätte mir nicht träumen lassen, dass du so eine Frau nach Hause bringst, aber als ich euch zusammen gesehen habe, wusste ich sofort, dass sie die Richtige ist.«

»Wirklich?«

Betty gab einen missbilligenden Laut von sich. »Hör endlich auf, dumme Fragen zu stellen, Michael! Natürlich wusste ich das. Also rede mit ihr. Jetzt habt ihr Zeit dafür. Wenigstens etwas Positives, das dieser Lockdown mit sich bringt.«

»Okay.« Michael verzog das Gesicht, während er beobachtete, wie Julie aus dem Haus kam. Sie hatte Karottenschalen für Mr Nibbles dabei und warf sie wie immer einfach in Richtung Auslauf, sodass nur die Hälfte durch das Gitter flog und der Rest im Gras davor landete. Wenn er nicht aufpasste, würden sich die Schalen in den Messern des Rasenmähers verfangen.

»Michael?«

»Schon gut, ich werde mit ihr reden, Mum. Und dir, äh, viel Spaß mit Carol und Liz.«

»Oh, den werde ich haben! Ich habe einen fantastischen Orangen-Gin gekauft, den die beiden bestimmt lieben werden. Pass auf dich auf, mein Schatz. Bis bald.«

»Bis bald«, wiederholte er, aber da hatte sie bereits aufgelegt. Wahrscheinlich packte sie schon ihre Unterhosen und ihren Alkohol zusammen, um sich auf den schnellsten Weg zu Carols Villa zu machen.

Er hatte seinen Blick nicht von Julie abgewendet. Zu seiner Überraschung drehte sie wieder um und hob die Karottenschalen auf, die danebengeflogen waren. Als sie sich zu dem alten Kaninchen hinunterbückte und mit ihm sprach, konnte er für Sekundenbruchteile das Mädchen in ihr sehen, das er vor fast fünfunddreißig Jahren überglücklich geheiratet hatte. Wenn es doch eine Möglichkeit gäbe, in diese Zeit zurückzukehren, als alles so einfach gewesen war! Aber nicht einmal der beste Ingenieur konnte eine Brücke in die Vergangenheit bauen. Er musste also einen Weg nach vorn suchen, in die Zukunft. Herausfinden, was zwischen ihnen falsch gelaufen war, und den Schaden, den er vor sechs Monaten auf jener anderen, chaotischen Hochzeit angerichtet hatte, irgendwie wiedergutmachen. Als sich ihre Situation in unverzeihlich hässlicher Weise zugespitzt hatte.

# Kapitel vier

## September 2019

Michael betrachtet Sophie, während Briony aufgeregt an der kleinen Schleppe ihrer Schwester herumzupft. Vor Stolz schwillt sein Vaterherz fast noch mehr als damals, als er seine Älteste vor neunundzwanzig Jahren das erste Mal in den Armen hielt. Heute ist sie eine erwachsene Frau, obendrein eine Braut, eine hinreißende Braut in ihrem Hippiekleid mit Gänseblümchenspitze, das so hervorragend zu ihr passt. Aber für ihn ist sie immer noch so zart und zerbrechlich wie das Neugeborene, das ihm nackt in seine Hände gelegt wurde, die viel zu groß wirkten.

»Du siehst wunderschön aus, mein Schatz«, sagt er, als sie nach seinem Arm greift. »Ich kann mein Glück kaum fassen. Dass ich dich zum Traualtar führen darf!«

»Wer denn sonst, Dad?«, entgegnet sie nur. »Immerhin bin ich dank dir so weit gekommen. Dank dir und Mum natürlich.«

Sie zeigt auf die Tür, die einen Spaltbreit offen steht, und er sieht Julie in der vordersten Reihe sitzen, atemberaubend schön in ihrem scharlachroten Kleid und selbstbewusst wie eh und je.

Das ist meine Julie, denkt er und stellt den Satz im nächsten Moment infrage. In letzter Zeit hat er immer öfter das Gefühl, dass sie nicht mehr »seine« Julie ist. Sie vergräbt sich in der Arbeit in ihrem Laden und hat sich in die Hochzeitsvorbereitungen gestürzt, als wäre Sophies Beziehung die einzig wichtige auf der Welt.

Er sieht, wie sie sich zu seiner Mutter in der Bank hinter ihrer umdreht und leise lacht. Sofort wirkt sie jünger. Vor vierunddreißig Jahren war es Julie, die darauf wartete, zum Altar geführt zu werden, denkt er. Einmal noch, und sei es nur für ein paar Minuten, die Zeit zurückdrehen und dieses Verliebtsein empfinden, das so absolut, so allumfassend war, dass sie es nicht bemerkt hätten, wenn die Welt um sie herum aufgehört hätte zu existieren. Er vermisst dieses Gefühl, er giert danach wie ein Alkoholiker nach Brandy zum Frühstück. Aber Brandy kann man sich wenigstens kaufen. Die Liebe, die ihn mit Julie verbunden hat, scheint einfach weg zu sein, geschmolzen wie Schnee in der Sonne.

Die Musik zum Einzug ertönt. Er kehrt ins Hier und Jetzt zurück und sieht wieder Sophie an. Das ist ihr Tag, und er fühlt sich geehrt, Teil davon zu sein. Er hebt den Kopf, drückt ihren Arm mit seinem fester an sich, und gemeinsam schreiten sie in die Kirche.

Am Altar nimmt ein strahlender Leo die Braut in Empfang. Ein Anflug von Panik erfasst Michael, weil er ihm sein kleines Mädchen übergeben muss. Doch sofort schämt er sich für seine patriarchalische Einstellung. Er verliert seine Tochter durch diese Beziehung doch nicht. Und selbst wenn es so wäre, dann wäre das schon vor zwei Jahren passiert, als sie mit Leo zusammenzog. Oder sogar noch früher, vor neun Jahren, als sie zu Freunden zog, um ihren Weg als Journalistin zu gehen. Immerhin wird sie auch in Zukunft ganz in ihrer Nähe wohnen, und ja, für ihn wird sie bis zu seinem Tod sein kleines Mädchen bleiben.

»Liebe Anwesende«, beginnt der Vikar, »wir haben uns heute hier versammelt, um diesen Mann und diese Frau in den heiligen Stand der Ehe zu begleiten.«

Michael küsst seine Tochter auf die Wange, die sich daraufhin Leo zuwendet, so wie es sein soll. Teil dieses Augenblicks zu sein ist eine Freude und ein Privileg, also sollte er das Beste daraus machen. Doch als er in die Reihe neben Julie tritt und spürt, wie sich ihr Körper anspannt, fürchtet er, dass die Show gerade erst beginnt.

Der Empfang findet in einer Scheune statt, einem Prunkstück von einer Scheune, die normalerweise das innovative örtliche Kunstgewerbezentrum beherbergt, das Leo zusammen mit ein paar seiner Künstlerkumpels vor einigen Jahren gegründet hat. Gestern haben sie den ganzen Tag Töpferscheiben, Staffeleien und Nähmaschinen weggeräumt und alles für die Feier hergerichtet, haben selbst genähte Wimpel und eigens angefertigte Lichterketten aufgehängt. Julie hat bis spätnachts mitgeholfen, angeblich, um den Blumengirlanden an den Wänden den letzten Schliff zu geben, aber Michael vermutet, dass sie einfach nicht zu ihm nach Hause kommen wollte. Doch es hat sich gelohnt. Der Raum ist schlicht, aber wunderschön. Genauso wie Sophie.

Fast alles wurde von Freunden und Verwandten beigesteuert. Leos Schwester hat für das Essen gesorgt, seine Mutter die Torte gebacken. Sophies beste Freundin hat die Kleider genäht, und drei aus ihrer Clique liefern die Musik. Julie war natürlich für den Blumenschmuck zuständig. Sie haben es als Team geschafft, was irre viel Organisation erforderte, die im Wesentlichen Michael übernommen hat.

»Ich habe keine kreative Ader«, erklärte er Sophie, als der Hochzeitsempfang von der Ideen- in die Planungsphase überging, »aber ich bin ein Ass, wenn es um Tabellen geht, wenn dir das was hilft.« Er hofft, dass er wirklich eine Unterstützung war. Er hat genauso viel Sorgfalt darauf verwendet wie auf jedes Arbeitsprojekt. Natürlich weiß er, dass er alle mit seinen ständigen Erinnerungen und Kontrollen genervt hat, aber was nützt das hübscheste Zeug, wenn es nicht zur richtigen Zeit und zum richtigen Preis geliefert wird? Er hat sich darum gekümmert, dass es geklappt hat, und es sieht einfach fantastisch aus. Das Wichtigste jedoch ist, dass Sophie überglücklich ist.

Er blickt sich nach Julie um. Sie müssen doch nebeneinanderstehen, um die Gäste zu begrüßen und allen zu zeigen, was für glückliche Brauteltern sie sind.

Und das machen sie dann auch hervorragend. Sogar Michaels Einstecktuch passt perfekt zu Julies Kleid. Nur sie beide wissen, wie viel davon Show ist. Nur sie beide wissen, dass sie seit über einem Jahr getrennte Schlafzimmer haben. Michael schüttelt noch mehr Hände, lächelt noch mehr und wirft seiner Frau dabei ab und zu einen Seitenblick zu. Hoffnung keimt in ihm auf, als sie ihm zum ersten Mal seit viel zu langer Zeit wieder in die Augen schaut.

Das Essen verläuft harmonisch. Zum Glück ist es köstlich, denn sie sitzen neben Leos Eltern, die ihnen voller Stolz von der jungen Catering-Firma ihrer Tochter erzählen. Trotzdem kriegt Michael von der Vorspeise kaum einen Bissen runter. Zwischen den einzelnen Gängen sind die Reden eingeplant, und er ist als Erster dran. Er schiebt seine Lachsmousse auf dem Teller herum, bis sie eine darmfarbene Pampe ist. Plötzlich legt Julie ihre Hand auf seine, und er hält inne.

»Du wirst brillant sein, Liebling.«

Er starrt sie völlig verdutzt an. »Ich bin froh, wenn es vorbei ist.«

»Wenigstens hast du's als Erster hinter dir«, sagt Leos Dad tröstend.

Michael nickt verkrampft und nippt an seinem Wein, und dann winkt ihm Sophie auch schon zu, und er steht auf und tritt ans Mikrofon, und so schlimm fühlt es sich gar nicht an. Außerdem hat er seine Notizen und seine sorgfältig vorbereiteten Anekdoten und Scherze. Julie hat ihm geholfen. Jetzt, wo er darüber nachdenkt, muss er zugeben, dass eigentlich sie allein die Rede geschrieben hat, aber er muss sie jetzt halten, und er ist entschlossen, seine Sache gut zu machen.

Er fängt ihren Blick auf, als er von einem viele Jahre zurückliegenden Campingurlaub mit der Familie erzählt, und sie nickt lebhaft und wirft ihm sogar eine kleine Kusshand zu. Er ist ein Spitzenredner. Sie ist beeindruckt. Vielleicht gelingt es ihnen ja an diesem Tag, an dem ihre Tochter so glücklich ist und Echos an ihre eigene Hochzeit in der konfettigefüllten Luft nachklingen, ihre Beziehung neu zu beleben. Vielleicht werden sie miteinander tanzen wie früher und miteinander reden wie früher und sich irgendwie wieder lieben wie früher.

Er bemüht sich, nicht schneller zu reden, als er zum Schluss kommt: »Und ich hoffe, dass Sophie und Leo in ihrer Ehe genauso glücklich werden, wie Julie und ich es sind. Lasst uns auf das Brautpaar anstoßen!«

Alle stehen auf, klatschen und jubeln. Sophie bedankt sich bei ihm mit einem Kuss auf die Wange, und als er an seinen Platz zurückeilt, bekommt er von Julie einen herzhaften Schmatz auf den Mund, was ein allgemeines anerkennendes »Aah!« hervorruft.

Er blinzelt und zuckt zurück, damit er ihr in die Augen sehen kann, doch da beugt sich schon Leos Vater vor, klopft ihm auf den Rücken und schenkt ihm Rotwein ein. Zum Reden ist keine Zeit.

Das Essen zieht sich hin. Leos Schwester will unleugbar Eindruck schinden: Auf die Vorspeise folgen ein Fischgericht, ein Sorbet, ein Hauptgang. Michael trinkt viel und isst wenig. Er klatscht den anderen Rednern begeistert Beifall und stößt bewundernde Pfiffe aus, als Sophie ans Mikrofon tritt. Sie sieht ihn stirnrunzelnd an, aber das ist typisch Sophie, deshalb nimmt er das nicht tragisch.

Schließlich kommt der Trauzeuge an die Reihe. Piers ist ein gut aussehender Bursche in marineblauer Uniform, und Briony mustert ihn mit einem Blick, den Michael lieber nicht gesehen hätte. Die Gäste, inzwischen ordentlich abgefüllt, benehmen sich fröhlich rüpelhaft. Ihre Erwartungen sind hoch, und Piers enttäuscht sie nicht: Er erzählt nicht nur ein paar unanständige Witze und peinliche Anekdoten über Leo, sondern nötigt den armen Bräutigam auch noch, mit ihm jene berühmte Töpfer-Szene aus *Ghost – Nachricht von Sam* besonders erotisch nachzuspielen. Beifälliges Gejohle brandet auf.

Piers strahlt in die Runde, als er fortfährt: »Mir war klar, was sich Leo da geangelt hat, als ich Sophies tolle Mutter kennengelernt habe – die Frau in Scharlachrot!«

Ein etwas nervöses Lachen geht durch den Saal. Michael fährt zusammen. Was soll diese Anspielung? Worauf will Piers hinaus? Was weiß er? Er fühlt einen kleinen Stich der Demütigung und greift nach seinem Weinglas. Es ist schon wieder leer. Ein Glück, dass sie genug Wein bestellt haben. Er schnappt sich die Flasche von der Tischmitte, schenkt sich nach und nimmt einen kräftigen Schluck.

»Ihr Kleid«, fügt Piers hinzu. »Ich spreche natürlich von ihrem Kleid. Sie ist eine glücklich verheiratete Frau – leider!«, sagt er augenzwinkernd, und die Gäste lachen und entspannen sich. »Es gehört heute zu meinen Aufgaben, ihr für die wirklich wunderschönen Blumen zu danken, mit denen sie die Räumlichkeiten geschmückt hat. Ich kann mir vorstellen, dass das eine Ewigkeit gedauert hat. Das heißt, eigentlich weiß ich es, weil sie gerade fertig wurde, als ich gestern gegen Mitternacht nach einem Bierchen zu viel mit dem Bräutigam aufs Klo getorkelt bin. Das nennt man Leidenschaft!«

»Für Bier?«, ruft ein Witzbold, und wieder lachen alle.

»Wohl eher für das Wohlergehen des Bräutigams«, kontert Piers elegant. »Und wo wir gerade beim Bedanken sind – ich möchte Miranda für das fantastische Essen danken. Sie hat uns echt verwöhnt. Und Tess für die hinreißenden Kleider – sehen die Mädels nicht großartig aus? Vor allem die Braut?«

Jubel ertönt, und Sophie errötet vor Freude.

Michael sieht aus dem Augenwinkel, wie Julie strahlt, aber er kann den Blick nicht von Piers abwenden. Er will ja gar keine Anerkennung! Er arbeitet gern im Hintergrund, sozusagen hinter den Kulissen, das macht ihm nicht das Geringste aus.

»Danke auch an Leos geniale Freunde vom Kunstgewerbezentrum, die mitgeholfen haben, den Raum zu dem zu machen, was er jetzt ist! Und natürlich auch danke an Todd, Junket und Little Dave für die Musik, die sie gleich zum Besten geben werden. Dieser Tag ist das Ergebnis eines Teams, das wirklich großartig zusammengearbeitet hat!«

Wieder tosender Applaus. Michael konzentriert sich auf seinen Wein.

Julie beugt sich zu ihm. »Er hätte dich auch erwähnen müssen«, sagt sie laut.

»Schsch!«

»Soll ich aufstehen und …«

»Nein!«, wehrt er entsetzt ab. »Ich bin doch kein Kind mehr, Julie. Alles in Ordnung. Außerdem hab ich doch bloß ein paar Tabellen gemacht.«

»Es war sehr viel mehr als das.«

»Aber unsichtbar.«

»So solltest du auch sein«, glaubt er zu verstehen.

»Was?«, fragt er aggressiv.

»So sollte es auch sein. Sei doch nicht so, Michael.«

»Wie bin ich denn?«

»Streitlustig.«

»Bin ich gar nicht.«

»Okay, okay.«

Sie legt ihm wieder ihre Hand auf den Arm und lacht kurz auf. Die Geste wirkt lieb, hat aber keine Bedeutung, und das weiß er auch. Die ganze Woche schon bricht sie sich fast einen ab, um vor den Gästen als perfekte Ehefrau dazustehen, und so langsam geht ihm das gehörig auf die Nerven.

»Was ist los, Julie? Ziehe ich nicht die richtige Show ab? Spiele ich meinen Part des perfekten Paars nicht gut genug? Komm, Herzblatt, trink noch was.« Er schenkt ihnen beiden Wein nach, so schwungvoll, dass etwas davon auf die Tischdecke schwappt.

Julie wirft Leos Eltern einen nervösen Blick zu. Die beiden haben die unterschwellige Aggression offensichtlich bemerkt und schauen angestrengt überallhin, nur nicht in ihre Richtung. Piers unterhält die nichts ahnende Menge gerade mit einer verworrenen Geschichte vom Junggesellenabschied, in der eine Gurke und ein Butternut-Kürbis vorkommen, aber Michael nimmt lediglich eine Sturzflut aus Geräuschen wahr, während er Julie in die Augen blickt und ihre Panik bemerkt. Nicht etwa, weil er sich ärgert, sondern weil man ihm den Ärger ansehen könnte. Weil ihre Ehe dann als die Farce enttarnt werden könnte, die sie ist.

»Michael, bitte.« Wieder legt sie ihm die Hand auf den Arm, aber er will nicht, dass sie ihn berührt, und macht sich energisch los.

Jetzt ist sie wütend und funkelt ihn an. »Du benimmst dich wie ein Kind – ein verwöhntes Kind. Sophie ist dir so dankbar für alles, was du getan hast, und das ist doch die Hauptsache, oder?«

Früher fand er es süß, wie sie ihn mit Schmeicheleien aus seinen Schlechte-Laune-Phasen herausholte, aber jetzt möchte er nur, dass sie ihn in Ruhe lässt. Doch das tut sie nicht. »Du hast eine wundervolle Rede gehalten«, versucht sie es erneut.

»Die du geschrieben hast«, erwidert er hitzig und schenkt sich ein weiteres Mal nach.

»Das stimmt so nicht, Michael. Ich hab dir nur ein klein wenig geholfen.«

Er starrt sie grimmig an. »Du hast sie geschrieben.« Er zieht die Blätter mit seinen Notizen aus seiner Hosentasche. »Du hast sie von Anfang bis Ende geschrieben, einschließlich der Lüge am Schluss.«

Sie schnappt erschrocken nach Luft. »Was für eine Lüge denn?«

Was soll diese ganze Heuchelei eigentlich?

In dem Moment beendet Piers seine Rede, indem er den Brautjungfern ein paar anzügliche Komplimente macht. Alle erheben sich von ihren Plätzen, die Gläser in der

Hand für einen weiteren Trinkspruch, und Michael lässt seinen Blick über die Gäste wandern und hasst sich dafür, bei dieser Farce, die Julie inszeniert hat, so lange mitgemacht zu haben. Während die anderen sich wieder setzen, bleibt er stehen, nimmt einen kräftigen Schluck Wein und winkt, dass man ihm das Mikrofon bringen soll.

»Ich möchte etwas richtigstellen«, verkündet er. Alle drehen sich nachsichtig lächelnd zu ihm um. Julie will ihm das Mikrofon wegnehmen, aber er ist schneller. »Ich hoffe nicht«, sagt er und unterstreicht seine Worte mit einer Handbewegung, »dass Sophie und Leo so glücklich werden wie Julie und ich. Ich hoffe, dass sie viel glücklicher werden. *Sehr* viel glücklicher.«

Er setzt sich. Ringsherum betroffenes Schweigen. Julie starrt auf ihren Schoß. Michael betrachtet ihre gefalteten Hände und bemerkt, dass der scharlachrote Nagellack an einigen Stellen schon kurz davor ist abzuplatzen.

»Musik!«, ruft Piers, und alle springen dankbar auf, schieben Stühle und Tische beiseite, um eine Tanzfläche zu schaffen. Leos Eltern, sichtlich froh wegzukommen, gehören zu den Allerersten, die losstürmen.

»Vielen Dank auch«, giftet Julie ihn an.

Er mustert sie. »Wieso? Wünschst du dir nicht auch, dass sie glücklicher werden als wir?«

»Jetzt schon.« Sie schnappt sich ein Papiertaschentuch und mischt sich unter die Gäste.

Irgendwann tanzt auch Michael. Er tanzt mit Sophie und Briony und Betty und jeder anderen Frau, die ihm über den Weg läuft. Nur nicht mit Julie.

Als er am nächsten Morgen in ihrem schönen Hotelzimmer aufwacht, ist sie schon fort, hilft beim großen Aufräumen, und er hasst sich. Er entschuldigt sich bei Sophie, die den Zwischenfall als unwichtig abtut, vielleicht, weil sie diesen speziellen Schnappschuss nicht für immer im Erinnerungsalbum ihres großen Tags haben möchte. Er versucht auch, sich bei Julie zu entschuldigen, aber sie will nicht zuhören, und so fahren sie nach Hause zurück, wo das Schweigen noch allumfassend wird.

## Kapitel fünf

### Zweiter Tag

Julie band eine breite rote Schleife um den letzten Strauß an diesem Nachmittag – vielleicht den letzten für wer weiß wie lange. Der junge Mann hatte etwas »Extravagantes« gewollt – in vielerlei Hinsicht ihre Lieblingsbitte –, und sie hoffte, dass sie ihn nicht enttäuschte. Weiße Lilien, leuchtend rote Hyazinthen und Salbei drängten sich dicht an dicht. Als sie den Kunden vorsichtig darauf hingewiesen hatte, dass Rot und Weiß traditionell für Blut und Bandagen standen, hatte er nur gelacht und gemeint: »Scheiß drauf! Für meine Cassie sind das die Farben von Stoke City und sonst nichts.« Sie hatte seine Art ebenso bewundernswert gefunden wie seine offenkundige Liebe zu seiner Freundin.

Traurig schaute sie sich in ihrem Laden um, ihrem kleinen Paradies, ihrer Zuflucht. In spätestens einer Stunde musste sie schließen. Nicht nur für heute. In den unzähligen Eimern standen so gut wie keine Blumen mehr, sodass der Raum kalt und schäbig wirkte, aber es ging nicht anders. Sogar sie hatte zu akzeptieren, dass Blumen in dieser neuen Zeit nicht lebenswichtig oder systemrelevant waren. Und solange sie keinen Onlineservice anbieten konnten, wollte sie keine Ware bestellen, sondern die Restbestände verkaufen, damit keine Blumen allein hier zurückblieben und zum unbeachteten Tod durch Verwelken verurteilt waren.

»Das ist aber ein ausgefallener Strauß«, sagte Clare, die den Laden von der anderen Seite her betrat.

Julie drehte sich zu ihrer Schwester um. »Nicht wahr? Ein Geburtstagsstrauß für einen Stoke-City-Fan.«

»Klasse! Hast du die Farbe mitgebracht, Jules? Dann würde ich mir gleich mal den Fiesta vornehmen.«

Julie griff schon nach der Dose Guzzi-Rot, zögerte dann aber. »Bist du dir wirklich sicher, dass du das machen willst, Clare? Vielleicht sollten wir uns erst noch mal ein paar andere Ideen durch den Kopf gehen lassen, bevor du dein Auto verunstaltest.«

Clare lachte. »An dem ist nicht mehr viel zu verunstalten. Und wenn wir einen Onlinehandel aufziehen wollen, brauchen wir einen geeigneten Lieferwagen.«

»Und du meinst, dein Fiesta mit meinem mit Motorradlack aufgepinselten Namen drauf ist dafür geeignet?«

»Warum denn nicht?«

Julie lächelte ihr zu. »Du hast recht. Danke.«

»Hey, ich danke *dir*! Ohne deinen Laden wäre ich seit Jahren arbeitslos, nicht bloß für ein oder zwei Monate während dieses verdammten Lockdowns. Das ist das Mindeste, was ich tun kann.«

»Unsinn. Du hast vorher doch auch schon jede Menge Jobs gehabt.«

»Und alle wieder hingeschmissen. Nicht so wie du. Du hast immer gewusst, was du willst, und dich dann dahintergeklemmt.«

»Ja, beruflich schon.«

Julie dachte an den braunen Umschlag in ihrer Nachttischschublade und fröstelte unwillkürlich. Obwohl die Versuchung groß war, hatte sie ihrer Schwester nichts von ihrer Scheidungsabsicht erzählt. Clare sprach immer in den höchsten Tönen von Julies Ehe, sie fand Halt in der Beständigkeit des Lebens ihrer großen Schwester, da sie selbst von einem Mann zum nächsten flatterte. Seit ihr Vater sich aus dem Staub gemacht hatte, als sie beide noch in den Windeln steckten, hatte Julie versucht, ihrer überforderten Mutter zu helfen, indem sie für Clare da war und ihr Sicherheit vermittelte. Das Verhältnis der Schwestern zueinander war also klar definiert, und genauso sollte es auch sein, wenn es nach Julie ging: Die Julie, die Clare in ihr sah, war die Julie, die sie gern sein wollte.

Und doch fühlte es sich falsch an, ihr zu verschweigen, dass sie sich von Michael trennen wollte. Das Geheimnis lastete tonnenschwer auf ihr, aber sie war es ihrem Mann schuldig, zuerst mit ihm darüber zu sprechen. Sie hasste Frauen, die hinter dem Rücken des Partners über diesen herzogen. So ein Verhalten zeugte nicht zuletzt von einem Mangel an Selbstachtung. Sie trug doch genauso viel Schuld an der Entwicklung der Dinge wie Michael, sie hatte die traurige Tatsache nur schneller erkannt und gehandelt.

Es war ihre gemeinsame Scheidung, und sobald sie den Mut aufgebracht hätte, mit ihm zu reden, würden sie zusammen nach einer Lösung suchen. War diese Vorstellung verrückt? Wenn ja, dann sicher nicht verrückter als alles andere im Moment. Und es konnte warten. Wenn sie ihm die Unterlagen vom Anwalt gab, solange sie und Michael im Haus festsaßen, würde das die ohnehin schon unangenehme Situation noch viel, viel schlimmer machen. Außerdem hatte sie monate-, ja eigentlich schon jahrelang darüber nachgedacht, da spielten die paar Wochen keine Rolle mehr. Sie hatte alles in die Wege geleitet, sodass ihr Anwalt in Aktion treten konnte, sobald sich das Land nicht mehr im Griff der Pandemie befand. Wahrscheinlich würden die Scheidungswilligen nach einer wochenlangen Ausgangssperre vor seiner Kanzlei Schlange stehen. Sie lächelte grimmig vor sich hin.

»Julie?«

»Sorry, war gerade meilenweit weg.« Sie zupfte an dem Blumenstrauß herum. »Wenn der Spielbetrieb der Liga eingestellt wird, dürfte das hier eine Zeit lang das Einzige in Rot und Weiß sein, das die Stoke-City-Fans zu sehen kriegen.«

Clare warf ihr einen Blick von der Seite zu. »Schätze ich auch. Dharmesh glaubt nicht, dass sie die Saison zu Ende spielen werden. Er freut sich natürlich – sein Verein steuert gerade auf einen Relegationsplatz zu.«

Julie starrte sie an. »Wer zum Teufel ist Dharmesh?«

Clare lief purpurrot an und zuckte wenig überzeugend mit den Schultern. »Ach, nur ein Typ, mit dem ich ein paarmal aus war.«

»Ein paarmal?«

»Na ja, drei- oder viermal. Okay, zehnmal – aber ziemlich schnell hintereinander.«

»Das macht es ernster, nicht harmloser. Warum weiß ich nichts davon?«

Abermals zuckte Clare mit den Schultern. »Ich will es nicht beschreien …«

Als Julie fragend die Brauen hochzog, fuhr sie fort: »Ist doch wahr. Jedes verdammte Mal, wenn ich jemanden Interessantes kennenlerne, bin ich so aufgeregt, dass ich allen davon erzähle, und dann verläuft die ganze Geschichte doch wieder nur im Sand. Entweder macht sich der Typ rar, oder er erzählt mir plötzlich, dass er bloß ein Abenteuer sucht, oder ich stelle fest, dass er doch nicht so toll ist, wie ich anfangs dachte. Blöd, ich weiß, aber so ist es nun mal. Und Dharmesh …« Sie verstummte, und ihr Blick wurde verdächtig verträumt. »Ich glaube, ich mag ihn wirklich.«

Julie sah ihre Schwester prüfend an. Ihre Augen glänzten, und auf ihrem Gesicht lag ein Lächeln, als versuchte das Glück, sich einen Weg aus ihr herauszukämpfen. Einfach ekelhaft. Aber so süß. Julie freute sich für sie. Clare war seit zehn Jahren geschieden und hatte seitdem keinen festen Partner mehr gefunden. Sollte dieser Dharmesh der Eine sein, wäre das wunderbar. Und der Beweis dafür, dass sich eine Scheidung lohnte, dass das Gras auf der anderen Seite des Zauns tatsächlich grüner war.

»Erzähl mir von ihm«, bat sie, doch im nächsten Moment klingelte die Ladenglocke. Die beiden Frauen drehten sich um.

»Sophie!«, rief Julie erfreut. »Das ist aber eine Überraschung.« Sie stürzte auf ihre Tochter zu, die jedoch mit nach vorn gestreckten Armen zurückwich. Abrupt blieb Julie stehen.

»Sorry, Mum. Social Distancing, du weißt doch.«

Julie blinzelte verwirrt. »Ach so, ja. Richtig. Zwei Meter Abstand und das alles.«

»Genau.«

»Aber die Regeln gelten doch noch nicht, oder? Ich meine, so richtig?« Als Sophie sie mit einem enttäuschten Blick bedachte, seufzte Julie ergeben. »Dann darf ich jetzt also nicht einmal mehr meine eigenen Kinder umarmen?«

»Nur für eine Weile, Mum. Mir gefällt das doch genauso wenig.«

Was Julie allerdings bezweifelte. Von ihren drei Kindern war Sophie immer schon das unnahbarste gewesen, und dieser Zug würde sich jetzt bestimmt noch verstärken. Doch sie ließ sich nichts anmerken und lächelte.

»Na, ich freu mich jedenfalls, dich zu sehen, Soph. Ich hatte schon befürchtet, es würde eine Ewigkeit dauern, bis ich dich das nächste Mal zu Gesicht bekomme.«

»Das wird es von jetzt an auch, fürchte ich. Leo und ich werden uns abschotten.«

»Werden wir das nicht alle?«

»Total, meine ich. Wegen seines, äh, Asthmas.«

»Asthma? Leo?« Julie sah ihren Schwiegersohn vor sich, ein stämmiger Mann mit buschigem Bart und warmen braunen Augen, und versuchte, sich zu erinnern, ob sie ihn jemals mit einem Asthmaspray gesehen hatte. »So schlimm wird es schon nicht sein, oder?«

»Und ob es das ist!«, gab Sophie hitzig zurück und vermied es, ihre Mutter anzusehen. »Es ist sogar ziemlich ernst. Als Kind war er deswegen oft im Krankenhaus, und eine Infektion mit dem Virus könnte schlimme Folgen haben. Das Risiko ist einfach zu groß. Ich arbeite sowieso schon von daheim aus, und er wird es jetzt auch tun, deshalb haben wir gedacht, wir decken uns mit Vorräten ein und vergraben uns zu Hause.«

»Aber Gemüse hält nicht ewig.« Eine dumme Bemerkung, aber ihr war nichts Besseres eingefallen.

»Alles, was wir im Folientunnel im Garten angepflanzt haben, kommt so langsam. Wenn es uns nichts ausmacht, uns nur von Mangold und Kohlrabi zu ernähren, werden wir definitiv nicht verhungern.« Sophie lachte und sah ihre Mutter endlich wieder an. Hinter ihr schnitt Clare eine Grimasse, die Julie wohlweislich ignorierte.

»Und das ist okay für dich?«

»Natürlich. Warum sollte es das nicht sein? Auf diese Weise werden wir gezwungen, saisonale und regionale Produkte zu essen, und das ist doch wunderbar. Wir sind viel zu verwöhnt. Warum müssen wir Äpfel und Erdbeeren importieren, warum können wir nicht warten, bis sie hier im Land geerntet werden? Wir machen diesen Planeten kaputt, bloß weil wir nicht imstande sind, ein bisschen fantasievoller zu kochen.«

»Da ist was dran«, pflichtete Julie ihr bei. Sie wandte sich ab, um Clare nicht mehr sehen zu müssen, die jetzt so tat, als würde sie mit Flügeln schlagen. Unsichtbare Engelsflügel, wie Julie vermutete. Zugegeben, Sophie ließ sich manchmal ein wenig hinreißen in ihrem ökologischen

Eifer. Als Journalistin und Verfasserin von Features verstand sie sich darauf, mit wohl gewählten Worten auf Missstände hinzuweisen, aber das bedeutete nicht, dass sie nicht recht hatte. Julie war sich nicht sicher, ob ihre Tochter bisher jemals Kohlrabi gegessen hatte, doch jetzt war nicht der richtige Moment, um das anzusprechen. »Das klingt wirklich gut, Soph.«

»Und was ist mit Milch?«, warf Clare schelmisch ein. »Haltet ihr euch eine Ziege?«

Julie bedachte sie mit einem strengen, warnenden Blick, aber Sophie zuckte nicht mal mit der Wimper.

»Komisch, dass du das fragst, Leo hat nämlich genau die gleiche Idee gehabt. Du weißt nicht zufällig, wo wir auf die Schnelle eine herbekommen?«

Clare starrte sie mit offenem Mund an, und Julie bewunderte ihre Tochter insgeheim. Sie hatte keine Ahnung, ob Sophie das ernst meinte oder nicht, aber sie hatte dafür gesorgt, dass es ihrer Tante die Sprache verschlug, und das war eine Meisterleistung.

»Von einem Bauernhof?«, schlug sie vor.

»Das wäre eine Möglichkeit. Oder wir stellen unsere Milch selbst her. Aus Hafer.«

»Hafer?«, quiekte Clare.

»Klar. Hafermilch liegt voll im Trend. Solltest du mal probieren, Tantchen. Schmeckt echt gut und ist so viel besser für unseren Planeten.«

»Aber nicht für die Ziegen.«

»Wie meinst du das?«

»Na ja, wenn keiner mehr Ziegenmilch trinkt – oder

Kuhmilch –, werden die armen Tiere doch geschlachtet und gegessen.«

Sophie zog die Stirn kraus, sah dann aber Clares Gesichtsausdruck und schüttelte den Kopf. »So kriegst du mich nicht, Clare. Es geht hier um Makro-, nicht um Mikrobiotik, und das weißt du.«

Jetzt war es Clare, die die Stirn runzelte. »Ich weiß bloß, dass nichts über ein Bacon-Sandwich geht, Soph. Aber ich bin ja bloß eine bärbeißige alte Fleischfresserin, also beachte mich am besten gar nicht. Willst du nicht einen Topf Hyazinthen mitnehmen? Die gehen hier bloß kaputt, wenn wir den Laden schließen, und bei dir würden sie sich richtig gut machen.«

»O ja, gern, danke, Clare.«

Und damit war die Diskussion über Fleisch und das Wohl des Planeten vielleicht nicht vergessen, aber zumindest verschoben, und Clare tänzelte leichtfüßig zur anderen Ladenseite hinüber. Als das Café nebenan vor vier Jahren geschlossen hatte, hatte Julie das Geschäft erweitert. Das war genau das richtige, ehrgeizige Projekt gewesen, das sie nach dem Tod ihrer Mutter gebraucht hatte, um aus dem Tief herauszukommen. Mit der gesamten Energie, die sie aus ihren zur Neige gehenden Reserven noch mobilisieren konnte, hatte sie sich in die Arbeit gestürzt. Und der Erfolg gab ihr recht. Inzwischen verkauften sie neben klassischen Blumensträußen auch Zimmerpflanzen, Töpfe und verschiedene Accessoires. Ihr Laden erfreute sich großer Beliebtheit und lief ausgezeichnet. Sie war stolz auf das, was sie geschafft hatte.

Allerdings fand sie keinen Gefallen daran, denn mit der Erweiterung waren Gedanken verbunden, die man bestenfalls als kompliziert bezeichnen könnte. Deshalb hatte sie Clare nur allzu gern die Leitung dieses Teils des Geschäfts überlassen.

»Pass auf dich auf, mein Schatz, versprich mir das«, sagte sie, als sie mit Sophie allein war, und hob automatisch die Hand, um ihr eine strohblonde Strähne hinters Ohr zu streichen.

Sophie fuhr zurück. »Zwei Meter, Mum! Sorry. Und klar werde ich auf mich aufpassen. Oder Leo. Kommt ja auf dasselbe raus.«

Julie nickte. »Er ist ein guter Mann. Fürsorglich.«

»Das stimmt.« Sophie musterte sie eindringlich. »Und du, Mum? Wirst du zurechtkommen?«

»Aber natürlich. Wieso denn nicht?«

»Ich weiß nicht.« Sophie zögerte. »Wenn du den Laden schließen musst, hast du viel freie Zeit. Du und Dad, ihr werdet ganz allein zu Hause sein, und ...«

»Und was, Soph?«

Sophie tippte mit der Spitze ihres schicken Stiefels auf den hellgrünen Fußboden und wirkte auf einmal wie eine nervöse Elfjährige. »Ich mach mir einfach Sorgen um dich, Mum. Ich frag mich, ob du, na ja, ob du glücklich bist.«

»Glücklich?« Julie merkte selbst, dass ihr Ton ein wenig zu scharf gewesen war, und zog verlegen einen Stängel Schleierkraut aus einem Eimer. Die winzigen Blüten kitzelten, als sie mit den Fingerspitzen sanft darüberstrich.

»Mum?«, sagte Sophie leise.

»Es geht mir gut, Soph, ehrlich. Es geht uns beiden gut.«

»Okay. Ich meine ja nur, weil … nach der Hochzeit …«

Julies Magen verkrampfte sich bei der Erinnerung an Michaels kalte Worte und daran, wie die Gäste sie angestarrt hatten. So als hätten sie all ihre dunklen Geheimnisse vor ihnen ausgebreitet. Noch nie hatte sie sich so gedemütigt gefühlt. Eine Woche später, als sie säckeweise Plastikbecher und -geschirr zum Wertstoffhof gefahren hatte, war ihr die edle Anwaltskanzlei aufgefallen. Von dem Tag an hatte sie versucht, den Mut für einen Besuch beim Anwalt aufzubringen.

»Sophie …«, begann sie, wusste aber nicht weiter und war daher froh, als Clare mit federnden Schritten wieder hereinkam.

»Schaut mal!« Sie hielt eine hübsche Terrakottaschale mit blauen Hyazinthen hoch, blieb dann aber stehen und sah erst ihre Schwester und dann ihre Nichte an. »Alles in Ordnung?«

»Klar«, antwortete Julie. »Alles bestens, nicht wahr, Soph?«

»Sicher. Die Welt steht kurz vor dem Kollaps, weil die Globalisierung für die unaufhaltsame Ausbreitung eines Virus sorgt, aber abgesehen davon ist alles in bester Ordnung.«

Julie lächelte. Das war wieder Sophie, wie sie leibte und lebte, voller Kampfgeist und gerechtem Zorn.

»Ich persönlich freue mich auf ein bisschen Ruhe, um wieder zu mir selbst zu finden«, sagte sie.

»Wirklich?« Sophie sah sie prüfend an.

»Ja, wirklich«, bekräftigte Julie, obwohl sich das eher wie etwas anhörte, was andere Leute sagen würden. Sie hatte Stille nie als etwas Positives empfunden, eher als etwas verdammt Beängstigendes. Aber wenigstens lächelte Sophie jetzt.

»Das ist toll, Mum. Richtig toll. Aber pass auf dich auf, okay? Und bestell Dad viele liebe Grüße von mir.«

Das zumindest konnte Julie guten Gewissens versprechen. Sie winkte ihrer Tochter zum Abschied und wandte sich dann wieder ihren fast leeren Eimern zu. Ihre Kraft schien in dem Maße zu schwinden, wie ihre Blumen weniger wurden. Clare hielt Julie einen Strauß aus vier großen leuchtend gelben Sonnenblumen hin.

»Willst du die mitnehmen? Würden gut zu deinen Sofas passen.«

Julie fuhr zusammen. »Um Gottes willen, nein!«

Clare sah sie verdutzt an. »Wieso denn nicht?«

»Ach, ich … ich mag die Bezüge nicht mehr besonders.«

»Echt jetzt? Ich finde sie super – ein schönes Motiv, und die Farben sind so lebhaft.«

Julie gab ein grunzendes Geräusch von sich. »Das dachte ich auch, als ich den Stoff gekauft hab. Aber ich hab mich wohl getäuscht.«

Clare wollte noch etwas sagen, doch zu Julies großer Erleichterung ging die Tür auf, und der Freund von dem Stoke-City-Fan trat ein. Er war hellauf begeistert von dem Strauß in Rot und Weiß und meinte, seine Freundin werde vor Freude ausflippen. Wieder dachte Julie an die Scheidungsunterlagen, die jetzt in ihrem Nachttisch lagen, und eine große Traurigkeit stieg in ihr auf.

»Wie wär's mit einem kleinen Spaziergang?«, schlug sie ihrer Schwester vor, als der Kunde gegangen war.

Clare zog die Nase kraus. »Du weißt doch, dass ich nicht gern spazieren gehe.«

»Aber ich, und in den nächsten Wochen werde ich vielleicht keine Gelegenheit mehr haben, dich zu sehen. Außerdem will ich mehr über den neuen Mann in deinem Leben erfahren.«

»Na schön. Meinetwegen. Weil du's bist.« Clare lief erneut rot an. Du meine Güte, war sie tatsächlich verliebt?

Julie griff nach Mantel und Schlüsseln und kämpfte gegen den Neid an. Sie gönnte ihrer Schwester ihr Glück von ganzem Herzen. Und außerdem: Je mehr sie ihr von diesem Dharmesh erzählte, desto länger würde sie das Nachhausekommen und damit die Konfrontation mit ihrer eigenen armseligen Beziehung hinauszögern können.

# Kapitel sechs

## Juni 2018

Julie arrangiert die Sonnenblumen sorgfältig in einer Vase, die sie dann ins Wohnzimmer hinüberträgt, wo sie voller Stolz die neu bezogenen Sitzmöbel betrachtet. Sie wirft einen Blick auf ihre Armbanduhr. Michael muss jeden Moment heimkommen, und sie kann es kaum erwarten, seine Reaktion zu sehen. Sicher, es sind nur Möbel, aber sie bemüht sich immerhin. In den letzten Jahren ist es zwischen ihnen aus verschiedenen Gründen nicht so gut gelaufen, und damit muss jetzt Schluss sein. Sophie hat sich verlobt. Sie hat es ihnen letztes Wochenende gesagt, als sie und Leo vorbeikamen, eng umschlungen, Sophie mit einem wunderschönen Bernsteinring am Finger und einem strahlenden Lächeln, wo sie doch sonst eher reserviert wirkt. Man konnte förmlich spüren, wie glücklich sie waren. Ihr Glück schien ansteckend zu sein, und Julie ist fest entschlossen, sich damit zu infizieren, nicht nur um ihrer selbst, sondern auch um ihrer Ehe willen.

Es geht ihr jetzt so viel besser. Die dunkle Zeit nach dem Tod ihrer Mutter liegt definitiv hinter ihr, genauso wie das Theater mit George. Das vergrößerte Geschäft ist seit über einem Jahr geöffnet, und die Kunden strömen in den Laden, sodass sie sich nicht mehr ganz so viele Sorgen zu machen braucht, wie sie die Kosten für ihre getätigten

Investitionen wieder reinholt. Trotzdem geht sie nach wie vor nicht gern in den neuen Ladenteil hinüber, sie hat immer noch das Gefühl, mit so etwas wie Blutgeld dafür bezahlt zu haben. Aber immerhin weiß sie mittlerweile, dass ihre Gedanken Unsinn sind. Und Clare liebt ihre Arbeit. Julie lässt ihr freie Hand beim Einkauf der Pflanzen und Zwiebeln, und Clare widmet sich ihrer Aufgabe mit Rieseneifer. Nicht selten ist sie morgens als Erste im Geschäft, und wenn Julie den Laden betritt, kann sie sie singen hören. An so einem Ort zu arbeiten macht glücklich – und den Kontrast zur Stimmung im eigenen Heim noch krasser.

Genau das will sie jetzt ändern.

Sie streicht über die Polster und glättet die kleinen Fältchen, Resultate ihrer recht mangelhaften Nähkünste. Sie hat einen wundervollen Stoff in einem mit großen und leuchtend gelben Sonnenblumen bedruckten Dunkelgrün gefunden, einer praktischen Farbe, und die letzten fünf Tage, während Michael in Dubai war, damit verbracht, die Polstergruppe in langweiligem Creme, das er noch nie leiden konnte, ein bisschen aufzupeppen. Mit der alten Singer-Nähmaschine ihrer Mum war es nicht ganz einfach und hat mehr Geduld erfordert, als sie normalerweise aufbringen kann, aber sie war entschlossen, es durchzuziehen. Und sie hat es geschafft.

Sie lächelt. Zwei Sofas und ein Sessel, alle perfekt – oder so gut wie – neu bezogen, und das lediglich für den Preis des Stoffs und einiger Nadelstiche in den Fingern. Sie wirft den Sonnenblumen in ihrer Vase auf dem Tisch, die so gut zum Bezug passen, einen stolzen Blick zu, eilt dann in die Küche und holt zwei Kristallgläser und eine Flasche Weißwein. Sogar den alten Eiskübel findet sie, den sie seit Jahren nicht mehr benutzt haben, und stellt ein paar raffinierte Canapés von Waitrose bereit. Dann setzt sie sich hin und wartet auf Michael und seine Reaktion.

Natürlich geht es hier um mehr als nur um neue Sofabezüge; es soll der Beginn eines neuen Lebens für sie beide sein. Sie hatten sich geschworen, mehr füreinander zu tun, wenn die Kinder erst einmal aus dem Haus wären, aber seit jenem furchtbaren Anruf aus dem Krankenhaus vor zwei Jahren ist alles schiefgegangen. Das muss endlich aufhören.

»Hallo? Jemand zu Hause?«

Sie fährt zusammen, als sie seine Stimme hört. Sie weiß bis heute nicht, wie er es immer wieder schafft, die Haustür so leise zu öffnen. Ihre Nerven flattern, als wäre sie eine viktorianische Lady.

»Ich bin hier!«, ruft sie und setzt sich aufrecht auf die Sofakante.

»Okay!«, ruft er zurück. »Ich geh nur schnell ins Bad! Setz schon mal Wasser auf, ja?«

»Ich glaub, ich hab was Besseres!«

Aber er sprintet bereits die Treppe hinauf. Toll, denkt sie, jetzt muss er auch noch aufs Klo. Er benutzt immer die Toilette im oberen Stock, wenn er »groß muss«. Und danach wird er sich umziehen wollen und herumtrödeln, bis er seinen Lieblingspulli und seine Hausschuhe ausgegraben hat. Das kann dauern. Unruhig rutscht sie hin und her, sie will ihn nicht drängen, um die Überraschung nicht zu verderben. Aber ihre Ungeduld lässt sich einfach nicht zügeln.

»Kommst du?«, schreit sie nach oben.

»Jaja, sofort. Sorry. Du weißt doch, dass ich vom Fliegen immer so einen Druck im Darm kriege.«

»Zu viel Information, Mike! Komm einfach runter.«

»Okay, okay.«

Als er ins Zimmer schlurft, weiß sie sofort, dass das nicht der richtige Zeitpunkt für ein wichtiges Gespräch ist. Er ist müde von der Reise und will nur noch in seinen Sessel fallen und entspannen. Trotzdem schaut sie ihn erwartungsvoll an.

Er ist in der Tür stehen geblieben, Mund und Augen weit aufgerissen, und glotzt dumm. »Verdammt, was ist denn hier passiert? Sieht aus wie in *Blumen des Schreckens*.«

»Ich hab neue Bezüge genäht«, antwortet sie nicht weniger dumm.

»Das seh ich. Wieso?«

»Wieso? Weil die anderen alt und langweilig und abgewetzt waren, Mike.«

»Sie waren farblich dezent und weich und bequem.«

»Sie sind immer noch verdammt bequem. Nur der Stoff ist neu. Du hast doch immer gesagt, du magst die Farbe nicht, deshalb wollte ich dich überraschen.«

»Ah. Aber ich meinte damit doch nicht, dass die Bezüge mir nicht gefallen.«

»Und was dann?«

»Dass sie nicht besonders aufregend sind.«

»Jetzt schon.«

»Ja.«

»Aber es gefällt dir nicht.« Ärger steigt in ihr auf, wie so oft in letzter Zeit. »Ich hätte es wissen müssen. Du kannst Veränderungen nicht ausstehen.«

»Das stimmt nicht. Ich bin nur kein Freund von Überraschungen.«

»Das war früher anders«, schießt sie scharf zurück. »Weißt du noch, als du bei deiner Mum gewohnt hast und ich überraschend vorbeikam …«

»Und du nichts als einen Regenmantel anhattest? Ja, daran erinnere ich mich.« Seine Augen verdunkeln sich vielversprechend.

»Und das hat dir gefallen.«

»Natürlich.«

»Weil ich nackt war?«

Er wirft ihr einen komischen Blick zu. »Ja, sicher, darum ging es doch, oder?«

»Dann würde es dir also gefallen, wenn ich mich jetzt nackt ausziehen würde?«

Er verlagert sein Gewicht von einem Fuß auf den anderen. »Ist Ja die richtige Antwort?«

»Sag du's mir.«

Er schaut an die Decke. »Julie, bitte. Ich bin fix und fertig. Worum geht's dir eigentlich? Willst du mir sagen, dass ich zu wenig experimentierfreudig bin?«

»Nein, Michael.« Sie seufzt. »Es geht nur um die Sitzgruppe. Einzig und allein um die Sitzgruppe.«

Das ist nicht wahr, aber das, was sie sagen soll. Sie

sieht ihn flehentlich an. Er tritt langsam näher, beugt sich hinunter, stupst das Sofa mit dem Finger an, vorsichtig, als könnten die Sonnenblumen plötzlich anfangen zu wachsen und ihn – ja, was? – fressen? Kitzeln? Zum Niesen bringen?

»Wirkt sehr … lebhaft.«

»Ja.«

»Du warst sehr … fleißig.«

»Himmel noch mal, Michael, ich hab eine Ewigkeit gebraucht, um die Bezüge zu nähen!«

»Kann ich mir vorstellen.« Endlich nimmt er ihr Gesicht zur Kenntnis, bemerkt die Blumen, den Wein, die außergewöhnlichen Häppchen. »Das ist, äh, sehr gut. Sehr professionell. Und so saubere, äh, Nähte.«

Er zupft an einem Bezug herum, hält aber immer noch Abstand. Sie könnte schreien. Tut es beinah. Doch irgendwie schafft sie es, sich zu beherrschen.

Sie greift nach der Flasche. »Ein Glas Wein zum Anstoßen?«

»Anstoßen? Worauf? Auf die Blumen des Schreckens?«

Jetzt schreit sie doch. Lang und kräftig und aus voller Kehle. Das ist einer der Vorteile, wenn die Kinder aus dem Haus sind: Keiner kommt angerannt, um zu fragen, was los ist, und man muss sich keine peinlichen Lügen ausdenken, um die unschöne Wahrheit zu übertünchen: Ein Loch klafft zwischen Julie und Michael, ein Loch, das vermutlich schon eine ganze Weile da ist, aber mit ihren Kindern gefüllt war, sodass sie nicht hineinfallen konnten.

# Kapitel sieben

Bin mit Clare spazieren. Komme später.

Michael starrte die SMS unsicher an. Zwei Dinge waren merkwürdig daran. Erstens schrieb ihm Julie normalerweise keine Textnachricht, um ihm mitzuteilen, wann sie nach Hause kommen würde. Und zweitens konnte Clare Spaziergänge nicht ausstehen. Sie war bekannt dafür, die ganze Familie machte Witze darüber. Sie joggte, fuhr Rad, spielte Softball, Kricket, Basketball, Tennis … Sie war bei jeder Sportart sofort dabei, hatte aber eine geradezu kindliche Abneigung gegen »langweilige« Spaziergänge. War Julie wirklich mit ihr unterwegs?

Er verscheuchte den Gedanken. Im Grunde hatte er vor dem Lockdown nie genau gewusst, wo seine Frau gerade steckte. Es gab offenbar jeden Tag irgendeinen Club, der ein Treffen veranstaltete: den Buchclub, den Kochclub, den verdammten Häkelclub. Dabei hatte sie nicht das geringste Talent fürs Häkeln. Die Mütze, die sie ihm zu Weihnachten geschenkt hatte, sah aus, als ob ein geistig verwirrtes Schaf seine Wolle auf seinem Kopf abgestreift hätte. Trotzdem machte sie unverdrossen weiter.

Die Mahlzeiten verliefen schon seit Jahren nach dem gleichen Muster. Wer zuerst in die Küche kam, kochte für zwei, aß die eine Hälfte selbst und ließ die andere stehen, entweder für später oder für den nächsten Tag. Zwar kam es ab und an vor, dass sie gleichzeitig am Tisch saßen, aber er würde nicht so weit gehen, das »gemeinsam essen« zu nennen. Das taten sie nur noch dann, wenn sie mit anderen Paaren ausgingen und sich zwischen ihnen verstecken konnten. Das war doch nicht normal, oder?

Er schob seinen Stuhl vom Schreibtisch zurück – Brionys Schreibtisch – und schaute sich im Zimmer um. Die Zeit war stehen geblieben, kryokonserviert in dem Moment, als Briony von zu Hause ausgezogen war, so als würde sie jeden Augenblick zurückkommen, immer noch junge achtzehn, immer noch mit pink gefärbtem Haar und klobigen DocMartens. Eine skrupellose Träne kitzelte ihn im Augenwinkel, und er wischte sie unwillig weg. Das war gar nicht gut. Wie sollte er von zu Hause aus arbeiten, wenn er ständig wegen seiner Kinder heulte, die erwachsen geworden und ausgezogen waren und ihr eigenes Leben führten, was ihr gutes Recht war. Oder hatte er einfach nur Hunger? Bestimmt brauchte er nur eine Tasse Tee und ein paar Kekse.

Er stand auf, verließ das Zimmer, ging durch den Flur, blieb stehen und betrachtete die Galerie aus bunt durcheinandergewürfelten Familienfotos. Julie hatte nie etwas für den ordentlichen Einheitslook übriggehabt, und so fand sich das Foto von Sophie als Erstklässlerin neben einem weiß gerahmten Familienfoto aus irgendeinem Atelier, und das Foto von Brionys Abschlussfeier hing neben einer Serie von Miniaturen in Klemmrahmen, die die

Kinder beim Schlittenfahren zeigten. Alles wunderschöne Bilder, aber jetzt, wo er genauer hinsah, fiel ihm auf, dass nicht ein einziges aus den letzten fünf Jahren darunter war. Als wären er und Julie nach dem Erwachsenwerden und dem Auszug ihrer Kinder einfach verschwunden.

Wieder spürte er Tränen aufsteigen. Rasch ging er weiter, vorbei an Sophies Zimmer neben dem von Briony und dem von Adam mit den grau gestrichenen Wänden. Ganz am Ende des Flurs lagen die Türen zum großen Elternschlafzimmer und dem kleinen Gästezimmer einander direkt gegenüber – das eine war Julies Schlafzimmer geworden, das andere seins. Er betrat sein Zimmer, betrachtete die leeren Wände, die neutralen Vorhänge, den wackligen Schrank, den er schon seit Jahren reparieren wollte. Eigentlich hatte er sich hier nur für ein, zwei Wochen einquartieren wollen, als er einen üblen Hexenschuss gehabt und auf ihrer viel zu weichen Matratze vor lauter Schmerzen nicht hatte schlafen können – zumal Julie eine äußerst unruhige Schläferin war. Das war im Winter vor zwei Jahren gewesen. Wieso schlief er dann immer noch hier drin?

Er ging über den Flur und öffnete die Tür zu Julies Schlafzimmer – zu ihrem ehemaligen gemeinsamen Schlafzimmer. Der Kontrast hätte stärker nicht sein können. Der Raum spiegelte seine Bewohnerin exakt wider. Auf dem weißen Dielenboden lag ein mehrfarbiger Teppich, der zum farbenfrohen Bettbezug passte, und auf dem Bett thronten dicke Kissen; sogar auf dem Boden lagen welche. Herrgott, wie ihn diese Kissen immer genervt hatten! Was hatten sie denn für einen Zweck? Anscheinend waren sie nur dazu da, um vom Bett auf den Fußboden und wieder zurück aufs Bett geräumt zu werden.

»Aber sie sind so hübsch«, hatte Julie jedes Mal dagegengehalten und ihm eins an den Kopf geworfen. Wahrscheinlich waren sie das wirklich, wenn man Kissen mochte, und irgendwie fehlten sie ihm sogar, wenn er ehrlich war.

Er ließ sich aufs Bett fallen, wobei ein Kissen auf den Boden katapultiert wurde, und strich über die Bettdecke. Beim Gedanken an seinen Versuch, ins Ehebett zurückzukehren, stöhnte er auf. Das war an Weihnachten gewesen. Er hatte viel zu schnell aufgegeben und war ins Gästezimmer zurückgekrochen, weil das einfacher war. Er hatte nicht gewusst, dass es danach mit jedem Mal schwerer werden würde.

* * *

»Du bist also wieder da!«

Julie schwankt ein bisschen von den Likören in den absurdesten Farben, die nur ein einziges Mal im Jahr aus dem Schrank geholt werden. Sie will elegant durchs Schlafzimmer stolzieren, was ihr nicht ganz gelingt, und er muss lachen. Auch er ist nicht mehr nüchtern, aber die Liköre hat er nicht angerührt: Bei Drinks, die aussehen, als gehörten sie in einen Süßwarenladen, ist für ihn die Grenze überschritten.

»Ich bin wieder da.« Er lehnt sich gegen das Kopfteil und klopft mit der Hand auf die Bettdecke. »Komm und hol mich, Tiger.«

So etwas würde er normalerweise nicht sagen, aber diese Situation fühlt sich auch nicht normal an. Weiß der Kuckuck, warum. Sie sind in *ihrem gemeinsamen* Schlafzimmer, in *ihrem* Haus, so wie die ganzen letzten Jahre. Dass das vergangenen Monat anders war, ist beiden sehr bewusst. Er hat wegen seines Rückens im Gästezimmer geschlafen, aber jetzt, wo Betty und alle drei Kinder über die Feiertage zu Besuch sind, bleibt ihnen gar nichts anderes übrig, als sich wieder ein Zimmer und ein Bett zu teilen. Und auf einmal scheint das eine hervorragende Idee zu sein.

Gestern, an Heiligabend, waren sie viel zu lange auf und haben getrunken. Es war Julie, die alle anderen ins Bett schickte und dann darauf bestand, dass Michael als Weihnachtsmann durchs Haus schlich. Als sie endlich ins Bett fielen, waren sie so erledigt, dass sie auf der Stelle einschliefen. Heute Morgen sind sie von Adam geweckt worden – er ist zwanzig, verhält sich aber manchmal wie zwölf. Mit seinem Weihnachtsstrumpf in der Hand sprang er zu ihnen ins Bett. Für peinliche Gefühle blieb da keine Zeit. Aber heute sind sie hellwach und nach einem harmonischen Tag mit der Familie von innerer Zufriedenheit erfüllt. Für Michael die scheinbar perfekte Gelegenheit, endgültig in Julies Arme zurückzukehren.

»Ich habe dich vermisst.«

»Wirklich? Was denn genau?«

»Alles.« Das stimmt, auch wenn es ihm vielleicht in dem Moment erst klar wird. Schon komisch, wie negativ sich ein schmerzender Rücken auf die Lust am Sex auswirken kann. Er war sogar dankbar, als sie allein tanzen ging, obwohl er früher leidenschaftlich gern getanzt hat.

»Du bist eine attraktive Frau.« Er beobachtet, wie sie nach dem seitlichen Reißverschluss ihres Festtagskleids greift. »*Sehr* attraktiv. Man sieht dir dein Alter überhaupt nicht an.« Als sie ihm einen scharfen Blick zuwirft, verbessert er sich rasch: »Womit ich nicht sagen wollte, dass du alt bist. Sorry. Ich hab nur gemeint, dass du, äh, dich gut gehalten hast. Du bist zum Anbeißen.«

Sie zieht eine Braue hoch. »Wie ein Rumpsteak?«

Er schüttelt den Kopf. »Nein. Viel besser als ein Rumpsteak. Und ich liebe Rumpsteak, wie du weißt.«

Sie kichert. Er springt auf, um ihr mit dem Reißverschluss zu helfen, der sich unter ihrem Arm im Samt verklemmt hat. Als er vorsichtig daran zupft, windet sie sich.

»Das kitzelt!«

»Wirklich?«

Jetzt kitzelt er sie richtig und zieht sie an sich, und sie legt ihm ihre Hand auf den Nacken. Gott, das fühlt sich wunderbar an, wie das schönste Weihnachtsgeschenk, das er je bekommen hat. Und das will etwas heißen, schließlich hat Briony ihm eine Guzzi-Kappe und Adam ein neues Schraubenschlüsselset geschenkt!

»Es war ein herrlicher Tag«, sagt er und küsst sie.

Sie erwidert seinen Kuss. »Ja, finde ich auch. Sophie hat sich so über deinen Komposter gefreut.«

»Hast du nicht gesagt, er ist beknackt?«

»Das ist er auch, aber ihr gefällt er, und das ist die Hauptsache.«

»Richtig. Und Brionys Gesicht, als sie die Eintrittskarten gesehen hat!«

»Unbezahlbar! Ich hab ein Foto gemacht.«

Sie windet sich aus seinen Armen und greift nach ihrem Telefon. Während sie das fragliche Foto sucht, beugt er sich zu ihr, küsst ihren Hals, und sie stöhnt leise auf.

»Hier, schau mal.«

Sie reicht ihm das Handy und beginnt, sein Hemd aufzuknöpfen, wobei sie sich seine Brust hinunterküsst, als ob sie frisch verheiratet wären. Was sie nach einem Monat in getrennten Schlafzimmern in gewisser Weise auch sind. Als sie fast seinen Hosenbund erreicht hat, kann er sich nur noch mühsam auf das Foto von Briony konzentrieren, so hübsch es auch ist.

»O Julie«, murmelt er. In diesem Moment leuchtet eine neue Nachricht auf dem Display auf. Sie ist ziemlich eindeutig.

Frohe Weihnachten, Julie. Ich habe viel nachgedacht, und du wirst mich nicht wiedersehen. Es ist besser so. Du bist wunderschön – innen und außen. Vergiss das nicht.

Michael erstarrt.

Julie hat inzwischen den untersten Knopf geöffnet und richtet sich wieder auf, um ihm das Hemd von den Schultern zu streifen. »Michael? Alles in Ordnung?«

Er lässt das Handy aufs Bett fallen. Er ist sich nicht sicher, was er gerade gelesen hat, aber er will nicht darüber nachdenken. Nicht jetzt. »Ja«, antwortet er rasch. »Alles bestens.«

Er greift nach dem Reißverschluss an ihrem Kleid, und jetzt lässt er sich problemlos herunterziehen, was er ganz langsam macht. Er konzentriert sich auf ihren bezaubernden Körper und das leise Stöhnen, das ihr entfährt, als er ihr das Kleid abstreift und ihr Schlüsselbein mit Küssen bedeckt.

*Du bist wunderschön – innen und außen. Vergiss das nicht.*

Der Text schneidet durch sein sinnliches Verlangen. Er weiß, dass seine Frau wunderschön ist, aber wer außer ihm hält es für angebracht, ihr das zu sagen?

»Julie?«

»Hm?«

Sie sieht hinreißend aus, wie sie in Unterwäsche vor ihm steht. Er sollte den Mund halten und einfach genießen. Aber das kann er nicht.

Langsam löst sie seine Gürtelschnalle. »Bist du bereit, Tiger?«, knurrt sie.

O ja, er ist bereit, und wie! Aber er kriegt diese verdammte Nachricht nicht mehr aus dem Kopf.

*Ich habe viel nachgedacht, und du wirst mich nicht wiedersehen.*

Was hat das zu bedeuten? Dass sie sich schon einmal mit dem Absender getroffen hat?

Vergiss es, sagt er sich wütend. Das könnte alles bedeuten. Sogar eine Frau könnte die Nachricht geschickt haben. Auch Frauen sagen solche Sachen.

Aber selbst wenn sein Verstand diese Erklärung akzeptiert – sein Körper tut es nicht.

Julie lässt seine Hose los und schaut zu ihm auf. »Michael? Ist wirklich alles in Ordnung?«

»Klar. Alles bestens. Ich fühl mich großartig. Bloß … ein bisschen beschwipst. Und mein Rücken tut weh.«

»Komm, lass uns ins Bett gehen«, schlägt sie mit Hoffnung in der Stimme vor.

Jeder geht auf seine Seite. Als sie ihre Unterwäsche auszieht, spürt er, wie sich etwas bei ihm regt. Gott sei Dank. Ungeduldig streckt er die Arme nach ihr aus, aber als sie unter die Decke schlüpft, fällt das Telefon hinunter und landet auf dem Fußboden.

»Lass nur«, murmelt sie und schmiegt sich an ihn.

Das würde er ja gern, wirklich, aber er kann nicht. Er sieht immer noch die Nachricht, wie sie plötzlich oben über Brionys strahlendem Gesicht auf dem Display aufpoppt. Ist Julie deshalb in letzter Zeit so reserviert? Er dachte, das habe noch immer mit Lindas Tod zu tun, aber vielleicht ist er einfach nur naiv gewesen. Sein Verlangen fällt in sich zusammen.

»Michael?«

»Mein, äh, Rücken«, stottert er.

*Du wirst mich nicht wiedersehen.*

Eine klare Aussage. Falls da etwas war, irgendetwas, dann ist es vorbei. Er sollte Julie in die Arme nehmen und sie zurückerobern, aber die Worte wollen einfach nicht verschwinden.

»Dein Rücken?« Sie löst sich von ihm, starrt ihn an.

Er verzieht in gespieltem Schmerz das Gesicht, als er den Rücken durchbiegt. »Ich glaub, ich hab mich wieder verrenkt.«

»Oh.«

Er sieht ihr an, wie enttäuscht, wie verletzt sie ist. Da ist sie nicht die Einzige. Die Weihnachtsstimmung, die noch vor wenigen Minuten in seinen Adern prickelte, liegt ihm jetzt bleischwer im Magen. Er hat das alles so furchtbar satt.

»Sollen wir einfach schlafen?«, fragt sie zaghaft.

»Ist wohl das Beste«, erwidert er steif.

»Gut.«

Sie knipst das Licht aus, und sie liegen im Dunkeln und achten sorgfältig darauf, einander nicht zu berühren. Beide finden lange keinen Schlaf.

* * *

Ob sie eine Affäre hatte, fragte sich Michael jetzt. Er hatte oft daran gedacht, sie auf die Nachricht anzusprechen, sie schlicht zu fragen, was es damit auf sich hatte. Einfach nur, damit er endlich diese quälende Angst loswurde. Aber wenn er ehrlich war, fürchtete er sich vor der Antwort. Wenn sie sich nun tatsächlich mit jemand anders getroffen hatte? Oder immer noch traf? Was würde er dann tun? Er hasste die Vorstellung, es könnte Geheimnisse zwischen ihnen geben, aber er hatte auch Angst vor der Wahrheit.

Seine Julie war immer eine aufgeschlossene, extrovertierte Person gewesen, die ihre Gefühle ganz ungeniert auslebte, die Kinder mit spontanen Umarmungen und überschwänglichem Lob in Verlegenheit brachte, albern zu ihren Lieblingssongs tanzte und bei traurigen Filmen herzzerreißend schluchzte. Aber seit ein paar Jahren hatte sie sich in sich zurückgezogen. Er hatte keine Ahnung mehr, was sie dachte, was sie fühlte.

Er sah sie wieder vor sich an jenem allerersten Tag in Budapest, wie sie die Welt angelacht hatte, und verspürte eine ohnmächtige Wut, weil ihm diese wunderbare junge Frau genommen worden war.

Und schuld daran war nur dieser furchtbare Anruf aus dem Krankenhaus. Trauer war etwas Entsetzliches, das wusste er selbst nur zu gut. Er hatte versucht, mit ihr über ihre Mum zu reden, ihr zu helfen, so wie sie ihm nach dem Tod seines Vaters geholfen hatte. Aber sie hatte es nicht zugelassen, hatte alle seine Versuche abgeblockt.

Er nahm das blöde Regenbogenkissen vom Fußboden und schleuderte es mit aller Kraft auf die Kissen, die auf dem Bett lagen. Sie hüpften in die Höhe, eins wurde auf den Nachttisch katapultiert, wo es ein Taschenbuch mit rosarotem Umschlag traf und zu Boden schickte. Michael verzog das Gesicht. Als er sich hinabbeugte, um es aufzuheben, bemerkte er, dass die Nachttischschublade ein klein wenig offen stand. Er erstarrte. Früher, ganz zu Beginn ihrer Beziehung, hatte Julie Tagebuch geführt, aber bald damit aufgehört. Mit ihm in ihrem Bett habe sie nachts Wichtigeres zu tun, hatte sie gemeint. Aber vielleicht hatte sie ja wieder mit dem Schreiben angefangen. Vielleicht würde er in ihrem Tagebuch die Geheimnisse entdecken, die sie vor ihm verbarg.

Er streckte die Hand aus und zog die Schublade behutsam ein winziges Stückchen weiter auf. Etwas Braunes lag darin. Ein Notizbuch? Er zog ein bisschen kräftiger, aber die Schublade klemmte. Plötzlich sah er sich selbst, wie er herumschnüffelte, und trat eilig den Rückzug an. Er kehrte in sein Zimmer zurück und setzte sich schwer atmend aufs Bett. Als erwachsener Mensch, der er war, sollte er mit Julie reden. Und wenn er nicht ertragen konnte, was sie zu sagen hatte, nun … Er würde einfach einen Weg finden müssen, damit umzugehen.

Er schaute auf seine Uhr. Es war ein herrlicher Abend, und Julie würde sicher nicht so bald zurückkommen, wenn sie tatsächlich spazieren gegangen war. Was in aller Welt sollte er solange machen? Normalerweise würde er sich in die Garage zu Gertie flüchten, aber da Gary ihm per SMS mitgeteilt hatte, dass es bei der Lieferung von Ersatzteilen momentan zu erheblichen Verzögerungen kam, konnte er momentan nichts für das alte Mädchen tun. Er schaute sich um, und sein Blick fiel auf den wackligen Kleiderschrank. Einer der Füße war gebrochen, als sie ihn aus Adams Zimmer über den Flur geschleift hatten, und seitdem hatte er Schlagseite. Schon öfter hatte Michael sich vorgenommen, den Fuß zu reparieren, doch es war ihm immer zu anstrengend gewesen, dafür den ganzen Schrank auszuräumen. Jetzt allerdings hätte er Zeit dafür, also warum nicht?

Froh, eine sinnvolle Aufgabe gefunden zu haben, öffnete er die Schranktür und stand vor einem bunten Sammelsurium aus Cocktailkleidern, Kunstpelzmänteln und Kostümen, die sich aneinanderdrängten wie Außenseiter auf einer Party. Mit beiden Händen griff er hinein, riss einen Armvoll heraus und marschierte in Sophies Zimmer, wo er alles aufs Bett warf. Dann kehrte er zurück und holte nach und nach die anderen Sachen. Die Beschäftigung beruhigte ihn, und er arbeitete schnell, sodass bald nur noch ein einziges Teil ganz hinten im Schrank hing.

Als er es herausholte und sah, was er in den Händen hielt, erstarrte er mitten in der Bewegung. Es war die Lederjacke, die er Julie geschenkt hatte, als sie sich genau zwei Monate kannten, damit sie ihn auf seinen Motorradtouren begleiten konnte. Er streckte den Arm aus und bewunderte das auffällige schwarz-orangerote Muster, sah die Falten im weichen Leder dort, wo sie die Arme angewinkelt hatte, um sie um seine Taille zu legen, und den winzigen Riss, den ein vorwitziger Ast auf einem zugewucherten Weg in Italien hinterlassen hatte. Auf einmal meldeten sich die Tränen zurück.

Er lief durch den Flur, schleuderte die Jacke auf den Haufen von erinnerungsfreien Kleidungsstücken und schlug die Zimmertür hinter sich zu. Der Schrank. Er musste sich auf die Reparatur des Schranks konzentrieren. Das sollte doch möglich sein. Wie würde er es am besten anstellen? Am klügsten wäre es zu warten, bis Julie zurückkam, damit sie ihm half, andererseits konnte das billige alte Ding doch nicht so schwer sein, oder? Wenn er langsam machte, würde er schon allein klarkommen.

Er packte den Schrank von vorn und zog ihn Zentimeter für Zentimeter von der Wand weg, erst auf der einen, dann auf der anderen Seite. Gut. Jetzt musste er ihn nur noch anheben und kippen und ... Der Schmerz durchfuhr ihn messerscharf, während das verdammte Ding gegen die Wand krachte. Etwas in seinem Rücken hatte sich verschoben. Taumelnd wich er zum Bett zurück. Übelkeit stieg in ihm auf, füllte die Leere rings um den stechenden Schmerz, und die Kanten jedes Gegenstands im Zimmer wurden unscharf und verschmolzen miteinander.

Er versuchte, sich aufzurichten und sich aufs Bett zu legen, aber es gelang ihm nicht. Ächzend und stöhnend sank er zu Boden, wo er sich zusammenrollte und zähneknirschend ertrug, wie der Schmerz ihn immer und immer wieder mit voller Wucht trat, erbarmungslos wie ein ganzer Schlägertrupp. Ihm blieb nichts anderes übrig, als auf Julie zu warten. Hoffentlich würde sie sich bald von Clare – oder wer auch immer sie auf ihrem Spaziergang begleitete – verabschieden.

# Kapitel acht

Julie drehte den Schlüssel im Schloss und schnupperte hoffnungsvoll, als sie die Haustür aufstieß. Sie war am Verhungern. Clare hatte eine ganze Menge über den wunderbaren Dharmesh zu erzählen gehabt, sodass sie meilenweit über die Felder gelaufen waren. Es hatte richtig Spaß gemacht. Wenn ihre Schwester nur nicht so gerast wäre! Julie war fix und fertig. Und hatte einen Bärenhunger.

Aber es lag kein Essensgeruch in der Luft. Verdammt! Hatte Michael denn gar nichts gekocht? Sie ging in die Küche. Es war still im Haus, aber das war nichts Ungewöhnliches. Michael war kein lauter Mensch. Sogar Rugby, das er über alles liebte, schaute er sich praktisch schweigend an, ließ sich höchstens mal zu einem leisen »Ja!« hinreißen, wenn sein Team einen Punkt machte. Am Anfang ihrer Beziehung hatte sie das bewundert. Heute nervte sie seine Art nur noch. Was war denn so schlimm daran, seinen Gefühlen hin und wieder freien Lauf zu lassen?

Die Küche war leer, sauber und aufgeräumt. Nicht einmal ein Teller oder ein Messer lag auf der Abtropffläche. Nichts deutete darauf hin, dass jemand gekocht hatte.

»Michael?«

Keine Antwort. Wahrscheinlich steckte er wieder in der Garage und bastelte an seinem verdammten Bike herum.

Sie öffnete den Kühlschrank und entdeckte in einer dunkelroten Marinade Hühnchen, das es definitiv noch nicht in den Kochtopf geschafft hatte. Sie blickte auf die Uhr. Schon nach halb acht. Es sah Michael gar nicht ähnlich, so lange bis zu seinem Abendessen zu warten. Es sei denn, das bestellte Ersatzteil für das Motorrad war gekommen.

Sie machte den Kühlschrank zu, ging zu der Tür, die zur Garage führte, und öffnete sie. Kalte Luft strömte in die Küche. Kein Michael, nur Gertie, einsam und verlassen. Ein Strahl der Außenbeleuchtung von nebenan fiel durchs Fenster auf die Chromkarosserie der alten Guzzi und ließ sie schimmern. Julie lächelte. Sie war wirklich eine Schönheit. Ein Wunder, dass sie immer noch lief. Wahrscheinlich lag es an Michaels unermüdlicher Pflege. Als sie in den Flitterwochen mit dem Motorrad durch Europa gefahren waren, war es, nett ausgedrückt, eher unzuverlässig gewesen. Aber es war nicht die Schuld der Maschine, weder dass sie es nicht bis zu den griechischen Inseln geschafft hatten, noch dass sie bis heute, fast fünfunddreißig Jahre später, nicht eine einzige davon besucht hatten.

Der Gedanke erfüllte sie mit Unbehagen. Hastig machte sie die Tür zu und ging zurück in den Flur.

»Michael?«

Nichts. Arbeitete er vielleicht noch? Er hatte Kunden auf der ganzen Welt, gut möglich, dass er mit jemandem sprach, dessen Arbeitstag noch in vollem Gange war. Sie wandte sich zur Treppe und ermahnte sich, nicht zu trampeln, sondern leise zu sein, falls er eine Telefonkonferenz hatte. Aus Brionys Zimmer drang kein Laut, aber aus dem Gästezimmer vernahm sie ein eigenartiges Geräusch, eine Art dumpfes Stöhnen.

»Michael?« Sie spähte hinein, und da lag er, zusammengekrümmt auf dem Fußboden, weiß wie eine Königslilie, die Augen dunkel umschattet. »O Gott, Michael! Was ist passiert?« Sie registrierte den leeren Schrank, der wie betrunken an der Wand lehnte, und die sonderbare Haltung ihres Mannes. »Der Rücken?« Er nickte mit krampfhaft zusammengebissenen Kiefern. »Was kann ich tun?«

Er sah sie hilflos an, und sie versuchte, sich zu erinnern, was beim letzten Mal geholfen hatte. Da war es allerdings bei Weitem nicht so schlimm gewesen. Kein dramatisches Auf-dem-Boden-Wälzen, sondern eine kurze Nachricht aufs Handy, dass er in der Einfahrt sei und ein bisschen Hilfe beim Aussteigen brauche. Zuerst hielt sie das für einen Scherz, aber nein: Nach einem langen Tag auf einer kalten Baustelle irgendwo bei Hull war es ihm derart in den Rücken gefahren, dass er sich kaum noch rühren konnte.

Es hatte ewig gedauert, ihn aus dem Auto und ins Haus zu kriegen. Weil die Matratze ihres Ehebetts zu weich war, hatte er sich im Gästezimmer einquartiert, eine Lösung, die eigentlich für ein, zwei Wochen gedacht gewesen war, die sie aber komischerweise bis jetzt beibehalten hatten. Sie verscheuchte den Gedanken, als Michael wieder vor Schmerz stöhnte.

»Glaubst du, du kannst dich bewegen, wenn ich dir helfe? Im Bett würdest du bequemer liegen.«

»Wir können es ja versuchen.«

Sie kniete sich neben ihn und dachte nach. Schließlich schob sie ihm eine Hand unter die Schulter und legte ihm die andere auf die Hüfte. Sein Hemd war hochgerutscht, und seine Haut fühlte sich weich und warm an. Zum Glück. Die Situation hatte etwas Intimes, zumal sich ihr Gesicht nur wenige Zentimeter von seinem befand. Sein Atem ging stoßweise, und als er ihre Wange streifte, regte sich etwas tief in ihrem Inneren. Es beunruhigte sie. Unwillig schüttelte sie den Kopf. Das war doch lächerlich.

»Fertig?«

»Ich weiß nicht, Jules.«

Seine Stimme zitterte ein wenig. Sie drehte den Kopf und sah, dass etwas wie Angst in seinen Augen lag und sie kornblumenblau leuchten ließ. Der Anblick erinnerte sie fatal an ihre allererste Begegnung. Er hatte an einer Straßenecke in Budapest auf seinem Motorrad gesessen, als sie mit ihrer Freundin Susie aus einem Café trat. Ihre Blicke hatten sich getroffen – genau wie in einem Liebesfilm –, und das Blau seiner Augen hatte sie regelrecht umgehauen. Bei der schwarzen Mähne hatte sie nie und nimmer damit gerechnet, dass seine Augen blau sein würden.

»Gott, ist der heiß!«, hatte sie zu Susie gesagt. »Sieh dir bloß mal diese Augen an! Und das Motorrad! So cool.«

Sie hatte ja keine Ahnung gehabt, dass sie fünfunddreißig Jahre später dasselbe verdammte Motorrad verfluchen würde, weil es die ganze Garage in Beschlag nahm, während ihre beiden Autos bei jedem Wetter draußen standen. Und dass sie alles tun würde, um diesen blauen Augen, die sie so fasziniert hatten, dass sie alle Campingplätze in Stadtnähe abgeklappert hatte, um sie zu finden – um *ihn* zu finden –, nach Möglichkeit aus dem Weg zu gehen.

Sie schob die Erinnerung weg. Die Zeiten waren vorbei. Sie waren schön gewesen, keine Frage, aber es war nicht mehr dasselbe. Menschen änderten sich. Motorräder setzten Rost an und mussten ständig gepflegt werden. So wie Ehen. Was jedoch nicht bedeutete, dass er ihr gleichgültig war. Sie packte beherzter zu und spürte, wie sein Griff fester wurde.

»Du schaffst das, Michael. Ich halte dich, versprochen.«

Er wappnete sich sichtlich, nickte dann kurz und spannte seinen Körper an. Julie stemmte sich gegen die Wand und zog vorsichtig.

»Aaahhh!«

»Tut mir leid, entschuldige, ich …«

»Nein, schon gut. Mach weiter. Bitte.«

Sie schloss die Augen, damit sie den Schweißfilm auf seiner Stirn nicht sehen musste, und zwang sich zu ziehen, panisch, weil sie Angst hatte, dass einer seiner Knochen brechen würde. Das Krankenhaus war der letzte Ort, an dem sie im Moment sein wollte. Doch dann, mit seinem ganzen Gewicht auf sie gestützt, kam Michael wieder auf die Füße und ließ sich keuchend aufs Bett sinken.

»Geht's dir gut?«

Er nickte grimmig. »Ging mir selten besser.«

Sie lachte kurz auf. »Was genau ist denn passiert?«

»Ich hab mich als Heimwerker versucht, das ist passiert.«

Jetzt musste sie wirklich lachen. Michael war in der Tat

ein lausiger Heimwerker, obwohl er sonst so praktisch veranlagt war. Als sie ganz am Anfang zusammengezogen waren, hatte er stolz verkündet, er werde ihr ein Regal für ihr Dekozeug bauen. Etliche Stunden und viele, viele Kraftausdrücke später hatte er ihr drei Wandbretter präsentiert, die so schief hingen, dass ihre Figürchen und gerahmten Fotos herunterrutschten. Damals war ihr das egal gewesen. Er hatte so toll ausgesehen, wie er mit nacktem Oberkörper dastand, die Bohrmaschine in der Hand und ein paar Schrauben zwischen den Lippen, dass sie ihn ins Bett gezerrt hatte, ohne auch nur einen weiteren Gedanken an das verdammte Regal zu verschwenden.

Später hatte sie selbst Buchstützen in Form von Regenbögen an das tiefer hängende Ende der Bretter geklebt, die die Staubfänger am Herunterfallen hinderten. Wie kam es, dass etwas, das so lustig gewesen war, als man jung war, einem mit zunehmendem Alter gewaltig auf die Nerven ging?

»Ich bring dir was gegen die Schmerzen.«

»Danke.«

Als sie mit den Tabletten und einem Glas Wasser zurückkam, saß er aufrecht im Bett, einige Kissen in den Rücken gestopft. Er sah schon ein wenig besser aus, hatte wieder etwas Farbe bekommen und atmete normal. Erleichtert lächelnd nahm er die Tabletten entgegen und schluckte sie.

»Danke«, sagte er noch einmal.

»Kein Problem.« Sie blieb unschlüssig stehen. »Hast du Hunger?«

»Wenn ich ehrlich bin, ja. Ich hab vorhin Hühnchen zum Marinieren in den Kühlschrank gestellt.«

»Hab ich gesehen. Dann fang ich mal an zu kochen.«

»Das wär toll.«

»Soll ich dir deine Portion raufbringen, damit du sie hier essen kannst?«

»Wär vielleicht besser. Danke, Julie.«

Er klang so zahm und wirkte so klein. In seinem Zustand war er von ihr abhängig, und das gefiel ihr nicht. Das gefiel ihr ganz und gar nicht.

In der Küche fuhr sie Töpfe und Pfannen auf, gab Hühnchen und Reis hinein und warf das erstbeste Gemüse, das ihr in die Hände fiel, gleich hinterher. Das Rezept im Leseständer ignorierte sie. Michael hielt sich immer penibel an die Anweisungen und konnte es nicht ausstehen, wenn sie so kochte wie jetzt. Als sie ihre Vorräte durchforstete, stieß sie auf eine Dose Ananas, die gut und gern aus den Achtzigerjahren stammen könnte. Sie öffnete sie und ließ ein paar Stücke in die Soße fallen. Sie würde das Gericht Hühnchen Hawaii nennen. Und später vielleicht noch ein paar Bananenscheiben hinzufügen. Aber die einzige Banane im Kühlschrank war schon braun und viel zu matschig, um sie noch in Scheiben zu schneiden. Typisch. Angewidert schmiss sie sie in den kleinen Biomülleimer, der schon so voll war, dass sich mit dem Neuzugang der Deckel nicht mehr schließen ließ. Verdammt!

Michael leerte den Abfallbehälter immer in den Komposter ganz hinten im Garten. Dabei ging er nach einem komplizierten wissenschaftlichen System vor, das sie vorgab, nicht zu kapieren, wodurch sie sich clever vor den Kompostierpflichten drückte. Aber wenn er wieder einen richtig bösen Hexenschuss hätte, wäre er tage-, wenn nicht gar wochenlang außer Gefecht gesetzt. Sie zog die Banane wieder aus dem Eimer, um sie im Restmüll zu entsorgen, doch dann meldete sich ihr Öko-Gewissen, und sie legte sie in den Kühlschrank zurück. Immerhin ließ sich der Deckel des Bioabfallbehälters so wieder schließen. Sie seufzte erleichtert. Sie würde sich morgen darum kümmern, wenn sie nicht so hungrig war. Zeit genug hatte sie ja. Viel zu viel Zeit.

Als der Reis vor sich hin köchelte und die etwas merkwürdig aussehende Soße rings um das Hühnchen zu blubbern begann, drehte sie den Herd auf niedrige Stufe und ließ sich auf einen Stuhl fallen. Schon als Michael das letzte Mal flachlag, hatte sie ihn nicht unbedingt gut umsorgt, und dieses Mal würde es noch schlimmer werden, weil sie jetzt mit einer Lüge lebte.

Das Piepen ihres Telefons verkündete den Eingang einer Nachricht. Von Michael höchstpersönlich. Sie blickte zur Decke hinauf. Das war typisch für ihn, dass er nicht wie alle anderen einfach durchs Haus brüllte. Und es stimmte ja, sie hatte es nie ausstehen können, wenn die Kinder das taten. Trotzdem war es echt seltsam, auf diese Art mit ihm zu kommunizieren.

Sorry, dass ich dir Umstände mache. Danke für deine Hilfe.

Etwas in ihr schmolz. Warum musste er ausgerechnet

jetzt, wo sie sich für eine Trennung entschieden hatte, so verdammt nett sein? Eine zweite Nachricht traf ein:

Es riecht lecker.

Sie schüttelte den Kopf und antwortete:

Soll das heißen, du hast Hunger?

Er erwiderte: Das soll heißen, es riecht lecker. Irgendwie fruchtig.

Und dann, nach einer kleinen Pause:

Und vielleicht ein bisschen angebrannt??

»Scheiße!« Sie sprang auf und lief zum Herd. Tatsächlich, die Soße mit den Ananasstücken klebte schon am Topfrand. Sie schnappte einen Löffel, kratzte die schwärzliche Kruste ringsum ab, schleuderte das Abgeschabte in die Spüle und rührte den Rest kräftig um. Nannte man das nicht Karamellisieren?

Alles in Ordnung. Das muss so sein.

Okay. Gut. Riecht immer noch lecker.

Sie schaltete den Herd aus und schüttete das Reiswasser ab. Vielleicht hätte sie den Küchenwecker benutzen sollen. Michael sagte ihr das ja immer, aber jetzt war es zu spät. Das Essen roch, vorsichtig ausgedrückt, merkwürdig, doch daran konnte sie nun auch nichts mehr ändern. Sie schöpfte zwei Teller voll, stellte den für Michael zusammen mit einem Glas Wasser auf ein Tablett, legte eine Gabel dazu und ging nach oben.

»So, bitte schön.«

Er nahm ihr das Tablett ab, sichtlich bemüht, das, was sich auf dem Teller befand, nicht allzu genau zu betrachten. »Ist das …«

»Ananas, ja.«

»Stand das …«

»Im Rezept? Nein.«

»Okay.«

»Magst du es nicht?«

»Nein. Ich meine, doch, natürlich mag ich es. Danke.« Er griff nach der Gabel, schob sich einen großen Bissen in den Mund und kaute konzentriert. »Köstlich.«

Sie drehte sich zur Tür.

»Isst du nichts?«

»Doch, meins steht unten.«

»Ach so.«

»Am Tisch ist es praktischer.«

»Klar.«

Sie machte ein paar Schritte, blieb wieder stehen. Er sah so zerbrechlich aus, wie er krumm und blass im Bett saß. »Geht's dir gut, Michael?«

»Wird schon wieder. Ich muss mich bloß ein bisschen schonen.«

»Hoffentlich hast du recht.« Sie schaute den Schrank an, der immer noch an der Wand lehnte. »Was wolltest du eigentlich machen?«

»Den Fuß reparieren. Ist ja kein Hexenwerk.«

»Aber der Schrank ist viel zu schwer, um ihn allein auf den Boden zu legen. Warum hast du nicht gewartet, bis ich wieder da bin?«

»Ich wusste nicht, wann du wiederkommst.«

»Aber ich hab dir doch eine Nachricht geschickt. Nachdem ich den Laden geschlossen hatte.«

Er verzog das Gesicht. »Das tut mir leid. Du hängst doch so an dem Geschäft.«

Sie nickte. Auf einmal hatte sie einen Kloß im Hals. Sie hing wirklich sehr an ihrem Laden, und dafür gab es viele Gründe. »Hoffentlich muss ich nicht dauerhaft schließen. Ich muss die Miete weiterzahlen und Clares Gehalt auch. Sie ist darauf angewiesen, aber wenn kein Geld reinkommt …«

»Wir werden schon eine Lösung finden. Was ist mit dem Onlinegeschäft, das ihr geplant habt?«

»Wir werden einen Probelauf starten, aber ich bin mir nicht mehr sicher, ob sich die Leute in diesen Zeiten Blumen leisten können oder wollen.«

»Na ja, jetzt, wo sie nicht mehr in Restaurants und Bars gehen können, wäre es doch möglich, dass sie ihr Geld für andere Dinge ausgeben.«

»Wir werden sehen.« Sie schaute zu, wie sich Michael eine zweite Gabel voll Hühnchen in den Mund schob. »Ich geh mal lieber wieder runter, bevor mein Essen kalt wird.«

»Tu das. Wär schade drum.«

»Ja.«

Sie hatte das Gefühl, dass es noch mehr zu sagen gab, aber sie wusste nicht, was das sein könnte. Sie hätte gern mit ihm über ihren Laden geredet, über ihre Befürchtung, dass er vielleicht nicht überleben würde, und ihre noch größere Befürchtung, dass sie nicht ohne ihn überleben würde. Aber Michael würde das nicht begreifen, jetzt nicht mehr. Seit der Erweiterung vor drei Jahren hatte er das

Geschäft praktisch nicht mehr betreten. Deshalb nickte sie nur, drehte sich um und ging nach unten.

Sie setzte sich an den Küchentisch, auf dem ihr Teller stand, säbelte an dem Hühnerfleisch herum und steckte sich ein großes Stück in den Mund. Es schmeckte einfach nur grauenvoll.

# Kapitel neun

## Februar 2017

»Vegetarische Canapés? Ja, sicher – das sind die hier.«

Julie zeigt auf die Mozzarella-Tomaten-Häppchen auf den Silberplatten, die von der Party zu ihrer Silberhochzeit stammen und die sie vom Dachboden geholt hat. Wenn sie ehrlich ist, sind auch die Schnittchen und anderen Kleinigkeiten größtenteils die gleichen wie damals; das war einfacher, als das Rad neu zu erfinden. Da Michael die letzten Tage in Bodrum auf Geschäftsreise war, musste sie alles allein machen. Das Belegen hat eine Ewigkeit gedauert, aber wenigstens war es währenddessen schön ruhig.

Fröstelnd schaut sie sich im gut besuchten Laden um, aber von Michael keine Spur. Wahrscheinlich schickt er bald eine Nachricht, irgendetwas von einem verspäteten Flug oder einem Verkehrsstau, aber sie hat eh keine Zeit, auf ihr Handy zu schauen. Mit den Vorbereitungen für die Wiedereröffnung des Geschäfts nach dessen Erweiterung hatte er praktisch nichts zu tun, nicht so wie damals vor so vielen Jahren, als sie den Laden neu eröffnete. Sie kann sie beide noch vor sich sehen, in dem Raum, der nur halb so groß wie der jetzige und nichts als eine leere Hülle war, in den Händen Farbrollen, während draußen die Sonne unterging und Linda daheim auf die schlafenden Kinder aufpasste. Das scheint ewig her zu sein. Diesmal hat sich

Michael nicht einmal die Mühe gemacht, auch nur einen Farbfächer anzuschauen. Und was Linda angeht …

Sie konzentriert sich schnell wieder auf die Gäste.

»Canapé? Etwas zu trinken? Mein Sohn wird gleich den Champagner nachschenken – schnappen Sie ihn sich einfach.«

Sie blickt zu Adam hinüber, der sich eigentlich um die Getränke kümmern soll, aber zu sehr damit beschäftigt ist, Chelsea anzuschmachten, seine neue Freundin von der Uni. Sie ist ein liebes Ding, soweit Julie in den fünf Minuten, die sie mit ihr geredet hat, feststellen konnte, aber jetzt würde es nicht schaden, wenn er sich mal von ihr loseisen könnte. Sie bahnt sich einen Weg durch das erfreuliche Gedränge zu dem Tisch an der Wand.

»Adam!«

Er schafft es blinzelnd, seine Aufmerksamkeit auf sie zu richten. »Mum! Es läuft fantastisch, nicht wahr? Amüsierst du dich?«

»Ich würde mich noch mehr amüsieren, wenn alle etwas zu trinken hätten. Könntest du mal mit den Flaschen rumgehen?«

»Klar«, sagt er sofort. Er und Chelsea schnappen sich je eine Flasche.

»Danke, mein Schatz«, sagt sie.

Er gibt ihr im Vorbeigehen einen Kuss auf die Haare. »Gern geschehen.«

Sie lächelt ihrem Sonnyboy zu und beobachtet, wie er mit federnden Schritten zu Briony hinübergeht und ihr Glas auffüllt. Ihre Zweitälteste unterhält sich mit dem reizenden alten Herrn, der jeden Freitag Rosen für seine Frau kauft. Briony, die nächsten Montag ihre neue Stelle antreten wird, ist schon die ganze Woche da, und es ist wunderbar, Zeit mit ihr zu verbringen. Michael war am Boden zerstört, als er erfuhr, dass Briony gerade dann nach Hause kommen würde, wenn er auf Geschäftsreise ist. Für eine Absage war es da schon zu spät gewesen. Er hätte seinen Termin einfach verschieben sollen. Jetzt wird sie gleich ihre Rede halten, und er ist immer noch nicht da.

Sie schnappt sich Sophie, die sich fleißig Notizen auf ihrem Block macht, weil sie ihr eine Spitzenkritik in der Lokalzeitung versprochen hat. Sie arbeitet zwar kaum mehr für sie, weil sie zu viele Aufträge von den großen überregionalen Tageszeitungen bekommt, aber sie veröffentlichen nach wie vor alles, was sie ihnen schickt.

»Hast du was von deinem Dad gehört, Soph?«

Sie schaut auf ihr Handy und nickt. »Er schreibt, der Flug hatte Verspätung, aber er ist unterwegs.«

»Und wann war das?«

Sie verzieht das Gesicht. »Vor zehn Minuten.«

»Vom Flughafen hierher ist es eine knappe Dreiviertelstunde. Na schön, dann werde ich eben ohne ihn mit meiner Rede anfangen müssen.«

»Wir wissen doch gar nicht, von wo aus er die Nachricht geschickt hat. Gib ihm noch zehn Minuten, dann versuch ich zu checken, wo er ist.«

»Hm. Oh, Mrs Jones, wie geht es Ihnen? Das ist aber schön, dass Sie gekommen sind. Sie haben ja gar nichts zu trinken.« Sie schnappt sich ein gefülltes Glas und reicht es der Frau, die sie letzten Sommer damit beauftragt hat, für den Blumenschmuck auf der bombastischen Hochzeit ihrer Tochter zu sorgen. »Canapé? Ich hab sie selbst gemacht.«

Es ist jetzt so voll im Laden, dass man sich durch die Leute drängeln muss. Als Mrs Jones einen Bekannten entdeckt, der ihr einen kleinen Plausch wert ist, schlängelt sich Julie in den neuen Bereich hinüber. Die Wände hier sind in zartem Blau gestrichen, im Gegensatz zu denen in Grün im ursprünglichen Teil, doch die lasierten Holzregale für Topfpflanzen und Zubehör sind die gleichen. Heute haben sie alle Pflanzen ausgeräumt, um mehr Platz zu schaffen, aber normalerweise herrscht hier eine grüne Urwaldatmosphäre, genauso, wie Julie es sich vorgestellt hat, als die Inhaberin des Cafés ihr mitteilte, dass sie schließen muss.

Sie schluckt. Wie oft hat sie schon in dem leeren kleinen Raum gestanden und ihn so vor sich gesehen, wie er jetzt ist?

»Hallo, schöne Frau! Die sehen aber lecker aus! Darf ich?«

Sie blickt auf. Neben ihr steht George, ihr Blumenlieferant. Ein Juwel von einem Blumenlieferanten. Er deutet auf die Silberplatten mit den Schnittchen.

»George! Aber natürlich. Greif nur zu, nimm, so viel du willst.«

»Sag das nicht so laut, sonst sind alle weg.« Grinsend und mit schelmisch funkelnden braunen Augen schlingt er zwei Häppchen hinunter. »Der Laden ist fantastisch geworden, Julie.«

»Danke.«

»Wie ich sehe, habt ihr euch also doch für den zarten Blauton für die Wände entschieden. Eine gute Wahl.«

Sie nickt. Sie und Clare brüteten vor ein paar Wochen gerade über den Farbpaletten, als George hereingeschneit kam und sich als erstaunlich fachkundig erwies. Eigentlich ist er auf praktisch jedem Gebiet ein Experte, aber insbesondere bei allem, was mit Pflanzen zu tun hat. Mit seinen breiten Schultern und den etwas längeren blonden Haaren wirkt er eher wie jemand, der sich bestens mit Rugbytaktiken auskennt, aber seine ganze Leidenschaft gilt dem Gärtnern, was ihn zu einem faszinierenden Gesprächspartner macht. Aus rein beruflicher Sicht natürlich.

»Wir wollten einen schlichten Hintergrund, damit die Pflanzen besser zur Geltung kommen. Sie sind schließlich die Stars.«

»Ich mag das Hellblau.« Wieder grinst er und blickt sich um. »Deiner Mum hätte es bestimmt auch gefallen.«

Julie fährt zusammen. »Meiner Mum?«

Er runzelt die Stirn. »Hast du nicht gesagt, du hättest die Pacht von dem Geld bezahlt, das du von ihr geerbt hast?«

»Ach so! Ja. Ja, das hab ich, glaub ich. Ich meine, doch, ja, das hab ich. Bezahlt, meine ich.« Sie stottert herum, als wäre sie blöd.

»Alles in Ordnung, Julie?«

»Ja, es ist bloß …«

»Du vermisst sie bestimmt.«

»Ja. Wir, äh, wir vermissen sie beide.«

Sie blickt sich nach Clare um und ist froh, als sie sie auf sich zusteuern sieht, einen mageren Mann im Schlepptau.

»Ich bin sicher, sie ist heute bei dir.«

»Himmel, das will ich nicht hoffen!«, platzt es aus ihr heraus. George blinzelt verdutzt, und sie reißt sich zusammen. »Entschuldige, George, ich hab einfach grad eine Menge um die Ohren.«

»Natürlich. Sicher. Ich will dich auch gar nicht länger aufhalten.«

»Das tust du nicht.«

»Schon gut.« Nach einer Pause fährt er fort: »Lass uns einfach ein andermal reden, wenn du mehr Zeit hast. Das heißt, wenn du möchtest.«

Sie schluckt, ringt mit sich. Während sie noch nach einer Antwort sucht, kommt Clare angetänzelt.

»Hi, George!«

»Hi, Clare. Der Laden ist wunderschön geworden, nicht wahr?«

»O ja, wirklich wunderschön«, pflichtet sie ihm bei und strahlt ihn an.

Ihrem mageren Begleiter passt das offenbar gar nicht. Er versucht, sich zwischen die beiden zu drängen.

George merkt es nicht einmal. »Julie und ich haben gerade darüber gesprochen, wie sehr das alles eurer Mum gefallen hätte.«

Clare zuckt nicht einmal mit der Wimper. »O ja, ganz bestimmt. Die gute Seele – ohne sie hätten wir das nie geschafft.«

Julie hört einen merkwürdigen Laut, der aus ihrem

Mund zu kommen scheint, und wundert sich nicht, dass die beiden ihr einen seltsamen Blick zuwerfen.

»Alles in Ordnung, Schwesterherz?«, fragt Clare.

»Jaja«, entgegnet sie hastig. »Ich finde nur, wir, äh, sollten langsam mit der Rede beginnen. Ich meine, solange noch alle da sind.«

»Lasst euch nicht von mir aufhalten«, sagt George.

»Aber nicht weglaufen, hörst du?«, zwitschert Clare.

»Bestimmt nicht«, antwortet er, wobei er allerdings Julie anzusehen scheint. Aber vielleicht nur deshalb, weil sich der Magere unmittelbar vor Clare aufgebaut hat. Egal. Es ist Zeit für ihre Ansprache.

Julie zieht ihre Notizen aus ihrer Tasche und schaut über die fröhliche Menge Richtung Tür. Immer noch keine Spur von Michael, aber andererseits – was macht das schon? Das hier ist ihr Laden, nicht seiner, finanziert vom Geld ihrer Mutter – obwohl sie nicht länger als unbedingt nötig darüber nachdenken will. Jedenfalls kann sie ihre Rede auch ohne ihn halten.

Sie macht es kurz, bedankt sich bei allen, die ihr einfallen, für die Hilfe beim Umbau, dessen Ergebnis dieser vollkommene kleine Raum ist. Sie vergisst auch nicht zu erwähnen, dass es heute auf alle Pflanzen, die im alten Ladenteil stehen, zehn Prozent Rabatt gibt. Clare hat sie nur ganz leicht mit dem Ellenbogen anstupsen müssen.

Dann kommt sie auch schon zum Schluss. »Clare und ich freuen uns riesig, dass alles so schön geworden ist. Wir können es kaum erwarten, endlich wieder unsere Kunden zu bedienen.«

Sie sieht ihre Schwester an, die neben ihr steht, und zwingt sich zu lächeln. Das, was jetzt kommt, muss sein. Da sind sie sich einig gewesen. Und es ist nur fair. Sie schluckt, sammelt sich, und in diesem Moment geht unter Glöckchenklingeln die Tür auf, und alle drehen sich um. Michael schlüpft herein, winkt entschuldigend. Julie reagiert mit einem äußerst knappen Kopfnicken. Sie kann jetzt nicht über ihn nachdenken. Sie muss ihre Rede beenden.

»Und so ist es uns ein Bedürfnis, diese neue, erweiterte Version von *Julie's Flowers* unserer Mutter Linda zu widmen. Möge sie in Frieden ruhen. Auf Linda!«

»Auf Linda!«, ruft Clare voller Inbrunst, und all ihre bezaubernden, lächelnden Gäste stimmen mit ein.

Julie wirft einen Blick zur Decke. Hoffentlich gefällt's dir, Mum, denkt sie. Hoffentlich gefällt es dir jetzt, wo du sehen kannst, wie schön es geworden ist. Aber sie hat so ihre Zweifel.

»Julie!«

Sie holt Luft. »Michael.«

»Es tut mir echt leid, dass ich mich verspätet habe. Der Flug war ein Albtraum, und ich …«

»Nicht wichtig.«

»Doch. Es ist wichtig. Ich wollte für dich da sein.«

»Jetzt bist du ja hier. Einen Drink? Dann schnapp dir Adam. Er kümmert sich um die Getränke. Und Briony wird gleich noch mehr Schnittchen bringen. Du hast bestimmt Hunger.«

»Ja, und wie, aber … Oh! Sind das nicht diese Würstchen im Blätterteig, die wir zu unserer Silberhochzeit gemacht haben? Ich stand bis drei Uhr morgens in der Küche, um den Teig auszurollen, weißt du noch?«

»Ja, ich erinnere mich«, presst sie hervor. »Es tut mir leid, Michael, aber ich muss mich jetzt wieder um meine Gäste kümmern.«

»Sicher, das versteh ich doch.« Er ist übermäßig herzlich, vielleicht weil er noch im Arbeitsmodus ist. »Und dass du den Laden Linda gewidmet hast, ist wirklich nett.«

»Hm«, macht sie unbestimmt. Denn im Grunde ist es das nicht, eher das Gegenteil. Wäre er hier gewesen und hätte ihr bei den Würstchen im Blätterteig geholfen, hätte sie ihm vielleicht sogar erklärt, warum.

Sie nimmt Briony das Tablett ab und stürzt sich ins Gedränge. »Ein vegetarisches Canapé? – Aber gern!«

## Kapitel zehn

### Sechster Tag

Michael wachte auf und öffnete vorsichtig die Augen. Halleluja! Die Sonne lugte um die blickdichten Vorhänge im Gästezimmer herum. Er hatte es geschafft. Zum ersten Mal seit vier Tagen hatte sein Rücken ihn durchschlafen lassen.

Augenblicklich fühlte er sich besser. Eigentlich war es lächerlich, aber der Gedanke daran, dass erholsamer Schlaf wahre Wunder bewirken konnte, gab ihm richtig Auftrieb. Vorher hatte er noch nie unter Schlaflosigkeit gelitten. Und wenn er ganz ehrlich war, hatte er immer ein wenig auf jene hinabgesehen, die darüber klagten, weil er eine Art Hysterie oder mangelnde körperliche Aktivität tagsüber als den Grund dafür vermutete. Wie oft hatte er Leute jammern hören, sie lägen nachts stundenlang wach und würden alles für einen Aus-Schalter geben. Er war sich in seiner Selbstgefälligkeit so sicher gewesen, dass ihm das nie passieren würde. Abgesehen von einem gelegentlichen Jetlag waren es höchstens mal die Kinder gewesen, die ihn nachts wachgehalten hatten. Und um dieses Problem hatte sich meistens Julie gekümmert.

Ab und an hätte er es ihr ja gern abgenommen, aber sie hatte das Weinen immer vor ihm gehört. Das wusste er, seit er einmal ausgeruht aufgewacht war und zu ihr gemeint hatte, was für ein Glück es doch sei, ein Baby zu haben, das durchschlief. Wenn er sich konzentrierte, konnte er immer noch ihre Reaktion vor seinem geistigen Auge sehen. Bis zu diesem Zeitpunkt hatte er geglaubt, Dampf zische nur aus den Ohren von Cartoonfiguren.

Man konnte also sagen, dass er ein Talent zum Schlafen hatte. Oder lange einfach ein verdammter Glückspilz gewesen war. Wenn man nämlich um drei Uhr morgens aufwachte, sich ein wenig unbehaglich, ein wenig unsicher, ein wenig – durfte er es sagen? – ängstlich fühlte, war es so gut wie unmöglich, wieder einzuschlafen. Das hatte er in den vergangenen Nächten gelernt. Aber die letzte hatte er durchgeschlafen, und die Erleichterung, die damit einherging, war überwältigend.

Langsam und rückenfreundlich erhob er sich vom Bett, trat ans Fenster und zog die Vorhänge zurück. Er schnappte hörbar nach Luft, als der Sonnenschein hereinflutete. Ganz hinten im Garten blühten Narzissen, leuchtend gelb wie Minisonnen. Er konnte sich nicht sattsehen an ihrem Strahlen. Und wenn er sich nicht täuschte, waren das da auf der Weide dahinter … Er presste seine Nase an die Scheibe. Waren das … ja, tatsächlich!

»Lämmer!«, schrie er.

»Michael?« Julies Stimme drang gedämpft von der anderen Flurseite zu ihm herüber. »Alles in Ordnung?«

Er schlug sich die Hand vor den Mund und humpelte aus dem Zimmer und zur Tür. »Ja, alles gut. Es ist bloß …« Er blieb auf dem Flur stehen. »Kann ich reinkommen?«

»Klar.«

Er stieß die Tür zu ihrem gemeinsamen Schlafzimmer ein wenig auf und streckte den Kopf hindurch. Drinnen war es noch ziemlich dunkel. Im Bett – ihrem Ehebett – konnte er Julies Umrisse erkennen, ihre blassen runden Schultern, die sich gegen die bunten Kissen abhoben. Er starrte sie an.

»Michael?«

»Äh, sorry, ich war mit meinen Gedanken gerade ganz woanders. Ich hab nur gesagt: ›Lämmer.‹«

»Was?«

Sogar im Halbdunkel konnte er sehen, wie sie ihre Nase kräuselte, wie Julie es immer tat, wenn sie verwirrt war. Sie hatte eine kleine, aber sehr bewegliche Nase. Er hatte sie oft damit aufgezogen. Er machte einen Schritt ins Zimmer.

»Auf der Wiese hinten sind Lämmer. Ganz kleine, quietschvergnügte, neugeborene schneeweiße Lämmchen.«

Er war sich nicht sicher, ob seine Worte diesem Wunder der Natur gerecht wurden, aber zumindest setzte Julie sich auf. Dabei rutschte die Decke hinunter, und sie zog sie hastig wieder hoch, als sie Michaels intensiven Blick bemerkte. Er blinzelte irritiert.

»Lämmer? Wie schön! Sie sind so süß, wenn sie noch so klein sind.«

Er nickte. »Ja, wenigstens etwas im Leben, das so ist wie jedes Jahr im Frühling. Schau sie dir mal an.«

»Gern.« Sie rutschte auf die Seite, wurde dann aber stocksteif und hielt inne. Ihm wurde klar, dass sie nackt war. Sie war nackt, und er stand da und beobachtete sie.

Er machte einen Schritt rückwärts und hätte sich im nächsten Moment ohrfeigen können. Er war ihr Mann. Er hatte sie öfter nackt gesehen, als er zählen konnte – in den letzten Monaten allerdings nicht mehr, wie ihm jetzt, da er darüber nachdachte, bewusst wurde. Was für ein deprimierender Gedanke. Im Lauf der Jahre hatte er jeden verdammten Zentimeter ihres Körpers erforscht. Er wusste, was sie an sich mochte und was sie hasste. Er wusste auch, was *er* an ihr mochte, nämlich so ziemlich alles. Er hatte gesehen, wie sie ihre drei Kinder zur Welt gebracht hatte. Er hatte sie tanzen und schwimmen und seltsame Verrenkungen, die Yoga sein sollten, machen sehen. Er hatte sie für ihn strippen sehen. Er hatte sie aufs Klo sprinten sehen. Er hatte sie *auf* dem Klo gesehen. Er hatte ihre Brüste liebkost, zugeschaut, als sie ihre Kinder gestillt hatte, ihr beim Abtasten nach Knoten geholfen. Er kannte sie in- und auswendig. Aber wie war es da möglich, dass sie an einem stillen Morgen in ihrem eigenen Haus in seiner Gegenwart zögerte, nackt aus dem Bett zu steigen, und er sich wie ein Perversling vorkam?

Er räusperte sich. »Tee?«

»Das wär wunderbar.«

Sie lächelte, und er verließ rückwärts das Zimmer und ging dann zur Treppe. Seine Wangen brannten. Sie waren immer so stolz gewesen auf ihre Intimität, die so selbstverständlich war. Waren eines jener Paare gewesen, die unbekümmert nackt durchs Haus liefen. Nicht wegen einer exhibitionistischen Neigung und nicht so, dass der Postbote Angst hatte zu klingeln, nein, weil es für sie einfach etwas ganz Natürliches gewesen war. Wo war diese Ungezwungenheit geblieben? Und wie war sie ihnen abhandengekommen?

Langsam, Stufe für Stufe, mühte er sich die Treppe hinunter, was seine Laune nicht unbedingt hob. War es das gewesen? Ging es von jetzt an nur noch abwärts? Aber es gab doch noch so viel, was er tun, so viele Orte, die er noch besuchen musste. Früher hatten er und Julie jahrelang eine Liste am Kühlschrank hängen gehabt, die immer länger geworden war, weil ihre Träume größer gewesen waren als ihr Bankkonto dick. Für jedes Reiseziel, das sie abgehakt hatten, kamen fünf neue dazu – Kroatien, Türkei, die Rocky Mountains, das Taj Mahal, Paris.

Sie hatten es bis nach Paris und in die Türkei geschafft, weiter nicht. Und irgendwann war die Liste der geplanten Abenteuer durch eine ersetzt worden, auf der notiert wurde, was die Kinder alles brauchten – Kinderwagen, Dreiräder und Puppenhäuser, Rollschuhe und Fußballklamotten und Lidschattensets, außerdem mussten Klassenausflüge und Fahrstunden bezahlt werden. Kein Wunder, dass sie die Rocky Mountains nie gesehen hatten. Er liebte seine Kinder abgöttisch und würde sie niemals hergeben. Aber als er an diesem Morgen wie ein alter Mann durchs Haus schlurfte, fragte er sich plötzlich, wie viel seiner selbst er für sie aufgegeben hatte. Und wie viel er und Julie von ihrer Paarbeziehung für die Familie geopfert hatten, sodass es jetzt so schien, als könnte es sie nicht mehr ohne Familie geben.

Als das Wasser kochte, brühte er den Tee auf und stieg

mit zwei Tassen vorsichtig wieder die Treppe hinauf. Julie, jetzt in einen weiten, flauschigen Bademantel gehüllt, stand in seinem Zimmer.

»Hier, dein Tee.«

Sie drehte sich vom Fenster weg. »Lieb von dir. Danke, Michael.«

Sie trat etwas zur Seite, und er stellte seinen Becher neben ihren auf das Fensterbrett und schaute hinaus in den Garten, der sich unter ihnen erstreckte. Kein besonders gepflegter Garten und auch kein besonders aufregender, aber immerhin: ihr Garten. Adams Skateboard-Rampe stand immer noch auf der einen Seite, die alte Schaukel am Apfelbaum schwang knarrend hin und her, und in seinem Auslauf erfreute sich Mr Nibbles im frühmorgendlichen Sonnenschein an ein paar Grashalmen. Durch das kleine Gartentor am Ende des Grundstücks konnte man auf die angrenzende Weide gelangen, was der Landwirt, dem sie gehörte, aber nicht gern sah, deshalb war die Gartenpforte als Zaun getarnt. Die Lämmchen waren näher gekommen. Michael beobachtete, wie sie sich drängelten, um auf einen kleinen Hügel hinaufzugelangen; jedes wollte so viel wie möglich von der neuen Welt sehen, in die es hineingeboren worden war.

»Oh, schau mal, wie sie hopsen!«, quietschte Julie. Und tatsächlich – einige der kleinen Geschöpfe vollführten solche Freudensprünge, dass sie mit allen vier Füßen gleichzeitig vom Boden abhoben. »Sie sind so voller Leben!«

»Die Glücklichen.« Es war ihm einfach so herausgerutscht.

»Michael?«

»Die Glücklichen«, wiederholte er leichthin und machte eine vage Handbewegung in Richtung seines Rückens.

»Oh, stimmt ja. Wie geht es dir heute?«

»Besser, glaub ich. So langsam wird's wieder.«

»Hoffentlich.«

»Hoffentlich, ja. Sorry, dass ich dir so viel Arbeit gemacht habe.«

»Kein Problem. Aber ich bin trotzdem froh, wenn es dir wieder besser geht. Du kannst eindeutig besser kochen als ich.«

»Aber langweiliger.«

Sie lachte fast ein bisschen schüchtern. »Beim Essen ist es nicht unbedingt ein Nachteil, langweilig zu sein. Ich würde das Krabbencurry gestern Abend nicht gerade als kulinarisches Highlight bezeichnen.«

Er dachte an das Essen, das man mit viel gutem Willen interessant hätte nennen können.

»Ich weiß nicht, ob es so eine gute Idee war, Baked Beans unterzumischen«, sagte er vorsichtig.

Jetzt lachte sie laut. Sie hatte schon immer Spaß verstanden.

»Das war eine absolut dämliche Idee! Ich weiß gar nicht, was ich mir dabei gedacht habe.«

»Egal, heute Abend werde ich kochen.«

»Super.«

»Bist du da?«

Sie seufzte. »Ja, bin ich. Und daran wird sich in der nächsten Zeit wohl auch nichts ändern.«

»Stimmt.«

Er fragte sich, warum sie so bedrückt klang. Früher war sie gern mit ihm zu Hause gewesen. Andererseits war er in letzter Zeit nicht unbedingt die beste Gesellschaft, deshalb konnte er es ihr nicht verdenken. Er konzentrierte sich wieder auf die Lämmer, als könnte durch seine bloße Willenskraft etwas von ihrer lebensfrohen Art auf ihn abfärben.

»Ich kann nicht glauben, dass es bald April ist«, sagte er und bemerkte, dass sie im gleichen Moment erstarrte, wie er sich anspannte. Im April, in nur drei Wochen, war ihr Hochzeitstag, der fünfunddreißigste. Allerdings hatten sie die letzten Jahre nicht die Ehe geführt, die er sich immer vorgestellt hatte.

*Rede mit ihr, Michael,* hörte er die Stimme seiner Mum in seinem Kopf und fröstelte. Natürlich hatte sie recht mit ihrem Ratschlag, aber inzwischen war so viel Zeit vergangen, dass er keine Ahnung hatte, wo er anfangen sollte.

# Kapitel elf

## Juni 2016

Michael streicht sein neues Hemd glatt und wirft einen prüfenden Blick in den fremden Spiegel. Ist das schick genug? Soll er noch einen Schlips umbinden? Ein Jackett tragen? Was zieht man an bei einem Date mit der Frau, mit der man seit dreißig Jahren verheiratet ist?

Rob streckt seinen Kopf ins Zimmer. »Bier?«

»Gern«, erwidert er dankbar und nimmt einen kräftigen Schluck aus der hingehaltenen Flasche. Es ist ein Lager. Normalerweise trinkt er lieber Ale, aber im Moment ist ihm alles recht. »Ich fühl mich, als hätte ich ein erstes Date.«

Rob grinst. »Schön, wenn man nach dreißig Jahren noch dieses Gefühl hat.«

»Ja, wahrscheinlich.«

Dass dieses Gefühl nicht mit einem freudig aufgeregten Prickeln einhergeht, sondern vielmehr der Angst entspringt, den Abend zu vermasseln, sagt er seinem Kumpel nicht. Er hat sich für so clever gehalten, als er ihr Geburtstagsgeschenk ausgesucht hat. Er hatte sich alles ganz genau überlegt, weil er sie verwöhnen wollte, nachdem sie beide so viel gearbeitet hatten. Wobei ihm das nichts ausmacht. Sie waren sich einig gewesen, nach dem Auszug der Kinder etwas für sich zu tun, damit sie sich ihre positive Einstellung – oder was auch immer – bewahrten, aber das hat anscheinend nur dazu geführt, dass sie mehr Zeit getrennt voneinander verbringen. Egal. Nachdem er letzten Monat endlich befördert wurde, steht er jetzt nicht mehr ganz so unter Druck. Er muss nicht mehr Ja zu jeder Geschäftsreise sagen und kann wieder mehr Zeit mit Julie verbringen. Und damit wird er heute beginnen.

Wenn sie nur ein bisschen mehr Begeisterung zeigen würde.

Er hatte sich so darauf gefreut, ihr vergangenen Monat den Gutschein zum Geburtstag zu überreichen, war so gespannt gewesen auf ihre Reaktion. Als jahrelanger Fan der Kochshow *MasterChef* wünscht sie sich schon lange, einmal in einem mit Michelin-Sternen ausgezeichneten Restaurant zu essen, deshalb war er ganz aufgeregt, als er einen Tisch reservieren konnte. An ihrem Geburtstag, dieses Jahr – wie konnte es anders sein – ein Samstag, klappte es zwar nicht, aber ein Donnerstag war doch auch nicht schlecht. Hatte er jedenfalls gedacht. Als sie den kleinen Umschlag öffnete, spiegelte sich in ihrem Gesicht jedoch keineswegs die Begeisterung, die er sich wochenlang ausgemalt hatte.

»Oh.« Das war alles, was sie sagte.

»Es hat einen Michelin-Stern«, erklärte Michael eifrig. »Du wolltest doch schon lange in so einem Restaurant essen.«

»Wie schön«, brachte sie hervor, aber es klang nicht sehr überzeugend. Dann drehte sie den Umschlag in den Händen hin und her, als hoffte sie, dass noch etwas herausfallen würde.

»Was hast du denn erwartet?«, fragte er, doch da rastete ihr Lächeln ein, und ihre Schultern strafften sich.

»Nichts Besonderes«, war ihre muntere Antwort. »Das ist wunderbar, Michael. Eine tolle Idee.«

Genau das hatte er sich auch gedacht, aber anscheinend etwas gründlich missverstanden. Seit einigen Tagen wirkt Julie jedoch fröhlicher, und als sie neulich vorschlug, sich wie bei einem richtigen Date erst im Restaurant zu treffen, war er sofort Feuer und Flamme. Er findet das romantisch, und da er noch nie der Typ für Romantik war, hat er sich mächtig Mühe gegeben.

»Krawatte?«, fragt er Rob.

»Ach was! Viel zu formell.«

»Das ist ein vornehmer Laden, Kumpel.«

Er bindet sich einen Schlips um, stellt sich vor, wie er das Restaurant betritt, fingert am Knoten herum.

»Das Jackett reicht. Vertrau mir.«

»Warum sollte ich einem Mann vertrauen, der Lager aus der Flasche trinkt?«

»Autsch!« Rob verzieht das Gesicht. Den alten Biker bringt so schnell nichts aus der Fassung.

Michael greift nach einem Samtetui und vergewissert sich, dass das Collier sicher darin liegt. Eigentlich hatte er das Essen als Hauptgeschenk gedacht, aber dann beschlich ihn das Gefühl, dass noch etwas fehlt. Nachdem er sich lange das Hirn zerbrochen hat, glaubt er jetzt, genau das Richtige gefunden zu haben: eine Kette aus silbernen Gänseblümchen. Sie passt so gut zu ihr. Oder hätte gut zu der Julie von damals gepasst. Er würde ihr ja gern helfen, wieder so zu werden wie früher, wenn sie ihn nur lassen würde.

»Dein Taxi«, sagt Rob mit einem Blick aus dem Fenster.

Michael kippt den Rest Bier hinunter, wirft die Krawatte entschlossen zur Seite, steckt das Etui in seine Jacketttasche und wendet sich zum Gehen.

»Dann seh ich dich heute wohl nicht mehr?«, fragt Rob.

»Himmel, ich hoffe nicht.«

Auf der ganzen Fahrt ist er nervös und zappelig wie ein Teenager. Er fragt sich, was sie wohl angezogen, wie sie sich frisiert und welches Parfum sie benutzt hat. Er sieht sie in seinen Tagträumen vor sich, und er wird nicht enttäuscht.

Sie sitzt an der Bar, in einem aufregenden dunkelorangeroten Kleid, das kurz genug ist, um ihre immer noch schönen Beine zur Geltung zu bringen, und so tief ausgeschnitten, dass es ihr üppiges Dekolleté nicht verbirgt. Er starrt sie an, nimmt den Anblick begierig in sich auf, und dann dreht sie sich um und entdeckt ihn. Die Halskette, die er für sie ausgesucht hat, wird die Aufmerksamkeit noch stärker auf den verführerischen Ansatz ihrer Brüste lenken. Er klopft leicht auf die Tasche mit dem Etui und überlegt, wann der richtige Zeitpunkt ist, es ihr zu überreichen. Als sie ihm zulächelt, ist er plötzlich überzeugt, dass alles gut werden wird.

»Cocktail, mein Schatz?«, fragt sie, als er näher kommt.

Ihre Augen strahlen. Er bejaht, was angesichts seiner allseits bekannten Abneigung gegen Cocktails etwas zu bedeuten hat. Er kommt sich ein bisschen vor wie James

Bond, hat allerdings so viel Grips, sich keinen Martini zu bestellen, sondern einen Whisky Sour, der stilvoll serviert wird, ohne Schirmchen oder grellbunte Früchte. Und er schmeckt überraschend gut. Das Ambiente ist angenehm gediegen. Er will gerade das Etui hervorholen, als ein Kellner neben sie tritt.

»Sir, Madam, Ihr Tisch wäre bereit.«

»Superb!«, platzt Julie heraus.

Michael wirft ihr einen schrägen Blick zu. »Superb? Was ist denn das für ein kultivierter Ausdruck, Jules?«

Sie errötet. »Sorry. Ist mir so rausgerutscht. Ich bin so aufgeregt, weißt du. Wegen des Essens.«

»Oh.« Auf einmal fühlt sich die Situation seltsam an, als hätte sich ein Stückchen Romantik aufgelöst. »Ich wollte dir gerade dein Geschenk geben«, protestiert er.

Einen Fuß schon auf dem Boden, einen noch auf der Querstrebe des Barhockers, hält sie inne. »Oh, sorry. Noch ein Geschenk?«

»Natürlich. Es ist doch dein Geburtstagsessen.« Er lächelt sein charmantestes Lächeln – hofft er jedenfalls –, und der Ober tritt höflich einen Schritt zurück.

Julies Blick schweift nervös durch die Bar Richtung Essbereich. »Aber unser Tisch ...«

Sie ist abgelenkt. Das ist doch nicht der richtige Zeitpunkt. Er zieht seine Hand aus der Tasche und steht auf. »Du hast recht, das kann warten. Also, wollen wir?«

»O ja, gern!«

Sie lächelt ihn an und hakt sich bei ihm unter, und alles fühlt sich wieder richtig an. Es war nur der aufdringliche

Kellner, der sie aus dem Konzept gebracht hat. Wir sind einfach nicht an Lokale wie dieses gewöhnt, denkt er, als sie in den edlen Speiseraum geführt werden. In den letzten zwanzig Jahren haben sie meistens bei McDonald's gegessen, bestenfalls bei Nando's. Aber jetzt, wo die Mädchen aus dem Haus sind und Adam auf der Universität, können sie durchaus wieder häufiger in bessere Restaurants essen gehen.

Er lächelt auf Julie hinunter, und dann werden sie an den intimen Tischen für zwei vorbei- und in die Mitte des Raums geführt, an einen runden Tisch für fünf. Er will den Ober gerade auf das Missverständnis aufmerksam machen, da entdeckt er sie: Sophie, Briony und Adam. Er hat keine Ahnung, wie sie hierhergekommen sind. Jetzt springen sie auf und rufen: »Überraschung!«

»Was …? Wie …? Aber …«, stottert er blöd herum. Zu guter Letzt entschließt er sich für ein: »Wieso …? Was macht ihr denn hier?«

»Mum hat uns eingeladen«, antwortet Adam.

»Damit wir mit euch feiern«, strahlt Briony.

Sophie scheint als Einzige den Ausdruck in seinen Augen zu bemerken. »Ist das in Ordnung, Dad?«

Was soll er darauf schon antworten? »In Ordnung? Das ist wundervoll!«

Und das ist es auch, auf seine eigene Art. Er verbringt einen reizenden Abend mit seiner Familie. Das Essen ist köstlich, der Service erstklassig, die Atmosphäre fröhlich und unbeschwert, und der Gesprächsstoff geht ihnen nicht aus.

Aber romantisch ist der Abend nicht. Die Gänseblümchenkette bleibt in ihrer Verpackung in seiner Jackentasche, nicht verschenkt und nicht geschätzt.

# Kapitel zwölf

## Zehnter Tag

Julie umkreiste den Küchentisch zum dritten Mal. Es war der erste April, der Tag, an dem man seinen Mitmenschen einen Streich spielte. So ein Schwachsinn! In diesem Jahr wurden sie sowieso schon ausnahmslos alle reingelegt, das Leben fühlte sich momentan an wie ein einziger langer Witz.

Nun mach schon, stichelte der Wischmopp in der Ecke hinter dem Kühlschrank. Du willst mich doch.

»Gar nicht wahr«, gab sie zurück. Der Mopp schmollte. »Und dich will ich auch nicht«, sagte sie zu dem zusammengeklappten Bügelbrett daneben. »So verzweifelt bin ich dann doch noch nicht.«

Aber fast.

Seit acht Tagen drehte sie zu Hause Däumchen, während ihr Laden verstaubte. Clare hatte sich wirklich bemüht, das Onlinegeschäft zum Laufen zu bringen, aber die Leute hatten im Moment andere Prioritäten als Blumen – zum Beispiel Klopapier und Mehl. Also hatte Julie widerwillig die amtlichen Formulare ausgefüllt, um ihre Schwester in den Zwangsurlaub schicken zu können, und sich dann überlegt, was sie Sinnvolles tun könnte, um das Geschäft auf den Neustart – wenn das alles vorbei wäre – vorzubereiten. Viel gab es nicht. Das Lagerverzeichnis war auf dem aktuellen Stand, die Buchhaltung ebenso, und an ihrer Website gab es nichts zu verbessern. Einerseits war es natürlich schön, dass sie so gewissenhaft arbeitete und so organisiert war, andererseits mangelte es ihr dadurch jetzt an Beschäftigung, und der Zustand der Leere war kaum auszuhalten.

Arbeit war die Religion ihrer Jugend gewesen. »Müßiggang ist aller Laster Anfang«, hatte ihre Mutter ihren zwei Töchtern immer gepredigt, und beide hatten es sich zu Herzen genommen, wenn auch auf unterschiedliche Weise: Clare hatte sich auf die Schule konzentriert, Julie hingegen auf handwerkliche Projekte. Obwohl sie sich selbst dafür entschieden hatte, sich die Hände schmutzig zu machen, beneidete Julie Clare oft um ihren aufgeräumten Schreibtisch. Manchmal versuchte auch sie, die Nase in ihre eigenen Bücher zu stecken, aber spätestens nach zwei Wochen entdeckte sie in irgendeinem Müllcontainer eine Frisierkommode oder stieß auf ein Buch über Flickenteppiche, und schon gewann ihre kreative Ader wieder die Oberhand.

Ihre Mutter hatte ihre Projekte immer bewundert, sofern sie die Zeit gefunden hatte, einen Blick darauf zu werfen. Da sie die beiden Mädchen allein großzog – was seinerzeit noch eine Ausnahme war –, hatte sie immer mindestens zwei Jobs gehabt. Hinzu kamen ständig irgendwelche Reparaturen am Haus, die sie selbst übernahm, damit es nicht ganz auseinanderfiel. Rückblickend konnte Julie nicht mehr sagen, wann genau die unermüdliche Produktivität ihrer Mutter in unermüdliches Feiern umgeschlagen war. Wahrscheinlich nach dem Tod ihrer versnobten Eltern, die ihr das Geld hinterließen, das sie so dringend gebraucht hätte, als die Mädchen klein waren. Aber zu Lindas Ehre musste gesagt werden, dass sie Geld mit der gleichen Begeisterung zum Fenster hinauswarf, mit der sie es zuvor verdient hatte.

Julie schauderte. Das war das Dumme, wenn man zu viel Zeit hatte: Die Erinnerungen schlichen sich an. Normalerweise konnte sie sie mit Arbeit und sozialen Kontakten in Schach halten, aber ohne diese Schutzwälle liefen sie Amok. Manchmal, vor allem wenn sie nachts wach lag, fürchtete sie, die dunklen Tage, wie sie sie vor drei Jahren nach Lindas Tod durchgemacht hatte, könnten zurückkehren. Sie knirschte wieder mit den Zähnen. Gestern war sie zu ihrem Laden gefahren, fest entschlossen, ihn einem gründlichen Frühjahrsputz zu unterziehen, aber in dem leeren Raum, in dem jeder ihrer Schritte widerhallte, hatte sich ihre Putzleidenschaft schlagartig verflüchtigt. Zu guter Letzt war sie einfach wieder nach Hause gefahren.

Vielleicht sollte sie den Laden als Wohnung vermieten, überlegte sie, weil sie doch positiv denken musste. Vielleicht an eine Krankenschwester, die wegen der Ansteckungsgefahr momentan nicht zu Hause bei ihrer Familie wohnen wollte, oder an einen Jugendlichen, der Stress mit seinen Eltern hatte. Sie dachte an Adam, der es sich mit seiner verflixten Chelsea und deren Familie gut gehen ließ. Als sie gestern Abend per FaceTime mit ihm gesprochen hatte, hatte er auf dem Sofa anderer Leute gesessen, im Hintergrund die Vorhänge anderer Leute. Sie hatten ein komisches Muster gehabt. Sehr geometrisch. Überhaupt nicht ihr Ding, aber vielleicht gefiel es Adam ja. Als zukünftiger Ingenieur für Vermessungswesen hatte er bestimmt etwas übrig für die Ruhe und Ordnung, die Rechtecke und Quadrate ausstrahlten. Wer weiß, möglicherweise hatte er die Schnörkel und Blumen in ihrem Haus schon immer gehasst.

Himmel, wie sie ihn vermisste! Es tat fast so weh wie damals, als er nach der Schule und vor dem Studium auf Reisen gegangen und ihr Haus von einem Tag auf den anderen so schrecklich leer gewesen war. Eigentlich hätte sie daran gewöhnt sein müssen. Es war eine Katastrophe gewesen, als Sophie auszog, um sich ein Stück die Straße runter eine Wohnung mit Freunden zu teilen, und eine noch viel größere, als Briony sich für eine Universität drei Autostunden entfernt entschied, aber als Adam fortging, war ihr Leben fast zum Stillstand gekommen.

Andere Mütter erzählten, wie wundervoll es sei, Töchter zu haben, mit denen man reden könne, aber in ihrer Familie war es Adam gewesen, der immer Zeit für Julie gehabt hatte. Briony war zu sehr mit ihrem Studium beschäftigt gewesen und Sophie damit, der nächsten guten Sache hinterherzujagen, als dass die beiden Zeit für einen Schwatz am Küchentisch gehabt hätten. Adam hingegen hatte stets alle Zeit der Welt gehabt. Erst als er fort war, wurde ihr klar, wie sehr sie darauf angewiesen gewesen war. Und jetzt unterhielt er sich nicht mehr mit ihr, sondern mit Chelseas Mum.

*Chelseas Familie ist normal*, hatte er gesagt. War seine

eigene Familie das etwa nicht? Aber sie waren doch meganormal. Hatten durchschnittliche Jobs, ein gewöhnliches Haus, unauffällige Kinder. Das Außergewöhnlichste an ihnen war, dass Sophie einen Töpfer geheiratet hatte. Was also zog Adam weg von ihrer zu Chelseas Familie?

Vielleicht schliefen deren Eltern im selben Zimmer.

Der ungebetene Gedanke war auf einmal da. Michael hatte seit jenem Weihnachten vor ein paar Jahren, als die Kinder über die Feiertage da gewesen waren, keine Nacht mehr in ihrem Ehebett verbracht. Damals waren sie kurz davor gewesen, miteinander zu schlafen, aber genau in dem Moment, als sie aus ihrem Kleid schlüpfte, hatten angeblich wieder seine Rückenschmerzen eingesetzt. Beim Beerpong mit den Kindern am nächsten Tag merkte man davon nichts mehr, und sie hatte eine gute Zeit gehabt und war im Grunde auch froh, das Bett wieder für sich zu haben, als er sich nach den Feiertagen wieder im Gästezimmer einquartierte.

Sie hatte sich vorgenommen, einen weiteren Versuch zu starten, aber dann verging ein Monat und noch einer, und als sie die Sache endlich in Angriff nahm, war es so katastrophal gelaufen, dass ihr die Lust auf einen neuerlichen Versuch vergangen war. Neulich morgens, als sie aufstehen wollte und er im Zimmer gestanden hatte, hatte es sich so sonderbar angefühlt, dass sie es nicht mehr aus dem Kopf bekam. Ob das an dem braunen Umschlag in ihrem Nachttisch lag? Hatte er etwas gemerkt? Hatte er gar einen Blick hineingeworfen? Tags zuvor hätte sie schwören können, dass die Schublade ein bisschen weiter offen gestanden hatte, deshalb hatte sie den Umschlag in der Schublade darunter versteckt, unter all den literarisch anspruchsvollen Büchern, die sie seit Ewigkeiten lesen wollte.

Seit Neuestem brachte er ihr morgens eine Tasse Tee ans Bett. Er wache früh auf, sagte er, und Routine sei in diesen Zeiten von Vorteil. In einem Artikel habe er gelesen, es sei wichtig, eine Art Normalität aufrechtzuerhalten. Julie verstand zwar, worauf er hinauswollte, doch da er ihr das letzte Mal vor fünf Jahren Tee ans Bett gebracht hatte, bezweifelte sie, dass es der Normalität diente. Aber es war nett. Sie trug jetzt morgens immer ein T-Shirt, damit sie sich aufsetzen und ihm den Becher abnehmen konnte, ohne dass sie die Situation verlegen machte. Sie sprachen nie viel, wechselten nur ein, zwei verkrampfte Sätze über das, was die Regierung verlautbaren ließ, oder über neue Statistiken oder Facebook-Posts, aber selbst das half ihr schon, morgens in die Gänge zu kommen.

Blieb immer noch der Rest des Tages. Sie hielt eisern daran fest, draußen eine schnelle Runde spazieren zu gehen; und wenn sie dabei niemanden traf, zog sie ein zweites Mal los. Nie waren so viele Leute draußen unterwegs gewesen wie jetzt. Eigentlich traf man immer jemanden, der seine fröhlichen – oder erschöpften – Hunde ausführte oder in zusammengewürfelten Klamotten joggte oder einfach über die Felder schlenderte, erleichtert, das Haus verlassen zu haben. Draußen konnte man sich ja regelkonform aus dem Weg gehen und den Abstand von mindestens zwanzig Metern zueinander einhalten. Bei jedem Spaziergang durch das grüne Gras, vorbei an den Lämmern, an Hecken voller zwitschernder Vögel und an knospenden Bäumen musste Julie an all die armen Menschen denken, die in ihren Hochhauswohnungen festsaßen, und dankte ihrem Schicksal für das, was sie hatte. Und trotzdem war es hart.

»Himmel, wie ich es hasse!«, fuhr sie den Mopp an, stieß die Hintertür auf und flüchtete in den Garten. Die Sonne schien.

Sie schlenderte zu Mr Nibbles hinüber, um seinen Auslauf auf ein frisches Fleckchen Gras zu ziehen. Er döste in seinem Stall, hoppelte aber heraus, als sie am Auslauf ruckelte. »Morgen, Mr N.«

Er antwortete nicht. Manchmal stellte sie sich vor, dass er mit Michael redete. Schließlich war er es ja gewesen, der sich von Briony hatte weichkochen lassen und der, soweit Julie es beurteilen konnte, mittlerweile genauso an dem Kaninchen hing wie ihre Tochter. Sie schaute sich um.

»Du könntest doch im Garten arbeiten«, hatte Michael neulich vorgeschlagen. »Leg endlich die Blumenrabatten an, wie du es immer wolltest.«

Vermutlich eine gute Idee, aber keine besonders verlockende: Blumen pflanzen gehörte nämlich nicht zu ihren Hobbys. Alle fanden das äußerst merkwürdig für eine Floristin, aber sie sah das anders. Von einem Kunstmaler erwartete doch auch keiner, dass er seine Farben selbst herstellte, oder?

»Ich könnte auch ein paar Möbel restaurieren«, hatte sie entgegnet. »Dem Esszimmertisch will ich schon seit Jahren einen Vintage-Look verpassen.«

Michael schloss die Augen. »Wie das?«

»Oh, ich könnte das Holz beizen, die Oberfläche bearbeiten, sie dann lasieren …«

»Okay. Hört sich …«

»Sag nicht ›nach Drecksarbeit an‹!«

Er biss sich auf die Unterlippe. »Wollte ich auch nicht.«

Aber genau das hatte er sagen wollen, und da sie ihn brauchte, um den Tisch nach draußen zu tragen, hatte sie nicht mehr davon angefangen. Ach, das war doch alles sinnlos! Ihr Laden fehlte ihr so sehr, sie vermisste die gemeinsame Arbeit mit ihrer Schwester und ihre wunderschönen Blumen. Erst jetzt, da man es ihr weggenommen hatte, wurde ihr bewusst, wie sehr sie auf das Geschäft angewiesen war, nicht nur um der Arbeit, sondern auch um ihrer psychischen Gesundheit willen.

* * *

Julie sperrt den Laden zu und will um die Ecke zum Parkplatz hinter dem Gebäude gehen. Vor dem Café – dem ehemaligen Café – bleibt sie abrupt stehen. Seit es letzten Monat zugemacht hat, steht es leer. Einsam und verlassen. Sogar die Tische und Stühle sind weg, alle bis auf einen einzigen kaputten Stuhl, der in der hinteren Ecke neben einem Besen und einem angeschlagenen Kaffeebecher steht und ziemlich unglücklich wirkt. Es sieht aus, als hätte die Besitzerin die Lust am Aufräumen und Saubermachen verloren, als sie schon fast fertig war, und die letzten Überbleibsel einfach an Ort und Stelle stehen und liegen lassen. Julie kann es ihr nicht verdenken. Ihr würde es auch das Herz brechen, wenn sie ihren Laden schließen müsste, vor allem jetzt, wo er das Einzige ist, in das sie ihre Energie stecken kann.

Adam ist nach dem Abitur zu einer sechsmonatigen Weltreise aufgebrochen. Langsam sollte sie sich daran gewöhnt haben, dass er nicht mehr da ist. Sie *wird* sich noch daran gewöhnen müssen. Am Ende des Sommers kommt er zurück, aber nur kurz, um alles fürs Studium vorzubereiten. Eigentlich wohnt er also schon nicht mehr zu Hause, daher wird es Zeit, sich endlich wieder um das eigene Leben zu kümmern. Sie hat jedes Recht dazu. Außerdem haben sie und Michael einander versprochen, genau das zu tun – ihre eigenen Interessen zu pflegen.

Es widerstrebt ihr, nur über ihre Rolle als Mutter definiert zu werden. Sie hat schließlich auch einen Beruf, Freunde, Hobbys. Aber die Kinder haben bis jetzt einen Großteil ihres Lebens ausgemacht, und dieser Teil fehlt jetzt. Sie vergleicht das gern mit einer Profisportlerin, die schlagartig aufhört zu trainieren. All ihre kleinen Projekte, die das Empty-Nest-Syndrom hätten verhindern sollen, sind kläglich gescheitert, weil sie einfach nicht die Energie für sie aufbringen konnte. Aber das Café – das Café befeuert endlich ihre Fantasie.

Sie drückt sich die Nase an der Scheibe platt. In den Fugen zwischen den Holzdielen und auf den Lampen sammelt sich schon der Staub. Die Wände sind in einem dunklen Orange gestrichen. Sie mag die Farbe, aber sie lässt den Raum kleiner wirken, als er ist. Wenn er ihr gehörte, könnte sie die Trennwand zu ihrem eigenen Laden einreißen und ihn so vergrößern. Dann würde sie die Wände in einer hellen, fröhlichen Farbe streichen und überall Blumen hinstellen. Oder Topfpflanzen. Clare meint, sie sollten Topfpflanzen ins Sortiment aufnehmen. Sie hat sogar schon eine Gärtnerei gefunden, deren Preise realistisch sind, und sprudelt vor Ideen geradezu über. Für deren Umsetzung fehlen ihr zwar die finanziellen Mittel, doch Julie hat schon einen Plan.

Sie schaut zu ihrer eigene Ladenfront und lächelt zu den verschnörkelten Worten über der Ladentür hinauf: *Julie's Flowers*. Kaum zu glauben, dass schon zehn Jahre vergangen sind, seit sie den Laden eröffnet hat, aber es muss so sein, weil sie in zwei Monaten fünfzig wird, und das ist noch viel unvorstellbarer. Fünfzig! Lieber nicht zu viel darüber nachdenken. Und die Zahl auf keinen Fall laut aussprechen. Eigentlich wollte sie eine emanzipierte, selbstbewusste Frau vom Typ »Falten machen dich einzigartig« sein, aber hat feststellen müssen, dass es sehr viel leichter ist, andere für diese Einstellung zu bewundern, als sie sich selbst anzueignen.

Das einzig Gute an einem so bedeutenden Geburtstag ist das bedeutende Geschenk, das normalerweise damit einhergeht. Zu ihrem Vierzigsten hat Michael ihr ihren bisherigen Laden geschenkt, und sie hofft inständig, dass jetzt der neue Ladenteil folgen wird.

Sie macht einen kleinen Luftsprung, so als würde sie bald fünf, nicht fünfzig, und schaut sich dann verstohlen um, ob jemand sie beobachtet hat. Zwei kleine Jungen, deren Mutter sich mit einer Freundin unterhält, sehen in ihre Richtung, aber es kommt ihnen anscheinend nicht komisch vor, dass sie vor einem leeren Laden herumhüpft, also lächelt sie ihnen zu und hopst weiter. Schon seit einiger Zeit macht sie Michael gegenüber immer wieder Andeutungen, winkt mit dem Zaunpfahl. Momentan hat er so viel zu tun, dass er nicht oft im Laden vorbeischaut, aber das spielt keine Rolle. Sie hat das Exposé des Immobilienmaklers an die Pinnwand in der Küche gehängt. Beim Abendessen redet sie über das, was für sie im Leben wirklich zählt, über ihre Ziele, jetzt, wo Adam bald auf der Uni ist, und darüber, dass Michael jetzt mehr verdient und in sie und ihr Geschäft investieren kann. Michael ist nicht dumm; er wird die Nachricht schon kapieren.

Der erste Ladenteil mit vierzig, der zweite mit fünfzig. Sie braucht ihn. Der Laden wird nach Adams Auszug ihr neues Nest sein, und sie kann es kaum erwarten, bis es so weit ist.

* * *

Langsam öffnete Julie die Augen. Sie war ja so naiv gewesen. Sie hatte erwartet, dass Michael lieferte, und war, als er es nicht tat, maßlos enttäuscht gewesen, was, wenn sie ehrlich war, unfair gewesen war. Das Sterne-Restaurant war etwas ganz Besonderes gewesen. Sie war sich schon ein bisschen fies vorgekommen, weil sie ohne sein Wissen die Kinder eingeladen hatte. Aber wenn er ihr die Pacht für den Laden geschenkt hätte, hätte sie sich das Geld nicht woanders besorgen müssen, oder etwa nicht?

*Schluss jetzt, Julie!*

Die unbarmherzig brennende Sonne verscheuchte ihre düsteren Gedanken. Sie war kein kleines Frauchen, das vom Wohlwollen des Ehemanns abhängig war, und es war nicht fair, ihm die Schuld an allem zu geben, was danach gekommen war. Das hatte sie sich allein zuzuschreiben, also musste sie auch allein damit fertigwerden und es hinter sich lassen. Die Untätigkeit machte sie ganz kirre. Das und die Einsamkeit. Sie brauchte ein bisschen Gesellschaft, und sei es nur virtuell. Sie richtete sich entschlossen auf, zog ihr Handy hervor und rief Clare per FaceTime an. Ihre Schwester meldete sich beim zweiten Klingeln.

»Julie! Wie zum Teufel geht's dir?«

»Was soll ich sagen – mir ist langweilig, ich hab die Schnauze voll und fühl mich ein bisschen einsam.«

Clare schnitt eine Grimasse. »Frag mich mal! Ich darf Dharmesh während des Lockdowns nicht sehen. Es ist die Hölle, Julie! Endlich habe ich einen Mann gefunden, den ich wirklich mag, und dann verhindert so ein verdammtes Virus, dass ich mit ihm zusammen sein kann. Was für ein bescheuertes Karma ist das denn?«

Julie lächelte, als sie die Grimasse ihrer Schwester sah. Es ging ihr schon besser. »Dann musst du eben zu ihm ziehen.«

»Himmel, nein! Der arme Kerl ist noch nicht so weit, dass er mich rund um die Uhr ertragen kann. Würde ich das tun, könnte ich die Hoffnung auf eine richtige Beziehung wahrscheinlich gleich begraben. Vor allem im Moment, wo ich vor lauter Langeweile die Wände hochgehen könnte! Gestern hab ich sogar an einem Online-Zumba-Kurs teilgenommen. Zumba, Julie! Du weißt genau, was ich von Zumba halte.«

Julie musste lachen; ihre Stimmung hob sich definitiv. Ja, sie wusste, was ihre Schwester von Zumba hielt, sie hatte schließlich oft genug lautstark darüber gewettert. Ihrer Meinung nach war Zumba noch schlimmer als spazieren gehen, weil es nicht nur keine Sportart war, sondern ein Tanz, der aber vorgab, eine Sportart zu sein. Clare hatte absolut nichts gegen tanzen, solange es nach Mitternacht und nach dem Genuss von mindestens einer Flasche Wein war und nicht als Sport deklariert wurde. Ihre Regeln waren ziemlich komplex.

»Und, wie war's?«

Clare zuckte mit den Schultern. »Okay. Nicht vergleichbar mit einem Hockeymatch, aber ich hab mich wenigstens ein bisschen bewegt. Allerdings stell ich mich unübertroffen blöd an. Die Schritte gehen ja noch, aber sobald ich auch noch die Arme bewegen soll, bin ich aufgeschmissen. Wie schaffen das die anderen bloß, Julie?«

»Keine Ahnung, Schwesterherz. Vielleicht ist tanzen doch anspruchsvoller, als du gedacht hast?«

Clare streckte ihr die Zunge raus. »Egal, ich hab mich vorhin jedenfalls schon für die nächste Stunde angemeldet. Es mag schwachsinnig sein, aber immer noch besser, als gar nichts zu tun.«

»Zumba?«, sagte Julie nachdenklich.

»Hey, Schwesterchen, mach doch mit! Geht ganz einfach per Zoom. Die Kursleiterin tanzt im großen Fenster und wir in den winzigen. Man kann sich fast nicht erkennen, was ein ganz klarer Vorteil ist, glaub mir.«

»Wann fängt die nächste Stunde denn an?«

Clare warf einen Blick auf die Uhr hinter sich. »In zehn Minuten.«

»In zehn Minuten? Ausgeschlossen. Das schaff ich nie.«

»Natürlich.«

»Nein, ich ...«

»Jetzt komm schon, sei doch nicht so eine Schlaftablette!«

»Wie bitte?«

»Normalerweise würdest du in zehn Minuten einen Riesenstrauß binden.«

»Stimmt, weil ich das gern tu!«

»Ich weiß«, sagte Clare und seufzte traurig. »Mir fehlt der Laden so, Julie.«

»Mir auch. Und wie! Ich wünschte ...«

Clare unterbrach sie, indem sie mit den Fingern schnippte. »Aber wünschen bringt nichts, Schwesterchen – beweg deinen Arsch ins Haus und zieh dir was Gescheites an. Ich schick dir den Link und erwarte, dass du in zehn Minuten in deinem kleinen Fensterchen neben meinem hüpfst.«

Julie stöhnte auf, aber wenn Clare sich etwas in den Kopf gesetzt hatte, konnte man nicht mit ihr diskutieren, sondern nur kapitulieren. Also ging sie ins Haus und hoffte, in ihrem Kleiderschrank etwas zu finden, das wenigstens ansatzweise Zumba-tauglich war.

Sie hörte Michael mit seinen Kollegen reden, als sie an

Brionys Zimmer vorbeiging, und beneidete ihn um seinen Job. Eins musste man ihm lassen: In den letzten zehn Jahren hatte er sich mächtig ins Zeug gelegt und die Karriereleiter mit Riesensätzen erklommen. Erst die Beförderung, auf die hinzuarbeiten ihnen sinnvoll erschienen war, und dann eine zweite kurze Zeit später.

Sie biss die Zähne zusammen, um die Verärgerung zu verjagen, die sich schon wieder in den Vordergrund drängen wollte. Es war nicht Michaels Schuld, dass er im Lockdown weiterarbeiten konnte, und es war auch nicht seine Schuld, dass sie es nicht konnte. Allerdings hatte er sich in letzter Zeit herzlich wenig für ihren Laden interessiert. Es grenzte an ein Wunder, dass sie so viel aus ihm gemacht hatte. Ihre Mutter hatte garantiert nicht damit gerechnet, und Michael vielleicht auch nicht.

»Dann haben sie sich eben gewaltig geirrt«, zischte sie den Kleiderschrank an und fischte ein T-Shirt heraus, das groß genug war, um ihren definitiv nicht Zumba-gestählten Körper zu verhüllen. »Ich hab's geschafft. Und zwar ganz allein.«

Als die antike Uhr im unteren Flur die volle Stunde schlug, fuhr Julie zusammen. Sie würde sich verspäten. Clare würde sie umbringen. Wobei, da sie zu Hause war, würde sie sie nicht wirklich umbringen können. Aber trotzdem … Hastig zog sie ihre Leggins an, lief die Treppe hinunter und schnappte sich ihr iPad. Wieso hatte sie sich bloß darauf eingelassen? Sie war überhaupt nicht in der Stimmung für Zumba. Da hätte sie noch lieber das blöde Blumenbeet umgegraben oder ihre Plastikblumen vom Dachboden geholt, um ein paar Arrangements auszuprobieren …

»Guten Morgen, alle zusammen!«

Die Kursleiterin war eine aufreizende Kombination aus klein, zierlich und vollbusig, die Julies Ansicht nach unmöglich natürlich sein konnte. Ihre Haare waren so geschmeidig wie ihr Körper perfekt und ihr Lächeln so liebenswürdig, dass man sie trotz aller beneidenswerter Makellosigkeit einfach sympathisch finden musste.

»Ich bin Shelley, und das ist Zuuumba!«

Himmel, was für ein langer Vokal! Julie warf einen nervösen Blick zur Tür. Das Letzte, was sie jetzt brauchte, war Michael, der herunterkam, um sich einen Tee zu machen, und sie beim Zuuumba mit Shelley ertappte.

»Ein herzliches Willkommen an alle Stammteilnehmerinnen! Und wie schön, ein paar neue Gesichter zu sehen. Wink uns doch mal, Brenda!« Eine ältere Dame fuchtelte überschwänglich mit einer Hand durch die Luft. »Und hallöchen, Julie!«

Julie dämmerte es erst mit Verzögerung, dass die andere ältere Dame neben Brenda sie selbst war. Sie winkte widerstrebend, dann machte ihr Handy »Pling!«. Eine SMS war eingegangen.

Hallöchen, Julie!

Verpiss dich, Clare, ich muss mich konzentrieren.

In ihrem kleinen Bildausschnitt reckte Clare verstohlen den Daumen hoch. Julie streckte ihr die Zunge raus und merkte zu spät, dass alle es gesehen hatten. Schnell richtete sie ihre volle Aufmerksamkeit auf Shelley.

»Okay, Leute, heute werden wir um die ganze Welt reisen!«, rief die Trainerin. »Auch wenn wir alle daheim festsitzen, können wir überall sein, wenn wir nur unsere Füße bewegen!«

Julie hatte da so ihre Zweifel. Sie betrachtete ihre leicht krummen, verformten Füße in den graumelierten Socken und wünschte ihnen viel Glück bei allem, was auf sie zukam. Shelley hüpfte bereits auf und ab. Was blieb ihr also anderes übrig, als den Sprung ins Ungewisse zu wagen? Sie machte die Aufwärmübungen nach, so gut sie konnte, bis Shelley plötzlich rief: »Und Taaango!«

Sie stellte sich auf die Fußballen und vollführte eine Mischung aus Kicken und Wackeln. Julie gab ihr Bestes, aber es war zwecklos. Wenigstens das Wackeln fühlte sich irgendwie gut an, und so beschloss sie, sich keine Gedanken wegen der Details zu machen. Ihr kleiner Bildausschnitt war wirklich *sehr* klein.

»Cha-Cha-Cha!«, feuerte Shelley die Gruppe an und übertrieb ihre Bewegungen, damit die anderen sie leichter nachmachen konnten. Um sie herum verrenkten zwölf Frauen mittleren Alters ihren Körper und sahen dabei aus, als parodierten sie sie. Einerseits fand Julie das zum Brüllen komisch, andererseits war es einfach nur schön, sich der Musik zu überlassen.

»Und jetzt die Arme! Und zwar so, meine Damen! Sehr guuut!«

Das sah Julie anders. Arme wurden wild nach allen Richtungen geschleudert, sodass die Tanzenden eher holländischen Windmühlen ähnelten als argentinischen Verführerinnen. Clare hatte recht – es war unmöglich, die Bewegungen von Armen und Beinen zu koordinieren. Aber solange sie sich bewegte, verbrannte sie Kalorien, und das wiederum bedeutete, dass sie sich später ein Glas Wein gönnen konnte. Hochmotiviert machte sie weiter. Wieder ein »Pling!«, und sie sah auf ihr Handy.

Höher, Julie!

Sie ignorierte Clares Kommentar. Sie würde später mit ihr reden. Shelley nahm sie jetzt mit nach Ägypten zum Bauchtanzen. Sehr schön – endlich ein Tanzstil, für den sie die richtige Figur hatte!

Sie wusste nicht, wie lange Michael dastand, so sehr hatte sie sich auf die Bollywood-Moves und Shelleys biegsamen Schlangenkörper konzentriert. Als sie ihn bemerkte, erstarrte sie.

»Oh, nicht aufhören«, bat er. »Du siehst toll aus.«

»Gar nicht wahr.« Sie zupfte an ihrem T-Shirt, wollte es über ihren schlaffen Hintern ziehen.

»Aber wenn ich es dir doch sage. Ich hatte ganz vergessen, was für eine großartige Tänzerin du bist.«

Julie wurde rot wie ein Schulmädchen. »Unsinn, Michael. Ich krieg nicht eine einzige Schrittfolge richtig hin.«

»Ich finde, du siehst trotzdem gut aus.«

»Aber nicht verglichen mit ihr.« Sie deutete auf ihr iPad, wo sich Shelley anmutig zu der hypnotischen Musik bewegte.

Michael trat näher an den Bildschirm. »Oh. Die ist mir gar nicht aufgefallen.«

»Wer's glaubt.«

»Doch, wirklich. Es hat viel zu viel Spaß gemacht, dir zuzuschauen.«

»Voyeur«, neckte sie ihn. Sie fühlte sich sexy. Wie sich herausstellte, trugen ihre Füße sie tatsächlich locker um die ganze Welt. Nur ihre Arme hatten Probleme, ihnen zu folgen. »Willst du nicht mitmachen?«

Er legte den Kopf schief, überlegte kurz und nickte dann zu ihrer großen Überraschung. »Warum nicht? Was kommt als Nächstes?«

»Äh ...« Sie guckte auf den Bildschirm, wo Shelley gerade ankündigte: »Und jetzt der Cool-down!«, und sich dann gemächlich zu den Klängen von »An der schönen blauen Donau« bewegte. »Anscheinend ein Walzer.«

»Perfekt. Darf ich bitten?« Er verneigte sich leicht und streckte ihr seine Hand hin.

»Ich weiß nicht, ob Shelley das so ...«

Doch die hatte Michael bereits entdeckt und klatschte entzückt in die Hände. »Oh, seht nur, Julie hat einen Tanzpartner! Wie schön!«

Julie blieb keine andere Wahl, als ihre Hand in Michaels zu legen und sich in seine Arme ziehen zu lassen. Sie hatte nie verstanden, warum Walzer früher als ein anstößiger Tanz gegolten hatte, aber jetzt, da sie sich unter den Augen völlig Fremder mit ihrem eigenen Ehemann in ihrem Wohnzimmer im Dreivierteltakt drehte, kam ihr die Situation tatsächlich ziemlich intim vor. So nahe waren sie sich schon lange nicht mehr gekommen.

Sie lehnte ihren Kopf an seine Schulter und ließ sich

von ihm führen – eins, zwei, drei, eins, zwei, drei … Kurz warf sie einen Blick auf ihr Handy, weil sie mit einer sarkastischen Bemerkung von Clare rechnete, doch sie hatte keine neue Nachricht. Eins, zwei, drei, eins, zwei, drei … Die Musik änderte sich, Lewis Capaldis Stimme erklang, aber Michael tanzte weiter und sie mit ihm. Vielleicht würden ihre Füße sie nicht nur um die Welt, sondern auch zurück in die Vergangenheit tragen. Eins, zwei, drei, eins …

»Und das war's für heute! Gut gemacht, meine Damen – und unser männlicher Gast! Ihr habt euch einen Beifall verdient. Ich hoffe, ich sehe euch alle morgen wieder bei Shelleys Zuuumba!«

Der Bildschirm wurde dunkel, die Musik erstarb, und Michael ließ sie los.

»Das war schön«, sagte er.

»Ja. Ja, das war es. Äh, danke.« Sie sahen sich unschlüssig an. Dann klingelte ihr Handy, und Julie stürzte sich darauf. »Clare!«

Michaels Blick wurde ein wenig traurig, dann wandte er sich um und ging vor sich hin lächelnd in die Küche. Als Julie auf dem Sofa saß und sich anhörte, was ihre Schwester über den Kurs dachte – »Mit den Füßen verreisen, so ein Schwachsinn!« –, wurde in der Küche der Wasserkocher angestellt, und einen Augenblick lang wünschte sie, sie hätte das Handy einfach klingeln lassen.

## Kapitel dreizehn

»Michael!« Betty klang auf liebenswerte Weise überrascht, obwohl sie es war, die sich per Videoanruf bei ihm gemeldet hatte. »Wie geht es dir, Schatz?«

Michael legte den Bericht über eine Schlucht in Tschechien, die ihn und seine Ingenieure vor besondere Herausforderungen stellte, beiseite. Er kam einfach nicht weiter. Seit dieser sonderbaren Zumba-Geschichte heute Vormittag schien sich sein Hirn in Matsch verwandelt zu haben. »Gut, Mum, danke. Man lebt.«

»Und die Kinder?«

»Denen geht's auch gut. Sophie ist mit ihrem Leo im Lockdown gut aufgehoben, und Adam ist bei der Familie seiner Freundin am Meer und in Sicherheit. Nur um Briony, die in London ist, machen wir uns ein bisschen Sorgen.«

»Kann ich mir vorstellen. Wie geht es Julie?«

Michael sah seine Frau vor sich, wie sie im Wohnzimmer getanzt hatte, und wand sich. »Ganz gut.«

»Das freut mich. Pass auf sie auf, hörst du?«

»Klar, mach ich.« Von unten drangen merkwürdige Geräusche herauf. Vielleicht sollte er mal nachsehen. Gleich. »Und was ist mit dir, Mum?«

»Oh, hier ist alles bestens, mein Schatz. Nur der Gin

geht langsam aus, deshalb haben wir unsere eigene Destillieranlage gebaut.«

Michael starrte entsetzt den Bildschirm an. »Ist das nicht ein bisschen gefährlich? Ich meine, wenn ihr dabei aus Versehen Methanol herstellt, dann …«

»Michael, bitte! Ich bin Chemikerin. Ich weiß schon, was ich tue.«

»Natürlich. Entschuldige. Aber es wäre schon ironisch, wenn du alles tust, um dich vor dem Virus zu schützen, um dich dann mit gepanschtem Schwarzgebranntem zu vergiften.«

Betty lachte leise. »Das wäre es allerdings. Das muss ich Liz erzählen. Sie ist diejenige von uns, die sich um die Etiketten kümmert.«

»Etiketten? Plural? Wie viel von dem Zeug stellt ihr denn her?«

»Ach, na ja.« Sie machte eine vage Handbewegung. »Genug.«

»Genug für euch drei oder für den ganzen Bridgeclub?«

Sie machte ein durchtriebenes Gesicht. »In schweren Zeiten hilft man seinen Nachbarn eben.«

»Ja, mit Milch und Medizin, aber doch nicht mit illegal hergestelltem Alkohol.«

Betty verdrehte die Augen. »Also wirklich, Michael, seit wann bist du so ein Spießer?«

Er runzelte die Stirn. War er das? Ein Spießer? Er schluckte. »Vielleicht war ich schon immer einer.«

Betty lachte. »Unsinn, Michael. Ein ernstes Kind, ja, das warst du, aber das lag vielleicht auch daran, dass Ken und ich früher ernste Menschen waren. Die viele Arbeit. Ich wünschte, wir wären öfter ausgegangen, hätten tolle Restaurants besucht, wären tanzen gegangen und häufiger verreist.«

Sofort dachte Michael wieder an Julie und ihre geschmeidigen Bollywood-Moves. »Im Ernst?« Seine Stimme ähnelte einem Quieken.

Sie nickte. »Das war einer der Gründe, warum ich mich so gefreut habe, als du damals mit Julie ankamst. Sie hat sich nie davor gefürchtet, Grenzen zu sprengen.«

»Das stimmt.«

»Und das hat auf dich abgefärbt.«

»Könnte sein, dass ich es wieder verlernt habe.«

Betty beugte sich so weit vor, dass er nur noch ihre Augen sehen konnte. Es sah gruselig aus.

»Mum! Was tust du denn?«

»Dich genau ansehen. Du hast noch nicht mit ihr gesprochen, oder?«

»Wir reden miteinander.«

»Reden? Oder *reden*?«

Er stöhnte. »Frauen! Wir reden, okay?«

Sie lehnte sich zurück und hob beide Hände. »Okay, okay. Sag mal, willst du nicht auch eine Flasche von unserem Selbstgebrannten? Bringen kann ich sie dir im Moment natürlich nicht, aber ich kann dir eine von der zweiten Charge zurücklegen.«

»Von der zweiten …?« Michael gab es auf. »Das wäre fantastisch, Mum, danke.«

»Wunderbar. Ich freue mich schon auf ein gemeinsames

Gläschen mit dir und Jules, wenn sie uns wieder rauslassen.«

»Das wird bestimmt toll. Aber jetzt muss ich Schluss machen, Mum. Die Arbeit ruft.«

»Natürlich. Liebe Grüße an alle. Passt auf euch auf. Bye-bye!«

»Bye-bye«, echote Michael leise, aber da hatte seine Mutter bereits aufgelegt.

Er blickte auf seinen Bericht und hatte noch weniger Lust, ihn durchzuarbeiten, als vorher. Unten konnte er Julie herumfuhrwerken hören. Er hätte ihr gern seine Hilfe angeboten, aber nach ihrem gemeinsamen Walzer empfand er eine seltsame Scheu bei dem Gedanken, ihr jetzt gegenüberzutreten.

Es war so wunderschön gewesen. Es hatte sich so natürlich angefühlt, sie in den Armen zu halten, aber kaum war die Musik verklungen, hatten sie sich voneinander gelöst, weil ihnen beiden bewusst geworden war, dass sie seit einer Ewigkeit nicht mehr miteinander getanzt hatten. Sie hatten keine Ahnung gehabt, wie sie sich verhalten sollten. Wenn Julie in letzter Zeit tanzen gegangen war, dann mit ihren Freundinnen. Michael tanze nicht gern, erzählte sie allen, Michael mit eingeschlossen.

»Das stimmt doch gar nicht«, hatte er widersprochen, als sie anfing, nach Adams Auszug mit Clare auszugehen, um der abendlichen Leere daheim zu entfliehen. »Ich mag nur diese runtergekommenen Clubs nicht.«

Dennoch setzte sich der Gedanke, dass er eine Abneigung gegen das Tanzen hatte, in ihrem Kopf fest. Immer öfter ging sie mit Clare aus, während er zu Hause blieb und Dokumentationen über Musiker anschaute, die in den Siebzigerjahren berühmt gewesen waren, so als stimmte er ihr stillschweigend zu, dass die Zeiten, in denen er ausgegangen war, definitiv der Vergangenheit angehörten. Warum hatte er das gemacht? Warum war er nicht einfach mitgegangen? Und konnte er sein Verhalten jetzt noch ändern? Er blickte zur Tür, versuchte, sich ein Herz zu fassen und zu seiner Frau zu gehen, als eine Erinnerung an eine Besprechung auf seinem Computerbildschirm aufpoppte. Verdammt! Na schön, aber sobald er die hinter sich hätte, würde er nachsehen, was Julie da unten trieb. Vielleicht.

Julie betrachtete den Haufen Mäntel zu ihren Füßen und fragte sich, ob es nicht sinnvoller gewesen wäre, methodisch vorzugehen. Aber jetzt war es zu spät. Die Garderobenhaken waren leer, also sollte sie sich auf ihre eigentliche Aufgabe konzentrieren und das Aufräumen auf später verschieben. Sie schaute sich nach dem Werkzeugkasten um und entdeckte ihn auf der anderen Seite des Mantelbergs. Verdammt, warum konnte sie sich nicht angewöhnen, solche Dinge gründlich zu Ende zu denken?

Das Problem war, dass sie etwas hatte tun müssen. Diese blöde Tanzerei hatte sie innerlich aufgewühlt. Kurz hatte sie erneut überlegt, sich ihre Plastikblumen vom Dachboden zu holen, aber im oberen Flur hatte sie Michael in seinem provisorischen Büro reden gehört und befürchtet, dass sie ihn damit irgendwie stören könnte. Also war sie wieder nach unten gegangen, wo sie an der Pinnwand in der Küche zum Glück die Liste mit all den Dingen entdeckt hatte, die repariert werden mussten:

*Klo unten – Spülung defekt*

*Garderobenhaken an Hintertür verbogen – Mäntel fallen runter*

*Fußballabdrücke an Hintertür – überstreichen*

*Scharnier an Hintertür kaputt – neue Hintertür kaufen!*

Die Post-Zumba-Julie hatte die Liste nicht besonders hilfreich gefunden. Sie konnte ja schlecht eine neue Hintertür herbeizaubern, oder? Und wenn sie sowieso eine neue kaufen wollten, machte es keinen Sinn, sie vorher zu streichen. Da die Klospülung sie überforderte – sie hatte sich schon einmal an ihr versucht und lediglich erreicht, dass anschließend der Flur unter Wasser stand –, beschloss sie, sich die Garderobenhaken vorzunehmen.

Jetzt kam ihr der Gedanke, dass sie sich vielleicht mit ein bisschen zu viel Begeisterung ans Werk gemacht hatte. Sie betrachtete den Haufen aus Mänteln und Jacken und fragte sich wie so oft, warum sie eigentlich so viele davon besaßen: dicke Anoraks und leichte Mäntel für Spaziergänge, schicke Mäntel zum Ausgehen, Jeansjacken, Regenmäntel und Motorradjacken. Motorradjacken? Ein Gedanke schoss ihr durch den Kopf: Wo war eigentlich *ihre* Motorradjacke? Sie war traumhaft schön, schwarz mit kräftigem Orange und aus feinstem Leder und mit Polstern, die sie im Falle eines Sturzes schützen sollten. Michael hatte sie ihr ganz am Anfang ihrer Beziehung gekauft, als sie die gemeinsame Zeit noch in Monaten gezählt hatte, lange bevor sie an einen fünfunddreißigsten Hochzeitstag auch nur dachten.

Damit hatte er sie umgehauen. Die Jacke war das teuerste Geschenk, das sie jemals bekommen hatte. Nicht einmal ihre Mutter hatte ihr so etwas Kostspieliges geschenkt. Zu Beginn hatte er sie oft überrascht – war einfach aus seiner Rolle als geradliniger Typ ausgebrochen und hatte etwas total Unerwartetes und daher umso Romantischeres getan. Was er keineswegs so gesehen hatte.

»Du kannst ohne anständige Schutzkleidung nicht mit mir Motorrad fahren«, hatte er gemeint, sichtlich peinlich berührt von ihrer Dankbarkeit.

»Anständige Schutzkleidung muss aber nicht orange und schwarz sein«, hatte sie entgegnet und ihn geküsst. »Die Jacke ist wunderschön.«

Wider Erwarten war sie begeistert gewesen, nachdem sie das erste Mal hinter ihm auf das Motorrad geklettert war. Sie hatte geglaubt, es würde furchtbar sein, nicht miteinander reden zu können, aber das Gegenteil war der Fall: Sie fand es seltsamerweise entspannend. Man brauchte nicht nach Worten zu suchen, musste niemanden unterhalten oder etwas sagen, um sein Interesse zu wecken. Man saß einfach da und ließ Eindrücke auf sich wirken, eine willkommene neue Erfahrung für Julie.

Vorher hatte sie Stille immer als etwas Unangenehmes empfunden, hatte nie verstanden, wie manche Leute sie als »behaglich« oder »wohltuend« empfanden. Für sie hatte Schweigen immer einen Beigeschmack von mangelndem Interesse, von gesellschaftlichem Scheitern, von der

Unfähigkeit, mit anderen Menschen zu kommunizieren. Sie war stets die Erste gewesen, die eine stockende Unterhaltung wieder in Gang brachte. Erst das Motorradfahren hatte sie gelehrt, dass es auch anders ging: Sie saß auf der Sitzbank hinter Michael und musste nicht ein einziges Wort sagen. Sie brauchte nichts weiter zu tun, sie musste nur dasitzen und zuschauen, wie die Straße unter ihnen hinwegglitt. Es hatte ihr auf Anhieb gefallen. Die Fahrten waren besser als jede Schickimicki-Meditation, besser als jeder Sport, besser als jede Therapie.

Aber Motorräder sind böse und gefährlich, erinnerte sie sich wieder und erschauderte. Obwohl sie seit dem Unfall nicht mehr auf so ein Ding hatte steigen wollen, verspürte sie ein plötzliches sinnliches Verlangen danach, die Jacke überzustreifen und sich wie eine aufregendere Version ihrer selbst zu fühlen.

Schluss jetzt, ermahnte sie sich. So würde sie die Kleiderhaken nicht gerade biegen. Sie kämpfte sich durch die Mäntel, schnappte sich den Werkzeugkasten, nahm eine Zange heraus, fasste damit den ersten Haken und bog ihn sachte nach oben. Wie durch Zauberei nahm das Metall seine ursprüngliche Form wieder an – mehr oder weniger jedenfalls. Zufrieden trat Julie einen Schritt zurück und bewunderte ihr Werk. Das war ein Kinderspiel gewesen. Wenige Augenblicke später hatte sie alle zehn Haken gerade gebogen. Zufrieden mit sich machte sie ein Foto und bückte sich dann, um die Mäntel und Jacken wieder aufzuhängen, was der lästigere Teil ihres Projekts war. Da sie jedoch nur ihre eigenen und die von Michael aufhängte, ging es sehr schnell. Und der Rest? Sollte sie ihn im Kleiderschrank im Gästezimmer verstauen? Dann fiel ihr wieder ein, dass der ja immer noch Schlagseite hatte, und sie überlegte: Wo hatte Michael eigentlich die Sachen hingetan, die drinnen gewesen waren?

Sie blickte an die Decke und stellte ihn sich in Brionys Zimmer vor. Ein Prickeln durchlief sie bei der Erinnerung an ihren Tanz, an die Art, wie er sie in seine Arme genommen hatte, sanft und doch bestimmt. Nervös bückte sie sich nach den Mänteln am Boden. Sie würde ihn fragen, wo sie sie hintun sollte, und sich bei der Gelegenheit erkundigen, ob er einen Tee oder etwas zu essen wollte. Er kümmerte sich fast jeden Tag ums Abendessen, sie war ihm also etwas schuldig. Die Mahlzeiten waren eine gezwungene Angelegenheit. Wenn sie gesprächstechnisch alles abgehakt hatten, was es Neues zur allgemeinen Lage und von den Kindern gab, fiel ihnen selten noch etwas ein. Gestern hatten sie einen kurzen fröhlichen Moment geteilt, als er ihr ein Video von Enten gezeigt hatte, die in den leeren Kanälen von Venedig brüteten, doch dann war ihnen eingefallen, dass Venedig zu den Orten gehörte, die sie früher hatten besuchen wollen, und sofort hatte sich wieder ein betretenes Schweigen breitgemacht.

Julie holte tief Luft und ging nach oben. Als sie die Tür zu Brionys Zimmer einen Spalt weit öffnete und hineinspähte, sah sie, dass Michael in eine Videokonferenz mit vier Teilnehmern vertieft war. Er sprach über Ausleger und ruhende Lasten, und seine Stimme klang tief und ernst. Sie hätte ihm stundenlang zuhören können. Es war definitiv nicht der geeignete Augenblick, ihn wegen der Mäntel zu stören, also zog sie die Tür hastig wieder zu.

Michael blickte kurz sehnsüchtig zu der Tür, die sich bemerkenswert leise hinter Julie schloss, und wandte sich dann wieder den anderen Teilnehmern der Videokonferenz zu. Im Stillen hoffte er, sie würden endlich zum Ende kommen. Er war dankbar dafür, dass er die volle Unterstützung der Firma für sein innovatives Brückendesign hatte, aber jetzt wollte er einfach nur noch Schluss machen. Er hatte Julie erst im Bildschirm bemerkt, als sie sich schon wieder zurückzog, aber er meinte, gesehen zu haben, dass sie mehrere Mäntel getragen hatte. Was sie wohl damit wollte?

Er gab ein paar zustimmende Laute von sich, als der Vorstandsvorsitzende etwas von staatlicher Unterstützung faselte, und wünschte, er hätte sich diese App angesehen, von der er gehört hatte: Sie täuschte einen aufmerksamen Gesichtsausdruck vor, während man in Wirklichkeit mit seinen Gedanken zu interessanteren Dingen abschweifte.

Die Kleidungsstücke, die er aus dem Schrank geräumt hatte, bevor die dumme Sache mit seinem Rücken passiert war, tauchten vor seinem geistigen Auge auf. Das letzte war Julies Motorradjacke gewesen. Wann hatten sie eigentlich zuletzt Urlaub gemacht? Nicht unbedingt mit dem Motorrad, sondern überhaupt? Ein paarmal waren sie übers Wochenende verreist, aber immer mit Freunden, immer in einer ausgelassenen Gruppe. Und die herrlichen Ferien als Familie, in denen sie früher so viel Spaß gehabt hatten, fanden seit dem Auszug der Kinder auch nicht mehr statt. Sie hätten wieder anfangen sollen, eine Liste mit den Orten zu machen, die sie irgendwann einmal besuchen wollten. Das hatten sie doch immer so geplant, oder etwa nicht? Kroatien hatte er vor ein paar Jahren abgehakt, allerdings mit Rob, einem Biker aus dem Guzzi-Fanclub, für den ihm Julie die Mitgliedschaft geschenkt hatte, nachdem … na ja, nachdem sie die Lust an Ausfahrten mit Gertie verloren hatte.

»Alles in Ordnung, Michael?« Der Vorstandsvorsitzende musterte ihn.

»Was? Oh. Ja, ja. Entschuldigung – hab nur gerade ein komisches Geräusch von draußen gehört. Homeoffice, Sie wissen schon.«

Die anderen Teilnehmer lachten verständnisvoll. Alle von ihnen saßen zu Hause, wenn auch über die ganze Welt verstreut. Die globale Pandemie verwischte die meisten Unterschiede zwischen ihnen. Während der letzten Konferenz war die zweijährige Tochter ihrer chinesischen Gutachterin in eine Diskussion über Rechtsfragen hineingewackelt. Alle waren verstummt und hatten gelächelt; ihre geschäftlichen Probleme waren in die richtige Perspektive gerückt worden. Die Grenzen zwischen Arbeit und Familienleben schienen sich ein wenig aufgelöst zu haben, und Michael fand das gut. Früher, als seine Kinder noch klein waren, hatte er es nie gewagt, mit seinem Chef über seine Familie zu sprechen. Vielleicht hätte er es tun sollen; vielleicht hätte er Julie dann mehr unterstützen können.

Er hörte, wie sie in Sophies Zimmer ging. Als der Buchhalter zu einem Papier voller Zahlen griff und sich erneut an die Runde wandte, wurde Michael unruhig. Zum ersten Mal seit einer Ewigkeit machte ihm die Arbeit nicht uneingeschränkt Spaß, und er fragte sich, auch das zum ersten Mal seit Jahren, was er als Folge seines egoistischen Vergnügens alles versäumt hatte.

»Wie schaffst du das bloß?«, hörte er Julies Stimme aus der Vergangenheit. Damals hatte ihn die Firma spontan nach Reykjavík geschickt. Er war nach Hause gehetzt, hatte ihr erklärt, er müsse morgen nach Island fliegen, und gefragt, ob sie ihm beim Packen helfen könne.

»Was meinst du?«

»Na ja, einfach alles stehen und liegen lassen und abhauen.«

Er hatte sie stirnrunzelnd angesehen. »Aber das ist geschäftlich, Julie.«

»Das weiß ich, aber trotzdem.«

Er hatte nicht verstanden, was sie meinte, und war dumm genug gewesen, das auch zu sagen.

»Was ist mit den Kindern, Michael?«, fuhr sie fort. »Was ist mit mir? Mit unserer Familie? Weißt du noch, als ich zu dieser Floristentagung nach Amsterdam geflogen bin? Ich habe Tage gebraucht, um alles zu organisieren. Ich habe Mitfahrgelegenheiten für die Kinder gesucht, damit sie weiter nachmittags zum Training gehen konnten, habe ihre Schul- und Sporttaschen gepackt, habe dafür gesorgt, dass der Kühlschrank voll ist, damit keiner verhungert, und Listen geschrieben, was ihr wann tun sollt. Und das alles nur wegen einer beschissenen zweitägigen

Geschäftsreise. Aber du, du schmeißt einfach deine Sachen zusammen und verschwindest, ohne dir auch nur ein einziges Mal Gedanken darüber zu machen, was du zurücklässt!«

»Okay. Ich hab's kapiert. Entschuldige. Aber der Punkt ist, dass ich jetzt wirklich packen muss.«

Das war nicht gut angekommen. Er erinnerte sich noch, wie sie seine Hemden wie Handgranaten in den Koffer gefeuert hatte. Als er sie am nächsten Tag aus seinem einsamen Hotelzimmer angerufen hatte, entschuldigte sie sich. Sie verstehe ja, dass sein Beruf die Reisen mit sich bringe, aber es sei manchmal einfach schwer, immer nur anderen das Leben möglichst leicht zu machen. Sie hatten lange miteinander geredet, viel länger, als angesichts der wichtigen Meetings am nächsten Tag gut für ihn war, aber das war es wert gewesen. Genau wie ihre und Clares gemeinsamen Abende, wenn man so wollte, ihre Belohnung für alles waren, was sie wegen ihm in Kauf nehmen musste. Bei sorgfältiger Überlegung wäre es wahrscheinlich trotzdem besser gewesen, wenn sie beide miteinander ausgegangen wären.

Entschlossen setzte er sich gerade hin, beugte sich ein wenig vor und unterbrach den Buchhalter, der gerade Zahlen herunterratterte.

»Es tut mir wirklich leid, aber ich muss jetzt Schluss machen. Es hat an der Tür geklingelt. Ein Paket. Machen Sie einfach ohne mich weiter, ich werde mich dann morgen über die Ergebnisse der heutigen Besprechung informieren.«

»Ein Paket?«, hörte er noch jemanden fragen, aber da klickte er sich schon aus der Sitzung und eilte zur Tür.

»Michael!« Julie fuhr erschrocken zusammen, als er Sophies Zimmer betrat. »Ich dachte, du hättest eine Videokonferenz.«

»Hatte ich auch. Ist mir zu langweilig geworden.«

Sie starrte ihn an, traute ihren Ohren nicht. »Dir ist deine Arbeit langweilig geworden?«

Er zuckte mit den Schultern. »Soll vorkommen. Und dann hab ich dich gehört und dachte, ich frag mal, ob du, äh, Hilfe brauchen kannst. Was machst du da?«

Sie betrachtete die Jacken und Mäntel in ihren Armen. Dann fiel ihr ein, welche Glanzleistung sie vollbracht hatte.

»Ich hab die Kleiderhaken gerade gebogen, Michael. War ein Kinderspiel. Hier, schau mal.« Sie ließ die Sachen auf den Boden fallen, zog ihr Handy aus der Tasche und zeigte ihm das Foto. Sein Blick wurde wie magisch von den Jacken und Mänteln angezogen, aber es gelang ihm, ihn loszueisen und auf das Handydisplay zu richten. »Siehst du? Alle wieder wie neu. Jetzt fallen die Jacken nicht mehr runter. Und ausgemistet hab ich auch. Nur noch deine und meine Jacken hängen jetzt dort.« Die Worte fielen zwischen sie. Sie verlagerte ihr Gewicht, spürte den Stoff der Mäntel an ihren Füßen. »Deshalb wollte ich ein neues Zuhause für die hier finden.«

»Verstehe.«

»Und ich wollte dich fragen, wo du das Zeug aus dem

Kleiderschrank hingetan hast. Aber du warst beschäftigt, da hab ich mir gedacht, es könnte hier drin sein – und tatsächlich!«

Sie zeigte zum Bett hinüber, und er drehte sich um.

»Ich hab alles einfach hingeworfen«, gestand er und bückte sich nach den Neuzugängen, die mittlerweile auf dem Fußboden lagen. »Da fällt mir ein – du wirst nicht glauben, was ich im Schrank gefunden habe!«

»Was denn?«

Er schaute zum Bett.

Ihr Blick folgte seinem. Sie schnappte hörbar nach Luft, als sie die Lederjacke entdeckte. »Ist das …?«

»Ja, das ist sie.«

Sie stieg über den Mantelberg, trat ans Bett und griff nach der Jacke. Erinnerungen wirbelten auf. Sie sah immer noch so cool aus, das Leder war so geschmeidig, die Schutzpolster so fest. »Ich habe die Jacke geliebt.«

»Ich weiß.«

»Das war das schönste Geschenk, das ich bis dahin bekommen hatte.«

»Das hast du damals gesagt, ja.«

»Und das war die Wahrheit.«

Sie konnte dem Verlangen, sie anzuziehen, nicht widerstehen. Nach einem befangenen Blick zu Michael schob sie erst den rechten, dann den linken Arm in die Ärmel und atmete lang und tief durch. Das Gefühl war unglaublich. Das Leder schmiegte sich butterweich an ihre nackten Unterarme, die Polster sorgten dafür, dass sie automatisch die Schultern straffte und den Kopf hob. Mit geschlossenen Augen strich sie über die Vorderseite und zog den Reißverschluss hoch, wobei sie die Hüften und ihre Brüste nach vorn schob, als wäre sie eine andere Frau, eine jüngere, verwegenere, frechere Julie.

»Einfach klasse«, murmelte Michael.

Seine Stimme machte ihren Tagträumereien ein Ende. Sie riss die Augen auf und erblickte sich in Sophies Spiegel. Wie eine Idiotin stand sie da in einer Jacke aus der Vergangenheit. Hastig zog sie sie wieder aus.

»Lass sie an, Jules. Sie steht dir wirklich.«

»Na ja, vielleicht, aber ich brauche sie nicht mehr.« Sie hatte ihn verletzt, sie konnte es an seinen Augen sehen und fühlte sich mies. »Ich, äh, nehme sie trotzdem mit runter, für alle Fälle.« Um das Thema zu wechseln, sagte sie: »Und wenn du fertig bist mit deiner Arbeit, könnten wir uns den Dachboden vornehmen, was meinst du?«

Er blinzelte sie an. »Den Dachboden?«

Vielleicht war das eine verrückte Idee, aber Michaels Anwesenheit hatte ihre innere Unruhe noch verstärkt – warum sie also nicht zu etwas Sinnvollem nutzen?

»Ich will meine Plastikblumen runterholen. Mit denen ich während der Ausbildung zur Floristin geübt habe, weißt du noch?«

»Wie könnte ich das vergessen. Irgendwann lagen sie im ganzen Haus verstreut. Zusammen mit deinen Haftnotizen mit den lateinischen Blumennamen drauf.«

Julie verdrehte die Augen. Es war der reinste Albtraum gewesen, ihr nicht mehr ganz taufrisches Hirn dazu zu bringen, sich die seltsamen Namen für die Floristenprüfung zu merken. Und hatte sie sie jemals wieder gebraucht? Einen Scheißdreck hatte sie. Wirklich wichtig war nur das Arrangieren und Binden von Blumen gewesen.

»Ich wollte ein bisschen experimentieren«, erklärte sie. »Ich habe in den letzten Monaten jede Menge ausgefallene Arrangements gesehen, und jetzt habe ich die Zeit, sie selbst auszuprobieren. Aber dafür brauche ich die Plastikblumen.«

Beide schauten zu der Dachbodenluke über sich hinauf. Als Michael sich zaghaft streckte, verzog Julie das Gesicht. »Oje, dein Rücken. Entschuldige. Dumme Idee.«

»Nein, nein, es geht schon. Die Leiter komm ich schon rauf, kein Problem.«

Auf einmal wurde Julie verlegen. Auf dem Dachboden lagerte alles Mögliche, Dinge, die sie im Fall einer Scheidung würden aufteilen müssen. Allein die Vorstellung war im Moment zu viel für sie.

»Die Decke ist ziemlich niedrig«, warnte sie in der Hoffnung, dass er nicht mit ihr hinaufgehen würde.

»Ich kann mich hinsetzen.«

»Lass doch, ich schaff das schon. Du …«

»Julie – ich kann mich hinsetzen«, erwiderte er ruhig, aber mit Bestimmtheit.

»Okay. Danke.« Was hätte sie sonst sagen sollen?

Sie holte die Stange, hakte sie in der Dachbodentür ein und zog. Als die Leiter klappernd herunterfuhr, sprangen sie beide zurück. Michael schnappte vor Schmerz nach Luft, aber als Julie ihn ansah, hielt er sich bewusst kerzengerade.

»Lass mich vorgehen.«

Sie beobachtete, wie er langsam, vorsichtig Leiterstufe für Leiterstufe hinaufstieg und in dem dunklen Rechteck in der Decke verschwand. Als er nicht mehr zu sehen war, folgte sie ihm, indem sie sich an den Sprossen festhielt.

Er saß mitten im Chaos, das hier oben herrschte. Im Schneidersitz. Viel zu lange hatten sie sich an das Motto gehalten: »Bring es dort rauf und vergiss es.« Eine Unmenge an Zeug hatte sich angesammelt.

Julie zog den nächstbesten Karton zu sich. Adams Teddybär lugte heraus, als hätte er seinen ganzen Mut zusammengenommen, um jetzt einen Fluchtversuch zu unternehmen. »Adam hat ihn geliebt.«

»Und wie! Weißt du noch, als er ihn beinah während der Ferien in der Vendée vergessen hätte?«

»Himmel, ja! Ein Glück, dass Briony ihn in dem Baum entdeckt hat! Ich mag mir gar nicht vorstellen, was los gewesen wäre, wären wir nach Hause gefahren und hätten dann festgestellt, dass er nicht mehr da ist.«

Michael öffnete eine Tasche und zog nacheinander zwei hübsche Kleider heraus. Er hielt sie in das Dämmerlicht, das die Glühbirne zustande brachte. »Wie winzig die sind, Julie. Da passen die Mädchen aber heute garantiert nicht mehr rein.«

Sie wurde rot. »Ich weiß. Ich hab trotzdem ein paar von den schönsten Kleidchen aufgehoben, nur für den Fall, dass eines Tages Enkelinnen kommen.«

Ihr Magen verkrampfte sich. Wären sie geschieden, würden sie künftige Familienmitglieder getrennt besuchen, sich getrennt um sie kümmern. Michael hatte ein Händchen für Kinder. Sie konnte heute noch das Kichern der Kleinen hören, wenn er sie damals in die Luft geworfen hatte. Wozu er mit seinem Rücken jetzt allerdings nicht mehr fähig wäre. Wie oft würden ihre Enkel sie wohl besuchen kommen? Wahrscheinlich ein paarmal im Jahr. Darauf konnte sie kein Leben aufbauen. Jetzt ging es einzig und allein um sie, um ihre ganz persönlichen Wünsche und Ziele.

»Den Brotbackautomaten kann man noch gebrauchen.« Sie schob ihn entschlossen zur Luke. »Und die Hanteln auch.«

»Wofür?«

»Um mich fit zu halten? Ist vielleicht besser als Zumba.«

»Ich hatte den Eindruck, als würde dir Zumba Spaß machen.«

Julie wühlte sich durch die Kartonstapel, um ihr Unbehagen zu verbergen. Zumba hatte tatsächlich Spaß gemacht, vor allem der Walzer.

»Gehört das dir?« Widerstrebend blickte sie auf und sah, dass Michael den Spanischkurs mit den CDs in der Hand hielt, den sie vor ein paar Jahren voller Optimismus gekauft hatte.

»Ich fürchte, ja. Wer ist bloß auf die blöde Idee gekommen, hier raufzuklettern? Jetzt haben wir lauter nützliche Dinge gefunden, mit denen ich mich beschäftigen sollte.«

Er lachte. »Keiner zwingt dich dazu, Julie. Du könntest dich auch einfach ausruhen.«

»Ausruhen?«

»Ja, das ist erlaubt. Du musst nicht wie deine Mum sein.«

Julie zog hörbar die Luft ein. »Was willst du damit sagen?«

Er sah sie betroffen an. »Sorry. Ich wollte nicht schlecht über Linda reden. Ich habe nur gedacht ... Ich meine, es war nun einmal nicht so ihr Ding, die Hände in den Schoß zu legen.«

Womit er allerdings recht hatte. Linda war immer in Bewegung gewesen, als wäre ein Ungeheuer hinter ihr her, das sich auf sie stürzen würde, wenn sie zu lange innehielt. Ganz schlecht war diese Rastlosigkeit jedoch nicht gewesen.

»Meine Mum musste hart arbeiten, um uns allein großzuziehen.«

»Das weiß ich doch. Sie war eine außergewöhnliche Frau.«

»Und das Haus instand halten musste sie auch. Himmel, was war das für ein Drecksloch! Und unser Vermieter war ein fauler Mistkerl. Clare und ich waren ihr keine große Hilfe. Manchmal frage ich mich, warum sie uns nicht mehr in die Pflicht genommen hat.«

»Ich denke, sie wollte, dass ihr eure Kindheit genießt.«

Sie sah ihn an. »Ja, wahrscheinlich.« Sie hob die Hand, berührte einen Dachbalken. Sie hatte das Gefühl, als würde der ohnehin schon niedrige Raum noch weiterschrumpfen und ihr die Luft zum Atmen nehmen. »Ich glaube, das reicht für heute, oder?«

Er blinzelte verdutzt. »Wir haben noch nicht mal deine Blumen gefunden.«

»Doch, haben wir!« Sie zog eine lange weiße Schachtel hinter einem alten Hochstuhl hervor. »Hier!«

»Oh, okay. Und was ist mit dem Rest?« Er deutete vage auf den Krempel ringsherum.

Julie ließ ihren Blick über die Sachen schweifen. Eine unsagbare Erschöpfung überkam sie. »Ich weiß auch nicht, Michael. Wozu die Arbeit? Entsorgen können wir das Zeug momentan nicht, die Second-Hand-Läden sind zu, und die Kinder dürfen wir auch nicht sehen.«

»Stimmt. Vielleicht hast du recht. Vielleicht sollten wir wieder runtergehen und einen Tee trinken.«

»Ja, vielleicht.«

Ihr Atem ging stoßweise. Sie konzentrierte sich auf das helle Rechteck im Boden, ihre einzige Möglichkeit zu entkommen, stieg hastig über einen großen Karton, blieb aber mit dem Fuß an dem Deckel hängen. Der Karton öffnete sich wie durch Zauberei, und ein silberner Strom ergoss dich daraus. Julie erstarrte.

Michael schaute zu ihr hoch. »Ist das …?«

»Die Dekoration von unserer Silberhochzeit, ja.« Der Schock hatte immerhin dafür gesorgt, dass sie wieder normal atmen konnte. Sie bückte sich, griff in die Luftschlangen und ließ sie durch ihre Finger gleiten. Gebannt beobachtete sie, wie sie im Licht, das vom Flur heraufdrang, schimmerten und funkelten. Fünfundzwanzig gemeinsame Jahre. Sie hatte das ganze Haus in Silber dekoriert, damit es glitzerte und leuchtete wie ihre wunderbare Ehe.

»Das war eine tolle Party.«

»Ja, das war es.«

»Ein wunderbarer Abend.«

»Vor zehn Jahren«, sagte sie in die Wolke aus Silberfolie hinein.

»Nur zehn Jahre. Mir kommt es vor wie eine Ewigkeit«, sagte Michael kopfschüttelnd. Er blinzelte heftig, und Julie sah ihn durch die Luftschlangen hindurch an. »Der Staub«, meinte er und rieb sich die Augen. »Gehen wir lieber wieder runter.«

»Ja, gehen wir lieber wieder runter.« Sie stopfte die Luftschlangen in den Karton zurück, stieß ihn zur Seite und stolperte zur Dachbodenluke.

## Kapitel vierzehn

### April 2010

Michael steht mitten in der Küche und hat das Gefühl, dass Julie ihn wie ein Wirbelwind von den Füßen gerissen und in die Luft geschleudert hat.

»Kannst du nicht mal eine Minute Pause machen, Schatz?«

»Sehr witzig, Michael.« Zwei hohe Stapel Plastikbierbecher balancierend schießt sie an ihm vorbei. »Hast du das Fass angezapft?«

»Klar. Gestern Abend schon. Das Bier braucht danach erst mal Ruhe.« So wie ich jetzt, würde er am liebsten hinzufügen. Wer hat bloß die verrückte Idee gehabt, die Party zu ihrer Silberhochzeit im eigenen Haus zu feiern?

Ah ja, richtig – er selbst!

»Warum machen wir das Fest nicht bei uns?«, hat er vorgeschlagen, als sie vor Monaten darüber sprachen. »Wir haben ein schönes Haus, und so wird die Feier viel persönlicher.«

Was er in Wirklichkeit meinte, war natürlich: »Wie in aller Welt sollen wir uns eine dieser ausgefallenen Locations leisten, von denen du andauernd Prospekte anschleppst?«

Julie hatte Hochglanzbroschüren von Landhotels, Artisan Pubs – was auch immer das sein mochte – und sogar

Tipis auf dem Couchtisch verteilt, und allmählich geriet er in Panik.

»Persönlicher?« Sie schaute sich gerade Fotos von Baumhäusern an. Jetzt hörte sie auf zu blättern und sah ihn nachdenklich an. »Weißt du, was? Du könntest wirklich recht haben.«

»Natürlich habe ich recht.«

»Und von dem Geld, das wir dadurch sparen, könnten wir uns einen Partyservice, einen DJ und vielleicht noch einen Barkeeper gönnen!«

»Und ein Fass Bier?«

»Wenn es sein muss.«

»Es muss sein.«

Und damit war die Sache entschieden. Er tat alles, um ihr die Idee mit dem Barkeeper auszureden – »Überleg doch mal, wie blau alle sein werden!« – und auch die mit dem DJ – »Überleg doch mal, wie laut das dann für die Nachbarn wird!« –, und zu guter Letzt gab Julie ihre Ideen tatsächlich auf und beschloss, praktisch alles selbst zu machen.

Das Fass Bier ist das Einzige – und das Beste –, was von der ursprünglichen Liste der Luxuswünsche übrig geblieben ist. Und er wird garantiert ein paar Pints brauchen, nur um wach zu bleiben, nachdem er Julie bis drei Uhr morgens geholfen hat, Würstchen im Blätterteig und Blinis zu machen, weil sie plötzlich Angst hatte, das Essen würde nicht reichen.

»Bei Tesco gibt es Würstchen im Blätterteig, die auch okay sind«, hat er um Mitternacht protestiert.

»Auch okay für wen oder was? Das ist unsere Silberhochzeit, Michael! Findest du nicht auch, dass das ein besonderer Tag werden sollte?«

Michael war sich ziemlich sicher, dass es die Leute waren und nicht die Würstchen im Blätterteig, die den Tag zu etwas Besonderem machen würden, aber er war nicht so dumm, das laut zu sagen. Das Werkeln in der Küche hat ihm sogar Spaß gemacht, und dass das alles bis drei Uhr morgens ging, wäre auch kein Problem gewesen, wenn er nicht um sieben Uhr heute Morgen schon wieder aus dem Bett geworfen worden wäre, um den Rasen zu mähen. Und das, obwohl er ihn erst vor zwei Tagen gemäht hat und das Gras im April sowieso nicht besonders schnell wächst.

»Wir sollten uns langsam umziehen«, sagt er. »Die Gäste kommen in einer knappen Stunde.«

»Aber …«

Sie blickt wild um sich, doch nicht einmal sie kann eine Luftschlange entdecken, die nicht am rechten Platz ist, oder einen Tisch, der sich nicht unter Getränken und Knabberzeug biegt.

Michael fasst sie sanft bei den Schultern und schiebt sie zur Treppe. »Es sieht alles großartig aus. Gönn dir die Zeit, dich in Ruhe umzuziehen.«

Was sie natürlich nicht tut. Jedenfalls nicht mehr als eine halbe Stunde. Aber sie sieht hinreißend aus. Er selbst trägt die paillettenbesetzte Weste, die sie in einem Second-Hand-Laden entdeckt hat. Zuerst war er entsetzt über ihren Fund, aber jetzt muss er zugeben, dass er richtig flott damit aussieht. Aber Julie erst! Die Kinnlade fällt ihm fast bis auf den Fußboden, als sie aus dem Bad kommt.

Seit Wochen macht sie sich Gedanken, dass die Mädchen ihr den Rang ablaufen könnten, aber die Sorge ist völlig unbegründet. Sophie, seit eh und je konservativ, hat sich für Jeans und ein dezent glitzerndes Oberteil entschieden, und Briony, die grad einen Typen aus der Gothic-Szene datet, kommt ganz in Schwarz mit klobigen silbernen Stiefeln und metallischem Haarspray. Seine Töchter sind jung und schöner, als Michael es je für möglich gehalten hätte, aber heute Abend können sie ihrer Mutter nicht das Wasser reichen. Julie trägt ein Kleid, das silbern schimmert, sich an all den richtigen Stellen an ihre üppigen Rundungen schmiegt und sich unglaublich weich anfühlt, als er seinen Arm um ihre schmale Taille legt.

»Atemberaubend«, flüstert er. Aber als er sie küssen will, legt sie ihm zwei Fingerspitzen mit den silbern lackierten Nägeln auf den Mund.

»Der Lippenstift!«

Er lächelt. »Dann eben später.«

»Wenn du Glück hast.«

»Ich bin jetzt schon der glücklichste Mann auf der Welt.«

Sie drückt ihre Fingerspitzen an ihre Lippen und dann auf seine Wange. »Du siehst aber auch nicht übel aus. Wollen wir nach unten gehen?«

Er nickt und hofft, dass er sich einen frühen Drink genehmigen kann. Aber noch bevor sie den Tisch mit den Getränken erreicht haben, klingelt es an der Tür. Clare und ihr neuester Freund stehen davor.

»Wir sind extra früher gekommen, damit ihr nicht nervös werdet und Angst habt, dass keiner auftaucht.«

Julie lacht. »Das hier ist nicht deine Geburtstagsparty zum Sechzehnten, Clare!«

»Auch wieder wahr. Du siehst fantastisch aus, Schwesterherz.«

Sie wird verlegen. »Na ja, silberne Hochzeit feiert man nur ein einziges Mal, nicht wahr?«

Er hört sie das im Lauf der Nacht viele Male sagen, wenn sich ihre Wege beim Nachschenken, beim Plaudern mit Freunden und Familie, beim Anbieten von Schnittchen kreuzen. Clare hätte sich keine Sorgen machen müssen – die Leute kommen in Scharen, beladen mit Geschenken und Getränken und in bester Partylaune.

»Wenn ihr so die silberne Hochzeit feiert, kann ich die goldene kaum erwarten«, sagen viele, und Michael lächelt und stellt sich seine Frau in einem langen goldenen Kleid vor. Sie wird dann – er rechnet schnell nach – neunundsechzig sein. Und er dreiundsiebzig. So alt ist das nicht. Ein Alter, das man leicht erreichen kann, zumal wenn bald auch das letzte Kind aus dem Haus ist und sie nicht mehr so viel Stress haben und sich mehr Zeit für sich selbst nehmen können. Sophie wohnt seit zwei Jahren mit Freundinnen zusammen. Briony geht ab September zur Uni, und Adam, mittlerweile ein Teenager, ist auch schon viel eigenständiger geworden. Ihr Job als Eltern ist damit zwar nicht erledigt – wird er das je sein? –, aber vielleicht wenigstens der arbeitsintensivste Teil.

Sie halten gemeinsam eine kleine, als Toast auf »die

nächsten fünfundzwanzig Jahre« getarnte Rede, und dann führt Michael Julie auf die Tanzfläche mitten im Raum. Sie hat des Comedy-Effekts wegen *Hi Ho Silver Lining* als Musik vorgeschlagen, aber Michael bestand auf ihrem Song – *All You Need is Love* von den Beatles, zu dem sie das allererste Mal miteinander getanzt haben. Als er sie unter dem Jubel und Beifall ihrer ausgelassenen Gäste in seine Arme zieht, ergänzen sie sich so perfekt, dass ihn ein unglaubliches Gefühl der Dankbarkeit durchflutet.

Doch das ist nur die Ruhe vor dem Sturm. Julie bekommt doch noch ihr *Hi Ho Silver Lining*, und danach gibt es kein Halten mehr: Alle ihre Freunde suchen Stücke auf ihren iPods heraus und streiten sich darüber, was gespielt wird. Songs seiner eigenen Alben, die nicht so mainstream sind, sind kaum dabei, auch weil die Männer, die die Art von Musik vielleicht mögen würden, größeres Interesse an dem sich schnell leerenden Bierfass zeigen als an der Musikauswahl. Julies Mischmasch aus Siebziger- und Achtzigerjahresongs wird dagegen oft gewünscht. Erst gegen vier Uhr morgens verklingt die Musik, und nach einem Absacker »zum Abschied« mit dem letzten Häuflein Aufrechter schleppen sie sich kurz vor Tagesanbruch in ihr Schlafzimmer und fallen ins Bett.

»Das war eine tolle Party«, sagt Julie, als sie glücklich stöhnend zwischen den Decken versinken.

»Das stimmt. Alle hatten Spaß.«

»Ja, den Eindruck hatte ich auch. War auch genug zu essen da?«

»Aber ja. Und die Dekoration war sehr …«

»Glitzernd?«

»Genau. Sehr glitzernd. Das wird eine Heidenarbeit werden, das alles aufzuräumen.«

»Aber wir haben doch Helfer.«

»Eine wunderbare Art, unseren eigentlichen Hochzeitstag zu verbringen – das Chaos nach der Party beseitigen.«

»Eigentlich ist ja schon unser Hochzeitstag.«

»Ich weiß.« Er dreht sich zu ihr, nimmt ihre Hand. »Alles Gute zum Hochzeitstag, Schatz.«

»Fünfundzwanzig Jahre«, murmelt sie schläfrig. »Wer hätte das gedacht.«

»Ich«, erwidert er mit fester Stimme. »Und fünfundzwanzig weitere werden folgen. Bei unserer goldenen Hochzeit wirst du erst neunundsechzig sein.«

»Gar nicht so alt, oder?«

»Absolut nicht.«

Sie setzt sich unvermittelt auf. »Meinst du, ich habe meine besten Jahre schon hinter mir, Michael?«

Er lacht. »Ach was! Ganz bestimmt nicht. Sie fangen gerade erst an, würde ich sagen. Weißt du, ich habe vorhin darüber nachgedacht, als ich unsere Kinder beobachtet habe. Wie erwachsen sie geworden sind!«

»Zum Fürchten, oder? Es ging so wahnsinnig schnell.«

»Stimmt. Einerseits ist es zum Fürchten, andererseits auch aufregend. Die nächsten fünfundzwanzig Jahre gehören uns, Jules. Nur dir und mir.«

»Wie meinst du das?«

»Na ja, den ganzen Erziehungskram haben wir weitgehend hinter uns gebracht, also können wir uns jetzt auf die Dinge konzentrieren, die uns Spaß machen – ein bisschen verreisen, uns die Welt ansehen.«

»Hört sich gut an.«

»Wir haben Glück, dass wir uns jung gefunden haben. Wir haben noch jede Menge Power.«

»Power?«, fragt sie und muss kichern, aber er lässt sich nicht beirren.

»Ja, und das ist ein Geschenk. Du hast Power im Überfluss. Also – was würdest du in den nächsten fünfundzwanzig Jahren gern machen? Nein, warte – erst mal in den nächsten zehn.«

Sie überlegt. »Ich würde gern abnehmen.«

»Julie! Etwas, was du ernst meinst.«

»Das meine ich ernst. Aber schon gut. Also, ich möchte endlich mal nach Griechenland fahren.«

»Okay! Ein sehr guter Anfang.«

»Und ich würde gern öfter tanzen.«

»Ich auch.«

Sie denkt nach und kräuselt dabei die Nase. Er liebt es, wenn sie das tut. »Ich möchte, dass du die Beförderung bekommst, die du dir so wünschst.«

»Wirklich?«

»Ja, wirklich. Du hast es verdient, Michael.«

»Das bedeutet aber eine Menge Überstunden.«

»Und wenn schon! Du hast doch selbst gesagt, dass uns die Kinder nicht mehr so viel brauchen.«

»Und was ist mit dir?«

Sie beugt sich hinüber und küsst ihn. »Ich werde mich in die Arbeit stürzen, damit der Blumenladen ein Erfolg wird. Das war ein wunderbares Geschenk, Mike, und ich will das Beste daraus machen.«

»Das tust du doch immer, Julie. Das ist eins der vielen Dinge, die ich so an dir liebe.«

»Im Ernst?« Sie kuschelt sich an ihn, fährt mit der Hand an seinem Oberkörper hinunter. »Wie wär's, wenn ich jetzt aus dir das Beste heraushole?«

»Klingt gut«, murmelt er und zieht sie noch fester an sich. Aber sie haben eine lange Nacht hinter sich und furchtbar viel getanzt. Erschöpft vom Erfolg ihrer ausgelassenen Party werden sie vom Schlaf übermannt und sinken sanft in die Kissen zurück, jeder auf seins.

## Kapitel fünfzehn

### Zwölfter Tag

Michael warf einen hoffnungsvollen Blick in den Kühlschrank, nur für den Fall, dass er sich wie durch Zauberei gefüllt hätte, seit er vor einer Stunde das letzte Mal hineingeschaut hatte. Aber er stand vor derselben wenig ansprechenden Auswahl wie zuvor: eine letzte Scheibe Bacon, wellig und schon hart an den Rändern, ein kleiner Rest Reis von gestern Abend, eine braune Banane. Seufzend nahm er Letztere heraus und tappte zum Brotkasten. Als junger Mann hatte er für sein Leben gern Bananensandwich gegessen, und mit ein bisschen Glück war noch etwas von dem köstlichen Brot da, das Julie mit dem wiederausgegrabenen Brotautomaten gebacken hatte.

Nach dem seltsamen Ausflug auf den Dachboden hatte sie eine Ewigkeit geräuschvoll in der Küche herumgefuhrwerkt und ihm zu guter Letzt tatsächlich einen Brotlaib präsentiert. Sie hatten das Brot mit Käse und Suppe am Abend gegessen, und es hatte so gut geschmeckt, dass es ihnen genügend Gesprächsstoff geliefert hatte. Dabei müssten sie eigentlich über etwas ganz anderes reden, nämlich über die gewaltige Distanz zwischen jener glitzernden Silberhochzeitsparty vor zehn Jahren und der Sprachlosigkeit und Unbeholfenheit, mit denen sie auf ihre goldene Hochzeit zusteuerten.

Michael hob den Deckel vom Brotkasten und stieß einen tiefen Seufzer aus, als er nur noch die Krümel des selbst gebackenen und den Kanten eines gekauften Brots erblickte. War ja klar gewesen. Er schälte die Banane, klatschte sie auf das vertrocknete Stück Brot, klappte es, so gut es ging, zusammen und versuchte, nicht daran zu denken, dass sein Sandwich wie ein Häuflein Hundekacke aussah. Immerhin würde er damit so lange durchhalten, bis Julie vom Einkaufen zurückkam – wann immer das sein mochte.

Im Laufe des Vormittags hatte sie mit einer ellenlangen Liste das Haus verlassen und war immer noch nicht wieder da. Hoffentlich war das kein schlechtes Zeichen. Sie hatten keine Milch und kein Brot mehr. Das einzige Fleisch im Haus waren diese komischen Scheiben ganz hinten in der Tiefkühltruhe, und sie hatten noch eine einzige Rolle Klopapier. Er hatte sich bemüht, sich nicht von der Massenhysterie anstecken zu lassen, die dieses elementare Konsumgut ausgelöst hatte, aber er musste zugeben, dass es langsam beunruhigend wurde. Natürlich war er für umweltfreundliches Verhalten, trotzdem wollte er sich den Hintern nicht mit Blättern abwischen. Im Moment ging anscheinend einfach alles den Bach runter.

Er nahm sein Sandwich mit in den Garten hinaus. Vielleicht würde der Sonnenschein seine innere Unruhe lindern. Er hatte schlecht geschlafen. Einmal war er aufgewacht und hatte wieder die aus dem Karton quellenden silbern schimmernden Luftschlangen vor sich gesehen. Er hatte lange wach gelegen, an die Decke des Gästezimmers gestarrt und sich mit Selbstvorwürfen fertiggemacht. Er hätte aufstehen, Julie in die Arme nehmen und küssen sollen. Aber er war sich nicht sicher gewesen, ob sie das gewollt hätte, und außerdem wäre es bei dem niedrigen Dachboden schwierig geworden, und so hatte er stattdessen wie gebannt auf die Luftschlangen gestarrt und so lange gezögert, bis der Augenblick vorüber gewesen war. Idiot!

Der Tisch und die Stühle aus dem Esszimmer standen auf dem Rasen, als hätte der ganze Raum Lust auf einen Tapetenwechsel verspürt. Michael ließ sich mit seinem Sandwich auf einen Stuhl fallen. Julie hatte ihn gestern noch überredet, den Tisch mit ihr hinauszutragen, damit sie ihn auf alt trimmen konnte. Irgendwie tat ihm der Tisch leid, aber wie sich herausstellte, bekam es Julies Stimmung besser, Holz zu bearbeiten, als auf Dachböden herumzuwühlen.

Sie hatte sich voller Elan ans Werk gemacht, und als sie später auf die Straße gingen, um dem Pflegepersonal in den Krankenhäusern Beifall zu klatschen, war sie schmutzig und voller Lackspritzer, aber gut gelaunt gewesen. Ihre Nachbarn trugen ähnlich spezielle Outfits. Die Frau, die zwei Häuser weiter wohnte, hatte eine schicke Bluse und ein komplettes Make-up mit einer schmuddeligen Jogginghose kombiniert; der Typ von gegenüber erschien in Laufklamotten, die er das letzte Mal vermutlich in den Achtzigerjahren getragen hatte, und der alte Mr Jones, der an der Ecke wohnte, war ganz ungeniert im Schlafanzug vor die Tür getreten. Alle hatten gelächelt und einander zugewinkt, auch Michael. Vorher hatte er gedacht, das Beifallklatschen sei ein bisschen zu amerikanisch für seinen Geschmack, aber ihn rührte diese Geste der Anerkennung. Außerdem war es schön zu sehen, dass es immer noch andere Menschen da draußen gab. Sie würden nicht allein sein, wenn das alles erst einmal vorbei wäre. Heute allerdings waren sie alle wieder in ihre Häuser und Gärten eingesperrt.

Als er sein Sandwich gegessen hatte, schlenderte er zum Auslauf von Mr Nibbles hinüber und steckte ihm ein Stück hartes Brot durch die Stäbe. Doch der alte Knabe ließ sich nicht blicken. Michael trat einen Schritt zurück und sah auf einmal die junge Briony neben dem Käfig sitzen und mit dem Kaninchen reden. Sie hatte es sich so sehr gewünscht und ihn und Julie eine Ewigkeit bearbeitet. Aber erst als Sophie ausgezogen war, hatte er sich breitschlagen lassen.

Briony hatte ihre Schwester sichtlich vermisst, womit Michael überhaupt nicht gerechnet hatte. Er hatte immer geglaubt, seine Töchter kämen nicht miteinander aus. Wie oft war er dazwischengegangen, weil sie sich wegen geklauter Wimperntusche oder schmutziger Schuhe oder eines ihm unverständlichen Problems mit irgendwelchen Fotos in den sozialen Medien angebrüllt hatten. Im Auto hatten sie stets dafür sorgen müssen, dass Adam zwischen den Mädchen saß und sie auf Abstand hielt.

»Du hast dich doch immer mit ihr gestritten«, hatte Michael einmal zu seiner Tochter gesagt, als sie auf dem Rückweg von einem Hockeymatch jammerte, dass sie jetzt niemanden mehr habe, der ihr Ratschläge gab, was sie auf der Party am Abend anziehen sollte.

»Ich weiß!«, hatte Briony geschluchzt. »Aber ich hab mich gern mit ihr gestritten!«

Michael konnte diese Logik nicht nachvollziehen, aber es war offensichtlich, dass Briony litt, und das tat ihm unerträglich weh.

»Wie wär's, wenn wir an der Zoohandlung vorbeifahren und schauen, ob sie Kaninchen dahaben?«

Ein riskanter Vorschlag, weil er ihn nicht mit Julie abgesprochen hatte, aber das Leuchten in Brionys Augen war es wert.

»Wirklich? Jetzt gleich, Dad?«

Nun gab es kein Zurück mehr. Mit einer guten Stunde Verspätung kamen sie nach Hause – mit einem Riesenstall im Kofferraum und einem kleinen, flauschigen Häschen in den Armen einer überglücklichen Briony.

»Was zum …?«, begann Julie und schnappte nach Luft. Aber auch ihr war offensichtlich nicht entgangen, wie unglücklich ihre jüngere Tochter in der letzten Zeit gewesen war, denn sie leistete erstaunlich wenig Widerstand gegen Michaels allein getroffene Entscheidung. Während sich Briony fröhlich mit dem Kaninchen unterhielt, hatte sie sich zu Michael gedreht und gemeint: »Du bist eben doch ein alter Softie, nicht wahr, Schatz?«

Wenn er sich richtig erinnerte, hatte er etwas wie »Von wegen alt!« darauf erwidert. Eine bittersüße Erinnerung an eine Zeit, als sie so mühelos, so selbstverständlich zusammengepasst hatten.

Rastlos ging er zu den Blumenrabatten hinüber und begann, Unkraut zu zupfen, wahllos und ohne System, so wie Julie es immer tat. Sein Handy in der Gesäßtasche summte. Er zog es heraus und sah, dass eine WhatsApp von Adam eingegangen war.

Hast du jemals Jimmy Greaves spielen sehen, Dad? Hab mir die Dokumentation über ihn angeschaut. Er war richtig cool.

Michael lächelte und tippte schnell:

Nicht bloß cool – der Mann war ein Genie! Hab ihn 62 im Portman Road Stadium gesehen, als er im Charity-Shield-Pokalspiel mit den Spurs 5:1 gewann.

Die Antwort kam postwendend:

Du warst dort? Wow! Von dem Spiel haben sie auch was in der Dokumentation gezeigt.

Wenn du genauer hingesehen hättest, hättest du deinen Alten wahrscheinlich in der Menge entdeckt.

Alt ist das richtige Wort, Dad. Kann kaum glauben, dass du damals schon auf der Welt warst. Die Shorts waren echt der Wahnsinn. Von den Haarschnitten ganz zu schweigen.

Wieder lächelte Michael. Adam fand ständig irgendwelche Fußball- oder andere Sportklassiker im Fernsehen, die er anguckte, um ihn danach mit Fragen zu löchern. Dadurch war er ihm nahe, auch wenn er in Kent war. Sophie schickte ihm ebenfalls regelmäßig Nachrichten, nur von Briony hatte er seit einer Ewigkeit nichts mehr gehört. Er drehte sich zu dem Auslauf um – Mr Nibbles hatte das trockene Brot immer noch nicht angerührt –, rief den Namen seiner Tochter in der Adressliste auf und tippte auf die Taste für einen Videoanruf.

»Dad?« Sie meldete sich so schnell, dass er erschrocken zusammenfuhr.

»Briony!«

Sie lachte. »Du hast *mich* angerufen, Dad.«

»Ich weiß. Sorry. Ich war mir nur nicht sicher, ob du überhaupt Zeit hast, um ranzugehen.«

»Ich hab grad Pause und sehe mir blöde Videos auf YouTube an.«

»Oh. Gut. Wunderbar. Ich hab grad Mr Nibbles gefüttert.«

»Oh, ich vermisse ihn so! Streichelst du ihn von mir?«

Er lächelte. »Mach ich. Wie geht's dir, Bri?«

»Prima.«

»Und gesundheitlich?«

»Auch. Es ist super im Labor, Dad. Ich bin in eins der Teams eingeteilt worden, die an einem Impfstoff forschen. Wir arbeiten hier wie die Verrückten, so was hab ich noch nie erlebt. Normalerweise gehen Wissenschaftler anders vor.«

Er lachte. »Was genau tust du denn?«

»Na ja …« Sie hielt inne. »Sag mal, ist Mum auch da?«

»Nein, sie ist einkaufen gegangen. Und schon ziemlich lange weg. Warum? Stimmt was nicht?«

»Nein, nein, alles in Ordnung. Wirklich. Hier ist es im Moment bloß ein bisschen hektisch, und da wäre es einfach praktischer, wenn ich mit euch beiden gleichzeitig reden könnte.«

»Ah, verstehe.« Hatten sie das vorher schon mal gemacht? Nein, natürlich nicht. Für einen Familien-Videoanruf hatten sie sich in letzter Zeit auch nie lange genug gleichzeitig im Haus aufgehalten. »Sollen wir dich später zurückrufen? Halt, warte mal …« Er hörte, wie die Haustür geräuschvoll ins Schloss fiel. »Ich glaub, sie ist wieder da. Einen Augenblick!«

Als er ins Haus zurückging, stand Julie im Flur und streckte eine Neunerpackung Klopapier so triumphierend in die Luft, als wäre es der Weltmeisterschaftspokal.

»Die Heldin kehrt siegreich zurück!«

»Du hast welches bekommen!« Er eilte auf sie zu und breitete instinktiv beide Arme aus, um sie zu umarmen, zögerte dann aber im letzten Augenblick. »Gut gemacht.«

Bildete er es sich ein, oder neigte sie sich ihm entgegen?

»Äh, hallo?«, quiekte eine Stimme zwischen ihnen.

Julie fuhr zurück. »Verdammt noch mal, was war denn das?«

Michael schüttelte grinsend den Kopf. »*Das* ist deine Tochter.« Er hielt sein Smartphone hoch, damit sie das Display sehen konnte.

»Briony! O Gott, es ist so schön, dich zu sehen! Geht es dir gut, mein Schatz?« Julie ließ das Klopapier fallen und schnappte sich das Handy. »Isst du auch genug? Kriegst du genügend Schlaf? Ist es sehr schlimm im Labor?«

Briony lachte. »Mir geht's gut, Mum. Und nein, es ist gar nicht schlimm. Vielmehr irgendwie … aufregend. Ich meine, sicher, es ist furchtbar und unheimlich und all das, aber eben auch aufregend. Wir könnten so vielen Menschen helfen, wenn es unserem Team gelingen würde, einen wirksamen Impfstoff zu entwickeln.«

Julie hockte sich auf den Fußboden und lehnte das Telefon gegen ihre Knie, damit Briony ihrem Gesicht ganz nahe war. Michael blieb nichts anderes übrig, als sich neben sie zu setzen. Mit ihren Rücken an der Wand sahen sie ihre Tochter an.

»Das wäre wirklich toll, Bri. Aber was ist mit dir? Ist es dort auch sicher für dich?«

»Ich könnte nirgendwo sicherer sein.«

Ein Schweigen entstand. Am liebsten hätte Michael gerufen: »Nimm dir Urlaub und komm nach Hause, damit wir uns um dich kümmern können.« Aber das war natürlich lächerlich. Briony war eine erwachsene Frau, und im Labor waren sie auf Leute mit ihrer Ausbildung und ihrem Fachwissen angewiesen. Nur für ihn war sie immer noch sein kleines Mädchen.

»Es ist alles in Ordnung, mir geht's wirklich gut«, versicherte sie ihnen noch einmal. »Aber jetzt muss ich Schluss machen, meine Pause ist gleich vorbei.«

Julie hustete erstickt, und Michael drückte seine Schulter fester an ihre.

»Sicher, Liebling. Lass aber bald wieder etwas von dir hören, ja? Und gib auf dich acht.«

»Mach ich. Versprochen.«

»Wir lieben dich«, brachte Julie hervor.

»Ich hab euch auch lieb. Und vergiss nicht, Mr Nibbles von mir zu streicheln, Dad.«

»Bestimmt nicht.«

»Super. Passt auf euch auf. Bis bald.«

So schnell, wie sie auf seinem Handydisplay aufgetaucht war, war Briony auch wieder verschwunden. Unglücklich starrte Julie auf den dunklen Bildschirm.

»Wie kann sie versprechen, dass ihr nichts passiert?« Ihr Körper zitterte leicht, und sein Verlangen, sie fest in seine Arme zu nehmen, wurde beinahe übermächtig. Sie sah ihn mit feuchten Augen an. »Das kann sie doch gar nicht, oder?«

»Es wird ihr schon nichts geschehen«, sagte er beruhigend und bewegte seinen Arm hinter ihrem Rücken langsam höher wie ein schüchterner Teenager, der mit seinem Date im Kino sitzt.

Julie nickte angespannt und schloss die Augen. Im gleichen Moment, als sein Arm auf Höhe ihrer Schultern war, riss sie sie wieder auf und schaute sich freudlos lachend um. »Himmel, sieh uns nur an, wie wir mit unserem verdammten Klopapier auf dem Boden hocken. Und meine Einkäufe liegen währenddessen im heißen Auto. Wir sollten aufstehen.« Sie duckte sich unter seinem Arm hinweg, der schlaff herunterfiel, und rappelte sich auf.

Michael blickte sie an. »Wie war's in den Geschäften?«, fragte er.

»Erträglich. Ein bisschen komisch, weil man jetzt Abstand halten muss und so, aber alle waren sehr geduldig. Und sehr höflich. Ich habe mich kurz, aber nett mit der Kassiererin unterhalten. Sie hat mir erzählt, ihre Kinder hätten im Garten hinterm Haus ihr eigenes Pub eingerichtet, sogar mit einem Wirtshausschild. Es heißt *Lockdown Arms*, ist das nicht süß?«

Ihre Stimme war ein wenig schrill geworden, wie immer, wenn sie fröhlich tat, es aber nicht war. Michael stand auf und berührte ihren Arm.

»Alles in Ordnung, Jules?«

Sie lächelte freudlos. »Ja, natürlich. Ich wünschte nur, die Kinder wären hier und würden auch ein Pub im Garten bauen. Ich mache mir Sorgen um Bri. Um alle drei.«

»Ich mir auch.«

»Ich weiß.« Sie tätschelte seine Hand. »Das weiß ich doch. Komm, lass uns alles ausladen und ins Haus bringen. Ich hab Möhren gekauft, Mr Nibbles kriegt auch eine, die geben wir ihm von Bri.«

»Komm, Kleiner, schau mal, was wir für dich haben!«

Michael ging zum Auslauf hinüber, aber Mr Nibbles ließ sich nicht dazu herab, aus seinem Stall herauszukommen und ihn zu begrüßen.

»Er ist bestimmt längst taub«, sagte Julie. »Kein Wunder. Wie alt ist er jetzt? Zehn?«

Michael rechnete nach. »Eher zwölf, würde ich sagen. Wir haben ihn geholt, als Sophie gerade ausgezogen war, weißt du noch?«

»Und ob. Du hast dich damals von Briony weichklopfen lassen.«

»Ja, weil sie so traurig war.«

»Stimmt. Und sie hat ihn wirklich geliebt. Eine ganze Weile jedenfalls. Und dann ist er dein Haustier geworden.«

»Das ist nicht wahr«, verteidigte Michael seine Tochter. »Oder nur zum Teil.«

Briony hatte im Lauf der Zeit tatsächlich ein wenig das Interesse an Mr Nibbles verloren, aber man musste ihr zugutehalten, dass sie ihn immer gefüttert und seinen Auslauf in eine andere Gartenecke gezogen hatte, wenn er das Gras am alten Platz aufgefuttert hatte. Sogar seinen Stall hatte sie sauber gemacht. Und nach und nach hatte eben auch Michael seine Liebe zu dem kleinen Tier entdeckt. Dessen stoische Einstellung dem Leben gegenüber faszinierte ihn, sodass er Mr Nibbles bald oft ein leckeres Salatblatt oder eine Möhre brachte und sich freute, wenn er angehoppelt kam. Aber heute hatte er das trockene Brot allem Anschein nach noch nicht angerührt. Michael trat näher an den Stall und öffnete ihn dort, wo der Schlafplatz war.

»Hallo, alter Knabe, aufwachen! Wir haben was Feines für dich.«

Mr Nibbles rührte sich nicht. Sein rosarotes Näschen zuckte nicht einmal, als er ihm die Möhre hinhielt. Eine furchtbare Vorahnung ließ Michael erschauern. Er glaubte zu hören, wie Julie seinen Namen murmelte, aber seine ganze Aufmerksamkeit galt dem Kaninchen.

»Mr Nibbles?«

Er streckte langsam die Hand aus und berührte ihn ganz leicht am Rücken, damit er nicht erschrak. Als er das unnatürlich kalte Fell unter den Fingern spürte, wusste er Bescheid und riss seine Hand entsetzt zurück.

»Nein!«

»Michael?«

»Das kann nicht sein!«

»Oje«, sagte Julie leise. »Oh, Mr Nibbles!« Sie schluchzte kurz auf, und dann schloss sich ihre Hand um seine. »Er war doch schon alt, Schatz.«

Ein Teil von ihm registrierte das Kosewort, das dieser Tage so selten war wie ihre Hand in seiner.

»Anscheinend ist er im Schlaf gestorben, geborgen und zufrieden in seinem Zuhause. Bestimmt hat er nicht einmal mitbekommen, was mit ihm passiert.«

Alles, was sie sagte, ergab einen Sinn, und trotzdem wollte er es im Moment nicht hören. Er wollte das Kaninchen. Er wollte, dass Mr Nibbles wieder lebendig war. Er wollte, dass Briony ihn durch den Garten jagte und dass er Adam anschreien konnte, weil er mit seinem Fußball ein Zielschießen auf das Fellknäuel veranstaltete. Er wollte, dass Sophie zurückkam und sagte, für ein Tier, das aus seiner natürlichen Umgebung gerissen worden sei und in Gefangenschaft gehalten werde, sei er wirklich süß, und er wollte mit Julie, seiner alten Julie, gemütlich im Garten sitzen und ein Bierchen trinken, während ihre Kinder Fangen spielten.

Er spürte, wie ihm die Tränen kamen. Dieses Mal würde er sie nicht zurückhalten können. Sie hatten sich schon viel zu lange in ihm aufgestaut, und der Tod des geliebten alten Haustiers würde die Schleusen endlich öffnen. Er löste sich von Julie, ließ sich auf einen der Esszimmerstühle fallen, schlug sich die Hände vors Gesicht und ließ seinen Tränen freien Lauf.

»Michael! Oh, Michael, jetzt wein doch nicht!«

Wut packte ihn. Er sah sie böse an. »Und wieso nicht? Wieso darf ich nicht weinen?«

»Entschuldige, du hast ja recht. Natürlich darfst du weinen. So hab ich das auch gar nicht gemeint. Ich … ich will nur nicht, dass du so traurig bist.« Sie flatterte nervös um ihn herum.

Und er wollte aufhören zu weinen, er wollte es wirklich, aber er schaffte es einfach nicht. Er spürte immer noch das kalte Fell und den starren Kaninchenkörper unter seiner Hand, und das Bild seiner Familie drängte sich vor sein geistiges Auge – sie waren in alle Winde verstreut, sodass er sie nicht mehr beschützen und zusammenhalten konnte. Er blickte zu Julie auf.

»Es ist alles schiefgelaufen, nicht wahr?« Er machte eine undefinierbare Handbewegung, präzisierte nicht, was genau er meinte: nämlich ihr Leben, ihre Familie, ihre Ehe. »Alles. Es ist alles aus den Fugen geraten.«

Eine Weile sagte sie nichts. Schließlich entgegnete sie kraftlos: »Die ganze Welt ist aus den Fugen geraten, Michael.«

Doch das tröstete ihn nicht. Ja, er hatte aufrichtiges Mitleid mit der Welt, aber der Grund für seine Tränen war ein anderer.

»Ich mach mich besser wieder an die Arbeit«, brummte er mürrisch, stapfte Richtung Haus und ließ den toten Mr Nibbles in seinem Stall und Julie hilflos daneben zurück. Er rannte förmlich in Brionys Zimmer hinauf, seine immer noch fließenden Tränen nur ein kalter Trost.

## Kapitel sechzehn

### Dreizehnter Tag

»Gary? Hi. Hier ist Julie Marshall, Michaels Frau. … Ja, hi. … Gut, danke. Und Ihnen? … Wunderbar. Äh, Gary, sagen Sie, das Ersatzteil fürs Motorrad, das Michael bestellt hat, ist noch nicht zufällig da, oder?«

Julie wartete fast verzweifelt, während Gary in den Tiefen seiner Werkstatt nach dem Ersatzteil fahndete. Sie machte sich Sorgen um Michael. Mr Nibbles' Tod ging ihm sehr nahe. Und was er da gestern mit tränennassem Gesicht gesagt hatte, als er auf dem Rasen gesessen hatte, bekam sie nicht mehr aus dem Kopf: *Es ist alles schiefgelaufen, nicht wahr? Es ist alles aus den Fugen geraten.*

Sie wusste natürlich, was er damit meinte, und er hatte recht. Sie wusste es sogar besser als irgendjemand sonst. Deshalb lauerte ja dieser braune Umschlag in ihrer Nachttischschublade, versteckt unter Dickens' *Große Erwartungen*. Sollte sie einfach akzeptieren, was er gesagt hatte, ihm den Umschlag in die Hand drücken, damit sie jetzt, in ihrer erzwungenen Isolation, all die anstrengenden Gespräche führen und die Details der Scheidung diskutieren konnten? Vielleicht wäre es das Vernünftigste. Andererseits …

Sie erinnerte sich, wie sie sich gefühlt hatte, als sie ihm den Umschlag an jenem allerersten Nachmittag hatte geben wollen. An diese unsichtbare Macht wie aus *Star Wars*, die sie ähnlich einer Aura umgeben und daran gehindert hatte, den Prozess in Gang zu setzen. Diese Macht, waren das nur Erinnerungen? Die Überbleibsel eines Familienlebens, das einmal wunderschön gewesen war, so wie die silbernen Luftschlangen auf dem Dachboden? Oder steckte mehr dahinter?

Er ist nur durcheinander wegen Mr Nibbles, sagte sie sich, während sie im Garten auf und ab ging und sich bemühte, nicht zu dem Schuhkarton zu schauen, der im Schatten des Apfelbaums stand. Michaels Reaktion auf den Tod des Kaninchens hatte sie schockiert. Wann hatte sie ihn das letzte Mal weinen sehen? Nicht mehr, seit sein Vater gestorben war, und die beiden Dinge konnte man ja wohl kaum miteinander vergleichen. Mr Nibbles war schließlich nur ein Kaninchen gewesen und zudem ein sehr altes.

Sie hatte nach Kräften versucht, ihn aufzumuntern, hatte ihm gestern Abend sein Lieblingscurry gekocht und einen Strauß Narzissen in einem Halbliterglaskrug auf seinen Schreibtisch gestellt. Sie hatte den Apotheker beschwatzt, ihr extrastarke Schmerztabletten für seinen Rücken zu verkaufen, und sich beim Putzen und Aufräumen besondere Mühe gegeben. Im Grunde alles Kleinigkeiten und letztendlich vergebens. Deshalb rief sie jetzt Gary an. An seinem Motorrad zu basteln war für Michael immer die beste Ablenkung gewesen. Wenn er endlich dieses blöde Ersatzteil bekäme, würde ihm das vielleicht wirklich ein bisschen helfen.

»Ja, ich bin noch da. … Wirklich? Das ist ja fantastisch! Kann ich es abholen? … In der Kiste vor der Tür? Perfekt. Da wird sich Michael riesig freuen. Ich danke Ihnen!«

Triumphierend legte sie auf. Sie würde gleich losfahren, damit Michael am Wochenende, wenn keine Telefonkonferenzen anstanden und er nichts weiter zu tun hätte, als wegen Mr Nibbles Trübsal zu blasen, loslegen konnte. Wäre Gertie erst einmal repariert, würde er hoffentlich in der Lage sein, eine Kaninchenbeerdigung durchzustehen.

Bis zur Werkstatt waren es mit dem Auto nur fünf Minuten. Sie parkte auf dem verlassenen Außenbereich, öffnete die Plastikkiste, die Gary ihr am Telefon beschrieben hatte, nahm die schmuddelige Pappschachtel mit der kostbaren Ölpumpe heraus und betrachtete sie einen Augenblick lang. Nicht gerade ein romantisches Geschenk, aber sie wusste, wie viel es Michael bedeuten würde.

Als sie sich umdrehte, fiel ihr Blick auf zwei Motorräder, die aneinandergelehnt auf dem Hof der Werkstatt standen, als würden sie sich ein Geheimnis erzählen. Langsam ging sie zu ihnen hinüber, bewunderte die Rundungen der Karosserie, die Wölbungen der großen Auspuffe, das verlockende Versprechen der kleinen Koffer auf der Gepäckbrücke. Komm schon, schienen sie zu sagen, wirf ein paar Sachen rein und los geht's!

Motorräder sind böse und gefährlich, rief sie sich sofort wieder ins Gedächtnis. Sie kannte die Statistiken. Und die, die sie nicht kannte, hatte Sophie geliefert. Trotzdem waren all ihre Bemühungen, ihrem Vater seine Guzzi auszureden, gescheitert.

»Du könntest genauso gut von ihm verlangen, dass er sich einen Arm abhackt«, hatte Julie nach einem Sonntagsessen vor vielen Jahren, bei dem sie besonders heftig diskutiert hatten, zu ihrer Tochter gesagt.

»Oder seinen Schniedel«, kicherte Adam.

»Red keinen Unsinn, Adam«, fuhr sie ihn an.

Er grinste nur.

Sie hatte nichts mehr gesagt, aber es stimmte ja. Michaels Liebe zu seinem Motorrad hatte nichts mit Machoallüren zu tun. Er empfand tiefe Zuneigung für die große Maschine, die teils daher rührte, dass sie seinem Vater gehört hatte, und teils in der »Reinheit der Konstruktion«, wie er sich oft ausdrückte, begründet war. Soweit Julie es anhand der vielen Stunden beurteilen konnte, die ihr Mann mit einem Schraubenschlüssel an Gertie zugange war, war die Konstruktion in Wirklichkeit reiner Mist, und dennoch liebte er das Motorrad. Es war ein Teil von ihm. Das hatte sie vom ersten Augenblick an geahnt, als sie ihn in Budapest mit strahlend blauen Augen auf der Maschine gesehen hatte. Damit fahren wollte sie dennoch nicht, jedenfalls nicht mehr – Sophies Statistiken hatten sich als viel zu plastisch und erschreckend erwiesen.

* * *

Julie blickt erst auf die Motorradseitentaschen auf dem Schlafzimmerfußboden und dann zu dem Stapel Kleidung, der eingepackt werden soll. Das Missverhältnis ist nicht zu übersehen. Sie hat ganz vergessen gehabt, wie klein diese Taschen sind. Als sie sie für die Flitterwochen gekauft hat, war sie in ihrer Unbekümmertheit so sicher, dass sie vierzehn Tage mit einem Bikini, ein paar Sommerkleidern und einer leichten Strickjacke für kühle Abende auskommen würde. Und sie hat recht gehabt. Aber das war vor über zwanzig Jahren.

Sie geht nach unten, um im Teletext zu gucken, wie das Wetter wird. Schon letzte Woche hat sie die Vorhersage für Athen aufgerufen. Sie hat sich seither nicht geändert: sonnig und mindestens zwanzig Grad. Sie wird ein bisschen mehr als nur einen Bikini brauchen, aber die Jeans kann sie wohl zu Hause lassen. Lächelnd geht sie wieder nach oben und legt sie beiseite. Eigentlich Blödsinn, jetzt schon zu packen, wenn sie erst in fünf Tagen fliegen, aber sie ist so schrecklich aufgeregt. Sie fliegen auf die griechischen Inseln – endlich!

Alles hat damit angefangen, dass Betty letzten Monat aus heiterem Himmel anrief und anbot, die Kinder eine Woche zu sich zu nehmen. Eine solche Gelegenheit durften sie sich auf keinen Fall entgehen lassen. Michaels Mutter ist eine hingebungsvolle, aber nur sporadische Granny: Sie kommt fünfmal in zwei Monaten zu Besuch und dann den Rest des Jahres gar nicht mehr, weil sie zu Hause mit irgendeinem Projekt beschäftigt ist, das ihre ganze Aufmerksamkeit beansprucht. Eigentlich ist sie längst im Ruhestand, aber sie gehört jedem Komitee an, das irgendwo gegründet wird, arbeitet als ehrenamtliche Richterin und ist neuerdings Kapitänin der Damenmannschaft des

Golfclubs.. Für regelmäßige und zuverlässige Kinderbetreuung bleibt da wenig Zeit, und so mussten Julie und Michael nicht lange überlegen, als das Angebot kam: Ja! Ja, gern!

Sophie wird demnächst achtzehn, aber Adam ist erst elf, und die fünfzehnjährige Briony macht gerade eine rebellische Phase durch. Letztes Wochenende mussten sie sie zum Beispiel bei einer Freundin abholen, nachdem die beiden beschlossen hatten, Wodka zu probieren. Schön war es nicht, aber immerhin wissen sie jetzt, dass Briony lustig wird, wenn sie sich betrinkt. Sie konnten sie erst nach Stunden dazu bringen, damit aufzuhören, alle zu umarmen, und ins Bett zu gehen. Auch wenn sie letztlich darüber gelacht haben, wollen sie Sophie nicht in die Lage bringen, mit so einer Situation fertigwerden zu müssen. Betty dagegen würde mit derlei jugendlichem Fehlverhalten spielend klarkommen.

»Endlich können wir die griechischen Inseln sehen«, sagte Julie.

Michael runzelte die Stirn. »In einer Woche nach Griechenland und zurück? Das schaffen wir nicht, Julie.«

»Wenn wir fliegen, schon.«

Er war ein bisschen begriffsstutzig. »Und Gertie?«

Sie nahm seine Hand und küsste ihn zärtlich. »Dieses Mal werden wir Gertie hierlassen müssen, Mike.«

»Hierlassen?« Er riss entsetzt die Augen auf.

Doch als sie ihn zum Computer führte, ihm die Website eines Motorradverleihs zeigte und er eine alte Triumph Bonneville fand, ließ er sich erweichen. Und jetzt sind die

Flüge gebucht, die Bonneville gemietet und die Taschen so gut wie gepackt.

»Wo bist du, Julie?« Michael stapft die Treppe hinauf und ins Schlafzimmer. Als er sieht, was sie tut, fängt er an zu lachen. »Du packst schon?«

»Ja, klar! Bikini oder Badeanzug?«

»Fragst du mich das im Ernst?« Er schnappt sich den Badeanzug, den sie in der Hand hält, und wirft ihn über seine Schulter. »Ich liebe dich im Bikini!«

»Und meine Dehnungsstreifen?«

»Was soll damit sein? Die stammen von unseren Kindern, also liebe ich die auch.«

»Sehr konsequent.«

»Nein, sehr wahr. Hör mal, ich habe Adam gerade bei Maisie abgesetzt, da findet doch diese Party statt. Sams Mutter sagt, sie bringt ihn später nach Hause, das heißt, wir haben ein paar Stunden frei.«

»Ehrlich? Was ist mit Sophie?«

»Die ist bei dieser ›Rettet die Pinguine‹-Demo in Nottingham.«

»Ach ja, stimmt. Und Briony?«

»Hat gesagt, es ist ihr völlig schnuppe, was wir mit unserem Nachmittag anfangen. Sie versteht auch nicht, warum Granny nächste Woche kommen soll, schließlich kann sich Sophie um sie und ihren Bruder kümmern, und wenn die keine Zeit hat, würde sie den Laden eben selber schmeißen.«

»Mit fünfzehn?«

»Sagt sie jedenfalls.«

Julie lacht. »Sie würde ihre Meinung ganz schnell ändern, wenn sie für Adam kochen müsste. Ich glaube, er wächst schon wieder, Mike.«

»Falsch, er wächst immer noch. Aber im Moment ist er damit beschäftigt, irgendjemandes Haus auf den Kopf zu stellen, was man heute Geburtstagsparty nennt. Wie auch immer, wollen wir die Gunst der Stunde nutzen?«

»Was schlägst du vor?«

»Fahren wir ins *Green Oak*?«

»Das Pub in den Hügeln? Mit dem Garten, von wo aus man über das ganze Tal blicken kann?«

»Genau das. Wirf dich in deine Ledermontur, Schatz, und dann starten wir.«

Seine Begeisterung ist ansteckend. Sie schlüpft in die Lederhose ihrer Motorradkombi, läuft die Treppe hinunter und grapscht im Vorbeigehen ihre schwarz-orangerote Jacke vom Haken an der Hintertür.

»Bist du sicher, dass es okay ist, wenn wir dich allein lassen, Bri?«, fragt sie ihre Tochter noch, die am Küchentisch sitzt und lernt.

Bri verdreht die Augen.

»Okay, dann bis später.«

Und schon sind sie draußen.

»Herrlich, nicht wahr?«, sagt Michael über die Schulter, als sie auf das Motorrad steigen. »Und in ein paar Jahren können wir losbrettern, wann immer uns danach ist.«

Was für eine aufregende Vorstellung! Julie legt ihre Arme um seine Taille, während der Motor aufröhrt.

»Erst mal düsen wir in fünf Tagen über Korfu!«

»Ich kann's kaum erwarten.«

Er lenkt das Motorrad aus der Garage, gibt Gas, und weg sind sie. Julie spürt das vertraute Ziehen in den Lenden und rutscht ein bisschen hin und her, bis sie eine bequeme Position gefunden hat und sich an Michael schmiegen kann. Während die Vorortstraßen unter ihr hinwegfliegen, stellt sie sich vor, wie sie an griechischen Steilküsten entlangfahren und bei Sonnenuntergang in einer rustikalen Taverne gefüllte Weinblätter essen und trockenen Rotwein trinken.

Letztes Jahr hat Michael sie mit einer Reise nach London überrascht, inklusive einem Besuch des Musicals *Mamma Mia*, von dem alle schwärmen. Darin kommen viele Abba-Songs vor, und es spielt auf einer griechischen Insel. Julie war hin und weg und singt seither ständig diese Lieder, sehr zum Leidwesen ihrer lautstark protestierenden Kinder. Aber nicht mehr lange, dann würde sie fünf volle Tage ihre Ruhe vor ihnen haben. Sie wippt ein bisschen auf der Rückbank, als sie sich einer roten Ampel nähern. Michael fährt an den linken Fahrbahnrand, aber da springt die Ampel schon auf Gelb und dann auf Grün um, und er gibt wieder Gas.

Im gleichen Moment hört Julie ein Dröhnen hinter sich. Unwillkürlich zuckt sie zur Seite, als ein großer schwarzer Audi heranschießt, um sie zu überholen. Er fährt so dicht an ihnen vorbei, dass sein Seitenspiegel ihren Arm streift. Als er vor ihnen einschert, touchiert sein Heck das Motorrad, das ins Schlingern gerät. Julie wird vom Sitz auf die Straße geschleudert. Ihre Lederkombi schrammt über den Asphalt, instinktiv rollt sie sich zusammen, aus Angst, von einem Fahrzeug hinter ihnen angefahren oder überrollt zu werden. Bremsen kreischen, dann folgt wütendes Geschrei. Langsam, ganz langsam, hebt sie den Kopf, bewegt Arme und Beine. Sie scheint unverletzt zu sein, ist aber auf der anderen Fahrbahnseite gelandet, nicht dort, wo das Motorrad liegt. Und die Gestalt daneben.

»Michael?« Sie rappelt sich auf, kriecht auf allen vieren zu ihm. »Michael!«

Er brüllt wie am Spieß, verzweifelt und rau.

Wenigstens lebt er noch, denkt sie, aber es hört sich nicht gut an. »Michael, rede mit mir!«

»Mein Knie«, keucht er. »Er hat mich am Knie erwischt.«

Sie nimmt seinen Oberkörper in die Arme, wiegt ihn wie ein Kind, blickt verzweifelt zu den Autos, die auf beiden Seiten angehalten haben.

»O mein Gott! Ist Ihnen was passiert? Ich hab alles gesehen! Dieser Dreckskerl!« Eine Frau ist aus einem silbernen Auto gesprungen und läuft auf sie zu. Sie hat ihren Wagen quer auf die Straße gestellt, sodass er eine Schutzbarriere für Michael ist, der immer noch stöhnend sein Knie umklammert. Julie entdeckt zwei kleine Mädchen, die ihre Gesichter neugierig an die Fensterscheibe pressen.

»Er ist einfach in uns reingefahren«, stammelt sie. »Er ist einfach in Michael reingefahren.«

»Ich weiß, ich hab's gesehen. Aber den kriegen wir schon, keine Sorge. Jetzt lassen Sie mich erst mal einen Blick auf das Bein werfen, ich bin Krankenschwester.«

Julie hat selten etwas gehört, was sie so erleichtert hat. Während jemand einen Krankenwagen ruft, holt die Frau einen Erste-Hilfe-Kasten aus ihrem Auto. Als sie Michaels Lederhose aufschneidet, kommt ein Knie zum Vorschein, das sich schon blaurot verfärbt und übel geschwollen ist. Leute scharen sich um sie. Jemand legt Julie eine Decke um die Schultern, jemand anders reicht ihr eine Thermosflasche mit Tee. Der Krankenwagen jault heran, Michael wird in blitzendes Blaulicht getaucht. Die Krankenschwester informiert die Rettungssanitäter knapp und präzise darüber, was passiert ist, und bevor Julie richtig klar geworden ist, dass sie jetzt auf dem Weg ins Krankenhaus statt ins Pub sind, wird Michael schon in die Notaufnahme geschoben, wo man ihm einen Zugang für eine Morphininfusion legt.

Obwohl Julie noch unter Schock steht, bringt sie die Müttern eigene Kraft auf, Sams Mum anzurufen und sie zu bitten, Adam bei sich übernachten zu lassen. Ihren beiden Mädchen sagt sie, sie sollen daheimbleiben und sich umeinander kümmern, aber es vergeht keine Stunde, bis sie im Krankenhaus auftauchen. Zu dritt sitzen sie an Michaels Bett, der von dem Cocktail aus Schmerzen und starken Medikamenten halluziniert. Dann, so gegen vier Uhr früh, nachdem die Krankenschwester ihnen gerade mitgeteilt hat, dass sie ihn voraussichtlich am Morgen operieren werden, setzt er sich auf einmal kerzengerade auf und schmettert den Refrain aus *Mamma Mia*. Das kommt so unerwartet und ist so absurd, dass die drei zu lachen anfangen und nicht mehr aufhören können. Sie klammern sich aneinander und lachen Tränen, während er *How can I resist you?* singt.

In dem Moment weiß sie, dass er wieder auf die Beine kommen wird. Sie weiß aber auch, dass sie nie wieder Motorrad fahren wird. Es ist einfach zu gefährlich. Wäre der Audi nur zwei oder drei Zentimeter näher an ihnen vorbeigefahren, müssten ihre Kinder jetzt möglicherweise sie und ihn im Krankenhaus besuchen. Oder auf dem Friedhof.

Am Morgen geht sie nach Hause und storniert schweren Herzens die Flüge nach Griechenland.

* * *

Ein Gefühl von Traurigkeit überkam Julie, als sie die Motorräder auf dem Werkstattgelände betrachtete. Sie hatten sich vorgenommen, die Griechenlandreise nachzuholen, aber ihr neues Verhältnis zu Motorrädern im Allgemeinen hatte das verhindert. Sie hatte nie verstanden, wie sich Michael nach dem Unfall wieder auf Gertie hatte setzen können und sogar gefährliche Landstraßen fuhr. Sie war deswegen sauer gewesen. Mehr als sauer – richtig wütend.

»Wie kannst du nur so ein Risiko eingehen?«, hatte sie ihn zur Rede gestellt.

Er war ganz ruhig gewesen, so verdammt ruhig. »Das Risiko ist nicht größer als davor, Julie.«

»Stimmt. Das Risiko war schon immer viel zu groß. Wir haben es lediglich ignoriert. Aber das geht jetzt nicht mehr, Michael. Denk nur an die Kinder.«

»Ich werde sie nicht auf dem Motorrad mitnehmen.«

Da hatte sie ihn angeschrien. »Stell dich doch nicht

blöd! Ich meine, was soll aus den Kindern werden, wenn wir noch mal einen Unfall haben? Einen richtig schweren? Wenn wir von der Straße gefegt werden und gegen eine Mauer knallen und einfach sterben, verflucht noch mal? Was wird dann aus ihnen?«

Er zog tief die Luft ein. »Das wird nicht passieren, Julie.«

»Und woher willst du das wissen? Hast du etwa vorher damit gerechnet, dass so ein Arschloch dich an der Ampel streifen und abdrängen wird? Nein! Also: Woher willst du das jetzt wissen?«

»Ich bin ein guter Fahrer.«

»Und wenn du so gut wie der verdammte Evel Knievel wärst, Michael – das nützt nichts, wenn andere wie die Idioten fahren.«

Er ließ den Kopf hängen. »Das weiß ich«, sagte er so leise, dass sie sich vorbeugen musste, um ihn zu verstehen. »Das weiß ich alles, Jules. Aber ich liebe es einfach. Das Motorradfahren.«

»Mehr als unsere Kinder?«, giftete sie.

»Nein, natürlich nicht! Red doch nicht so dumm daher. Aber Gefahren lauern überall. Ich kann genauso gut mit dem Auto verunglücken.«

»Aber statistisch gesehen ist es ein ganzes Stück unwahrscheinlicher, dass du dabei ums Leben kommst!«

Darauf wusste er zwar nichts mehr zu erwidern, rückte aber dennoch nicht von seinem Standpunkt ab. »Ich liebe es einfach«, wiederholte er. Und dann: »Es hilft mir, psychisch gesund zu bleiben.«

In ihrem tiefsten Inneren hatte sie gewusst, dass es genau so und nicht anders war, und so hatte sie trotz ihres Ärgers nachgegeben. Und da sie ein schlechtes Gewissen hatte, hatte sie ihm die Mitgliedschaft in dem Moto-Guzzi-Club geschenkt, wo er Kumpels fand, mit denen er ausfahren konnte. Nach kürzester Zeit war er mit dem haarigen Rob verreist. Und sie war einfach nur erleichtert gewesen, weil sie keine Angst mehr zu haben brauchte, dass wieder so ein verdammter Audi aufkreuzte und in sie, Julie, hineinraste. Vielleicht hatte sie sich zu sehr auf das konzentriert, was schiefgegangen war, und zu wenig auf das, was ihr früher so viel Freude gemacht hatte.

Sie drehte sich um und ging zum Auto zurück. Es war Freitagnachmittag. Normalerweise hätte sie sich auf ein paar Gin Tonic mit Clare in einer ihrer Lieblingsbars gefreut. Das würde so unendlich guttun, war aber unter den gegebenen Umständen nicht möglich. Wenigstens konnte sie über FaceTime mit ihr reden und sie dabei sehen. Aber zuerst die Ölpumpe.

»Du hast sie bekommen!« Michael starrte die Schachtel beinah ehrfürchtig an, als Julie sie vor ihm auf den Schreibtisch abstellte. Einen Augenblick lang fühlte sie sich wie dieser Ritter, der den Heiligen Gral gesucht hatte. War das nicht Parzival gewesen? Und hatte er ihn schlussendlich gefunden? Sie wusste es nicht mehr, und es spielte auch keine Rolle. Sie jedenfalls hatte den Gral der Ölpumpe gefunden und dafür gesorgt, dass Michaels Augen zum ersten Mal seit Tagen vor Freude leuchteten. »Danke!«

»Kein Problem. Ich hab mir gedacht, es würde dir helfen, das Motorrad wieder zum Laufen zu bringen.«

»Mir helfen?«

»Na ja, du bist doch immer am glücklichsten, wenn du etwas zu tüfteln hast.«

Er lächelte sein schiefes Lächeln. »Berufskrankheit, wenn man Ingenieur ist. Du kennst mich zu gut.«

Sie trat von einem Fuß auf den andern. »Tja, ich, äh, ich freu mich schon darauf, am Wochenende wieder dieses Dröhnen aus der Garage zu hören.«

»Ich werde mein Bestes geben. Aber es ist nicht einfach, das Teil auszutauschen. Die Kraftstoffleitung ...« Er bremste sich. »Wie auch immer, ich werde mein Bestes geben«, wiederholte er. »Nochmals danke. Ich hatte die Hoffnung auf die Pumpe schon fast aufgegeben.«

»Gern.« Sie war erleichtert, als sein Telefon klingelte. »Ich, äh, ich geh dann mal wieder.«

Als sie rückwärts Richtung Tür ging, sah sie, wie er mit seinen langen, schlanken Fingern liebevoll über die Schachtel fuhr und dabei lächelte. Stolz auf sich ging sie in die Küche hinunter, wo sie ihr Smartphone hervorholte und erst auf Clares Nummer und dann auf die Taste für ein Videotelefonat drückte.

»Hey, Schwesterchen, wie geht's?«

»Mir fällt die Decke auf den Kopf«, jammerte Clare. »Wieso warst du heute nicht beim Zumba dabei?«

Die Erinnerung an den Walzer blitzte kurz auf und fuhr Julie durch den ganzen Körper. Sie schob sie energisch weg.

»Du hast recht gehabt, Clare. Zumba ist blöd.«

»Okay, akzeptiert. Wie wär's dann mit Kickboxen? Genial, wenn man sich abreagieren muss.«

»Hört sich toll an! Ich bin dabei. Wann findet der Kurs statt?«

Clare beugte sich näher zur Kamera. »Sag mal, ist alles in Ordnung? Wie kommt ihr klar, ihr zwei?«

»Bestens«, antwortete Julie hastig. »Michaels Rücken ist allerdings immer noch nicht wieder gut. Und Mr Nibbles ist gestorben.«

»Brionys Kaninchen? Das muss ja uralt gewesen sein.«

»Zwölf«, erwiderte Julie mit Nachdruck. »Ein stolzes Alter für ein Kaninchen, aber es ist ja auch gut umsorgt worden. Vor allem von Michael.«

»Und jetzt hat er nur noch dich zum Umsorgen. Und dich kann man nicht umsorgen.«

»Das ist nicht wahr!«

»Und ob, und das weißt du auch. Du bist immer in Action und willst dir nie sagen lassen, was du tun oder wann du dich ausruhen oder was du essen sollst.«

»Nur damit du's weißt: Ich esse alles, was mir vorgesetzt wird.«

»Wirklich? Dann bist du also doch noch erwachsen geworden. Weißt du noch, wie du eine Zeit lang nur weiße Sachen gegessen hast?«

Julie stöhnte auf. Das war der Nachteil, wenn die eigene Schwester zugleich die beste Freundin war: Sie kannte einfach jedes noch so peinliche Geheimnis.

»Damals war ich acht, Clare.«

»Mag sein, aber das beweist nur, dass du schon immer wählerisch warst. Als ihr frisch verheiratet wart, ist Michael meilenweit auf seiner Maschine durch die Gegend gefahren, um irgendwo für dich Avocados aufzutreiben. Das war lange bevor sie in jedem Laden zu haben waren. Und als du schwanger warst – mein Gott! Der Arme musste bis nach Norfolk fahren, weil du so einen Heißhunger auf Kaiserhummer hattest.«

»Das hat ihm aber nichts ausgemacht«, erwiderte Julie verlegen. »Ihm ist immer jede Ausrede recht gewesen, damit er Motorrad fahren kann.«

Das stimmte tatsächlich, aber sie musste zugeben, dass sie völlig vergessen hatte, wie sehr er sie verwöhnt hatte. Als die Kinder da waren, war es mit ihrer Pingeligkeit vorbei gewesen. Sie hatten weder die Zeit für lange Einkaufsfahrten noch das Geld für irgendwelche exotischen Nahrungsmittel gehabt. Hackfleisch und Möhren konnte man in jedem Supermarkt kaufen und führten nicht zu dem weinerlichen Gequengel, das viele andere Mahlzeiten nur schwer erträglich machte. Sie konnte sich nicht erinnern, wann sie das letzte Mal Kaiserhummer gegessen hatte, und verspürte auf einmal einen Heißhunger darauf, der fast so heftig war wie damals, als Sophie in ihr herangewachsen war. Sie würde ihn irgendwie unterdrücken müssen – sie konnte sich nicht vorstellen, dass der Premierminister eine Fahrt nach Norfolk, um Hummer zu besorgen, als lebensnotwendig durchgehen lassen würde.

Sie warf einen Blick auf die Uhr. Vier Uhr nachmittags.

»Zu früh für ein Glas Wein?«, fragte sie ihre Schwester.

»Auf keinen Fall! Wer zuerst wieder da ist, hat gewonnen.«

Das war das Schöne an Clare – sie war immer für einen Spaß zu haben. Julie sprang auf und rannte zum Kühlschrank. Mist – kein Wein. Sie wirbelte zum Weinregal herum. Zum Glück waren ein paar Flaschen Weißwein da. Die waren zwar warm, aber dagegen hatte sie doch diese Silikoneiswürfel im Gefrierfach. Sie schenkte sich ein Glas voll ein, riss das Gefrierfach auf und ließ ein paar Würfel in ihren Wein fallen.

»Ich hab gewonnen!«, frohlockte Clare.

»Meinst du?« Triumphierend drehte sich Julie um und schwenkte ihr Glas, das leuchtete wie ein Weihnachtsbaum. Sie hatte vergessen, dass die Eiswürfel blinkten. »Kreativität schlägt Zeit!«

»Okay, akzeptiert. Du hast gewonnen.« Clare starrte auf Julies psychedelisches Glas. »Himmel, Jules, ich sehne mich so danach auszugehen. Mal wieder einen draufzumachen.«

Julie lächelte. Clare war nicht immer ein Partygirl gewesen, ganz im Gegenteil. Weil ihre Mutter befürchtete, sie könnte die Hände in den Schoß legen, hatte sie lange Jahre fleißig über ihren Büchern gebrütet und ihr Schneckenhaus nur verlassen, um Sport zu machen. Als Teenager hatte sie sich eine kleine Clique zugelegt, sich aber von ihren diversen Mannschaftskameradinnen nie dazu überreden lassen, an den wilden Partys teilzunehmen, die Julie anzogen wie ein Magnet. Es kam daher nicht überraschend, dass sie irgendwann einen Freund von der Uni mit nach

Hause brachte, der genauso still und zurückhaltend war wie sie selbst. Er hieß Hamish und machte seinen Abschluss in Landespflege. Die beiden heirateten, und Clare folgte ihm auf eine Schaffarm auf eine abgelegene schottische Insel, die – und das war vielleicht das Entscheidende – nicht einmal ein eigenes Hockeyteam hatte. Die Ehe hielt fünfzehn Jahre, bevor Clare aus ihr ausbrach. Danach war sie nicht nur eine geschiedene, sondern auch eine völlig andere Frau.

Sie nahm sich eine Wohnung unweit von Julie, stürzte sich in die Arbeit und trat in buchstäblich jeden Sportverein ein. Julie, die sich Sorgen um sie gemacht hatte, war froh, als ihr Laden so viel abwarf, dass sie ihre Schwester einstellen konnte. Ungefähr zur gleichen Zeit entdeckte Clare das Tanzen für sich – allerdings nicht als Sportart –, und Julie, die in ihr neues gesellschaftliches Leben mit hineingezogen wurde, fand sich auf einmal in den Bars wieder, die sie geglaubt hatte, nie wieder zu betreten.

»Werden wir so wie unsere Mutter?«, hatte sie Clare einmal gefragt, als ihr zu ihrem Entsetzen bewusst wurde, dass sie etwa in dem Alter war, in dem Kneipen zu Lindas zweitem Zuhause geworden waren.

»Bestimmt nicht«, hatte Clare, ohne zu zögern, geantwortet, »weil wir uns haben.«

Ein stichhaltiges Argument. Und es hatte ja so viel Spaß gemacht! Es machte immer noch Spaß. Julie liebte die Abende, an denen sie so viel trinken konnte, wie sie wollte, ohne daran denken zu müssen, wann sie die Kinder am nächsten Morgen wecken musste, und an denen sie tanzte, als hätte sie keine Sorgen. Ein Jammer, dass Michael so ungern tanzte. Aber jetzt, wo sie darüber nachdachte, erinnerte sie sich, dass er zu Beginn ihrer Beziehung doch eigentlich gern getanzt hatte, oder nicht? Und der Walzer neulich hatte ihm definitiv gefallen. Komisch.

Wie aufs Stichwort betrat er in diesem Moment die Küche.

»Hi, Clare!« Er winkte Richtung Bildschirm.

»Hi, Mike. Und, hat Julie dir schon den letzten Nerv geraubt?«

»Noch nicht ganz.«

Er grinste sie an, und Julie verspürte ein Ziehen im Bauch. Michael und Clare hatten sich immer gut verstanden. Plötzlich fiel ihr ein, dass Clare sie anfangs aufgefordert hatte, Michael doch mitzubringen, wenn sie tanzen gingen, aber zum einen wäre er der einzige Mann in ihrer kleinen Gruppe gewesen, was irgendwie seltsam gewesen wäre, und zum anderen hatte sie offen gestanden keine Lust gehabt, an diesen aufregenden Abenden das brave Frauchen zu sein, das mit Ehemann aufkreuzte. Und so hatte sie Michael erzählt, es seien reine Mädelsabende. Ziemlich fies eigentlich.

»Komm, trink was mit uns«, sagte Clare jetzt.

»Klingt verlockend«, antwortete er und zog eine Augenbraue hoch, als sein Blick auf Julies Weinglas fiel, in dem die Eiswürfel noch immer blinkten. »Aber ich warte lieber noch ein, zwei Stunden, ich will vorher noch am Motorrad basteln.«

*»Plus ça change!«*, neckte Clare ihn.

»*Plus c'est la même chose*«, erwiderte er wie aus der Pistole geschossen.

Julie sah ihn verblüfft an.

»Was ist? Ich kenne mich aus mit französischen Redewendungen.«

»Woher?«

»Weil ich ein von Natur aus gebildeter Mensch bin.« Er war bester Laune. Die positive Wirkung der Ölpumpe war anscheinend noch stärker, als sie gedacht hatte.

»Sag schon.«

Er grinste einfältig. »Bei diesem großen Projekt, das ich gerade leite, ist eine Französin im Team. Sie sagt die ganze Zeit solche Sachen. Und jetzt muss ich los, mein Motorrad wartet. Pass auf dich auf, Clare.«

»Und du auf dich, Mikey-Boy.«

Julie sah ihm nach, als er, die dreckige Schachtel glücklich an sich gepresst, die Tür zur Garage öffnete und mit federnden Schritten verschwand. Eine Französin? Wie jung sie wohl war? Und gab sie mit sexy Akzent diese hochtrabenden Redewendungen von sich? Andererseits musste sie doch Ingenieurin sein, oder? Also vielleicht doch eher eine stämmige, ernsthafte Person, die ... Julie machte eine unwirsche Handbewegung, um ihre klischeehaften Vorstellungen zu verjagen, und hörte Clare lachen.

»Was machst du denn, Julie?«

»Nichts. Sorry.«

»Alles in Ordnung?« Clare beugte sich näher zu der Kamera und musterte ihre Schwester besorgt.

»Ja, ja. Ich brauche bloß mehr Wein. Hey, was meinst

du, wann werden die Pubs und Bars wieder öffnen?«, fragte sie, um das Thema zu wechseln.

»Nicht schnell genug, wenn du mich fragst. Du hast deinen Michael wenigstens bei dir daheim. Ich hingegen werde noch wahnsinnig, weil ich mich nicht mit Dharmesh treffen darf. Gestern Abend hatten wir Telefonsex. Das war ganz gut, aber es geht eben nichts über richtigen Sex, findest du nicht auch? Julie? Findest du nicht auch?«

Julie hatte sich in den Kühlschrank gebeugt, um sich Wein nachzuschenken, und blieb die Antwort schuldig.

# Kapitel siebzehn

Michael hatte einen Kloß im Hals, als er sich auf die Guzzi setzte und den Zündschlüssel drehte. Mit dem Fuß auf dem Kickstarter zögerte er. Was, wenn er die Reparatur versaut hatte? Aber wenn er sich nicht traute, die Maschine zu starten, würde er die ganze Nacht hier sitzen. Er holte tief Luft, spannte seine Beinmuskeln an und trat den Kickstarter kräftig nach unten. Ein Ruck ging durch Gertie, sie stotterte und schien dann fast hörbar Öl in ihren V7-Motor zu pumpen. Sein Freudenschrei ging in ihrem Dröhnen unter: »Jaaaa!«

Er hatte es geschafft. Er hatte sie zum Leben erweckt. Und das nicht zum ersten Mal.

Er warf einen Blick an die Decke – *Für dich, Dad!* – und schüttelte dann über sich selbst den Kopf. War es sonderbar, dass er noch immer mit seinem vor fast genau fünfunddreißig Jahren verstorbenen Vater redete? Und wieso sprach er mit ihm immer nur über das Bike? Was würde er wohl zu seiner verkorksten Ehe sagen? Etwas wie Zorn regte sich in ihm. Ken war sechsundzwanzig Jahre mit Betty verheiratet gewesen, als er einem Herzinfarkt erlag. Sie waren noch im Rausch ihrer Silberhochzeit gewesen und hatten noch nicht die Gelegenheit gehabt, sich gegenseitig zu zermürben. Er erinnerte sich an die Worte seiner Mutter, als er neulich mit ihr telefoniert hatte: *Ich glaube, dein Vater und ich haben uns nie so oft gestritten wie in der Zeit, als du studiert hast. Wir waren nicht perfekt, Michael. Kein Paar ist das.*

Wie wahr! Er gab Gas, indem er an dem Griff drehte, und der Motor röhrte, als wollte Gertie seine Gefühle widerspiegeln. Sein Blick wanderte zum fest verschlossenen Garagentor. Könnte er doch eine Spritztour mit dem alten Mädchen machen! Alles würde er dafür geben. Er könnte doch behaupten, etwas einkaufen zu müssen. Könnte die Seitenkoffer anbringen, in die sie früher ihre Urlaubsklamotten gepackt hatten, und losfahren, um Milch und Brot und Gemüse zu besorgen. Er wäre genauso wie jedes andere arme Schwein, das nach einem Vorwand suchte, um das Haus verlassen zu können. Er schaute auf seine Uhr. Kurz vor einundzwanzig Uhr. Himmel, wo war nur die Zeit geblieben?

Der Motor schnurrte leise im Leerlauf.

»Scheiß drauf!«

Er griff nach der Fernbedienung, drückte einen Knopf, und das Garagentor glitt langsam nach oben. Jacke und Helm hingen an ihrem Stammplatz an dem Haken an der Wand. Er schnappte sich beides, und bevor er richtig wusste, was er tat, war er aus der Garage gefahren und die Einfahrt hinunter. Er bog auf die Straße ein und beschleunigte. Wilde Freude erfüllte ihn. Er kam sich vor wie ein Rebell.

Er brauste am ersten Supermarkt vorbei, dann am zweiten. Himmel, es tat so gut, draußen zu sein! Er war nicht jemand, der körperliche Herausforderungen brauchte. Okay, Rugby hatte er immer geliebt, früher als Spieler, später als Zuschauer, und er hatte sich auch immer fit gehalten, aber er musste nicht die schwersten Gewichte stemmen oder die höchsten Berge besteigen und wollte sich von einem Gerät an seinem Handgelenk auch nicht diktieren lassen, wie viele Schritte er täglich zu gehen hatte. Vieles in seinem Leben hatte sich verändert, nur das Motorrad hatte nie etwas von seiner Faszination verloren.

Er wusste noch, wie er unter dem besorgten Blick seiner Mutter als Zehnjähriger auf genau diese Maschine gestiegen war.

Sein Vater hatte sie beruhigt: »Er ist ein Naturtalent.«

»Woher willst du das wissen?«, fuhr sie ihn an, aber Ken sollte recht behalten.

Michael hatte sich instinktiv in die Kurven gelegt, war mit dem Motorrad verschmolzen, hatte ein Bauchgefühl für die Straße. Motorrad fahren war gefährlich – der Unfall hatte es ihnen bewiesen –, aber wenn er den Rest seines Lebens so verdammt vernünftig sein würde, war es gut, wenigstens manchmal ein kleines Risiko einzugehen, das sein Herz am Schlagen hielt. Ein Jammer, dass Julie nicht mehr mitfahren wollte. Sie hatten immer so viel Spaß gehabt.

Mit verstohlenen Blicken nach rechts und links, wie ein Verbrecher auf der Flucht vor der Polizei, setzte er den Blinker, bog ab, ließ die Stadt und den nächsten Supermarkt hinter sich und folgte der Landstraße in die Hügel von Derbyshire. Kein Verkehr, kein Mensch weit und breit.

Der Lockdown hatte definitiv seine Vorteile: zum Beispiel ideale Verkehrsbedingungen. Michael holte alles aus sich und Gertie heraus, nahm die Kurven enger als sonst, ließ sich von dem Motorrad führen und gab seinen Zorn an die Straße unter ihm ab. Es fühlte sich großartig an.

Als es ihn im Rücken zwickte, verlangsamte er das Tempo, richtete seinen Oberkörper auf und streckte sich. Jetzt erst wurde ihm bewusst, dass er ein wenig außer Atem war. Alt werden war Mist. Ein Stück weiter entdeckte er vor einem Gasthaus einen leeren Parkplatz. Er bremste ab, schwenkte nach links und blickte zu dem sanft über dem Eingang schaukelnden Schild. *The Green Oak*. Julie hatte dieses Pub geliebt. Hatten sie auf ihrer allerletzten gemeinsamen Tour auf der Guzzi nicht hierherfahren wollen? Stattdessen waren sie in der verfluchten Notaufnahme gelandet.

Schnell stieg er ab, setzte den Helm ab und wandte sich den Hügeln zu. Er trat an den Rand des Parkplatzes, vor sich ganz Derbyshire, schaute ins Tal und suchte unter den unzähligen winzigen Lichtpunkten sein eigenes Zuhause. Ob Julie schon schlief? Oder war sie noch auf, hatte die Flasche Wein geleert und fühlte sich einsam? Er verspürte das jähe Bedürfnis, umzukehren und auf dem schnellsten Weg zu ihr zurückzufahren. Aber wozu? Er hatte sie ja nicht einmal mehr geküsst seit … Wie lange eigentlich schon?

Er schloss die Augen und rief sich ins Gedächtnis zurück, wie ihr Körper sich angefühlt hatte, als sie vor den Augen der anderen Zumbakurs-Teilnehmer Walzer getanzt und gestern eng nebeneinandergesessen und mit Briony gesprochen hatten – ihrem Kind, das sie in einer so viel größeren und so lange Zeit ganz selbstverständlichen Intimität gezeugt hatten.

Es ist noch nicht zu spät, sagte er sich. Die Worte seiner Mutter fielen ihm wieder ein. *Rede mit ihr, Michael.* Das hörte sich so einfach an. Und so sollte es auch sein, oder? Seit bald zwei Wochen waren sie in diesem verdammten Haus eingesperrt, sie konnten sich also nicht damit herausreden, dass sie keine Zeit hatten, um sich mal zusammenzusetzen. Aber genau das war das Problem: Sie setzten sich sonst nie zusammen, und schon gar nicht für ein ernstes Gespräch. Immerhin fing Julie wieder an, aus sich herauszugehen, sich ihm zu öffnen, und Lindas Tod hatte ihn eins gelehrt: Wenn er sie zu sehr bedrängte, erreichte er nur das Gegenteil – sie verschloss sich. Also musste er behutsam vorgehen. Aber das war in Ordnung; er war ein geduldiger Mensch.

Er betrachtete Derbyshire, das menschenleer vor ihm lag. Besser, er hörte auf, sich Sorgen zu machen, und genoss die Zeit auf seiner Maschine. Er stülpte sich den Helm über, stieg wieder auf und gab Gas.

Julie konnte nicht schlafen. Als sie vor Stunden das vertraute Röhren der Guzzi aus der Garage vernommen hatte, hatte sie sich gefreut, weil Michael das Motorrad offensichtlich wieder zum Laufen gebracht hatte. Doch dann hatte sie das hohe Surren des Garagentors gehört, und bevor sie am Fenster war, um nachzuschauen, was er tat, war er fort gewesen. Sie sah nur noch Gerties Rücklicht, als er mit ihr die Straße hinunterfuhr. Einen Moment lang war sie sauer, dass er ohne sie verschwand. Aber dann fiel ihr ein, dass sie sich seit fast zwölf Jahren beharrlich weigerte, aufs Motorrad zu steigen. Nichtsdestoweniger verspürte sie ein Ziehen im Bauch bei der Erinnerung an den laufenden Motor, den Rausch der Geschwindigkeit, die Wärme, die Michaels Körper an sie abgab. Verwirrt hatte sie sich vom Fenster abgewandt und sich wieder vor den Fernseher gesetzt, wo irgendein schlechtes Drama lief, das ihr jetzt, wo ihr die Bilder vergangener Ausflüge so lebendig vor Augen standen, noch viel schlechter vorkam. Sie machte den Fernseher aus und ging ins Bett. Doch der Schlaf wollte nicht kommen.

Sie drückte auf die Taste oben auf ihrem Wecker. Blau leuchteten die Ziffern auf: *01:58*. Und Michael war immer noch nicht zurück. Julie schwankte zwischen Sorge und Neid. Und sie wunderte sich. Mitten in der Nacht zum Spaß in der Gegend herumzufahren zählte mit Sicherheit nicht zu den triftigen Gründen, aus denen man das Haus verlassen durfte. Zudem sah es Michael gar nicht ähnlich, gegen Vorschriften zu verstoßen. Er war ein Fan von Vorschriften. Er befolgte jedes »Zutritt verboten«, hielt sich immer an die ausgewiesenen Umleitungen und wurde schon nervös, wenn Julie sich ein paar Schritte von einem markierten Weg entfernte, aus Angst, dass sie aus Versehen ein Privatgrundstück betraten. Und da machte er während einer Pandemie mit Ausgangssperre mit dem Motorrad eine Spazierfahrt?

Vorausgesetzt natürlich, dass er tatsächlich fuhr und nicht schon in irgendeinem Straßengraben lag und verblutete oder sich mit mehreren gebrochenen Knochen an einer Trockenmauer krümmte. Auf einem Motorrad war man ja schutzlos jedem Arschloch ausgeliefert, das in einem dicken Audi an einem vorbeiraste.

Hör auf, Julie!

Das würde dir immerhin die Scheidung ersparen, flüsterte eine böse kleine Stimme in ihrem Kopf. Sie hasste sich dafür und registrierte fast erleichtert, dass ihr Körper den Gedanken schaudernd zurückwies. Sie wollte zwar die Trennung von ihrem Mann, aber das bedeutete ganz sicher nicht, dass sie ihm den Tod wünschte. Die bloße Vorstellung, Michael kalt und mit blau verfärbter Haut daliegen zu sehen …

Lass das, Julie!

Sie stand auf und ging aufs Klo, nicht weil sie musste, sondern einfach nur, um etwas zu tun. Sie benahm sich lächerlich. Michael genoss es eben, mit dem Motorrad über die leeren Straßen zu brettern, und warum auch nicht? Sie sollte endlich aufhören, sich Sorgen zu machen, und sich ins Bett legen. Morgen früh würde er zu Hause sein, so simpel war das.

Aber es stellte sich heraus, dass es das nicht war. Vor allem das In-den-Schlaf-Finden.

Das Nichtstun den ganzen Tag, das war das Problem. Normalerweise fiel sie nach einem langen Tag voller Arbeit und Gespräche erschöpft ins Bett, knipste das Licht aus und war Minuten später eingeschlafen. Nur im Haus herumzulungern verbrauchte hingegen zu wenig Energie, um diesen Zustand zu erreichen. Sie nahm sich vor, morgen einen langen Spaziergang zu machen, sich für Clares Kickboxkurs anzumelden, den Garten umzugraben und die Sockelleisten zu putzen. Ihr war es egal, was sie tun würde, Hauptsache, sie konnte sich auspowern. Aber für den Moment würde sie das Licht wieder anmachen und ihr Buch weiterlesen müssen.

Als sie ins Schlafzimmer zurücktappte, glaubte sie ein Motorengeräusch zu hören, ein tiefes, dröhnendes Brummen, das beständig lauter wurde. Sie lief ans Fenster und sah Michael auf Gertie in ihre Straße einbiegen. Gott sei Dank! Weil sie am ganzen Körper schlotterte, warf sie sich ihren Morgenmantel über und schaute zu, wie Michael heil und unversehrt in die Einfahrt rollte. Und wieder verspürte sie einen Anflug von Neid. Sie hatte das Motorrad einmal geliebt; ein Teil von ihr liebte es sogar immer noch. Es war das Alter, das sie vorsichtig gemacht und ihr die Lust an diesem Hobby genommen hatte, das ihr früher so viel Freude bereitet hatte.

Sie schaute angestrengt hinaus. Michael saß immer noch auf der Maschine. Wahrscheinlich kontrollierte er den Ölstand. Er wirkte so natürlich auf dem Bike, als wäre er ein Teil von ihm, dass Julie den Blick nicht abwenden konnte. Ihr stockte der Atem, als er das Motorrad aufbockte, abstieg und den Helm abnahm. Er war achtundfünfzig, man konnte ihm ansehen, dass er ein wenig steif vom Fahren war, sein Haar war mittlerweile grau gesprenkelt, was sie aber in der Dunkelheit nicht erkennen konnte, und doch: Wie er so dastand, breitschultrig und schmalhüftig, hätte er fast der Zweiundzwanzigjährige sein können, in den Julie sich vor so vielen Jahren Hals über Kopf verliebt hatte. Ihr Verstand sagte ihr, dass das völliger Unsinn war, aber ihr Körper wollte nicht hören: In ihrer Körpermitte breitete sich ein sinnliches Ziehen aus, und eine brennende Hitze jagte ihr über die Haut.

»Verfluchte Wechseljahre«, murmelte sie automatisch, aber es waren nicht die Wechseljahre, und das wusste sie auch. Diese Hitzewelle hatte ihren Ursprung woanders.

Sie wandte sich vom Fenster ab und schaute zur Tür, überlegte, ob sie in die Garage hinuntergehen, ihren Morgenmantel fallen lassen, auf ihn zugehen und ihn küssen sollte, so wie damals auf jenem Campingplatz, wo es nach Lagerfeuer gerochen und jemand auf einer verstimmten Gitarre *Hotel California* gespielt hatte. Bestimmt schob er jetzt das Motorrad die Einfahrt hinauf, um sie nicht zu wecken, dabei war sie hellwach: Die Erregung hatte jeden Gedanken an Schlaf verscheucht. Und das gefiel ihr sogar.

Mit klopfendem Herzen ging sie zur Schlafzimmertür, doch als sie sie öffnete, erinnerte sie sich plötzlich an ihren letzten Verführungsversuch, hier, in diesem Zimmer, in Weihnachtsstimmung und nur allzu bereit, Michael wieder in ihre Arme zu schließen. Es war so gut gelaufen, bis er sie auf einmal unmissverständlich zurückgewiesen hatte. Würde sie das ein zweites Mal ertragen?

Sie machte die Tür wieder zu, ging langsam zum Bett und zog die Scheidungsunterlagen aus der Nachttischschublade. Sie dachte an jenen Weihnachtsabend, an seine gefühllose Reaktion auf die neuen Sofabezüge, an die Demütigung auf Sophies Hochzeit. Schon so oft hatte sie geglaubt, sie könnten wieder zueinanderfinden, und hatte sich dabei doch jedes Mal geirrt. Wollte sie sich das wirklich ein weiteres Mal antun?

Sie hörte Michaels Schritte auf der Treppe, schob den Umschlag mit den Unterlagen unters Bett und zog sich die Decke bis ans Kinn. Als er an ihrer Tür vorbeiging, pulsierte ihr Körper noch immer. Sie glaubte den Geruch von Leder wahrzunehmen, nach Wärme und auch ein bisschen nach Schweiß. Eine jähe Sehnsucht packte sie, sie wollte die Zeit zurückhaben, in der der Nervenkitzel des Motorradfahrens verlockender gewesen war als ihre Angst. Vielleicht war Gertie nur ein Symbol ihrer sexuellen Frustration, ein Hinweis darauf, dass sie sich aus dem Lockdown ihrer Ehe befreien und jemand anders finden sollte. Vielleicht war das Motorrad alles, was sie und Michael je verbunden hatte – das Reiben von Leder auf Leder, der Motor unter ihnen, der Rausch der Geschwindigkeit.

Aber das wäre zu einfach. Die Wahrheit war, dass ihre Verbindung sehr viel tiefer gegangen war. Und deshalb würden die Scheidungspapiere, wenn sie endlich die Kraft fände, sie ihm zu geben, eine klaffende Wunde reißen.

# Kapitel achtzehn

## September 2006

Michael hält vor dem Geschäft, stellt den Motor ab und wirft einen Blick über die Schulter. Julie hat beide Arme fest um seine Taille geschlungen.

»Fertig?«

»Ich weiß nicht.« Ihre Antwort klingt wegen des runtergeklappten Helmvisiers gedämpft, aber er hat sie verstanden. Als sie abgestiegen sind, nimmt er ihr den Helm ab und küsst sie lange und zärtlich.

»Du bist bereit, Julie. Alles wird perfekt werden – der Tag und das Geschäft.«

»Meinst du wirklich?«

»Ich weiß es.«

»Ein guter Blumenladen fehlt hier in der Gegend, das stimmt.«

Er lächelt. »Das auch, ja, aber das ist es nicht allein. *Du* bist es, die den Laden zu einem Erfolg machen wird, du mit deiner Leidenschaft, deinem Stil, deiner Lebensfreude.«

Sie schaut ihn verwirrt an. »Braucht es das alles denn für einen Blumenladen?«

»Ja! Und ich brauche es genauso.« Er küsst sie noch einmal. »Ich liebe dich, Julie Marshall. Und jetzt komm, wir müssen eine Party vorbereiten!«

Lächelnd fischt sie den Schlüssel aus der Tasche ihrer Lederjacke. »Und er gehört wirklich mir?«

Er deutet auf das Schild über der Ladentür: *Julie's Flowers.* »Wirklich, mein Schatz. Und während du aufschließt, bringe ich Gertie nach hinten auf den Parkplatz.«

»Lass sie doch hier vorne. Sie sieht so cool aus.«

Er schüttelt den Kopf. »Kommt nicht infrage. Nicht einmal meine bezaubernde Gertie soll heute von deinem Laden ablenken. Ich fahre sie nach hinten.«

Als er aufsteigen will, hält sie ihn zurück.

»Warte. Ich möchte, dass wir zusammen aufschließen, einverstanden?«

»Es ist mir eine Ehre.«

Er legt beide Helme auf die Motorradsitzbank und geht mit Julie an die Tür. Als er sieht, wie ihre Hände zittern, rauscht eine Welle tiefer Zuneigung über ihn hinweg. Sie schiebt den Schlüssel ins Schloss und dreht ihn um. Die Tür schwingt auf, und die Ladenglocke bimmelt. Sie haben eine Ewigkeit nach der richtigen gesucht.

»Können wir nicht noch woanders schauen?«, fragte sie ihn in jedem der zig Läden.

»Klar können wir das.« Zum einen machte es ihm nicht das Geringste aus, mit dem Motorrad in der Gegend herumzufahren, zum anderen verstand er, dass es ihr auf den richtigen Klang ankam. Und zu guter Letzt hatten sie die Glocke gefunden, die sie sich vorgestellt hatte.

»Klingt gut, oder?«, sagt er jetzt.

»Perfekt.«

Sie betreten den Laden, bleiben einen Augenblick lang

stehen und schauen sich um. Jeden Abend, sobald die Kinder im Bett waren und Linda auf sie aufpasste, sind sie hergekommen, um die Wände zu streichen. Michael war zwar nach einem langen Arbeitstag immer schon kaputt, beklagte sich aber nie. Außerdem war seine Müdigkeit wie weggeblasen, wenn er den Laden betrat und Julies Freude über ihre Fortschritte sah. Er blickt auf sie hinunter und muss an einen Abend denken, an dem er definitiv nicht erschöpft war.

»Wir sollten den Laden einweihen«, hatte sie zu ihm gesagt, einen Finger in den ausgeleierten Bund seiner Arbeitshose gesteckt und daran gezupft. Die Reaktion ließ nicht auf sich warten.

»Man kann uns sehen«, flüsterte er atemlos.

»Hinten in der Küche nicht«, antwortete sie und zog ihn mit sich.

An dem Abend hatten sie den Laden eingeweiht. Und wie sie ihn eingeweiht hatten!

Er sieht sie an, und sie zwinkert ihm zu, weil sie zu wissen scheint, woran er denkt.

»Ein Jammer, dass wir das jetzt nicht wiederholen können«, sagt sie. »Aber wir würden all die leckeren Sachen zerdrücken.«

Sie gehen nach hinten, wo die Platten mit Schnittchen stehen, die sie schon mit dem Auto hergebracht haben. Danach sind sie wieder nach Hause gefahren und haben den Wagen dort abgestellt, damit Linda, die in der Zwischenzeit auf die Kinder aufpasst, sie später zur eigentlichen Eröffnung – und nicht vorher, um Wutanfälle und/

oder auf den Boden geworfenes Essen und verschüttete Getränke zu vermeiden – herfahren kann.

»Dann stelle ich Gertie jetzt nach hinten«, sagt Michael. »Fang du schon mal an.«

Als er wenige Minuten später wieder da ist, hat sie in typischer Julie-Manier schon das gesamte Büffet aufgebaut und legt jetzt letzte Hand an die Blumen in ihren schicken Aluminiumeimern. Er lächelt beim Anblick der Regale. Sie auszusuchen hat noch länger gedauert als die Ladenglocke. Julie konnte sich eine Ewigkeit lang nicht zwischen Metall, Plastik und Holz entscheiden, und nachdem die Wahl endlich auf Holz gefallen war, stellte sich die Frage, ob es noch lackiert werden sollte. Sie entschied sich dafür, aber die natürliche Maserung ist noch immer zu erkennen. Michael findet, die Regale machen sich fantastisch vor den zartgrünen Wänden. Sie sind so elegant und unauffällig, dass die Blumen gut zur Geltung kommen.

»Es ist wunderschön geworden, Julie«, sagt er. »Die Leute werden begeistert sein.«

»Falls sie kommen«, antwortet sie unsicher. »Was, wenn keiner auftaucht, Mike?«

Jetzt zittert sie am ganzen Körper. So kennt er sie gar nicht. Sonst ist sie immer so zuversichtlich, so laut, so ungeniert sie selbst. Ihre Reaktion zeigt, wie viel der Laden ihr bedeutet.

»Die kommen schon«, beruhigt er sie. »Versprochen. Und ich bin auf jeden Fall da.«

Sie schlingt ihm die Arme um den Hals. »Und du bist fast genug.«

»Aber bei mir wird es nicht bleiben. Ich bin nicht der Einzige, der dich liebt, Julie.«

Und tatsächlich: Bereits vor der offiziellen Eröffnung um zwölf Uhr finden sich die ersten Gäste draußen ein, und innerhalb von zwanzig Minuten ist der Laden rappelvoll. Linda kommt mit den Kindern. Die Einzige, die einen Wutanfall hat, ist sie. Da war sie so nett – ihre Worte – und hat den Mädchen, sechzehn und dreizehn Jahre alt, extra für diesen Anlass geblümte Kleider gekauft, und dann haben sie sich ganz energisch geweigert, sie anzuziehen. Nur der neunjährige Adam ist mit seiner geblümten Weste auf Kurs und sonnt sich im Lob seiner Granny, während die Mädchen geschickt in der Menge untertauchen. Clare erscheint in Begleitung von Hamish, den die vielen Menschen sichtlich nervös machen. Michael vermutet, das liegt daran, dass er nur die Gesellschaft von Schafen gewöhnt ist, und fragt sich, wie Clare mit dieser Einsamkeit zurechtkommt. Allem Anschein nach nicht sehr gut. Entweder faucht sie ihren Mann an oder lässt ihn einfach stehen und unterhält sich mit jedem anderen, der mit ihr reden will. Und sie hat die Qual der Wahl.

Es sind Mütter da, die Julie vom Warten vor der Schule kennt und von den verschiedenen Pfadfinder-, Sport- und Musikgruppen, zu denen sie ihre Kinder regelmäßig kutschiert. Es sind Ladeninhaber aus der Stadt da, Kunden vom Café nebenan, neugierige Passanten und Leute mit den von Michael verteilten Flyern in der Hand, auf denen mit einem Eröffnungsrabatt von zehn Prozent geworben wird. Sophie hat Freunde eingeladen, und sogar Briony, die sich lautstark darüber echauffiert hat, dass Blumen absolut nicht cool sind, hat anscheinend ein paar mitgebracht. Kein Wunder, dass sie sich geweigert haben, die von Granny ausgesuchten Kleider zu tragen! Die Leute stehen mittlerweile schon draußen auf dem Gehweg, weil der Laden so voll ist, und Michael ist froh, dass er Gertie hinter dem Gebäude geparkt hat, damit vorne mehr Platz ist. Julie strahlt übers ganze Gesicht. Ihre einzige Sorge ist, ob sie auch genug Schampus eingekauft haben, aber Betty zerstreut auch die, indem sie kurzerhand zum örtlichen Co-op fährt, um noch eine Kiste zu besorgen.

»Deine Frau ist ein Genie«, sagt sie zu Michael, als er ihr beim Reintragen hilft und noch mehr Korken knallen.

»Ja, nicht wahr?«, pflichtet er ihr bei. »Der Laden wird ein voller Erfolg werden, das weiß ich einfach.«

Als das Geschäft schier aus allen Nähten platzt, klettert Julie auf einen Stuhl und klopft mit einem Cocktailspieß an ihr Glas.

»Meine Damen und Herren, ich würde gern ein paar Worte sagen.« Zustimmender Jubel. Sie lächelt schüchtern. »Nur ein herzliches Dankeschön dafür, dass Sie heute gekommen sind. Wie viele von Ihnen wissen, träume ich von einem eigenen Laden, seit ich meinen Sohn Adam in der Grundschule abgeliefert und, weil ich heulend im leeren Haus saß, einen Floristikkurs gemacht habe, damit ich nicht den Verstand verliere. Allerdings hat sich herausgestellt, dass Blumen genauso anstrengend und zeitintensiv sein können wie Kinder.« Ein Lachen geht durch die

Menge. Nach einer kleinen Pause fügt Julie hinzu: »Und genauso bereichernd.«

»Damit meint sie mich«, lässt sich Adam vernehmen. »Ich bin ihr Sohn.«

Schallendes Gelächter ertönt. Julie sieht lächelnd auf ihn hinunter.

»Ich möchte mich kurz noch bei ein paar besonderen Menschen bedanken, und dann dürfen Sie sich wieder ganz Ihren Drinks und den Gesprächen widmen.« Beifall brandet auf.

»Und Sträuße bestellen!«, ruft Linda in den Raum. »Heute gibt es zehn Prozent auf alles!«

Julie verdreht die Augen. »Danke, Mum. Und wo wir gerade dabei sind – danke, dass du mir beigebracht hast, was harte Arbeit ist. Und danke dafür, dass du auf die Kinder aufgepasst hast, während Michael und ich hier die Wände gestrichen haben. Und während wir unterwegs waren, um die perfekten Regale und die perfekte Ladenglocke und die perfekten Eimer zu finden. Zum Glück hat mein Ehemann eine Engelsgeduld!«

»Er hatte keine andere Wahl, als es bei dir auf die harte Tour zu lernen!«, ruft Clare dazwischen, und Julie schneidet ihr eine Grimasse.

»Danke auch an Betty für ihre Unterstützung – und für den Schampusnachschub! Und danke an meine Kinder, die ertragen mussten, dass ich wochenlang von nichts anderem als von Blumen geredet habe.«

»Jahrelang«, grummelt Briony.

»Du hast recht. Wie schon gesagt habe ich schon lange

von einem eigenen Laden geträumt, und deshalb gilt mein letztes Dankeschön dem Mann, der das alles möglich gemacht hat – meinem geduldigen Ehemann, der mich immer unterstützt und mir Mut gemacht hat. Meine Damen und Herren, heben wir das Glas – auf Michael!«

»Nein, nein«, wehrt dieser ab, aber niemand achtet darauf, und zu guter Letzt muss er zu Julie auf den Stuhl steigen. Er fasst sie fest um die Taille, damit sie nicht alle beide hinunterfallen.

»Das ist sehr lieb von dir«, sagt er, »aber ich denke, ich habe dieses Lob nicht verdient. Der Laden heißt *Julie's Flowers*, weil er das Ergebnis von Träumen und viel ambitionierter Arbeit einer einzigen Frau ist. Danke für deinen Toast, meine reizende Frau, aber heute wollen wir nur auf einen einzigen Menschen anstoßen: auf dich, Julie!«

Ihr Name hallt im Raum wider. Sie sieht ihn kopfschüttelnd an, küsst ihn dann aber doch. Der Stuhl fängt an zu wackeln, und sie haben es nur der schnellen Reaktion von Hamish zu verdanken, dass sie nicht unfreiwillig crowdsurfen. Verlegen steigen sie herunter, Julie lächelt Michael zu und geht dann zu ihren Blumen, über die sie liebevoll ihre Finger gleiten lässt, bevor sie eine Bestellung nach der anderen entgegennimmt.

# Kapitel neunzehn

## Fünfzehnter Tag

»Heute Abend kommt die erste Finalfolge von *Master-Chef*«, sagte Julie, als sie sich in der Küche gegenübersaßen.

»Wie kommst du jetzt darauf? Liegt es an meinem Pad Thai?«, fragte Michael. Er hatte sich alle Mühe gegeben, am Wochenende etwas Besonderes für sie beide zu kochen, und allmählich begann es, sich selbstverständlicher anzufühlen, dass sie Zeit miteinander verbrachten. Aber das hier war ein gewaltiger Schritt vorwärts.

»Nein!«, erwiderte sie lachend. »Ich hab's vorhin auf Twitter gesehen.«

»Oh.«

»Dein Pad Thai schmeckt köstlich.«

Er schaute auf die großzügige Portion gebratener Nudeln mit Gemüse. »Vielleicht habe ich für *MasterChef* die einzelnen Geschmackskomponenten zu wenig herausgearbeitet.«

»Weiß nicht. Ich hab eher das Gefühl, dass sie dieses Jahr nicht mehr so viel Wert darauf legen.«

»Dann schaust du dir die Show an?«

»Hm. Normalerweise auf meinem iPad, wenn ich nicht schlafen kann.«

»Okay.«

»Ich sollte tagsüber mehr tun, damit ich abends die nötige Bettschwere habe.«

»Ich weiß, was du meinst.«

»Siehst du sie dir auch an?«

»Manchmal, ja.« Die Wahrheit war, dass er sich jede einzelne Folge ansah, allein im Wohnzimmer vor dem Fernseher. »Hast du neulich gesehen, wie die junge Frau sich an einem dekonstruierten Rinderbraten im Blätterteigmantel versucht hat? Diese selbstgefälligen Juroren haben sie ganz schön auseinandergenommen.«

»Heuchler! Vor zwei Jahren wären sie vom gleichen Gericht noch hellauf begeistert gewesen.«

»Stimmt. Wir haben nie viel von der Art des Kochens gehalten, oder?« Einen Augenblick erstarrte er, so fremd klang dieses »wir« in seinen Ohren. Wie ein Wort aus einer längst vergangenen Epoche.

Julie sah ihn an. Das Schweigen zog sich. Schließlich sagte sie: »Nein. Nein, wir haben nie viel davon gehalten. Warum soll man ein perfektes Gericht aus Jux und Tollerei in seine Geschmackselemente zerlegen und was Neues daraus machen?«

Er entspannte sich. »Ganz genau! Ein Glück, dass dieser Trend vorbei zu sein scheint. Aber Lavakuchen ist immer noch ziemlich in, was?«

Julie kicherte. »Adam und ich haben mal ein paar davon nachgebacken, weißt du noch? Es war kinderleicht. Der flüssige Schokoladenkern perfekt. Wir wussten gar nicht, was daran so schwer sein soll. Und dann wollte ich welche für eine Dinnerparty machen, und es war die reinste

Katastrophe. Wahrscheinlich hatten wir beim ersten Mal nur Anfängerglück.«

»Versuch's doch noch mal.«

Eine weitere Pause, aber kürzer dieses Mal. »Vielleicht. Nein – ganz bestimmt sogar.«

»Ich freu mich schon …«

»Ich könnte Sophie und Leo welche vorbeibringen. Darf ich das überhaupt? Ich würde sie einfach in die Einfahrt stellen.«

»Ich denke schon, dass das erlaubt ist.« Michael schob ein Stück Pak Choi auf seinem Teller hin und her. »Aber fallen diese Lavakuchen nicht in sich zusammen, wenn man sie nicht direkt frisch aus dem Ofen isst?«

»Da könntest du recht haben.« Sie machte ein unglückliches Gesicht.

»Du könntest Sophie doch was anderes vorbeibringen«, sagte er hastig. »Was hat sie früher noch mal gern gegessen?«

»Sie war doch immer schon furchtbar mäkelig.«

»Aber Süßes hat sie immer genascht.«

»Stimmt.« Julies Augen leuchteten auf. »Neulich hat sie am Telefon erwähnt, wie sehr sie meinen Zitronenbaiserkuchen vermisst.«

»Der ist aber auch wirklich lecker.«

»Ob wir alle Zutaten dahaben?« Sie stand auf und fing an, in den Küchenschränken zu kramen. »Eier, ja, Zitronen – dann muss ich meinen Gin eben ohne Zitronenscheibe trinken, aber das geht schon. Mehl?« Sie zog eine fast leere Tüte hervor. »Könnte reichen. Und wenn nicht, nehme ich eben das Brotmehl.«

»Und hinterher backst du gleich noch ein Brot?«, fragte Michael hoffnungsvoll.

Sie lachte. »Ich habe schon gemerkt, dass es dir geschmeckt hat.«

»Es war himmlisch.«

»Danke. Also okay, dann noch ein Brot.«

»Und einen Zitronenbaiserkuchen. Aber nicht nur für Sophie. Für uns auch.«

Das »uns« kam ihm schon leichter über die Lippen, und Julie schien es gar nicht zu registrieren.

»Ja, für uns auch.«

Ihr Dialog klang in seinen Ohren so süß wie der versprochene Kuchen. Eine richtige Unterhaltung.

»Hast du Lust, es anzuschauen?«, fragte er so beiläufig wie möglich.

Sie blickte von ihren Kuchenzutaten auf. »Was anschauen?«

*»MasterChef.«*

»Oh.« Ein Ei in jeder Hand stand sie da. »Ich würde jetzt lieber backen. Vielleicht komm ich später nach.«

Er wusste, dass sie das nicht tun würde, musste ihre Antwort aber akzeptieren. Er konnte sie ja schlecht zwingen, sich mit ihm aufs Sofa zu setzen.

»Okay«, murmelte er, stellte seinen Teller in die Spülmaschine und verließ die Küche.

Julie blickte ihm über die Schulter nach und hatte ein schlechtes Gewissen. Lächerlich. Es ging doch bloß um eine Kochshow. Und Michael sah sowieso nicht gern mit ihr fern. Sie rede dabei zu viel, sagte er. Zugegeben, sie redete tatsächlich ziemlich viel. Aber es gab ja auch immer so viel Interessantes zu diskutieren – wie die Schauspieler hießen, wo sie sonst noch mitgespielt hatten, ob sie gut aussahen oder nicht.

»Schau doch bitte einfach nur hin!«, war Michael früher regelmäßig explodiert.

Briony war genauso wie ihr Vater, während Sophie und Adam eher nach ihr kamen. Julie lächelte bei der Erinnerung an vergangene familiäre Wortgefechte und griff nach der Zitronenpresse. Sophie war schon so lange weg, dass es ihr manchmal schwerfiel, sich vorzustellen, dass sie früher hier gewohnt hatte. Und da sie nicht woanders studiert hatte, hatte es nicht einmal eine Übergangsphase mit regelmäßigen Wochenendbesuchen gegeben. Sie war einfach weg gewesen, hatte sie nur noch stundenweise besucht. Julie und Michael waren seinerzeit von ihrer Entscheidung nicht sehr begeistert gewesen.

»Warum soll ich studieren, wenn ich Journalistin werden will, Mum?«, hatte sie mit gespielter Geduld argumentiert. »Ich würde mich nur verschulden und drei Jahre vergeuden, in denen ich mir schon einen Namen in der Branche machen könnte.«

»Aber du hast so gute Noten«, wandte Michael ein.

»Noten sind ein fehlerhafter Indikator für Intelligenz. Für die wirkliche Welt haben sie keine Bedeutung.«

Wortgewandt war sie schon mit achtzehn gewesen. Als ihr eine Stelle bei der Lokalzeitung angeboten worden war und sie zwei Freundinnen für eine Wohngemeinschaft gefunden hatte, hatte sie nichts mehr aufhalten können. Inzwischen war sie eine angesehene freie Journalistin, die regelmäßig für große Zeitungen und Magazine schrieb. Damals waren ihr mehrere Vollzeitstellen in London angeboten worden, aber sie hatte alle mit der Begründung abgelehnt, sie verachte die »blasierte, ichbezogene, Nabelschau betreibende« Hauptstadt. Michael hatte fast einen Tobsuchtsanfall gekriegt.

»Aber so ein Job bedeutet ein regelmäßiges Einkommen, Soph – Anspruch auf Urlaub, Lohnfortzahlung im Krankheitsfall, eine Rente!«

»Mir gefällt mein Job, Dad – die Freiheit, Unabhängigkeit und Lebensqualität.«

»Aber deine Sicherheit«, gab er nicht auf.

»Ich bin meine eigene Sicherheit«, erwiderte sie voller Selbstvertrauen.

Julie war damals unheimlich stolz auf ihre Älteste gewesen, hatte aber auch Angst um sie gehabt. Es war toll, eine Arbeit zu haben, die man wirklich gern tat, aber man brauchte auch Geld zum Leben. Waren ihre Kinder in zu selbstverständlicher Sicherheit aufgewachsen? Ihnen Sicherheit zu vermitteln war ihr sehr wichtig gewesen, aber vielleicht hatte sie ihnen damit keinen Gefallen getan.

Sie selbst hatte als Kind nie gewusst, ob es Abendessen geben würde oder nicht, und diese Unsicherheit gehasst. Obwohl Linda sich bemüht hatte, ihren beiden Töchtern das Gefühl von Geborgenheit und Sicherheit zu vermitteln, hatten sie alles andere als ein geregeltes Leben geführt. Arbeitgeber zeigten damals wenig Verständnis für die Probleme alleinerziehender Mütter, und Julie konnte gar nicht mehr zählen, wie oft ihre unstete Mutter mit der Nachricht nach Hause gekommen war, dass sie ihren Job verloren hatte. Zwar hatte sie sich sofort auf die Suche nach einem neuen gemacht, aber für Julie und Clare war Geld etwas gewesen, was immer nur sporadisch hereinkam. An einen gleichmäßigen Geldstrom war nicht zu denken gewesen.

»Spart euer Geld«, hatte Linda ihnen eingeschärft. »Seht zu, dass ihr etwas für euch selbst und damit Sicherheit habt.«

Diese Angst hatte Julie ihren Kindern ersparen wollen, und so war sie froh gewesen über Sophies Vertrauen in ihre eigenen Fähigkeiten. Und Sophie hatte sie nicht enttäuscht: Gewissenhaft und gut organisiert hatte sie sich ihren Erfolg erarbeitet. Selbst als sie angekündigt hatte, mit einem Töpfer zusammenziehen zu wollen – »Ein Töpfer, Julie!«, hatte Michael gejammert. »Was ist denn bitte so schlimm an einem netten Anwalt oder einem Steuerprüfer?« –, hatte sie ihnen nicht wirklich Grund zur Sorge gegeben. Briony hatte ebenfalls eine gute Stelle, und Adam war auf dem besten Weg, Vermessungsingenieur zu werden, auch wenn sein Abschluss noch ausstand. Alle drei Kinder waren ihren Weg gegangen. Was schön war. Sogar fantastisch. Michael und sie hatten ihren Job als Eltern gut gemacht. Aber jetzt war er definitiv erledigt.

Du definierst dich nicht über deine Kinder, sagte sich Julie und schlug das Eiweiß wie eine Verrückte. Das war ihr immer schon klar gewesen. Deshalb hatte sie ja auch zugegriffen, als der Laden frei geworden war – Michael hätte sich kein besseres Geschenk zu ihrem Vierzigsten ausdenken können.

Sie drosch noch fester auf das Eiweiß ein.

Wie aufmerksam er damals gewesen war! Er hatte sie wahrgenommen, genau gewusst, was in ihr vorging. Und er hatte den Laden genauso geliebt wie sie. Wie viele Stunden sie damit verbracht hatten, die Wände zu streichen, die Regale anzubringen und das Ladenschild zu entwerfen. Julie hatte sich alle möglichen ausgefallenen Namen ausgedacht, und Michael hatte sie gewähren lassen, obwohl er sich von Anfang an sicher gewesen war. »*Julie's Flowers* ist doch perfekt«, hatte er gemeint. »Damit ist alles gesagt.« Zu guter Letzt hatte er sich durchgesetzt. Bis heute ging ihr jedes Mal, wenn sie die Ladentür aufschloss, das Herz auf beim Anblick des schlichten Namens.

Natürlich war Michael zur Eröffnung der Erweiterung vor drei Jahren zu spät gekommen, angeblich, weil sich sein Flieger verspätet hatte. Sie hatte alles allein gemanagt – mit Clares Unterstützung. Und Blutgeld benutzt, um die zweite Hälfte des Ladens zu erwerben. Eigentlich hatte Julie sie nämlich dem armen Schwein zu verdanken, das mit seinem Auto genau in dem Augenblick an einer runtergekommenen Bingohalle vorbeigefahren war, als ihre Mutter auf die Straße taumelte. Die Erinnerung war plötzlich so präsent, als hätten sich ein, zwei Steine in der Mauer gelockert, die sie sorgfältig darum herum errichtet hatte. Sie sah Linda im Krankenhausbett liegen, hilflos und grau, während sie ihre Hand umklammert hielt und verzweifelt versuchte, sie wieder ins Leben zurückzuholen.

Die Ärzte sagten, sie habe beim Aufprall das Bewusstsein verloren und leide nicht. Sie war nie wieder aus dem Koma erwacht, nicht einmal für eine einzige Minute, die Julie genügt hätte, um …

»Julie! Was machst du denn?«

Sie blinzelte sich in die Realität zurück und schaute sich um. Sie stand in ihrer Küche, und eine Schüssel aus feuerfestem Glas tanzte wie wild vor ihr auf der Arbeitsfläche, während um sie herum alles voller Eischneespritzer war.

»Entschuldige! Himmel, was für eine Sauerei! Keine Ahnung, wie das passieren konnte. Tut mir leid.« Sie schnappte sich ein Küchentuch. Michael würde sie bestimmt anschreien, was sie noch nie gut ertragen hatte. »Alles unter Kontrolle. Ich mach das schon. Geh du nur und schau weiter *MasterChef*.«

»Julie.« Zwei starke Hände legten sich auf ihre Schultern.

Sie erstarrte.

Michael sah sie an, aber nicht ärgerlich oder ungeduldig, sondern eher besorgt. »*Du* gehst und schaust *MasterChef*. Ich werde hier sauber machen.«

»Aber …«

»Alles gut. Wirklich.«

Seine Augen waren so blau wie die Südsee oder ein Sommerhimmel oder ein glasklarer Bergsee. Sanft. Ruhig. Liebevoll. Sie nickte wie hypnotisiert. Ihr Körper fühlte sich schwach und zittrig an, einfach lächerlich, als hätte er die Konsistenz von dem verdammten Eischnee.

»Danke.«

Diesmal befanden sich die Kandidaten von *MasterChef* an einem heißen, exotischen Ort; das Meer, vor dem sie kochten, hatte die Farbe von Michaels Augen. Julie ließ sich auf das Sonnenblumensofa fallen und von Krabbencremesuppe und Ananaspudding einlullen.

Irgendwann kam Michael herein, und sie sahen sich die Show zusammen an. Einerseits wünschte sich Julie, er würde sie fragen, was los sei, andererseits würde sie ihn hassen, täte er genau das. Als einer der Kandidaten ausführlich von seinem Traum eines eigenen Restaurants erzählte, schloss sie die Augen. Himmel, wie sie ihren Laden vermisste!

Plötzlich merkte sie, dass sie fröstelte. Sie machte die Augen wieder auf und fasste sich nervös an die Stirn. Welches waren noch mal die Symptome einer Virusinfektion?

»Ist dir auch kalt, Michael?«

Er sah sie an. »Kalt? Ein bisschen, ja. Ist die Heizung an?«

»Ich hoffe nicht«, antwortete sie. »Wenn doch, werde ich womöglich krank.«

Als er sie anstarrte, ließ das Entsetzen in seinen Augen ihre Körpertemperatur um ein paar Grad hinaufschnellen.

Michael inspizierte die Gastherme und wünschte, er würde sich besser damit auskennen. Es war ganz normal, dass Freunde ihn baten, sich irgendwelche technischen Dinge anzusehen. »Du bist doch Ingenieur, Mike«, sagten sie, als würde ihn das befähigen, jeden von Menschen gemachten Gegenstand zu verstehen. Meistens versuchte er dann zu erklären, dass er eigentlich Statiker und sein Spezialgebiet der Brückenbau war, aber sie nickten nur lächelnd und bugsierten ihn trotzdem zu dem defekten Teil, das er sich anschauen sollte.

Er ging in die Hocke und leuchtete mit der Taschenlampe seines Handys die weiße Front an. Es gab nur drei Tasten – eine für Warmwasser, eine für die Heizung und eine, mit der man das Ding ausschalten konnte. Oder einschalten. Er drückte sie hoffnungsvoll. Das Kontrolllämpchen flackerte, seine Hoffnung erwachte, aber man hörte weder das Zischen von Gas, noch leuchteten auf dem winzigen Display irgendwelche Ziffern auf. Na wunderbar. Genau das brauchten sie jetzt noch. Ob Heizungsinstallateure während des Lockdowns überhaupt arbeiteten? So spät nachts jedenfalls ganz sicher nicht.

»Ist sie hinüber?«

Er drehte sich zu Julie um. »Sieht ganz so aus.«

»Scheiße!«

»Das lässt sich bestimmt reparieren.«

»Meinst du? Das Ding ist ganz schön alt. Weißt du noch, als sich die letzte Therme verabschiedet hat?«

Er dachte stirnrunzelnd nach.

»Auf der Silvesterparty, Mike! Der Millenniumsparty!«

»Richtig! Wir hatten alle Nachbarn eingeladen.«

»Du wolltest absagen.«

»Und du hast vorgeschlagen, einfach eine Pulloverparty daraus zu machen.«

»Genau. Zum Glück waren Weihnachtspullis dank Bridget Jones groß in Mode.«

»Und der ausgefallenste sollte einen Preis bekommen.«

»Tommy Markinson hat gewonnen, der …«

»Den Pulli von der Schuluniform seines Sohnes trug!«, beendeten sie den Satz wie aus einem Mund. »O Gott, was für eine Nacht!«

* * *

»Pullover?«, sagt Linda. »Wie seid ihr bloß auf diese Schnapsidee gekommen? Ich glühe wie ein Hochofen.«

Julie und Michael starren sie an. Sie trägt eine hautenge Hose und einen genauso eng anliegenden Kaschmirpulli in festlichem Rot. Sie sieht hinreißend aus. Und sehr erhitzt.

»Die Gastherme ist kaputt«, erklärt Michael. »Wir dachten, es würde zu kalt sein im Haus.«

Linda grinst. »Auf Partys ist es nie kalt. Erinnerst du dich an unsere Silvesterpartys bei uns daheim, Jules? Einmal war es so warm, dass wir als Motto fürs nächste Jahr Hawaii gewählt haben.«

Julie nickt. »Die Feier war super. Komplett mit Sand auf dem Fußboden und einer echten Palme.«

»Sand?« Michael macht ein entsetztes Gesicht.

»Das Saubermachen hinterher war nicht so toll«, bestätigt Linda seine Befürchtung. »Julie hat sich geweigert, mir zu helfen.«

»Weil ich vorher die ganze Zeit gesagt hatte, dass das eine blöde Idee ist.«

»Das war es auch, aber eine verdammt lustige. Wenn ich mich richtig erinnere, hast du mit Marcus Tyler die ganze Nacht fröhlich Sandburgen gebaut.«

»Ist das ein Codewort für etwas?«, will Michael wissen.

»Ach was.« Julie stößt ihn mit dem Ellenbogen an. »Ich war damals ungefähr zehn.«

»Definitiv alt genug, um beim Aufräumen zu helfen«, bemerkt Linda bissig. »Aber nein, du hast lieber die Füße hochgelegt, während deine Schwester auf allen vieren mit dem Handfeger …«

»Vielleicht sollten wir nächstes Jahr auch eine Hawaii-Party veranstalten«, fällt Michael ihr schnell ins Wort, als er Julies gereizten Gesichtsausdruck bemerkt. Er hat ähnliche Situationen schon zu oft miterlebt und möchte, dass der Abend ohne Streit verläuft.

»Dann könnte ich wenigstens einen Bikini anziehen«, stimmt Linda sofort zu, »und müsste nicht in einem verflixten Pulli vor mich hin schwitzen.«

»Zieh ihn doch aus«, sagt Julie.

»Geht nicht.« Sie beugt sich vor und zischt: »Ich hab nur einen BH drunter.«

Julie muss gegen ihren Willen kichern. »Es ist bestimmt ein schöner.«

»Natürlich. Ein verführerischer von La Senza. Aber trotzdem ein BH.«

»Soll ich dir was von meinen Sachen leihen?«

Linda schaut sie entsetzt an. »Um Himmels willen, nein! Ich werde es schon überleben. Ich wundere mich nur, weil ihr gesagt habt, hier wäre es kalt.«

»Das dachten wir auch.«

Julie und Michael schauen sich um. Die Millenniumsparty ist in vollem Gang. Das Haus platzt aus allen Nähten, so viele Gäste drängeln sich aneinander und tanzen ausgelassen zu Destiny's Child. Linda hat recht – sie hätten sich wegen der kaputten Heizung keine Sorgen machen müssen. Mindestens die Hälfte ihrer Freunde hat tragbare Heizgeräte mitgebracht, die zusammen mit der Körperwärme der fünfzig Partygäste das Haus auf quasi tropische Temperaturen aufheizen. Die meisten selbst gestrickten Weihnachtspullis liegen bereits auf einem Haufen in einer Ecke. Gefeiert wird in ärmellosen Tops, T-Shirts und Blusen.

»Wetten, dass die Gastherme jetzt schmollt?«, sagt Michael. »Wollen wir tanzen?«

Julie nickt. Sie schieben sich ins Wohnzimmer mitten in die wogende Gruppe hinein, als Destiny's Child von Jon Bon Jovi abgelöst wird und alle ihre Mähnen wild durch die Luft fliegen lassen, als wären sie Rockmusiker. Lachend geht Julie hinter Michael in Deckung, weil Tommy Markinson auf die Tanzfläche hüpft. Er trägt immer noch den Pulli seines Sohnes, der sich so über seiner Brust spannt, dass das Schulemblem aussieht wie eine Art Raumschiff, und dabei seinen schwabbelnden, haarigen Bauch entblößt. Dann kapitulieren die Nähte unter den Achseln vor seiner Körperfülle, und aus den Löchern quellen Haarbüschel hervor. Er wird einen neuen Pulli kaufen müssen, aber das stört im Moment niemanden, am allerwenigsten Tommy.

»Gleich Mitternacht!«, schreit jemand. Jon Bon Jovi wird gnadenlos der Saft abgedreht – er muss Jools Holland und Coldplay im Fernseher weichen. Tommy Markinson tanzt unbeeindruckt weiter, während sich alle versammeln.

Gläser werden hastig gefüllt. Die Kinder, die oben weiß der Himmel was getrieben haben, während ihre Eltern getanzt haben, tapsen die Treppe herunter.

»Zehn, neun ...«

Michael und Julie lassen die Blicke über ihre Freunde schweifen, während sie mit ihnen lautstark die Sekunden herunterzählen.

»Acht, sieben ...«

Die siebenjährige Briony schlüpft neben sie, unleugbar aufgeregt, weil sie so spät noch auf sein darf. Dann kommt Sophie, die den kleinen Adam auf ihrer Hüfte trägt.

»Wieso ist er nicht im Bett?«, will Julie wissen.

»Sechs, fünf ...«

»Er ist aufgewacht und will mit uns ins neue Jahrtausend feiern.«

»Vier, drei...«

»Perfekt«, sagt Michael. »Dann können wir das neue Jahr gemeinsam begrüßen.«

»Zwei, eins ... Happy New Year!«

Gelächter und Jubel erfüllen den Raum, und Luftschlangen und Konfetti ergießen sich über die abgelegten Pullover. Aber niemanden interessiert es: Das neue Jahrtausend ist da.

* * *

»Es war eine tolle Party«, sagte Julie.

»Aber diese Sauerei! Weißt du noch, wie das Haus am nächsten Tag ausgesehen hat?«

»Die Pullis haben wir draußen aufgehängt, damit ihre

Besitzer sie abholen konnten, wenn sie dazu wieder in der Lage wären.«

»Stimmt. Und dann haben wir mit jedem noch mal angestoßen, weil wir noch am Leben waren.«

»Vom Horrorszenario des anbrechenden neuen Millenniums sind wir verschont geblieben, aber mit dem Konterbier haben wir es übertrieben!«

»Es war eine wirklich tolle Party.«

»Ja, aber die Gastherme war kaputt. Hat uns danach ein halbes Vermögen gekostet.«

Michael verzog das Gesicht und drückte ein weiteres Mal auf die Taste.

Julie hielt die Luft an, als die Kontrolllampe aufleuchtete. Kurz. Dann nicht mehr.

»Gleich morgen früh rufen wir den Heizungsmenschen an. Hoffentlich arbeitet er im Lockdown. Glaubst du, du hältst es so lange aus, oder ist dir sehr kalt?« Er schluckte, als sie ihm einen Seitenblick zuwarf. »Ich hab nur gemeint …«

»Es geht schon, danke.«

»Schön. Gut«, erwiderte er und stand auf. Er war sich ihrer Nähe in dem engen Gang nur allzu bewusst. »Angeblich soll es heute Nacht Frost geben, und da dachte ich, äh …«

»An warme Pyjamas?«

Flirtete sie mit ihm? Es fühlte sich beinahe so an. Er spürte, wie sein Körper reagierte, vor allem in einer gewissen Region; oder lag das an den Erinnerungen? Er schloss die Verkleidung der Therme und drehte sich zu Julie um.

Unsicher standen sie einander in der eisigen Kälte gegenüber.

»Wie wär's mit einer Tasse Tee?«, schlug sie vor. »Ich setz Wasser auf, einverstanden?«

Dankbar griff Michael nach dem Strohhalm, der Normalität versprach. »Tu das. Ich hol uns unterdessen warme Sachen.«

»Super. Dann, äh, bis gleich in der Küche«, sagte sie.

Das alles hörte sich geradezu unheimlich wie die Verabredung zu einem Date an. Er ging ins Schlafzimmer und kramte in Julies Kleiderschrank, bis er eine weiche weiße Strickjacke gefunden hatte, die sie gern anzog. Die meisten seiner Pullover waren im Gästezimmer, aber ganz hinten in der Schublade lag der marineblaue mit dem Zopfmuster, der ihr immer so an ihm gefallen hatte. Ein wenig befangen streifte er ihn über und ging wieder nach unten.

Julie goss gerade Milch in die zwei bereits gefüllten Teebecher und beugte sich ein wenig über den warmen aufsteigenden Dampf. Beim Anblick der Strickjacke leuchteten ihre Augen auf.

»Perfekt! Danke, Mike.« Sie betrachtete ihn. »Du siehst gut aus.«

»In dem alten Ding?« Er zupfte an seinem Pulli. Tu doch nicht so dumm, wies er sich stumm zurecht. »Danke.«

Sie lächelte ihm flüchtig zu, bevor sie in die Strickjacke schlüpfte. Dankbar nippte Michael an seinem Tee.

»Erinnerst du dich an meine Mum, Mike?«, fragte sie unvermittelt.

Er sah sie verwirrt an.

»An Linda? Natürlich, wie könnte ich sie je vergessen?«

»Warum sagst du das so?«

»Wie denn?« Die Stimmung drohte zu kippen. Schnell versuchte er gegenzusteuern. »Ich habe deine Mutter sehr gemocht. Sie war so lustig.«

»Und sie konnte arbeiten wie keine Zweite. Bis zum Umfallen. Nicht selten hat sie zwei Jobs gleichzeitig gehabt.«

»Das weiß ich.«

»Du hast immer nur ihre fröhliche Seite gesehen.«

»Egal was sie gemacht hat, sie hat immer einhundert Prozent gegeben. Auf der Arbeit war sie bestimmt genauso, bevor sie ... Also, bevor sie ...«

»Ein Fan von Partys und Bars geworden ist.«

»Das war doch okay, Julie.«

»Und den Alkohol entdeckt hat.«

Er schluckte. »Wir trinken alle gern mal was.«

»Ja, aber wir lassen uns nicht dermaßen volllaufen, dass wir es nicht mehr merken, wenn ein Auto auf uns zurast.«

»Natürlich. Das war furchtbar.« Und nach einer kleinen Pause fügte er hinzu: »Alles in Ordnung, Julie?«

»Ja. Ja, alles in Ordnung, danke. Manchmal sind es nur ... zu viele Erinnerungen, weißt du?«

»Möchtest du darüber reden?«

Sie sah ihn an, machte den Mund auf, als wollte sie sein Angebot annehmen, setzte aber stattdessen dann den Teebecher an die Lippen und trank einen Schluck. »Nein, aber danke. Ich bin müde. Ich glaube, ich gehe jetzt besser ins Bett.«

Ihm rutschte das Herz bis in seine dämlichen Hausschuhe. »Julie …«

»Nacht, Michael.«

Die Schultern angespannt unter der weißen Strickjacke und den Teebecher vor sich her tragend wie eine Laterne, verließ sie die Küche.

»Gute Nacht, Julie.« Er hauchte die Worte traurig über seinen eigenen Tee und fragte sich, wie es möglich war, dass er es derart hatte vermasseln können. Wieder einmal.

# Kapitel zwanzig

## August 2016

Michael regt sich im Halbschlaf, wacht auf und sieht Julie vor dem Kleiderschrank stehen und wahllos Sachen herausziehen. Auf dem Fußboden kann er einen Haufen dunkler Kleidungsstücke erkennen. Plötzlich reißt sie etwas heraus und streift es sich mit ungestümen, eckigen Bewegungen über. Eine Bluse. Ihr Neonpink leuchtet sogar im frühmorgendlichen Dämmerlicht. Er unterdrückt ein Stöhnen. Seit Lindas Tod trägt Julie ausschließlich heitere Farben. Sie und Clare hatten auch für die Beerdigung ausdrücklich darum gebeten, und die Trauergäste waren so bunt gekleidet erschienen, dass es aussah, als würden sie sich in der Kirche versammeln, um zu einer Regenbogenparade aufzubrechen. Das passte natürlich zu Lindas Persönlichkeit, dennoch hätte Michael klassisches Schwarz bevorzugt.

»Es fühlt sich für mich einfach nicht richtig an«, hatte er sich leise bei seiner Mutter – in einem fliederfarbenen Kostüm – beklagt.

»Michael«, erwiderte sie und drückte seinen Arm, »heute kommt es nicht darauf an, was *du* fühlst.«

Und natürlich hatte sie recht gehabt. Michael hat sein Bestes getan, um Julie zur Seite zu stehen, aber mittlerweile macht ihm ihre Vorliebe für grelle Klamotten Sorgen. Sie trägt sie wie eine Rüstung zum Schutz vor ihrem Kummer. Bis heute, eine Woche nach Lindas Beerdigung, hat sie sich als undurchdringlich erwiesen. Er zwingt seinen müden Körper dazu aufzustehen.

»Julie, Schatz, es ist noch so früh.«

Er hat keine Ahnung, wie spät es ist, aber da das Licht an den Rändern der Vorhänge noch ganz blass ist, ist es definitiv zu früh zum Aufstehen.

»Ich muss ins Geschäft. Jetzt, wo Clare weg ist, gibt es eine Menge zu tun.«

Weg. Eine eigenartige Wortwahl. Clare ist in einem langen Kleid in dunklem Lila zur Beerdigung erschienen und hat sich hilflos an ihre wie versteinert wirkende Schwester gelehnt und sich die Augen aus dem Kopf geweint. Beim Leichenschmaus haben sich zwei alte Uni-Freundinnen um sie gekümmert und sie in ihren Armen zu ihrem Zufluchtsort in Cornwall getragen. Michael war ein bisschen neidisch, weil Clare sich so willig ihrer Fürsorge unterwarf, während Julie offensichtlich nicht daran dachte, sich von ihm umsorgen und trösten zu lassen.

»Ich könnte dir doch im Laden helfen.«

»Wieso?« Sie sieht ihn stirnrunzelnd an, als wäre er ein Fremder und nicht seit einunddreißig Jahren ihr Ehemann.

»Wieso denn nicht? Früher habe ich dir doch auch geholfen.«

»Aber in letzter Zeit nicht mehr.«

»Na ja, stimmt, aber ich könnte doch wieder damit anfangen. Ich hätte Lust drauf.«

»Und was ist mit deiner Arbeit?«

Am liebsten hätte er sie geschüttelt. »Ich hab dir doch gesagt, dass ich mir freigenommen habe.«

»Ach ja. Wieso eigentlich?«

»Damit ich mich um dich kümmern kann.«

Er denkt schon, dass sie wieder fragen wird, wieso, aber sie beherrscht sich. Mit Müh und Not. Die Sonne steigt über den Horizont; ein Strahl schleicht sich um den Vorhang herum und beleuchtet sie. Ihre Augen sind glasig. Sie sieht zum Fürchten aus. Er weiß, dass sie allein nicht damit fertigwird, aber er hat keine Idee, wie er ihr helfen kann.

»Komm wieder ins Bett.«

»Wieso?«

»Damit wir ein bisschen kuscheln können. Das wird dir guttun.«

Sie wirkt nicht überzeugt, lässt sich aber zum Bett führen. Er nimmt sie in seine Arme, aber statt sich wie früher an ihn zu schmiegen, liegt sie nur stocksteif da. Der synthetische Stoff ihrer Bluse lädt sich statisch auf und klebt an seiner nackten Haut. Er würde ihr die Bluse am liebsten vom Leib reißen, aber er zwingt sich, ruhig dazuliegen und ihr übers Haar zu streichen, in der Hoffnung, dass sie sich entspannt. Was sie aber nicht tut.

»Kann ich jetzt wieder aufstehen?«, fragt sie nach einer Weile.

»Gleich, mein Schatz. Lass uns doch ein bisschen … reden.«

»Worüber?«

»Vielleicht über … deine Mutter?«

»Wieso? Sie ist tot. Was bringt es, jetzt noch über sie zu reden?«

»Na schön. Dann eben über dich, darüber, wie du … dich fühlst. Wie du damit zurechtkommst.«

»Wie ich damit zurechtkomme?« Sie sieht ihn zornig an. »Ich glaube, ich komme ganz gut damit zurecht, vielen Dank auch. Es war eine schöne Beerdigung, oder etwa nicht? Alle haben das gesagt. Es sind viele Leute da gewesen, die Grabrede vom Vikar war nett, und mein Gedicht hat den Leuten auch gefallen. Haben sie wenigstens behauptet. Beim Leichenschmaus gab es genug zu essen, und das Bier soll süffig gewesen sein, wenn es stimmt, was ich gehört habe.«

»Julie …«

»War es das? Das Bier?«

»Es war ausgezeichnet«, bestätigt er brav, »aber darum geht es doch gar nicht. Du solltest …«

»Ich mache jetzt weiter. Mum hätte es so gewollt. Das war ihr Lebensmotto. Wenn du hinfällst, stehst du auf, klopfst dir den Staub von der Hose und machst einfach weiter.«

»Das ist wirklich eine vorbildliche Einstellung, aber es ist auch völlig in Ordnung, wenn du dir erst einmal ein bisschen Zeit für dich selbst nimmst. So wie Clare.«

»Willst du, dass ich jeden Morgen den Sonnengruß mache, meine Ernährung umstelle und anfange, Mungobohnen zu essen? Glaubst du, dann wird es besser?«

»Nein. Aber du könntest daheimbleiben, dich ausruhen und dich von mir verwöhnen lassen.«

Sie stößt einen tiefen Seufzer aus und dreht sich für einen Augenblick zu ihm. Doch dann sagt sie: »Ausruhen ist nichts für mich, Michael«, steht wieder auf und greift nach einem Rock, dessen Rot sich mit dem Pink der Bluse beißt.

Michael beobachtet sie und fühlt sich nutzlos. Sein eigener Kummer nach dem Tod seines Vaters äußerte sich ganz anders. Da er zwei Wochen vor ihrer Hochzeit an dem Herzinfarkt starb, hatte er tatsächlich weitermachen müssen, so wie Julie jetzt. Aber auf jeden glücklichen Moment folgte ein trauriger. Eine schier unendliche Achterbahnfahrt der Gefühle – er lächelte, weinte, und dann fing alles wieder von vorn an. Julie dagegen wirkt wie betäubt.

Er weiß noch, wie er am Hochzeitstag in seinem alten Bett in seinem Elternhaus aufwachte und ihm langsam bewusst wurde, was an dem vor ihm liegenden Tag Wunderbares passieren würde. Und wie ihn dann schlagartig die schmerzliche Erkenntnis traf, dass seine Mutter ganz allein im Zimmer nebenan lag und sicherlich in das Kopfkissen seines Vaters weinte. Er ging hinüber und legte sich zu ihr aufs Bett, so wie er es als kleiner Junge oft getan hatte. Nur dass er sich diesmal nicht zwischen seine Eltern quetschte, sondern seine Mutter in die Arme nahm. Sie hatte sich – im Gegensatz zu Julie heute – wenigstens von ihm trösten lassen.

Er springt auf und folgt seiner Frau wie ein Schatten in die Küche.

»Ich mach dir was zu essen, okay?«, sagt er.

Sie setzt sich gehorsam an den Tisch, und er rührt hastig ein paar Eier zusammen, damit es ihr zumindest körperlich an nichts fehlt. Wie er sie so dasitzen sieht, die Hände im Schoß gefaltet, die normal schon helle Haut noch blasser gegen die knallig pinkfarbene Bluse, muss er daran denken, wie sie am Tag der Trauung die Kirche betrat. Er war nicht nervös, nur traurig, da Betty allein direkt hinter ihm saß. Bis zu dem Augenblick, als er das Rascheln von Stoff hörte und wusste, dass Julie da war. Ein unglaubliches Glücksgefühl durchströmte ihn. Er wusste nicht, ob sie sich für traditionelles Weiß, rebellisches Schwarz oder ein Pünktchenmuster entschieden hatte. Julie war alles zuzutrauen, und das liebte er so an ihr. Schließlich erblickte er sie in einem klassischen elfenbeinfarbenen Kleid, dessen Rock so weit ausgestellt war, dass er die Kirchenbänke auf beiden Seiten streifte und Linda fast darüber gestolpert wäre, als sie Julie stolz ihren Arm bot. Mutter und Tochter sahen sich an, lächelten und schritten zum Traualtar. Erst da bemerkte er sie – die knallroten Schuhe, ein kleines Zeichen der Rebellion.

Julie hat immer schon eine Schwäche für Farben gehabt, aber jetzt scheint sie mehr Farbe als sie selbst zu sein, und das blendet ihn.

»Ich werde mitkommen und dir im Laden helfen«, sagt er mit Bestimmtheit.

Sie schaut ihn an, als wollte sie widersprechen, hat aber offenbar nicht die Kraft dafür.

»Meinetwegen.«

Erst als er auf dem kleinen Parkplatz hinter dem Gebäude hält, wird ihm bewusst, wie lange er nicht mehr hier war. Nach ihrer gemeinsam getroffenen Entscheidung, dass er sich auf die Beförderung konzentrieren soll, hat er sich so in seine Arbeit gestürzt, dass er für ihre kaum noch Interesse gezeigt hat. Der Laden läuft, so viel weiß er. Vor einiger Zeit hat sie sogar etwas von vergrößern gesagt, wie ihm jetzt einfällt. Er folgt ihr zur Vorderseite und sieht, dass das Café nebenan, einst ein lebhaftes kleines Lokal mit Stühlen in ausgeflippten Farben und Gänseblümchen auf den Tischen, leer ist.

»Was ist denn mit dem Café passiert?«

Sie bleibt abrupt stehen und starrt durch das schmutzige Fenster. »Geschlossen. Schon vor einer ganzen Weile.«

Er tritt einen Schritt zurück und überlegt. »Das wär doch die Gelegenheit für dich, Julie. Du könntest den Laden erweitern.«

Ihr Blick schwenkt vom Café zu ihm. Ihre Augen wirken glasiger denn je, und obwohl sie ihn anguckt, scheint sie direkt durch ihn hindurchzusehen. »Hm, ja, eine tolle Idee.«

Die Schärfe in ihrer Stimme gefällt ihm nicht. »Julie, bitte.« Er greift nach ihren Händen. »Hab ich etwas falsch gemacht?«

»Nein.« Sie macht sich los und steckt klirrend den Schlüssel ins Schloss.

Er kriegt sie nicht mehr dazu, ihn anzuschauen.

Er folgt ihr in den Laden, ein Schatten – gestaltlos, nutzlos. Ein kräftiger Geruch schlägt ihm entgegen, eine

Mischung aus süßlichem Blütenduft, dem moschusartigen des Bindegrüns und des herberen des Zellophans und der Bänder und Schleifen, die sie benutzt, wenn sie für die Romantiker dieser Welt Sträuße bindet. Er sollte ihr Blumen schenken, denkt er. Natürlich scheint das so überflüssig, aber das ist es nicht. Wenn sie Blumen liebt, soll sie Blumen bekommen.

Er muss wieder an ihre Hochzeit denken, an Julies wunderschönen Brautstrauß, natürlich in Rot, passend zu ihren Schuhen, aber auch in Orange und Gelb und allen vorstellbaren Grüntönen. Beim Essen lag der Strauß auf ihrem Tisch, und er weiß noch, wie er ihn zufällig berührt hat, als er Julie für den Hochzeitstanz auf die Tanzfläche führte. Der Duft, der daraufhin aufstieg, war so betörend, dass ihm regelrecht schwindlig wurde. Doch als er Julie zu den Klängen des Beatles-Songs *All You Need is Love* in seinen Armen hielt, rückte der überladen dekorierte Raum wie weichgezeichnet in den Hintergrund.

»Ich liebe dich«, flüsterte er.

»Ich liebe dich auch«, erwiderte sie, lauter als er. »Und ich werde dich immer, immer lieben.«

Sie schlang ihm die Arme um den Hals und zog ihn näher zu sich, und er konnte sein Glück kaum fassen. Dann erklang der Refrain. Julie löste sich von ihm und winkte alle auf die Tanzfläche. Nur seine Mutter stand kurz darauf noch allein am Rand, ein Anblick, der ihm das Herz zerriss. Aber es war Julie, die zu ihr ging, sie an den Händen fasste und mit ihr tanzte. Eine ganz einfache, vollkommen natürliche Geste seiner frisch angetrauten

Ehefrau, die sein Herz so anschwellen ließ, dass es fast platzte. Den Riss in seinem Herzen vermochte sie zwar nicht zu schließen, aber irgendwann setzte der Heilungsprozess ein. Jetzt würde er gern etwas Ähnliches für sie tun. Warum lässt sie es nicht zu?

»Was kann ich tun?«, fragt er und sieht sich um.

»Ich weiß nicht«, antwortet sie, den Blick in die Ferne gerichtet. »Ich weiß nicht, ob du überhaupt irgendetwas tun kannst.«

# Kapitel einundzwanzig

## Sechzehnter Tag

»Tee!«

Michael schlüpfte ins Zimmer und hielt ihr den Teebecher hin wie einem hungrigen Tier einen Knochen. Julie setzte sich hastig auf und nahm ihn lächelnd entgegen. Sie hatte nicht gut geschlafen. Sein Gesichtsausdruck, als sie ihm am vergangenen Abend die kalte Schulter gezeigt hatte, war ihr nachgegangen, und sie war froh, dass er trotzdem an ihrer neuen Morgenroutine festhielt.

»Danke, Mike. Und sorry, dass ich, äh, dich gestern einfach hab stehen lassen.«

»Schon gut.«

Sie nippte an ihrem Tee. »Perfekt.«

»Schön stark, nicht?«

»Genau.«

Sie lächelte scheu. Sie hatte nie verstanden, warum manche Leute dünnen Tee tranken – wenn man etwas tat, sollte man es richtig tun. Sie wusste noch, wie sie sich gefreut hatte, als sie Michael ein paar Wochen nach ihrem Interrail-Abenteuer zu sich nach Hause eingeladen hatte und feststellte, dass er seinen Tee »gut durch« trank.

Sie war schrecklich nervös gewesen. Drei Nächte hatte sie in Budapest mit ihm verbracht, drei herrliche Nächte und zwei traumhafte Tage, dann hatte Susie angefangen zu schmollen, weil sie die ganze Zeit allein war. Auf ihrer Hochzeit zwei Jahre später hatte ihre beste Freundin eine witzige Rede darüber gehalten, wie sie beinahe eine große Liebe sabotiert hätte. In Wirklichkeit hatten die beiden schon nach der ersten gemeinsamen Nacht, als sie ineinander verschlungen aufgewacht waren, ihre Telefonnummern ausgetauscht – damals noch Festnetznummern. Bei aller Unsicherheit, ob es fern der exotischen Kulisse von Budapest auch so perfekt sein würde, hätte nichts sie davon abhalten können, ihn zu sich einzuladen. Und nichts hätte ihn davon abhalten können, sie zu besuchen, gestand er, kaum dass sie ihn hereingelassen hatte. Und dann die Sache mit dem Tee!

»Da haben sich die Richtigen gefunden!«, hatte sie ausgerufen und mit ihrem Becher, in dem der Tee genauso dunkel war wie in seinem, gegen seinen gestoßen. Er verzog seine Lippen zu einem Lächeln und umarmte sie. Der Tee war kalt geworden.

Julie rutschte unter der Bettdecke hin und her, weil ihr plötzlich heiß war.

»Sollen wir den Zitronenbaiserkuchen heute zusammen backen?«, fragte sie.

»Gute Idee«, stimmte er zu, runzelte dann aber die Stirn. »Da fällt mir ein, ich muss arbeiten. Ich hab eine Videokonferenz um acht.«

»So früh schon?«

Er zuckte mit den Schultern. »Die anderen sitzen in China. Die haben fast schon Feierabend. Aber ich werde es so kurz wie möglich machen.«

»Keine Hektik.«

»Okay. Danke.«

Er ging hinaus, und Julie hörte ihn den Flur hinunterstapfen. Wenig später drang seine tiefe Stimme gedämpft durch die Tür von Brionys Zimmer, als jemand von irgendeiner internationalen Firma ihn um seine Expertenmeinung bat. In den letzten fünf Jahren war so viel geschehen, dass sie gar nicht richtig mitbekommen hatte, wie einflussreich er geworden war. Ob die Französin auch wieder an dem Meeting teilnahm? Eine weitere Hitzewelle schwappte über sie hinweg, und sie kickte die Decke weg und sprang auf, um die Vorhänge zurückzuziehen.

Sie wurde von einem weiteren herrlichen Tag begrüßt. Vielleicht würde sie ihren täglichen Spaziergang heute ein Stück verlängern und bis zu dem Wald gehen, wo die Glockenblumen in Hülle und Fülle blühten. Es war wunderschön dort, und wenn sie in die Richtung ging, traf sie fast immer jemanden. Natürlich hielten sie Abstand, machten einen Bogen umeinander, dennoch war es nett, jemandem zuzulächeln oder über einen Bach hinweg ein paar Worte zu wechseln und so daran erinnert zu werden, dass es da draußen noch andere Menschen gab. Himmel, war das frisch! Das war ihr gar nicht aufgefallen, solange die Heizung funktioniert hatte. Eilig streifte sie sich ihren wärmsten Pullover über und ging dann in die Küche.

Die Zutaten für den Kuchen standen alle noch da. Sie kratzte ein bisschen getrockneten Eischnee von der Wand und dachte peinlich berührt daran, wie Michael sie gerettet hatte. Zurzeit war er so freundlich zu ihr. Sein Verhalten irritierte sie. So als ob der Tee, den man trinken wollte, sich als Kaffee entpuppte. Aber es war auch schön. Sie beschloss, mit dem Backen anzufangen; bis der Kuchen fertig war, wäre vielleicht auch seine Videokonferenz zu Ende, und dann könnte er mit ihr zu Sophie fahren. Sie knetete den Teig für den Boden, rührte neuen Eischnee, gab Zitrone und Zucker dazu, und dann konnte sie ihn auch schon wellenförmig auf dem Teig verteilen und das Ganze in den Ofen stellen. Sophie war bestimmt schon wach und schnitt Kohlrabi oder melkte den Hafer oder was auch immer sie und Leo frühstückten. Sie rief sie an.

»Morgen, Mum.« Ihre Tochter hörte sich erstaunlich verschlafen an.

»Hab ich dich geweckt?«

»Nein, nein!« Julie war sich sicher, dass das Ja heißen sollte, und musste grinsen. »Ich hab nur grad, äh, Yoga gemacht.«

»Verstehe. Ich halte dich auch nicht lange auf. Ich wollte dir nur sagen, dass ich ein Geschenk für dich habe.«

»Ein Geschenk?«

»Genau. Es wird dir gefallen.«

»Das hoffe ich, wenn es ein Geschenk ist. Was ist es denn?«

Julie war schon immer viel zu ungeduldig gewesen, um ein Geheimnis für sich zu behalten. Nichts über Geburtstags- oder Weihnachtsgeschenke zu verraten brachte sie schier um. Wie oft schon hatte sie nur noch Tage vor dem großen Ereignis einfach nicht die Klappe halten können.

»Ein Zitronenbaiserkuchen.«

»Wow!« Sophie gab ein merkwürdiges Geräusch von sich, das wie ein Schluchzen klang.

»Soph? Alles in Ordnung?«

»Ich liebe Zitronenbaiserkuchen!«

»Das weiß ich. Deshalb backe ich dir ja auch einen.«

»Das ist schrecklich lieb von dir, Mum.« Sie hörte sich an, als wäre sie den Tränen nahe.

Julie starrte halb verwirrt, halb besorgt auf das Telefon. »Ja, und da dachte ich, ich bringe ihn dir nachher vorbei. Ich stelle ihn einfach in die Einfahrt, dann kannst du ihn holen. Oder wir könnten bei der Gelegenheit ein wenig miteinander reden. Mit zwei Meter Abstand natürlich. Oder sogar zehn. Ich würde mich freuen, dich mal wieder in echt zu sehen.«

»Geht mir genauso, Mum. Wirklich.«

»Wunderbar! Also, sobald der Kuchen fertig und abgekühlt ist, mache ich mich …«

»Aber es geht nicht.«

»Was?«

»Der Kuchen ist nicht lebensnotwendig, oder?«

Julie schaute den Backofen an. »Na ja, das vielleicht nicht, aber sehr, sehr lecker.«

Sophie stöhnte leise auf. »Das weiß ich, Mum. Aber was ist mit der Platte, auf der du ihn transportierst?«

»Der Platte?«

»An ihr könnten Viren haften.«

Julie ließ sich auf einen Stuhl fallen, einen, der von der Sonne beschienen wurde, um sich ein bisschen aufzuwärmen.

»Sophie, Schätzchen, dein Dad und ich sind jetzt seit über zwei Wochen allein daheim, und keiner von uns ist krank. Ich bin sicher, es ist völlig ungefährlich, dir einen Kuchen vorbeizubringen.«

»Schon, aber ... Es ist wegen Leo, weißt du. Sein Asthma.«

Julie zog die Stirn in Falten. »Sophie, ist alles in Ordnung?«

»Ja, alles bestens, ich will bloß kein Risiko eingehen. Der Zitronenbaiserkuchen ist bestimmt ganz toll geworden. Schick mir doch ein Foto, Mum, okay?«

Die Anspannung in ihrer Stimme gefiel Julie gar nicht. Sie kannte ihre Tochter. »Sophie, du hast doch was. Ich kann's dir anhören.«

»Nein, es ist alles in Ordnung, Mum, wirklich. Ich würde deinen tollen Kuchen so gern probieren, aber bis dahin müssen wir eben noch ein bisschen Geduld haben.«

»Nach allem, was man so hört, könnte der Lockdown noch Wochen dauern – oder sogar Monate.« Julies Stimme zitterte.

Sie hatte Sophie mit dem Kuchen eine Freude machen wollen, aber jetzt wurde ihr bewusst, wie glücklich sie selbst dieses Geschenk gemacht hätte. Hinter ihr klingelte der Backofenwecker.

»Ist er das?«, fragte Sophie. »Der Kuchen?«

»Ja. Warte, ich stelle auf Videoanruf um, dann kannst du ihn wenigstens sehen.«

»Mum, das wäre die reinste Folter! Das ...«

Aber Julie war nicht aufzuhalten. Sie stützte das Handy

seitlich auf den Tisch, während sie den Kuchen aus dem Ofen nahm und ihn vor ihre virtuelle Tochter stellte.

»Mum!« Der Ausruf war halb Stöhnen, halb Seufzen. »Der sieht echt fantastisch aus.«

»Nicht wahr?«, pflichtete Julie ihr selbstzufrieden bei. »Hör mal, Soph, ich habe eine Idee. Ich verwende einfach einen Pappteller, und du kannst ihn dann mit einem Tortenheber oder so was herunterschieben und …«

»Nein! Du kannst nicht herkommen, Mum.«

»Aber wieso denn nicht? Was ist los, Sophie? Fühlst du dich irgendwie krank?« Sie betrachtete ihre Tochter prüfend. Sophie wirkte aufgeregt.

»Nein, Mum.« Ein rascher Seitenblick, wie um sich zu vergewissern, ob ihr Mann in der Nähe war, dann riss sie sich sichtlich zusammen. »Bitte komm nicht her. Bitte.«

»Sophie, ist wirklich alles in Ordnung? Hast du … Angst?«

»Nein! Mum, wirklich nicht! Es ist nichts, Ehrenwort! Ach herrje, jetzt muss ich gleich weinen.«

»Weinen?« Julie zuckte zusammen. Ihre Älteste weinte nie.

»Ich muss jetzt Schluss machen, Mum. Der Kuchen sieht toll aus. Denk an mich beim Essen, ja?«

»Sophie …«

»Bitte, Mum.«

»Okay.« Resigniert hob Julie die Hände. »Kann ich dich wieder anrufen? In den nächsten Tagen?«

»Klar.« Sophie wischte sich eine Träne aus dem Augenwinkel und lächelte dünn. »Und entschuldige. Das liegt bloß an dieser blöden Virusgeschichte. Komische Zeiten. Aber wir telefonieren bald wieder, sehr bald, okay? Tschüs, Mum. Hab dich lieb.«

Und weg war sie. Der Kuchen stand vor dem jetzt dunklen Handydisplay. Was zum Teufel war da los? Nicht nur, dass Sophie nie weinte, sie war auch nicht der Typ, der eben mal sagte: »Hab dich lieb.« Seine Tochter so zu sehen, würde jeden aus der Fassung bringen – und jemanden, der vorher schon ziemlich angeschlagen gewesen war, erst recht.

Sie warf einen Blick an die Decke. Michaels Stimme war von oben zu hören, wenn auch nur ganz schwach. Plötzlich verspürte sie das Bedürfnis, mit ihm zu reden. Vielleicht hatte er ja in den letzten Tagen Kontakt zu Sophie gehabt und wusste mehr. Sie war immerhin auch seine Tochter. Sie beschloss, ihm ein Stück Kuchen zu bringen. Er würde sich bestimmt darüber freuen.

Sie brühte Kaffee auf, während der Kuchen abkühlte, und kramte sogar die alte Kaffeekanne hervor, die sie früher so gern benutzt hatten und die heute meist im Schrank stand. Zehn Minuten später trug sie einen Becher Kaffee und ein großes Stück Kuchen, dessen weicher Belag wackelte, nach oben und klopfte höflich an.

»Komm rein.«

Sie streckte den Kopf ins Zimmer. Michael saß in dem hübschen Zopfmusterpullover, der seine Augenfarbe so gut zur Geltung brachte, am Schreibtisch.

»Ich hab gedacht, du hättest vielleicht gern ein Stück. Frisch aus dem Ofen«, sagte sie, trat ins Zimmer und stellte den Kuchenteller schwungvoll vor ihn hin.

»Wow, das sieht ja toll aus!« Er lehnte sich zurück. »Und Kaffee! Danke.« Er griff nach der Kuchengabel, teilte ein großes Stück ab und schob es sich in den Mund. »Mhm, köstlich.«

»Danke.«

Sie stand da, und er schaute zu ihr auf. »Alles okay?«

Sie ging zum Bett, setzte sich auf die Kante. »Ja. Ja, alles in Ordnung. Mike, hast du in letzter Zeit was von Sophie gehört?«

»Sophie? Gelegentlich mal eine Nachricht – nur das Übliche.«

»Das Übliche?«

»Na ja, sie schickt mir immer diese Links zu irgendwelchen Seiten mit Artikeln, die mir erklären wollen, wie ich mein Leben effektiver gestalten kann.«

Julie lächelte angespannt. »Die kriege ich auch. Hast du auch den Artikel bekommen, der davon handelt, warum die vegetarische Lebensweise die einzige ist, den Planten zu retten?«

Er schüttelte den Kopf. »Sie hat den Versuch aufgegeben, mich zum Vegetarier zu bekehren. Ich krieg eher solche über erneuerbare Energien und in letzter Zeit auch darüber, was passieren kann, wenn der Cholesterinwert zu hoch ist – eben lauter Zeug für alte Männer.«

»Verstehe.« Er machte ein so säuerliches Gesicht, dass Julie fast gelacht hätte. Dann fiel ihr Sophies merkwürdiges Verhalten wieder ein. »Und sonst ist dir nichts aufgefallen?«

»Nein. Heute Morgen hat sie mir was über den Anstieg des Meeresspiegels geschickt, glaub ich. Wieso fragst du?«

»Ich hab sie vorhin angerufen und ihr angeboten, ihr den Kuchen vorbeizubringen, aber sie will partout nicht, dass ich komme. Und sie hat geweint, Michael.«

»Geweint? Sophie? Bist du sicher?«

Sie war dankbar für seine Reaktion. Nur Michael kannte Sophie außer ihr gut genug, um zu verstehen, was das bedeutete.

»Hundertprozentig sicher. Ich hab gesehen, wie sie sich eine Träne weggewischt hat.«

»Ist sie krank?«

»Keine Ahnung! Sie wollte nicht mit der Sprache rausrücken. Und jetzt weiß ich nicht, was ich machen soll.«

Sie kämpfte gegen ihre eigenen aufsteigenden Tränen an, aber eine schaffte es doch, auf ihre Jeans zu tropfen und in dem Stoff zu versickern. Sie rieb an dem feuchten Fleck. Warum konnte das nicht aufhören? Eine weitere Träne kullerte ihr über die Wange und tropfte auf ihr Bein.

»O Jules!« Michael setzte sich zu ihr und griff nach ihrer Hand. »Es geht ihr gut. Ganz bestimmt. Sie ist doch stark wie ein Bär, unsere Sophie.«

*Unsere* Sophie. Sie wurde von einem tröstenden Gefühl eingehüllt. Es legte sich so fest um sie wie Michaels Hand, die sich um ihre geschlossen hatte. Dankbar lehnte sie sich an ihn. »Versprichst du mir das?«

»Ich verspreche es.« Das konnte er natürlich nicht. Aber sie musste ihm glauben, sonst würde sie so lange schreiend durch den Garten rennen, bis sie einen Weg ins Gras getrampelt hätte. »Kuchen?«, fragte er, und sie lachte kurz auf und nickte.

Er hielt ihr die Kuchengabel vor den Mund, und sie öffnete ihn wie ein Baby, wie die kleine Sophie auf ihrem Hochstuhl, wenn sie sie gefüttert hatten. Der Geschmack explodierte auf ihrer Zunge, erst süß, dann säuerlich und schließlich, als cremiges Finale, der wunderbar buttrige Teig. Himmel, das klang wie ein bescheuerter Kommentar aus *MasterChef*. Aber im Augenblick empfand sie es als Erleichterung, sich auf die einzelnen Geschmackskomponenten konzentrieren zu können. Sie schluckte.

»Nicht übel, wenn ich das sagen darf.«

»Der Kuchen ist ein Gedicht! Sophie würde ihn mit Begeisterung verschlingen.«

Julie starrte die Reste auf dem Teller an. »Vielleicht fahr ich trotzdem zu ihr.«

»Warum?«

»Um sie zu sehen. Richtig zu sehen, meine ich.«

»Das wird sie nicht wollen, das weißt du.«

»Sie wird mich verdammt noch mal nicht davon abhalten! Ich bin ihre Mutter!«

Michael sah sie so lange an, dass ihr unbehaglich wurde. »Was?«

»Du bist eine großartige Mutter, Julie. Du liebst so … grenzenlos.« Er machte eine kleine Pause. »Wie Linda.«

Julie versteinerte. »Was willst du damit sagen?«

»So wie du Sophie – und natürlich auch Briony und Adam – liebst, so hat Linda dich geliebt.«

»Da bin ich mir nicht so sicher, Mike. Eigentlich haben wir uns die ganze Zeit gestritten.«

Er nickte langsam. »Euer Verhältnis war nicht immer das beste, aber sie hat dich immer geliebt. Immer.«

Julie ließ sich nach hinten fallen und schaute an die Decke. War es so gewesen? Hatte er recht? Jede Erinnerung an ihre Mutter bestand aus einer süßen und einer bitteren Komponente. Möglicherweise hatte sie sich die ganze Zeit zu sehr auf die bittere konzentriert.

# Kapitel zweiundzwanzig

## Juli 1999

»Bist du dir sicher, dass wir das können, Julie?«

Als sie Michaels besorgte Miene sieht, fängt sie an zu lachen.

»Sicher bin ich mir sicher. Die Einheimischen machen es doch auch.«

»Ja, aber die wissen auch, wie's geht.«

Julie lacht wieder und betrachtet ihre junge Familie auf den Felsen. Alle haben einen Plastikeimer dabei. »Wir auch. Jetzt komm, wir haben doch schon oft Muscheln gekocht und dann gegessen.«

»Gekaufte. Aus einem Laden.«

»Und woher, glaubst du, stammen die?« Mit einer weit ausholenden Geste umfasst sie die bretonischen Felsen, die über und über mit den dunklen Mollusken bedeckt sind.

Michael lächelt. »Du hast recht.«

»Natürlich hab ich recht.« Sie stellt sich auf die Zehenspitzen und küsst ihn. »Kommt, Kinder, los geht's! Wer die meisten Muscheln sammelt, kriegt ein Eis! Und wer die größte, dickste und saftigste findet, kriegt auch eins!«

»Und wer die mit der schönsten Schale findet, auch«, sagt Michael schnell, als die Mädchen davonflitzen.

Julie sieht zu ihm auf. »Drei Eis – clever.«

»Reiner Selbsterhaltungstrieb. Und meine Chancen, eins zu gewinnen, steigen auch.« Er zwinkert ihr zu, hebt den kleinen Adam schwungvoll hoch, setzt ihn sich auf die Hüfte und folgt den Mädchen.

Julie lässt sich Zeit, genießt die Szenerie. Seit einer Woche zelten sie in der Bretagne, und schon jetzt hat sie das Gefühl, für immer hierbleiben zu können. Das Wetter war im Großen und Ganzen gut und die Kinder mit wenigen Ausnahmen brav. Die Tage ziehen dahin und dehnen sich auf angenehme Weise. Sie schaut zu, wie die neunjährige, langbeinige Sophie auf der Suche nach dem besten Sammelplatz über die Felsen springt; für sie ist der beste Platz immer einer fern vom Rest der Familie. Briony hat es schon aufgegeben, ihrer drei Jahre älteren Schwester folgen zu wollen, und pflückt methodisch Muscheln vom nächstbesten Felsen. Sie wird garantiert das Eis für »die meisten Muscheln« gewinnen. Adam ist mit seinen achtzehn Monaten zwar ein bisschen jung für die Aufgabe, wollte aber unbedingt sein eigenes Eimerchen haben. Michael hält ihn fest, während er mit seinen Patschhändchen an den Schalentieren zupft und zieht. Die Sonne steht im Zenit, und Julie freut sich über ihre Idee, ihr Mittagessen selbst zu ernten.

Sie wirft einen Blick zurück zum Strand, wo sie ihre Sachen zurückgelassen haben. Das reinste Chaos. Michael breitet ihre Handtücher jedes Mal ordentlich aus, eins neben dem anderen, nachdem er den Sonnenschirm aufgespannt und die Kühlbox und die Tasche mit dem Spielzeug daruntergestellt hat. Ihr Lager sieht perfekt aus –

ungefähr eine Minute lang. Dann fangen die Kinder an, sich zu zanken, reißen sich gegenseitig ihre Handtücher weg, verstreuen die Spielsachen im weiten Umkreis und kramen in der Kühlbox nach etwas Essbarem, obwohl sie praktisch erst Minuten vor ihrem Aufbruch zum Strand gefrühstückt haben. Michael ist immer geduldig, sammelt alles wieder ein und rettet sein eigenes Handtuch vor der Meute, aber Julie vermutet, dass er sich manchmal nach der Ruhe ihrer Strandausflüge sehnt, als sie noch kinderlos waren.

»Wenn sie nicht mehr da sind, wirst du sie vermissen«, hat sie erst heute Morgen zu ihm gesagt, als sie ihre sorgfältig ausgebreiteten Handtücher mit einem Stöhnen wieder glatt strichen.

»Von wegen!«, erwiderte er mit vor Sand knirschenden Zähnen. Aber jetzt ist er unübersehbar glücklich. Er hilft Adam, Muscheln in seinen Eimer mit »Thomas die Lokomotive«-Motiv zu legen. Und später wird er voller Begeisterung ein Feuer machen, damit sie die Muscheln garen können. Julie hat alles eingepackt: einen Topf, bereits gehackte Zwiebeln, Weißwein, Sahne. Es wird ein Festessen werden.

»Komm schon, du Schlafmütze!«, ruft Michael in ihre Gedanken hinein.

Da setzt sie sich in Bewegung und läuft eilig ihrer Familie nach.

»Ich hab die meisten! Ich hab die meisten! Mein Eimer ist voll bis oben hin!« Briony hüpft auf und ab und schwenkt ihren Eimer mit lila Glitzer so wild unter Julies und Michaels Nasen, dass gleich etliche Muscheln herausfallen werden. Julie hält ihn mit einer Hand fest.

»Du hast wirklich eine Menge, Bri.«

»Das sieht nur so aus, weil ihr Eimer so viel kleiner ist als meiner«, schmollt Sophie empört.

Julie mustert Sophies Eimer. Er ist höchstens einen Zentimeter höher als der von Briony, aber nicht einmal halb voll. »Du hast ja richtig große Muscheln gesammelt, Sophie«, lobt sie. »Da hast du aber genau hingeguckt.«

»Klar. Man kann doch keine Babymuscheln sammeln. Das wär nicht fair. Sie müssen doch erst ein bisschen was von ihrem Leben gehabt haben, bevor wir sie grapschen und essen.«

Julie sieht zu den Felsen und denkt darüber nach. »Was für eine Art Leben denn, was meinst du, Soph?«

»Woher soll ich das wissen? Ich bin doch keine Muschel.«

»Der Punkt geht an dich.«

»Aber auf den Felsen gefällt es ihnen bestimmt besser, als lebendig gekocht zu werden.« Sie schaut den Topf über Michaels Feuer an und zieht die Stirn kraus. »Ist das nicht grausam?«

»Überhaupt nicht«, sagt Michael schnell. »Bevor wir weggefahren sind, hab ich in einem wissenschaftlichen Artikel gelesen, dass Muscheln keine Nervenenden haben und deshalb keinen Schmerz empfinden.«

Sophie sieht ihn zweifelnd an.

»Sonst würden sie ja auch schreien«, mischt sich Briony ein.

»Sie können gar nicht schreien, weil sie keinen Mund haben, du Doofi!«

»Und keine Neffen.«

»Nerven.«

»Sag ich doch. Und außerdem haben wir sonst nichts zu essen. Wenn du die Muscheln nicht magst, musst du eben vor Hunger sterben.«

Sophies Unterlippe zittert. »Du bist so gemein, Briony. Hast du denn gar kein Mitleid mit diesen armen Geschöpfen?«

»Mit den Muscheln? Nein. Warum sollte ich?«

»Weil sie nicht auf sich selbst aufpassen können.«

»Pah! Wenn sie nicht …«

Jetzt greift Julie ein. »Sie müssen nicht leiden, Soph, aber wenn du keine essen willst, ist das auch in Ordnung. Es ist ganz leckeres frisches Brot da.«

»Und danach gibt's ein Eis«, ergänzt Michael. »Du hast nämlich definitiv die größte Muschel gefunden. Schau mal.«

Er zieht eine aus ihrem Eimer, und Sophie strahlt. Der Ruhm des Sieges lässt sie die Sache mit der Grausamkeit schnell vergessen.

»Und ich krieg eins, weil ich die meisten habe«, sagt Briony.

»So ist es. Aber seht mal, was für eine Muschel Adam gefunden hat. Ist sie nicht schön? Wie sie schimmert und was für eine hübsche Zeichnung sie hat.« Michael hält eine halbe Muschelschale hoch und ein wenig schräg, sodass die perlmuttartige Innenseite glänzt.

»Die ist aber wirklich hübsch«, sagt Briony anerkennend.

Sophie verdreht die Augen. »Die sehen innen alle so aus«, belehrt sie ihre Schwester. Doch dann erbarmt sie sich, geht vor ihrem kleinen Bruder in die Hocke und meint: »Aber die ist echt besonders schön. Gut gemacht, Ads. Du kriegst auch ein Eis.«

»Jaaa!«

Vor Freude wackelt Adam auf seinen kurzen Beinchen um ihr chaotisches Lager. Sophie läuft ihm nach, Briony wiederum ihr, und Julie lässt sich neben Michael fallen.

»Wir brauchen bestimmt nicht die ganze Flasche Wein für die Muscheln, oder?«, fragt sie, während ihre drei Kinder quietschend und kichernd im Kreis um sie herumrennen.

»Ganz sicher nicht«, erwidert Michael, lehnt sich zurück und zieht zwei grellbunte Plastikbecher aus der Kühlbox. »Ein elegantes Glas für Sie, Mylady?«

»Du verwöhnst mich aber!«

Sie schenkt ihnen ein, und sie stoßen miteinander an, als sich die ersten Muscheln verführerisch im Topf öffnen.

»Du hast wirklich recht gehabt. Wir wissen auch, wie das geht«, sagt er und legt seinen Arm um sie.

»Natürlich!«

Er lacht und küsst sie, damit sie den Mund hält.

»Essen ist fertig, Kinder! Schnappt euch einen Teller.«

Sie haben schon die zweite Ladung Muscheln gekocht, als eine Stimme ruft: »Huhu!«

Julie dreht sich um und sieht ihre Mutter über den Strand auf sie zukommen. Sie trägt einen eleganten Badeanzug im Stil der Fünfzigerjahre, hat eine große Tasche dabei und schwankt ein wenig. »Oh-oh«, murmelt sie. »Da kommt Ärger auf uns zu.«

Michael blickt vielsagend auf den Becher Wein in ihrer Hand.

Julie seufzt und winkt. »Hi, Mum! Du kommst genau richtig, es gibt frische Muscheln.«

»Muscheln?« Linda starrt entsetzt auf den Topf. »Großer Gott, Julie, was hast du dir nur dabei gedacht? Willst du die Kinder vergiften?«

Sophie lässt ihre Muschel auf ihren Teller fallen. »Gift?«, quiekt sie.

»Unsinn, Mum«, sagt Julie. »Hier machen das doch alle so.«

»Ja, aber das sind Franzosen.«

Julie spürt, wie sie wütend wird. Sie liebt ihre Mutter wirklich, und bis jetzt hat Linda sich ganz fabelhaft verhalten – hat sich mit den Kindern beschäftigt, sich am Abwasch beteiligt und sich regelmäßig zurückgezogen, damit alle ein wenig Privatsphäre haben. Sie hatten zwar gehofft, dass sie manchmal auch abends auf die Kinder aufpasst, was ihnen ein paar Stunden mehr Zweisamkeit ermöglicht hätte, aber seit sie sie am ersten Abend losgeschickt haben, um Pommes zu holen, und sie dabei einen Bingoclub hinter der Campingplatzbar entdeckt hat, hat sie jeden Abend dort verbracht.

Egal. Julie und Michael sitzen abends trotzdem glücklich und zufrieden vor ihrem Zelt, trinken eine Flasche Wein und schauen dem Treiben ringsum zu, während Briony und Adam schlafen und Sophie in ein Buch versunken ist. Da Linda ihr eigenes Einmannzelt hat, kann sie kommen und gehen, wann immer sie will, ohne die anderen zu stören. In mancherlei Hinsicht gibt ihnen das einen Vorgeschmack darauf, wie es sein wird, einen Teenager im Haus zu haben. Aber im Großen und Ganzen ist es schön, dass sie dabei ist, wenn sie manchmal nur etwas weltoffener wäre.

»Die Franzosen sind Menschen wie wir, Mum«, sagt Julie und gibt sich alle Mühe, mit ruhiger, gleichmäßiger Stimme zu sprechen.

»Nicht ganz, mein Schatz«, erwidert Linda. Sie lässt sich in den Sand plumpsen und schiebt die Schüssel mit den leeren Muschelschalen angewidert weg. »Sie haben nicht mal richtige Klos.«

»Hocktoiletten sind viel hygienischer.«

»Und sie essen Frösche! Und Pferde.«

»Pferde?« Sophie starrt sie entgeistert an.

»Mum!«, zischt Julie.

»Was denn? Das ist die Wahrheit. Willst du die Kinder etwa belügen?«

Sophie wirbelt zu Julie und Michael herum. »Wir haben doch kein Pferd gegessen? Ihr habt uns doch kein Pferdefleisch zu essen gegeben, oder?«

»Nein, natürlich nicht!«

»Bist du sicher, Liebes?«, fragt Linda. »Das Fleisch gestern war süßlich und herzhaft im Geschmack.«

»Ganz sicher, weil wir nämlich gute Qualität gekauft haben!«, schreit Julie. »Das war hundertprozentig Rind.«

Michael legt ihr beruhigend eine Hand aufs Knie. Sie ringt um Beherrschung. Die Leute schauen schon.

»Möchtest du nicht doch die Muscheln probieren, Linda?«, fragt er seine Schwiegermutter so ruhig wie möglich. »Sie passen hervorragend zum Weißwein.«

Als er die Flasche aus der Kühlbox nimmt, leuchten ihre Augen.

»Da sag ich nicht Nein.« Sie lässt sich einen Becher Wein einschenken, aber als Michael ihr einen Teller mit Muscheln reichen will, hebt sie die Hand. »Nein danke. Ich habe mein eigenes Essen dabei. Ein ganz traditionelles englisches Sandwich mit Bacon.«

Adam wird hellhörig. Er liebt Bacon-Sandwiches.

»Ein Baguette ist nicht besonders englisch, Mum«, presst Julie hervor.

»Schau doch mal, was ich im Campingplatzkiosk gefunden habe!« Linda zieht ein perfekt quadratisches, anämisch weißes Sandwich aus zwei maschinell geschnittenen Brotscheiben aus ihrer Tasche. Adam lässt seine Muschel sofort fallen und streckt sein Händchen danach aus. »Davon kriegst du leider nichts«, sagt Linda. »Und du hast doch auch dein leckeres Schalentier.«

»Bacon«, fordert Adam und streckt wieder die Hand nach dem Sandwich aus. »Bacon. Bacon.«

»Ich werde ab jetzt kein Fleisch mehr essen«, verkündet Sophie. »Und ihr solltet es auch nicht.«

Sie will Briony ihre Muscheln wegnehmen, woraufhin

ihre kleine Schwester wütend nach ihr tritt. Sand wirbelt auf, fliegt in die letzten Muscheln, in den Wein und in Sophies Augen. Sie heult los. Adam auch.

Julie springt auf. »Herrgott noch mal, Mum! Vielen Dank auch!«

Linda betrachtet das Chaos, kräuselt die Nase, wie Julie es immer tut, und erhebt sich anmutig. »Na schön. Ich geh dann mal wieder.«

Und schon schwebt sie mit ihrem Plastiksandwich und ihrem sandigen Wein über den Strand davon und überlässt es Julie und Michael, die Folgen ihres Besuchs zu beseitigen.

»Und jetzt: Eis!«, ruft Michael, und Julie lehnt sich dankbar an ihn und nickt.

Als sie später nach einem fröhlichen Nachmittag am Strand und einer gründlichen Dusche für alle zum Zelt zurückkommen, werden sie von einer Platte mit köstlichen Häppchen, einer Flasche Schampus in einem Kindereimer voller Eiswürfel und einer zerknirschten Linda erwartet.

»Tut mir leid wegen vorhin, Jules. Ich glaube, mir ist die Hitze zu Kopf gestiegen. Ich mag Frankreich sehr. Und die Franzosen. Irgendjemand Ameisengäule?«

»Was?«, fragt Sophie erschrocken. Es ist unübersehbar, dass sie das Schlimmste befürchtet.

Aber dieses Mal reagiert Linda blitzschnell. »Nur ein blöder Witz deiner Granny, Schatz. Ich meine Amuse-Gueules. Das ist Französisch für: leckere kleine Häppchen, die eine Mordsarbeit machen. Schau, die hier sind alle vegetarisch.«

Versöhnt setzt sich Sophie auf einen Stuhl und greift nach einer Tomaten-Käse-Stange. Briony lädt sich von allem etwas auf ihren Teller.

Linda hebt Adam auf ihren Schoß. »Die hier sind mit Bacon, Ads. Extra für dich.«

Seine Augen leuchten beim Anblick der winzigen Weißbrotdreiecke mit Bacon.

Julie muss unwillkürlich lächeln. Wie hat ihre Mutter es bloß geschafft, dass diese Fitzelchen so edel aussehen?

»Ein Glas Schampus?«, fragt Linda mit flehentlichem Blick.

»Gern, Mum, danke.« Julie setzt sich.

Linda ist die Erleichterung anzusehen. »Manchmal führe ich mich auf wie eine Idiotin«, sagt sie leise.

»Tun wir das nicht alle mal? Prost, Mum.«

»Prost, mein Schatz.«

# Kapitel dreiundzwanzig

Michael saß unbeholfen neben Julie auf dem Bett und beobachtete sie. Sie lag schon eine ganze Weile so da, mit geschlossenen Augen. Ihre Lippen bewegten sich ganz leicht, und er hätte sie zu gern gefragt, was ihr durch den Kopf ging, aber er traute sich nicht, weil er sie nicht stören wollte. Deshalb war es ihm ganz recht, als mehrere Pieptöne Aktivität in der WhatsApp-Familiengruppe signalisierten. Er las.

Hey, Leute!

Die Nachricht war von Sophie. Ein ungewöhnlich munterer Ton für sie, zumal sie vor Kurzem noch in Tränen aufgelöst gewesen war.

Wie wär's mit einem Zoom-Familientreffen heute Abend? Würd mich freuen, eure hässlichen Visagen zu sehen.

Ein Zoom-Familientreffen? Was war nur los mit seiner Ältesten? Die anderen hatten bereits geantwortet.

Adam:

Du schließt wohl von dir selbst auf andere. Ich für meinen Teil sehe verboten gut aus. Bei mir geht's um 8, wenn das für euch okay ist?

Sophie:

8 ist okay. Bri?

Briony:

Eher 8:30? Im Labor ist die Hölle los.

Adam:

Angeberin.

Briony:

Faulenzer.

Sophie:

Mum? Dad?

Michael sah zu Julie. Sie hatte die Augen immer noch zu.

»Julie?«

Sie blinzelte, schaute zu ihm auf. »Entschuldige. Ich war grad meilenweit weg.«

»War es schön da?«

Sie zuckte mit den Schultern. »Weiß nicht so recht.«

»Ich hätte da was, was der Allgemeinsituation vielleicht zuträglich sein könnte.«

»Im Ernst?«

Er hielt ihr sein Telefon hin.

Sie überflog die Nachrichten, sah dann wieder Michael an. »Was hat das zu bedeuten, was meinst du?«

»Keine Ahnung, aber heute Abend wissen wir sicher mehr. Das heißt, wenn's dir recht ist.«

»Denke schon. Ich meine, ja, klar ist mir das recht. Es wäre schön, alle zu sehen.«

Michael tippte:

Wir sind dabei.

Sophies Antwort kam postwendend:

Cool! Kann's kaum erwarten.

»Cool?«, wiederholte Julie. »So was sagt Sophie doch nie. O Gott, hoffentlich ist alles in Ordnung. Frag sie mal, ob Leo auch dabei sein wird.«

Michael tippte gehorsam, und wieder antwortete Sophie prompt:

Natürlich.

Adam gab seinen Senf dazu:

Super. Wenigstens einer, der genauso gut aussieht wie ich.

Sophie schickte ihm ein Emoji mit rausgestreckter Zunge.

Michael legte lächelnd das Handy weg und sah Julie an. »Es sind gute Kinder.«

»Allerdings. Wir haben wirklich Glück.«

»Wir haben aber auch viel dafür getan, Julie. Haben uns um sie gekümmert. Und wir waren … wir waren glücklich. Oder?«

»Ja, das waren wir.« Die Entschiedenheit in ihrer Stimme freute ihn. Doch dann fügte sie hinzu: »Es ist anstrengend, nicht wahr?«

Michael war sich nicht sicher, was sie mit »es« meinte, aber er hatte das Gefühl, dass sie auf dem richtigen Weg waren. Er durfte jetzt nicht aufgeben. »Ja. Wir waren in der letzten Zeit immer so beschäftigt.«

Sie nickte. »Zu beschäftigt?«

»Nein, das glaube ich nicht. Wir haben dadurch auch so viel Schönes erlebt – als Familie, in unseren Jobs, als Paar.«

»Hm.«

Wie so oft schien ihm die Unterhaltung auch diesmal zu entgleiten. Es war ein komischer Gedanke, aber er fragte sich unwillkürlich, wie er sich verhalten würde, wäre ihr Problem eins zwischen Geschäftspartnern. Wie würde er versuchen, Zugang zu seinem Gegenüber zu finden? Fakten. Er würde Fakten anführen. Harte, solide, unleugbare Fakten. Er holte tief Luft.

»Ich glaube, unsere Probleme haben begonnen, als … als …« Komm schon, Michael, spuck's einfach aus, verdammt noch mal, trieb er sich an. »Als deine Mutter starb.« Eine eisige Pause entstand, aber er ließ sie nicht allzu groß werden. »Damals habe ich dich enttäuscht, Julie. Ich weiß es. Allerdings weiß ich bis heute nicht, was genau ich falsch gemacht habe. Aber es lag bestimmt an mir, vielleicht war ich unsensibel oder dumm oder so, aber ich bin nicht mehr an dich herangekommen. Und mir scheint, daran hat sich bis heute nichts geändert.«

Es war eine Ewigkeit her, dass er so viel zu ihr gesagt hatte. Er sah sie an, als könnte er sie durch schiere Willenskraft dazu bringen, mit ihm zu reden.

»Ich habe getrauert«, stotterte sie schließlich.

Das war ein Anfang. Er rückte näher an sie heran.

»Ich kenne das. Ich weiß, wie es ist, einen Elternteil zu verlieren.«

»Nein, tust du nicht.«

»Was?«

Ihr Körper spannte sich sichtlich an. »Du hast keine Ahnung, wie ich mich damals gefühlt habe.«

»Na ja, das stimmt, aber ich kann mich noch erinnern,

was ich durchgemacht habe, als mein Dad starb. Ich habe furchtbar gelitten. Es war die Hölle. Ohne dich hätte ich das niemals durchgestanden.«

»O doch, das hättest du, Michael. Weil dein Kummer so unbelastet war.«

»Unbelastet? Wie kannst du so etwas sagen, Julie? Dad ist zwei Wochen vor unserer Hochzeit gestorben.«

»Das weiß ich. Zwei Wochen vor unserer Hochzeit und einen Tag nachdem ihr eure Vater-Sohn-Kneipentour gemacht habt und Arm in Arm nach Hause gewankt kamt!«

»Was hat das denn damit zu tun?«

Sie schüttelte den Kopf und fuchtelte mit den Armen. »Einfach alles. Das hat alles damit zu tun, Michael. Deine Trauer um deinen Vater war so ... so rein.«

»Rein?«, echote er wie betäubt. Er hatte Antworten von ihr gewollt, aber jetzt, wo er sie bekam, waren sie noch schwerer zu verstehen als ihr Schweigen zuvor.

»Ja! Unbelastet. Makellos. Unbefleckt. Auf schmerzhafte, aber dennoch wunderbare Art rein.«

»Julie.« Er wollte sie an den Händen fassen, aber ihre Arme waren noch immer in Bewegung. »Julie, bitte. Ich verstehe nicht.«

»Ich weiß«, wimmerte sie. »Und du kannst froh sein, dass du es nicht verstehst. Du hast ja keine Ahnung, wie viel Glück du gehabt hast.«

»Dann erklär es mir. Julie, bitte. Sag mir, was du meinst.«

Sie sprang auf und stürzte zur Tür. »Ich kann nicht, Michael. Ich kann es einfach nicht!«

Sie stürmte hinaus und den Flur hinunter. Augenblicke später fiel die Schlafzimmertür krachend ins Schloss, und er wusste, dass er es vermasselt hatte. Wieder einmal.

# Kapitel vierundzwanzig

## Juli 2017

Julie reibt sich die Augen und kehrt langsam in die Realität zurück. Dieses Arrangement ist das eindrucksvollste, das sie je geschaffen hat. Es war eine Herausforderung, aber jede Minute Arbeit wert. Sie tritt zurück und betrachtet es prüfend. Es ist ganz in Weiß und Grün gehalten. Kein Farbtupfer, nicht einmal eine eigenwillige Nuance von Himmelblau, stört die Harmonie, aber da sie jede weiße Blume verwendet hat, die sie bekommen konnte, wirkt das Arrangement dennoch nicht langweilig. Bei Sonnenuntergang wird sie es auf Lindas Grab legen. Clare, die gerade bei Leo ist, um seine Ware auf für ihren Laden geeignete Töpfe und Schalen zu überprüfen, wird mitkommen, aber die Blumen sind nur von ihr. Sie sind Geschenk, Entschuldigung und Friedensangebot in einem. Sie sollen außerdem ein Zeichen sein: Dafür, dass ein hartes Jahr hinter ihr liegt und, so hofft sie wenigstens, ein neues, besseres ihr bevorsteht.

Sie weiß, dass sie nicht gut mit ihrer Trauer umgegangen ist. Clare, die sich ihren Kummer von der Seele geweint und sich von ihren Freunden überreden hat lassen, mit ihnen nach Cornwall zu fahren, wo sie gelernt hat zu akzeptieren, was passiert ist, ist viel besser damit zurechtgekommen. Bei ihrer Rückkehr war sie eine völlig neue

Frau, zwar immer noch traurig, aber auch schon imstande, über ihr morgendliches Schwimmen im kalten Wasser, ihre Meditationen und den Ausdruckstanz zu lachen. Auch wenn sie sich besonders über Letzteres lustig macht, so hat ihr die Zeit am Meer zweifelsfrei geholfen, die seelischen Wunden heilen zu lassen.

Julie seufzt.

»Ich würde zu gern wissen, was du denkst.«

Sie fährt zusammen. In der Tür steht George, der nette Blumenlieferant, in seinen starken Armen eine große flache Kiste mit Begonien.

»George! Entschuldige, ich war mit meinen Gedanken ganz woanders.«

»Das hab ich gemerkt.« Er stellt die Pflanzen ab. »Und ich habe den Eindruck, dass es keine besonders glücklichen Gedanken waren, wenn du mir die Bemerkung gestattest.«

Sie seufzt erneut. Normalerweise würde sie eine solche Anspielung ignorieren, aber die Arbeit am Blumenschmuck für Lindas Grab hat sie dünnhäutig gemacht, und George sieht sie so freundlich an, dass sie sich ausnahmsweise eine ehrliche Antwort erlaubt.

»Ich habe an meine Mutter gedacht. Sie ist heute vor einem Jahr gestorben.«

»Das tut mir sehr leid.« Er tritt ein wenig näher. »Sind die Blumen da für sie?«

Sie nickt.

»Wunderschön, Julie. Und so elegant.«

Sie lacht kurz auf. »Dann passen sie wahrscheinlich

nicht zu ihr. Meine Mum war nie elegant. Sie war vieles, lustig, ausgelassen – aber elegant? Eher nicht.«

»Nun, dann hast du jetzt ihre verborgene elegante Seite hervorgekehrt.«

Befangen betrachtet sie die Blumen. »Vielleicht. Ich ... ich habe es bewusst schlicht gehalten.« Sie wartet darauf, dass er noch etwas sagt, aber weil er nur dasteht, fährt sie schließlich fort: »Die Trauerfeier war ziemlich bunt, kein Schwarz. Das hat zu ihr gepasst, sie war eine schillernde Persönlichkeit, aber vielleicht war ihre Art auch nur ein ... Ach, ich weiß auch nicht.«

»Ein Schutz?«

»So etwas Ähnliches, ja. Ich wollte heute eigentlich nicht traurig sein.« Sie fährt mit dem Finger am Blütenblatt einer Zistrose entlang und denkt an Linda. George schweigt, und sie hat ausnahmsweise nicht das Bedürfnis, die Stille mit Worten auszufüllen.

»Erzähl mir von ihr«, fordert er sie leise auf.

Sie schaut ihn an, überrascht von den Emotionen, die plötzlich in ihr aufwallen. George redet nicht lange drum herum, schlägt weder vor, dass sie Tee trinken, noch, dass sie sich hinsetzen. Er steht einfach nur da.

»Also gut.« Sie lächelt ihn an und seufzt dann ein weiteres Mal. »Meine Mum war ein komplizierter Mensch.«

Sie zupft an einem Löwenmäulchen, und dann bricht der Strom der Erinnerungen sich Bahn. »Sie war noch jung, als sie meine Schwester und mich bekam. Ihre Eltern waren sehr konservativ, sie muss die klassische Rebellin gewesen sein. Mit verrückten Klamotten, ausgeflippten

Haarfarben, Piercings, Partys und Männern, die nicht zu ihr passten. Einer davon war mein Dad, Shawn. Einen Tag nach ihrem zwanzigsten Geburtstag haben sie geheiratet. Ein gutes Jahr später kam ich zur Welt, Clare im Jahr darauf. Ich glaube, sie waren glücklich miteinander, zumindest am Anfang. Das hat sie jedenfalls immer behauptet. Aber mein Dad war ein Spieler. Er hat sie überredet, ihr ganzes Geld – und sie besaßen nicht sehr viel – in irgendein windiges Geschäft zu stecken. Sie haben alles verloren. Mit fatalen Folgen: Kredithaie mit Baseballschlägern lauerten uns vor unserer Wohnung auf. Es war der reinste Horror. Zu guter Letzt ist mein Dad abgehauen. Angeblich, um uns zu schützen, aber wenn du mich fragst, wollte er sich nur vor seiner Verantwortung drücken.«

»Deine arme Mum.«

Julie nickte. »Ja, das muss furchtbar gewesen sein. Wir haben ihn nie wiedergesehen, aber auch nicht versucht, ihn zu finden. Clare und ich haben ihn nicht gebraucht, Mum hat uns vollauf genügt, aber für sie war es sehr schwer. Sie hat uns allein großgezogen, hat gesagt, in unser ›Mädelshaus‹ komme ihr kein Mann mehr. Auf der einen Seite verständlich, aber damit hing alles an ihr. Sie musste sich um jede Kleinigkeit kümmern, und irgendwann forderte die Verantwortung ihren Tribut. Sie wurde … unberechenbar. Und weil sie an so vielen Fronten zu kämpfen hatte, hat sie mehr als einmal ihren Job verloren. Ich glaube, dafür hat sie sich gehasst.

Sie hat uns eingeschärft, immer hart zu arbeiten und Geld zurückzulegen, damit wir für den Notfall etwas hätten, aber sich selbst nicht an ihre Ratschläge gehalten. Gott, ich weiß noch, wie sie eines Tages mit einer Bonuszahlung für irgendetwas nach Hause kam und davon mit uns chinesisch essen ging. Wir hatten uns richtig schick angezogen und saßen mit großen Augen vor unserem Hühnchen süßsauer. An dem Abend hat sie so viel ausgegeben, dass wir anschließend wochenlang nur Bohnen essen mussten, aber es war ein unvergesslicher Abend. So war meine Mum.«

Sie verstummt und streichelt die schon hängenden Löwenmäulchen. Die ganzen letzten Monate hat sie nicht so ausführlich über Linda gesprochen wie gerade eben, aber irgendwie ist es einem Außenstehenden gegenüber leichter, ihre Persönlichkeit auf den Punkt zu bringen.

»Klingt, als konnte man viel Spaß mit ihr haben«, sagt George.

Sie lässt die Blumen Blumen sein und sieht ihn an.

»Aber sie scheint auch ein bisschen schwierig gewesen zu sein«, fügt er hinzu.

»Ein bisschen?« Julie stößt ein bitteres Lachen aus. »Wir haben uns ständig gestritten. Und wie.«

»Das ist bei Müttern und Töchtern nicht gerade ungewöhnlich.«

»Aber wir sind wirklich andauernd aneinandergeraten.« Sie beugt sich über die Blumen und schnuppert an den Pfingstrosen, die das Herz des Arrangements bilden. »Sogar am Abend vor ihrem Tod haben wir uns gestritten.«

Noch bevor ihr bewusst wird, was sie da sagt, sind ihr die Worte entschlüpft. Sie hängen bedrohlich in der Luft, aber dann legt George seine Hand auf ihre, die auf der Ladentheke ruht. Seine ist warm und weich und die Berührung unendlich liebevoll.

»Es heißt, wenn man stirbt, zieht das eigene Leben an einem vorbei. Und dass der menschliche Verstand gütig sein soll – dass er sich in dem Moment nur auf die schönen Dinge konzentriert.«

Sie schaut zu ihm auf. »Wirklich?«

Er nickt. »Es gibt Studien über Nahtoderfahrungen, Berichte von Menschen, die klinisch tot waren und zurückgeholt wurden, und es scheint, als wäre das, was danach kommt, ein ziemlich glücklicher Ort.«

»Ich hoffe es, George. O Gott, ich hoffe es so sehr.« Sie spürt, wie sich eine Träne aus ihrem Augenwinkel lösen will, und tupft sie überrascht mit der Fingerspitze ab.

»O nein, jetzt weinst du. Das wollte ich nicht, entschuldige.«

»Nein, nein, alles gut. Wirklich.« Seit jenem Anruf aus dem Krankenhaus vor einem Jahr hat sie kaum eine Träne vergossen, sodass sich diese anfühlt wie der erste Nieselregen nach einer langen Dürre.

»Darf ich …?« Er breitet seine Arme aus.

Sie nickt. Seine Umarmung gibt ihr ein Gefühl von Schutz und Geborgenheit. Dankbar lehnt sie sich an ihn. »Entschuldige«, murmelt sie. »Normalerweise bin ich nicht so.«

»Vielleicht ein Fehler«, sagt er sanft.

»Mum wäre entsetzt, würde sie mich so sehen. Sie konnte Tränen nicht ausstehen. Weinen war für sie reine

Zeitverschwendung. ›Warum weinen, wenn du lachen kannst‹, das hat sie immer gesagt.«

»Und recht gehabt. Aber vielleicht muss man manchmal weinen, bevor man lachen kann.«

»Du bist sehr klug, George.«

»Für einen Blumenlieferanten?«

»Für einen Mann.«

Er lacht leise. »Hast du deine Meinung über Männer auch von deiner Mum?«

»Na ja, sie war nicht gerade ein Fan deines Geschlechts. Meist hat sie wüst auf die Männer geschimpft.« Sie legt sich schuldbewusst eine Hand auf den Mund. »Ich sollte nicht schlecht über Tote sprechen.«

Er streicht ihr zärtlich über den Rücken. »Warum eigentlich nicht? Ändern sich die Menschen denn, nur weil sie tot sind? Ich meine, dadurch werden sie nicht schlagartig zu Heiligen, oder? Wenn ich mir einmal die Radieschen von unten ansehe, werden die Leute hoffentlich immer noch sagen: Himmel, was hatte der doch jeden Morgen für eine Stinklaune.«

Jetzt muss Julie richtig lachen. Sie schaut zu ihm auf. »Ist das denn so?«

»O ja. Vor der ersten Tasse Kaffee läufst du mir besser nicht über den Weg.«

»Ich werd's mir merken.«

Ein kurzes Schweigen. George beißt sich auf die Lippe, und Julie nimmt eine subtile Veränderung in der Stimmung wahr.

»Gut«, sagt sie und macht hastig einen Schritt zurück.

»Jetzt muss ich aber weitermachen. Hat Clare die Begonien bestellt?«

George nickt und wirkt auf einmal verlegen. »Ja. Ist sie da?«

Bei dem kleinen, überschaubaren Laden eine überflüssige Frage.

»Nein, sie ist unterwegs, aber sie muss jeden Moment zurückkommen.«

»Okay. Dann stell ich die Blumen einfach dort drüben ab, in Ordnung?«

»Danke. Oh, und George …«

Er ist schon fast an der Tür, bleibt aber sofort stehen.

»Danke, dass du mir zugehört hast.«

»Gern geschehen, Julie.« Er lächelt. »Pass auf dich auf, okay?«

Die Ladenglocke bimmelt, als er die Tür öffnet. Julie schaut ihm nach, bis er draußen am Schaufenster vorbeigegangen ist. Sie ist sich nicht sicher, was genau in den letzten Minuten passiert ist, aber sie fühlt sich so gut wie das ganze vergangene Jahr nicht.

# Kapitel fünfundzwanzig

»Hey alle miteinander!«

Sophie winkte überschwänglich, als sich die Marshalls versammelten und ein kleines Rechteck nach dem anderen auf dem Bildschirm zum Leben erwachte. Julie konnte sich nicht sattsehen an ihren Kindern. Ihren gemeinsamen Kindern. Adam saß wieder vor den geometrisch gemusterten Vorhängen von Chelseas Eltern, aber seine Haare waren so süß verwuschelt und seine Augen strahlten so sehr, dass Julie sie kaum wahrnahm. Briony war in ihrer Küche; ein Teekessel blubberte im Hintergrund. Die Kamera stand schräg, sodass nur der Herd und ein Pfanne, in der etwas vor sich hin köchelte, zu sehen waren, aber sie hob fröhlich ein Glas Wein und reckte den Daumen hoch.

Julie bemerkte erleichtert, dass sich Sophie eng an Leo schmiegte. Andererseits musste das nicht viel heißen – sie und Michael saßen wegen der Kamera ja auch dicht nebeneinander. Seit ihrem emotionalen Ausbruch am Vormittag waren sie einander mehr oder weniger aus dem Weg gegangen, und jetzt, so schien es, zogen sie wieder eine Show ab. Sie atmete tief durch und setzte ein Lächeln auf.

»Und, wie geht's euch?«, fragte Sophie.

Weder Julie noch Michael antworteten. Sophies Geschwister waren zum Glück gesprächiger.

»Fantastisch«, sagte Briony lebhaft. Sie ließ einen Teil ihres Essens von der Pfanne auf einen Teller rutschen und trug diesen mitsamt ihrem Telefon zum Tisch, bevor sie alle wieder mit zurücknahm, um ihren Wein zu holen. »Die Arbeit ist richtig cool. Und London echt seltsam. Menschenleer, vor allem abends. Gestern bin ich um zehn mitten auf der Oxford Street spazieren gegangen. Der Wahnsinn!«

»Was hast du denn um diese Zeit noch draußen gemacht?«, wollte Julie wissen.

»Ich war auf dem Heimweg vom Labor.«

»So spät?«

»Wir forschen an einem Impfstoff, Mum. Das ist superwichtig und irre zeitaufwendig.«

»Schon, aber du musst trotzdem auf dich achtgeben, Bri. Denk an deine Gesundheit.«

»Mach ich. Im Lockdown durch London spazieren zu gehen, hat eine äußerst positive Wirkung, glaub mir. Und es ist absolut gefahrlos.«

Julie lächelte ihr zu. »Na schön. Isst du auch genug, wenn du so viel arbeitest?«

»Guck doch nur mal, was sie grad in sich reinschaufelt«, warf Adam ein, als Briony ihre volle Gabel in die Kamera hielt.

Julie sah ihn an. »Wie geht's dir, Ads?«

»Ganz gut. Wenn's bloß nicht so langweilig wäre. Aber wenigstens war ich noch nie so fit wie jetzt. Ich laufe viel am Strand, und Chelsea besteht darauf, dass ich alle möglichen dämlichen Work-outs von seltsamen Hollywood-

Trainern mache. Ihr würdet euch kranklachen, wenn ihr mich dabei sehen könntet.«

»Hast du dann auch so einen hautengen Gymnastikanzug an?«, fragte Briony.

»Einen mit G-String?«, ergänzte Sophie.

Adam schnitt eine Grimasse. »Nein. Ganz bestimmt nicht. Ich trage meine Fußballklamotten. Und eins sag ich euch: Ich kann's kaum erwarten, sie wieder zum Fußballspielen anzuziehen. Ich hab so viele Ausfallschritte und Unterarmstütze und verdammte Squads gemacht, dass es mir für den Rest meines Lebens reicht.«

»Wie ist denn Chelseas Familie so?«, wollte Briony wissen.

Julie spannte sich unwillkürlich an, doch Adam zuckte nur zurückhaltend mit den Schultern. »Ganz okay. Sie sind wirklich nett. Sehr freundlich.« Nach einem schnellen Seitenblick, wie um sich zu vergewissern, dass er allein war, beugte er sich vor und fuhr im Flüsterton fort: »Sie gehen so furchtbar höflich miteinander um. Ich bin es von euch gewöhnt, auch mal auf den Arm genommen zu werden, und das fehlt mir ganz gewaltig.«

»Kannst du gern haben«, entgegnete Briony mit vollem Mund. »Wo fangen wir an, Soph? Wie wär's mit seinen Haaren? Du siehst aus wie Kevin Keegan an einem schlechten Tag, weißt du das?«

Adam zerzauste sich die Haare noch etwas stärker und setzte eine alberne Miene auf. »Ich kann gar nicht glauben, dass du weißt, wer Kevin Keegan ist, Schwesterchen.«

»Nur weil Mum früher immer zu Dad gesagt hat, er

sehe aus wie Kevin Keegan, wenn er zu faul war, zum Friseur zu gehen, stimmt's nicht, Mum?«

Ein Bild blitzte in Julie auf: Michael, dem die dunklen Haare ins Gesicht und über die blauen Augen fielen und ihm einen wilden Ausdruck verliehen. Sie streifte ihn mit einem flüchtigen Blick.

»Nur so habe ich ihn dazu gekriegt, dass er sich die Haare schneiden ließ.«

»Ja, weil ich Kevin Keegan noch mehr gehasst habe als den Friseur«, bestätigte Michael.

Alle lachten, und einen Moment lang schien es, als hätte Zoom nicht nur die Gesetze des Raums, sondern auch die der Zeit außer Kraft gesetzt. Julie betrachtete ihren Nachwuchs und dachte an die Scheidungsunterlagen, die immer noch in ihrem Versteck oben im Schlafzimmer lagen. Durchtrennte sie das Band zwischen sich und Michael, würde sie auch die Verbindung zwischen ihnen allen zerstören. Natürlich würden sie weiter miteinander Kontakt haben, aber es würde nicht mehr das Gleiche sein. Die Unbeschwertheit und die Selbstverständlichkeit des Miteinanders würden verloren gehen, die Erinnerungen würden auf ein Meer von »Damals« hinaustreiben, anstatt fest am Ufer des »Jetzt« verankert zu bleiben.

»Mum?«

Sie blinzelte und merkte, dass Sophie sie anstarrte.

»Bist du noch bei uns?«

»Sorry. Ja, natürlich. Es sind nur die Erinnerungen, weißt du. Ich wünschte, ihr wärt alle hier. Ich wünschte, ich könnte euch alle in die Arme nehmen.«

»Ich wünschte auch, ich könnte dich umarmen, Mum«, sagte Adam sofort. »Niemand umarmt einen so wie du und Dad.«

Julies Augen fingen schon gefährlich an zu brennen, als Briony ihr Weinglas erhob: »Darauf trinke ich.«

»Ich auch.« Sophie griff nach einem Wasserglas.

Adam stöhnte. »Ist das etwa Wasser, Soph?«

»Ja, und?«

»Du weißt aber schon, dass wir im Lockdown sind, oder? Da ist Alkohol praktisch Pflicht.«

»Für einige vielleicht.«

»Erzähl mir jetzt nicht, dass Alkohol schlecht für die Umwelt ist. Du kannst ihn sogar selbst herstellen. Granny und ihre Lockdown-Freundinnen haben ihre eigene Destillieranlage gebaut. Sie hat mir versprochen, dass ich von ihnen Gin kriege, so viel ich will, und zwar umsonst!«

Sophie lachte.

»Wir brauen auch selbst«, sagte Leo und hob ein Glas mit einer trüben dunklen Flüssigkeit in die Kamera.

»Was ist das?«, wollte Michael wissen.

»Birnenmost. Köstlich. Und so stark, dass es dich umhaut.«

»Und wieso trinkst du den nicht mit deinem Mann, Soph?«, fragte ihre Schwester.

»Na ja …« Sophies Lippen verzogen sich zu einem schüchternen Lächeln, und plötzlich wusste Julie, was mit ihrer Ältesten los war. Plötzlich ergab alles einen Sinn.

»Du bist …« Sie spürte den Druck von Michaels Hand auf ihrem Knie und verstummte.

»Lass sie es selbst sagen«, flüsterte er.

Er hatte es also auch erraten. Sie legte ihre Hand zaghaft auf seine, und sie lehnten sich beide nach vorn.

»Es sieht ganz danach aus, als wäre ein neues Familienmitglied unterwegs.« Sophie sah Leo an, der übers ganze Gesicht strahlte und sie umarmte, während Adam und Briony, beide viel zu weit weg, aufsprangen.

»Juhu! Ein Baby!«

»Nicht schlecht, Soph!«

Julie wandte sich Michael zu und war überrascht, als sie eine Träne in seinem Augenwinkel sah.

Hastig wischte er sie weg. »Das sind wundervolle Neuigkeiten, Sophie.«

»Wundervoll«, echote Julie.

»Deshalb trinkst du also nur Wasser«, sagte Adam.

»Und deshalb hast du darauf bestanden, dich abzuschotten«, fügte Julie hinzu.

Sophie kräuselte ihre Nase, genau wie Julie es immer tat – jedenfalls behauptete Michael das. »Genau. Ich hab so viele schreckliche Geschichten gelesen, welche Gefahr das Virus möglicherweise für den Fötus darstellt, deshalb wollten wir kein Risiko eingehen. Und weil wir vor der zwölften Woche auch niemandem etwas sagen wollten, haben wir das Asthma als Vorwand benutzt, um euch auf Abstand zu halten.«

»Zwölf Wochen«, hauchte Julie. »Dann ist der Geburtstermin … im November?«

Sophie lächelte ihr zu. »Nein, schon am dreiundzwanzigsten Oktober. Eigentlich bin ich schon in der vierzehnten Woche, Mum, und nach heute Morgen war mir klar, dass ich es nicht länger geheim halten kann. Sorry, dass ich mich so merkwürdig benommen habe.«

»Du benimmst dich doch immer merkwürdig, Soph«, hörte Julie ihren Sohn sagen, nahm die Worte aber nur als Hintergrundgeräusch wahr. Sie sah ihre Älteste an, ihr Blick voller Verständnis.

Der dreiundzwanzigste Oktober. Ein neues Datum für sie alle – eins, das in den Familienkalender eingetragen werden musste. Und noch ein schönes Ereignis, das Julie kaputtmachen würde, wenn …

»Schampus!«, rief Michael. »Darauf müssen wir anstoßen!«

Er sprang auf, riss seine Hand unter der von Julie weg und sprintete hinaus. Julie saß da und starrte jetzt wie betäubt ihre drei Kinder an. Briony und Adam wollten unbedingt Sophies Bauch sehen.

»Man sieht es schon, finde ich.« Sie drehte sich zur Seite und zeigte ihren flachen Bauch.

»Blödsinn! Nach einem englischen Frühstück sehe ich schwangerer aus«, entgegnete Adam.

Als Sophie rot anlief, musterten ihre Geschwister sie neugierig.

»Was?«, sagte Briony.

»Ich muss euch was gestehen«, druckste Sophie herum.

»Jetzt wird's spannend!« Adam rieb sich die Hände.

»Ich hab Heißhunger auf Fleisch. Vor allem auf gebratenen Bacon.«

Briony und Adam fielen fast die Augen aus dem Kopf.

»Wow!«, fand Adam schließlich die Sprache wieder. »Dann bist du endlich doch auf die dunkle Seite gewechselt.«

»Nein, bin ich nicht, ich …«

»Halt die Klappe, Adam«, wies Briony ihn zurecht. »Und, Soph, hör auf, dich deshalb schlecht zu fühlen. Das liegt nur daran, dass du jetzt das Protein für das Baby brauchst.«

»Das hat Leo auch gemeint«, sagte Sophie mit einem Blick auf ihren Mann. »Deshalb hab ich neulich ein … ein Bacon-Sandwich gegessen.«

»Gut so!«, rief Julie.

Sophie sah sie mit gequältem Blick an. »Meinst du wirklich, Mum?«

»Aber ja! Dein Körper sagt dir, was du jetzt essen musst, damit dein Baby alles bekommt, was es braucht. Du musst auf ihn hören, Soph, das ist ganz wichtig.«

»Aber ich hab mich über zwanzig Jahre lang vegetarisch ernährt.«

»Du bist immer noch Vegetarierin – aber dein Baby ist ein kleiner Fleischfresser.«

Sophie lachte auf. Es klang zwar nicht besonders fröhlich, aber immerhin lachte sie. »Du hast recht, Mum.«

»Natürlich hab ich recht.«

Jetzt lachten alle. Wie oft hatten sie als Kinder den Satz aus ihrem Mund gehört und jedes Mal laut gestöhnt.

Chelsea ließ sich neben Adam auf das Sofa fallen.

Er wandte sich ihr zu. »Hey, Chels, stell dir vor, ich werde Onkel! Wie cool ist das denn!«

»Super«, pflichtete Chelsea ihm bei und drehte sich dann zur Kamera. »Ich gratuliere!«

Sophie lächelte. »Danke, Chelsea.«

»Das arme Kind«, sagte Briony. »Ist mit einem Onkel wie Adam geschlagen.«

»Hey«, protestierte ihr Bruder. »Von mir kann man lebenswichtige Dinge lernen – wie man Kick-ups macht oder die Nationalhymne rülpst oder Sachen so versteckt, dass sie die Eltern garantiert nicht finden. Meinen unübertroffenen Wortschatz an Schimpfwörtern und Kraftausdrücken nicht zu vergessen!«

Sophie schlug sich stöhnend die Hand an die Stirn. Julie lehnte sich zurück und schaute zu, wie ihre Kinder und Leo und Chelsea herumalberten. Die Familie war jetzt schon größer geworden, und nun kam auch noch ein Baby dazu.

Michael war zurück und stellte ein Tablett mit sechs Sektflöten ab.

»Aber Michael …«

»Ein Glas für jeden«, erwiderte er mit fester Stimme. »Oh, hi, Chelsea. Ich fürchte, du wirst dir eins mit Adam teilen müssen.«

»Kein Problem!«

Adam streckte die Hand Richtung Kamera aus, als wollte er nach einem Glas greifen. Briony klatschte kurz in die Hände, während Michael die Flasche entkorkte und feierlich einschenkte. In das letzte Glas füllte er nur ein winziges Schlückchen. »Das ist für dich, Soph. Nur zum Anstoßen.« Dann stellte er vier Gläser in einer Reihe vor dem Bildschirm auf, gab Julie eins und nahm sich selbst das letzte. »Auf Sophie und Leo und ihren Familienzuwachs – das glücklichste Baby der Welt!«

»Auf das glücklichste Baby der Welt!«, echoten alle und taten so, als würden sie trinken.

Julie setzte das Glas an den Mund und nahm einen Schluck. Der süßliche Geschmack entfaltete sich am Gaumen, dann prickelte die Kohlensäure auf der Zunge, schoss ihr kitzelnd die Nase hinauf und unerklärlicherweise bis in die Augen.

»Oooh, seht nur, Mum weint!«, rief Briony.

»Freudentränen«, stieß Julie hervor und wedelte mit der Hand. Als Michael zaghaft den Arm um sie legte und sie sich zögernd an ihn lehnte, fragte sie sich, ob es wirklich Freudentränen waren. Ein Baby. Ein Enkelkind. Es würde alles noch viel schwerer machen.

Als der Anruf zu Ende war, die Stimmen der Kinder verstummt und das Display dunkel, sahen Julie und Michael sich an. Beide hatten jeweils zwei Gläser Sekt getrunken, und Julie fühlte sich schwindlig. Auch ihre Gedanken verschwammen.

»Wir werden Großeltern«, sagte Michael.

»Ja.«

Er straffte sich. »Das ist eine große Verantwortung, Jules. Und ich möchte, dass … dass wir sie gemeinsam tragen.«

Julie schluckte. »Das möchte ich auch.«

»Aber irgendetwas stimmt nicht mehr zwischen uns. Ich

weiß es. Und ich will, dass wir das klären. Du musst mit mir reden, Jules«, fuhr er nach einer kleinen Pause fort. »Sag mir, was dich beschäftigt.«

Er sah sie an mit seinen blauen Augen, und sie wünschte so sehr, sie könnte diese jäh auflodernde Liebe empfinden, die sie früher so mühelos entflammt hatten, aber es geschah nichts. Eine Mauer in ihrem Inneren verhinderte es. Eine Mauer, die etwas mit Linda zu tun hatte. Was hatte Michael gesagt? Ihre Mutter habe sie genauso geliebt, wie sie selbst Sophie liebte. Und jetzt würde Sophie ein Kind bekommen, das sie lieben würde, und die Kette würde um ein weiteres Glied verlängert werden. Sie schluckte wieder. »Als Mum starb …«

»Ja?«

Er war so ein lieber Mensch. Sie erinnerte sich, dass Linda das sofort erkannt hatte.

»Am Tag bevor Mum starb …«, begann sie noch einmal.

Er blinzelte, verzog jedoch keine Miene.

Es staute sich alles auf, der Druck war so groß. Sie musste es loswerden.

»Am Tag vor Mums Tod haben wir uns gestritten.« Augenblicklich konnte sie besser atmen. »Ich habe mich mit ihr getroffen, weil … weil ich sie um etwas bitten wollte. Sie sagte Nein. Einfach so. Nein. Hat mir nicht einmal richtig zugehört. Hat mich einfach abgewürgt. Ich bin zornig geworden. Es war immer so leicht für sie, mich in Rage zu bringen. Ich bin laut geworden. Habe schreckliche Dinge zu ihr gesagt. Und sie hat zurückgebrüllt. Ich soll mich verpissen, hat sie geschrien. Das hab ich dann auch gemacht. Aber bevor ich abgehauen bin, hab ich sie noch aufs Übelste beschimpft. Und am nächsten Tag … am nächsten Tag …«

Sie brach in Tränen aus.

Michael nahm sie in seine Arme, strich ihr zärtlich über den Rücken, während sie in seinen Pullover schluchzte. »Ich bin für dich da, Julie. Du kannst mir alles sagen.«

Es war so verlockend. Er trug den Pulli mit dem Zopfmuster, der so weich und warm war und nach ihm roch – nach Liebe und Geborgenheit und einer längst vergangenen Zeit, als die Dinge noch nicht so verwirrend gewesen waren. Sie suchte nach den richtigen Worten, aber jeder mögliche Satzanfang schien falsch zu sein, und zu guter Letzt machte sie sich los, ließ die Wärme seiner Umarmung mit einem genuschelten »Tut mir leid« hinter sich zurück und rannte in ihr Schlafzimmer, wo sie Zuflucht in ihrem leeren Bett fand.

## Kapitel sechsundzwanzig

### Juli 2016

»Geld?« Linda sieht Julie über den Kneipentisch hinweg an. »Du willst Geld? Von mir?«

Julie spielt mit einem Bierdeckel. Sie kennt diesen Ton. Kennt ihn nur zu gut.

»Ein Darlehen, Mum. Eine geschäftliche Investition. Das Café neben dem Laden ist pleitegegangen, und ich könnte einen Pachtvertrag für zwanzig Jahre unterschreiben. Wenn ich die Zwischenwände rausreiße, hätten wir fast doppelt so viel Verkaufsfläche. Ich hab schon mit Clare darüber gesprochen. Wir könnten dann auch Grünpflanzen, Töpfe und anderes Zubehör verkaufen. Die Leute mögen so was, und da sich dieser Markt ein wenig von dem für Schnittblumen unterscheidet, könnten wir damit auch neue Kunden gewinnen. Ich habe bereits einen Businessplan erstellt, falls du …«

»Businessplan? Seit wann bin ich Bankdirektorin, Julie?«

»Ich dachte doch nur, dass es dich vielleicht interessiert.«

»Du denkst, ich wäre naiv. Das ist es, was du gedacht hast.«

Julie kippt ihre ganze Bacardi Coke hinunter, ohne das Glas abzusetzen.

»Du denkst, ich bin alt, oder?«

»Was?«

»Du denkst, jetzt, wo ich auf die siebzig zugehe, brauche ich mein Geld nicht mehr. Ist es das? Meinst du, ich habe kein eigenes Leben mehr, sodass ich mein hart verdientes Geld für dich ausgeben kann?«

»Nein, Mum, das denke ich nicht. Ich hatte einfach gehofft, dass du gern in ein Geschäft investieren würdest, in dem sowohl Clare als auch ich arbeiten. Du hast immer gesagt, wir sollen etwas Eigenes auf die Beine stellen. Nun, das haben wir, und du könntest dich daran beteiligen. Es wäre nur ein Darlehen, und ich würde dir auch Zinsen zahlen.«

Linda scheint gar nicht zuzuhören.

»Willst du dir das Geld jetzt schon unter den Nagel reißen, weil du glaubst, dass du es sowieso irgendwann mal erbst?«, sagt sie mit schnarrender Stimme.

Julie blickt sich verzweifelt um. Wieso hat sie Clare nicht mitgenommen? Na ja, das ist ganz einfach, weil ihre Schwester gar nichts von diesem Treffen weiß. Sie denkt, dass sie mit Michael über das Geld für die Erweiterung spricht, und das wollte sie auch. Aber da er ihren Wink mit dem Zaunpfahl ja nicht verstanden hat, macht sie es eben jetzt auf ihre Art.

»Mum, bitte! Beruhige dich doch.«

Aber Linda ist schon aufgesprungen. »Noch einen Drink? Wahrscheinlich schon, wenn ich ihn bezahle, oder?«

»Nein danke.«

Sie wirft ihre Haare zurück und stolziert zur Bar, wo sie

sich mit voller Absicht eine Ewigkeit mit dem Barkeeper unterhält. Aber Julie ist sogar froh darüber. So hat sie Zeit, sich zu sammeln, und als Linda endlich zurückkommt, hat sie die leise Hoffnung, dass sie es sich in der Zwischenzeit vielleicht doch noch anders überlegt hat.

»Von welcher Summe reden wir?«, will sie denn auch wissen.

»Achttausend. Dann wären die ersten zwölf Monate abgedeckt.«

»Achttausend?« Sie schnaubt. »Das ist ein Haufen Geld.«

Julie atmet tief ein und zwingt sich, ruhig zu bleiben. Linda, die von ihren Eltern geerbt hat, hat mehr als zehnmal so viel auf der Bank. Es war eine dumme Idee, mit ihrem Anliegen zu ihr zu gehen. »Egal. Vergiss es einfach, Mum. Ich hätte dich nicht fragen sollen.«

»›Vergiss es, Mum‹? Wie soll ich das jetzt vergessen? Achttausend! Weißt du, was für eine Luxuskreuzfahrt ich mir dafür leisten könnte?«

»Du magst doch überhaupt keine Kreuzfahrten.«

»Wie kommst du denn darauf?«

»Vielleicht, weil du mir andauernd erzählst, dass du nicht begreifen kannst, wie jemand in den Ferien in einer riesigen Blechbüchse auf dem Meer herumschippern kann?«

Linda sieht sie finster an. »Nun, es könnte ja sein, dass ich meine Meinung geändert hab. Außerdem geht es mir nicht nur um Kreuzfahrten. Jetzt, wo ich älter bin, möchte ich mir einen guten Wein leisten können und keinen

Fusel mehr trinken. Ich möchte mir Designerschuhe und ein neues Sofa kaufen, ein cremefarbenes aus Leder, wo man die Enden ausklappen kann. Oder soll ich etwa auf diesem grässlichen beigen Ding sterben, das ich schon hatte, als du noch klein warst? Ist es das, was du willst?«

Julie beißt sich auf die Unterlippe. Das grässliche beige Ding hat sie erst vor etwa drei Jahren gekauft. Zu Brionys Studienabschluss letztes Jahr erschien ihre Mutter in Designerschuhen, und sie trinkt sehr viel lieber Schnaps als guten Wein. Aber Julie weiß trotzdem, worauf sie hinauswill. O ja, sie hat es kapiert.

»Das will ich natürlich auf gar keinen Fall, Mum. Wenn du das Geld brauchst – okay. Lass uns nicht mehr davon reden. Ich werde mit meiner Bank sprechen.«

»Wieso nicht mit Michael? Er ist doch reich, oder?«

Dieses »er« ist es, was sie die Kontrolle verlieren lässt und das Fass zum Überlaufen bringt. Die implizite Bedeutung, dass ihr gemeinsames Geld ihm gehört. Andererseits ist das vielleicht gar nicht so falsch – denn wäre sie sonst hier? Sie legt beide Hände flach auf den Tisch und beugt sich vor.

»Erstens, Mum, ist ›sein‹ Geld *unser* Geld. Er hat es zwar verdient, aber das konnte er nur, weil ich zu Hause geblieben bin und mich um die Kinder gekümmert habe. Es war eine gemeinsame Entscheidung, und für das Geld haben wir beide gearbeitet. Zweitens möchte ich die Erweiterung des Ladens ganz allein stemmen. Ich dachte, gerade du würdest das verstehen. Du hast Clare und mich doch dazu erzogen, unabhängig zu sein, für seine Sache zu kämpfen, die Hände nicht in den Schoß zu legen und sein eigenes Geld zu verdienen.«

»Aber du redest hier von *meinem* Geld!«

»Es wäre nur ein Darlehen, Mum«, wiederholt sie langsam und deutlich. »Eine Investition in das Geschäft, das Clare und ich auf die Beine gestellt haben. Eine Form der Beteiligung, von der ich dachte, sie würde dir gefallen, aber anscheinend habe ich mich geirrt.«

Linda starrt sie lange an, bevor sie den Kopf schüttelt. »Das ist das Problem, wenn man Kinder hat«, sagt sie. »Man hört nie auf, Mutter zu sein.«

»Herrgott noch mal!« Fuchsteufelswild springt Julie auf. »Warum muss es immer nur um dich gehen, Mum? Mir war gar nicht klar, dass ›unabhängig‹ für dich ›egoistisch‹ bedeutet – komisch, dass mir das erst jetzt auffällt, wo du doch der lebende Beweis dafür bist. Schön, ich entschuldige mich dafür, dass ich dein kostbares Leben mit meinem eigenen belästige! Ich entschuldige mich dafür, dass ich es gewagt habe anzunehmen, du könntest mir helfen wollen, anstatt nur an dich zu denken. Ich entschuldige mich sogar dafür, dass es mich gibt! Ich habe schon oft gedacht, du wärst glücklicher, wenn ich nicht auf der Welt wäre, und deshalb werde ich deine kostbare Zeit auch nicht länger in Anspruch nehmen. Ich wünsche dir viel Vergnügen auf deiner Scheißkreuzfahrt, und ich hoffe, du stolperst über deine verfluchten Designerschuhe und gehst über Bord! Einen schönen Abend noch.«

Sie fühlt sich wie befreit. Ein dunkles, aufregendes Gefühl der Erleichterung überkommt sie, nachdem sie das alles losgeworden ist. Die Hochstimmung trägt sie nach Hause und durch die Nacht, sogar durch den nächsten Arbeitstag, während sie im Laden herumfuhrwerkt, in Hochgeschwindigkeit Sträuße bindet und immer wieder in das leere Café nebenan starrt. Sie überlegt sich bereits, was sie Linda bei ihrem nächsten Treffen noch an den Kopf werfen könnte. Sie hat eine Mordswut auf ihre Mum, weil sie ihre Bitte nur am Geld festgemacht hat, wo es ihr doch um so viel mehr geht. Erst gegen Abend verflüchtigt sich die Energie, die die Auseinandersetzung freigesetzt hat, und verwandelt sich in eine tief hängende düstere Wolke in ihrem Kopf, durch die irgendwann das Klingeln des Telefons dringt.

»Julie Marshall? Sind Sie die nächste Angehörige von Ms Linda Jenkins? Ich muss Ihnen leider mitteilen, dass sie einen Unfall hatte.«

# Kapitel siebenundzwanzig

## Siebzehnter Tag

Michael sah sich in der Garage um und nickte zufrieden. Gar nicht so übel, wenn er das sagen durfte. Die halbe Nacht hatte er wach gelegen und überlegt, womit er Julie eine Freude machen könnte. Dann endlich hatte er eine Idee gehabt. Es war vielleicht nicht seine ausgefeilteste Konstruktion, aber die beste, die im Lockdown zu realisieren war. Unwillkürlich drückte er sich die Daumen, wie er es als Kind manchmal getan hatte, und holte dann die letzten noch fehlenden Teile.

Er versuchte immer noch zu verarbeiten, was sie letzte Nacht zu ihm gesagt hatte. Nicht dass sie sich mit ihrer Mutter gestritten hatte, das war nichts Neues – er kannte es gar nicht anders –, sondern dass sie es nicht über sich gebracht hatte, sich ihm anzuvertrauen. Linda war seit fast vier Jahren tot, und Julie hatte nie ein Wort über diese Geschichte verloren. Angesichts ihrer Schuldgefühle, verursacht von ihren letzten Worten im Zorn, war ihm klar, warum sie seine Trauer um seinen Vater als »rein« bezeichnet hatte.

Er war nervös, als er den Kühlschrank öffnete. Wenn sie das Ganze nun für eine blöde Idee hielt? Er nahm den Karton heraus, den er ganz hinten versteckt hatte, und betrachtete ihn. Bei Tagesanbruch hatte er sich aus dem Haus geschlichen und war zum Supermarkt gegangen, wo er sich geärgert hatte, dass er die Sonderöffnungszeit für Senioren erwischt hatte. Und noch viel mehr hatte er sich aufgeregt, als niemand ihn beachtete oder darauf ansprach.

»Ich bin noch nicht mal sechzig!«, hätte er am liebsten gerufen, aber was hätte das genützt? Also hatte er sich mit seinen Rückenschmerzen unter die anderen älteren Kunden gemischt. Wenigstens waren alle entspannt und der Anblick der vollen Regale irgendwie aufregend gewesen. Er war durch die Gänge geschlendert, hatte einen Posten nach dem andern von ihrer gemeinsamen Einkaufsliste, an die er zum Glück gedacht hatte, abgehakt und auch die Sachen gefunden, die er für sein Projekt brauchte. Das Delikatessengeschäft hatte geschlossen gehabt, aber die Tiefkühltruhe im Supermarkt hatte sich als überraschend ergiebig erwiesen. Lächelnd trug er den Karton jetzt in die Garage hinüber und stellte ihn zu den anderen Dingen. Bald konnte es losgehen.

Nachdem er vom Einkaufen zurück gewesen war, hatte er wie üblich einen Tee für Julie gemacht, aber sie hatte so fest geschlafen, dass er sie nicht hatte wecken wollen. Es war so verlockend gewesen, zu ihr unter die Decke zu schlüpfen und sie in die Arme zu nehmen. Doch damit hätte er sie nur verschreckt. Verrückt, nach fast fünfunddreißig Ehejahren, aber er sah die Kluft jetzt ganz deutlich, die sich zwischen ihnen aufgetan hatte, und er war nicht so dumm zu glauben, mit einer schnellen Umarmung wäre alles wieder gut. Sein Plan war vielleicht auch nicht gerade das Gelbe vom Ei, aber mehr hatte er im Moment nicht zu bieten, um ihr zu zeigen, dass er sie immer noch liebte und alles versuchen wollte, um ihre Ehe zu retten.

Komm schon, Michael, spornte er sich an. Jetzt oder nie.

Selbst wenn sie nicht mit ihm reden wollte oder wenn das, was sie zu sagen hatte, ganz furchtbar war, er musste einfach handeln. So konnten sie nicht weitermachen – dieser kalte Krieg schadete ihnen beiden. Er ging in die Küche zurück und schaute in den Garten. Draußen legte Julie letzte Hand an den Esszimmertisch, der wunderschön geworden war. Er wusste nicht, wie sie das gemacht hatte, aber die natürliche Maserung des Holzes kam jetzt viel besser zur Geltung, sodass er eher wie ein Baum denn wie ein Tisch aussah. Michael war begeistert.

Langsam zog er die Hintertür auf. »Julie!«

Sie blickte sofort herüber.

Ein gutes Zeichen? »Ich möchte dir unbedingt etwas, äh, zeigen.«

Sie setzte eine genervte Miene auf. Verdammt.

»Jetzt?«

»Dauert nur einen Moment. Kann aber auch warten, bis du fertig bist.«

Sie stellte die Dose mit der Lasur ab. »Ich bin fertig. Das war's.«

»Sieht toll aus.«

»Findest du?«

»Ja. Als wäre das Holz wieder lebendig.«

Sie lächelte ehrlich erfreut. »Genau den Effekt wollte ich erreichen.«

»Das ist dir definitiv gelungen.«

»Danke.« Sie ging auf ihn zu. »Was ist denn?«

Er holte tief Luft. »Ich habe nachgedacht. Über das, was du mir über deine Mutter erzählt hast. Und was du über die Reinheit meiner Trauer gesagt hast.«

Sie spielte verlegen an ihren Haaren herum. »Das hätte ich nicht sagen sollen, Mike. Das war unfair. Du kannst ja nichts dafür, dass du so ein gutes Verhältnis zu deinem Vater hattest.«

»Nein, ich weiß. Aber ich habe mich daran erinnert, wie sehr du mir nach seinem Tod geholfen hast, auch auf unserer Hochzeit und in den Flitterwochen. Ich kann noch vor mir sehen, wie du mit meiner Mum getanzt hast, damit sie nicht ganz allein dasteht. Das war so unglaublich lieb von dir.«

»Das war das Mindeste, was ich tun konnte, Michael.«

»Aber als du mich gebraucht hast, war ich nicht für dich da.«

»Weil ich es nicht zugelassen habe. Mum ist zu einer Zeit gestorben, die viel … komplizierter für uns beide war.«

Dankbar griff er das Stichwort auf. »Du hast recht, Julie. Deshalb möchte ich dich heute in eine Zeit zurückführen, die viel einfacher war.«

»Wie meinst du das?«

»Wart ab«, erwiderte er geheimnisvoll.

Sie schaute ihn neugierig an. Sehr gut. Sein Herz schlug

schneller. Er hatte Angst, aber jetzt, wo er das Ganze angefangen hatte, musste er es auch zu Ende bringen. »Komm einfach in zehn Minuten in die Garage, okay?«

Sie runzelte die Stirn. »In die Garage?«

»In zehn Minuten. Bitte. Oh, und bring deine Lederjacke mit.«

»Meine Bikerjacke?«

»Genau die.«

»Michael …«, begann sie, aber er hob die Hand.

Er musste jetzt gehen, sonst würde ihn doch noch der Mut verlassen. Der vergangene Abend hatte ihm einen wundervollen Blick in ihre Zukunft als Familie gewährt, und jetzt würde sich zeigen, ob sie auch als Paar eine Zukunft hatten. »In zehn Minuten, Julie«, wiederholte er und flüchtete.

Julie sah Michael nach, als er durch den Garten davoneilte, und sann staunend über die Veränderungen nach, die in den letzten Wochen mit ihm vorgegangen waren. Oder besser gesagt, die mit ihnen beiden vorgegangen waren. Nach der Ankündigung des Premierministers, einen Lockdown zu verhängen, hatte sie sich richtiggehend davor gefürchtet, mit Michael im Haus eingesperrt zu sein, doch dann war alles anders gekommen. Sie redeten so ungezwungen miteinander wie seit Jahren nicht mehr, teilten Erinnerungen, lachten sogar manchmal miteinander. Sie erinnerte sich an das seltsame Gefühl von Intimität, als sie ihm auf die Beine geholfen hatte, weil er wegen seines Rückens nicht mehr aufstehen konnte, und an die Freude,

Schulter an Schulter am Fenster zu stehen und die fröhlich herumhüpfenden Lämmer zu beobachten. Sie erinnerte sich an diesen verrückten Zumba-Walzer in seinen Armen und wie er spontan seine Hand auf ihre gelegt hatte, als sie Sophies freudige Neuigkeit vorausahnten. Das Glücksgefühl dieses Moments, das sie verbunden hatte, schoss von Neuem durch ihre Adern, und sie schluckte. Sie wollte ihre Familie nicht zerstören. Vielleicht hatte sie deshalb so lange nichts unternommen. Doch das war es nicht allein. Es ging nicht nur um die Kinder, es ging auch um Michael.

Wie er sie angesehen hatte, als sie auf dem Dachboden inmitten ihrer glitzernden Silberhochzeitsdekoration saßen. Einen Moment lang hatte sie gedacht, er werde sie küssen. Hätte sie seinen Kuss erwidert? Ihr Körper jedenfalls reagierte auf ihn, wie er es seit langer Zeit nicht mehr getan hatte. Wäre sie in diesem glänzenden Anwaltsbüro nach der Augenfarbe ihres künftigen Ex-Manns gefragt worden, hätte sie »schwarz« geantwortet. Doch etwas hatte sich verändert, und jetzt leuchteten seine Augen wieder so blau wie bei ihrer allerersten Begegnung. Etwas an ihm zog sie an.

Schnell räumte sie Lasur und Pinsel weg und ging ins Haus. Vor der Tür zur Garage blieb sie kurz stehen und lauschte. Kein Laut war zu hören. Ihr Herz schlug eine Spur schneller. Was hatte er bloß vor? Sie ging in den Flur. Als sie ihre Bikerjacke vom Haken nahm, erinnerte sie sich an das Gefühl des Leders auf ihrer Haut und wie sie allein durch seine Berührung in die Vergangenheit zurückversetzt worden war. Langsam schlüpfte sie hinein. Diesmal fühlte sie sich nicht unbedingt jünger, aber möglicherweise ein bisschen stärker. Nervös machte sie kehrt und klopfte an die Garagentür.

»Komm rein!«

Sie drückte den Türgriff hinunter, stieß die Tür auf und trat ein. Ein verblüffender Anblick bot sich ihr. Die Hauptbeleuchtung war ausgeschaltet, aber Gertie, die mitten in dem abgedunkelten Raum stand, wurde von zwei Schreibtischlampen angeleuchtet, sodass ihre Lackierung in sattem Rot erstrahlte. Michael saß mit Helm auf der Maschine. Er hatte ein weißes Leintuch am Garagentor aufgehängt, auf das eine Landstraße unter glühender Sonne projiziert wurde. Sie führte durch eine offene, karge Landschaft mit Felsen und ein paar Büschen hie und da zu einem schimmernden Meer am Horizont.

Julie traute ihren Augen nicht und schlug sich beide Hände vor den Mund.

»Ich kann mit dir leider nicht in die Vergangenheit fahren«, sagte Michael, »aber vielleicht an einen anderen schönen Ort? Kommst du mit? Es ist vollkommen ungefährlich. Wir bewegen uns nicht vom Fleck, und ich hab alle Fenster geöffnet wegen der Abgase.«

Es war richtig süß, wie aufgeregt er wirkte. Sie schluckte. »Ich komme sehr gern mit.«

Er griff nach ihrem Helm und hielt ihn ihr hin. Er glänzte wie frisch poliert, und doch hafteten so viele alte Erinnerungen daran.

»Wo hast du den denn her?«

»Oh, der lag im Schrank. Ich hab ihn aufgehoben. Nur für den Fall, dass du eines Tages … Ich will dich auf keinen Fall unter Druck setzen, es ist bloß so, dass ich, na ja, mit niemandem so gern gefahren bin wie mit dir, Julie.«

»Was ist mit Rob?«

»Rob ist ein stinkender alter Biker, sieht nicht gut aus, fährt zu schnell und sucht immer fürchterliche Spelunken zum Essen aus.«

Lachend trat Julie vor, nahm ihm den Helm ab und strich sich automatisch die Haare hinter die Ohren, bevor sie ihn aufsetzte. Sie sah Michael an, sein Gesicht durch das Visier eingerahmt. Der Anblick war ihr seit jener ersten unglaublichen Begegnung in Budapest vertraut.

»Okay?«, fragte er mit vor Fürsorge leuchtenden Augen.

»Okay.«

»Dann bitte …« Er klopfte auf die Bank hinter sich.

Mit schwer pochendem Herzen schwang Julie ein Bein über die Sitzbank. Als sie sich setzte, gab das Leder einen kleinen, glücklichen Seufzer von sich, als hätte Gertie viel zu lange auf diesen Moment gewartet. Durch die Form der Bank rutschte Julie zu Michael, ihr Oberkörper gegen seinen Rücken. Sie schlang ihre Arme um seine Taille, er legte seine Hände auf ihre und drückte sie kurz, und dann, in einer einzigen geschmeidigen Bewegung, drehte er den Gasgriff und trat den Kickstarter durch. Der Motor röhrte. Donnernder Lärm hallte in der Garage wider, und plötzlich breitete sich in Julie das Echo vollkommener, unbeschwerter Freude aus.

Als sie auf die Leinwand blickte, sah sie erstaunt, dass

sie die Straße entlangzufahren schienen. Michael muss eine Fernbedienung in der Hand haben, dachte sie, aber im Grunde war es ihr egal, wie er das machte. Das Meer kam immer näher. Michael gab ein bisschen mehr Gas und neigte die Maschine ein ganz klein wenig, als die Straße sich über eine Hügelkuppe schlängelte. Vor ihnen breitete sich ein halbmondförmiger Strand aus, daneben ein paar weiße Häuser, die sich an den Hang schmiegten.

»Griechenland!«, stieß sie atemlos hervor. »Das ist ja Griechenland! O Michael, endlich!«

Das Video stoppte bei der Panoramaaufnahme, und Michael stellte den Motor ab. Eine Weile saßen sie einfach nur schweigend da. Julie konnte sich nicht sattsehen an der traumhaften Landschaft. Aber noch viel mehr beeindruckte sie, was Michael, ihr Ehemann, getan hatte, um sie hierherzubringen. In einer Vorortgarage mitten im Lockdown, in der gefühlten Endphase ihrer einst glücklichen Ehe, war es ihm gelungen, sie ins Land ihrer Träume zu entführen.

Nach einer Weile nahm er seinen Helm ab und blickte sie über die Schulter hinweg an. »Wie wär's mit einem kleinen Imbiss?«

»Hier?«

»Na klar.«

Sie stieg vom Motorrad und setzte ebenfalls ihren Helm ab. Nachdem sie ihre Jacken ausgezogen und auf Gerties Sitzbank geworfen hatten, ergriff er ihre Hand und führte sie zu zwei alten Campingstühlen, die sie vorher gar nicht bemerkt hatte. Auf dem Tisch dazwischen standen eine

Flasche Rotwein, zwei Gläser und ein Picknickkorb aus Plastik. Michael klappte den Deckel auf.

»Ein paar gefüllte Weinblätter, Chiquitita?«

Sie kicherte. »Gern.«

»Und ein Glas Wein dazu? Leider gab es keinen griechischen, aber ich habe den trockensten genommen, den ich finden konnte.«

»Perfekt.«

Nachdem er ihnen eingeschenkt hatte, setzte er sich ihr gegenüber.

Julie biss in ihr Weinblatt. In der Mitte war es noch ziemlich kalt, doch das störte sie nicht. Es schmeckte nach Abenteuer und Hoffnung. »Wo in aller Welt hast du die denn her?«, wollte sie wissen.

»Ich hab mich heute Morgen während der Sonderöffnungszeit für Senioren im Supermarkt unter die alten Herrschaften gemischt«, gestand er.

»Michael Marshall, du bist ein Rebell!«

»Das war keine Absicht. Und weißt du, was? Keinem Menschen ist aufgefallen, dass ich eigentlich zu jung bin. Keinem einzigen Menschen, Julie! Seh ich denn wirklich so furchtbar alt aus?«

»Natürlich nicht«, antwortete sie wie aus der Pistole geschossen, weil sich das so gehörte. Aber er sah wirklich nicht alt aus, ein bisschen steif und verspannt, ja, aber das lag an seinen Rückenproblemen – und möglicherweise an seiner emotional verkrüppelten Frau.

»Vielleicht doch«, sagte er nachdenklich. »Die sechzig rückt in greifbare Nähe, und das gefällt mir überhaupt nicht. Ich glaube, deshalb bin ich griesgrämig geworden. Unnötig griesgrämig. Es tut mir leid.«

Bei diesem unerwarteten Geständnis zog sie scharf die Luft ein. »Nicht nur dir geht es so«, sagte sie leise. »Ich habe immer gedacht, die verbiesterte ältere Frau sei eine Erfindung von Komikern, aber das stimmt nicht. In letzter Zeit bringen mich schon Kleinigkeiten auf die Palme. Ich ertappe mich dabei, dass ich vor mich hin grummele, wenn ich zum Beispiel sehe, wie jemandem die Jeans zu weit runterrutscht. Als ob das eine Rolle spielen würde! Ich sollte einfach froh sein, dass ich mal einen Blick auf die Boxershorts eines jungen Manns erhaschen kann, oder?«

Der Anflug eines Lächelns spielte um seine Lippen. »Genau. Weißt du, was *ich* hasse?«

»Was?«

»Wenn jemand ›Alter‹ zu mir sagt. So wie neulich in einem Café am Flughafen. Ich hab nur gefragt, warum ich keinen Muffin zu meinem Kaffee bekomme – weil es ein paar Tage vorher nämlich noch einen gab –, und da mault dieser Typ hinter mir: ›Mach mal halblang, Alter.‹ Am liebsten hätte ich ihm eine reingehauen. Was ich natürlich nicht gemacht hab. Erstens hasse ich Gewalt, und zweitens hätte der Kerl mich mit einem einzigen Schlag ausgeknockt. Trotzdem hab ich mich geärgert, zumal ich als Ausgleich keines der Privilegien wie die wirklich alten Leute habe. Von wegen sichere Renten, von denen man leben kann!«

Julie verzog das Gesicht. »Da hast du recht.«

Michael biss in sein gefülltes Weinblatt. »Deshalb hab ich die letzten Jahre auch so hart gearbeitet. Nicht weil ich wenig Zeit zu Hause verbringen wollte.«

»Das weiß ich.«

»Wirklich? Aber ich habe dir das vorher nie gesagt, obwohl ich es hätte tun sollen.« Er sah sie an. »Deshalb sage ich es jetzt. Die letzten Wochen sind wirklich schön gewesen. Ich meine, die Sache mit dem Virus ist natürlich schlimm, und es ist schade, dass wir die Kinder und meine Mutter nicht besuchen können, aber mir hat es gutgetan. Hier zu sein, zu Hause, mit dir. Ich hasse Hotels.«

Sie hielt seinem Blick stand. Ihre Kehle war wie zugeschnürt. Sie hätte ihm gern gesagt, dass sie es genauso schön gefunden hatte. Sie hätte ihm gern gesagt, wie sehr sie es mochte, wenn sie ihn in seinem Büro reden hörte oder ihn im Garten herumwerkeln sah oder beim Kochen beobachtete. Sie hätte ihm gern gesagt, was sie empfunden hatte, als sie ihn in jener Nacht voller Sterne vom Motorrad hatte steigen sehen. Doch bevor sie die richtigen Worte fand, klingelte sein Handy. Aufstöhnend zog er es aus seiner Jackentasche, riss es aber, als er die Nummer des Anrufers sah, an sein Ohr.

»Hallo?«, sagte er aufgeregt. »Ja. … Ja, bitte! Wunderbar!« Als er das Gespräch beendet hatte, sah er Julie an. »Das war John, der Installateur. Er ist auf dem Weg hierher.«

»Jetzt?«

»Er wird jede Minute da sein. Er ist gerade in der Gegend und beim vorigen Kunden früher als erwartet fertig geworden. Ich geh ihm mal schnell aufmachen. Bin gleich wieder da!«

Er eilte hinaus, und Julie blieb sitzen, nippte an ihrem Wein, den Blick auf die Landschaft unter der griechischen Sonne geheftet. Die Ruhe des Ortes übertrug sich auf sie. Sie hatte den ganzen Morgen überlegt, wie sie ihm erklären konnte, was zwischen ihr und ihrer Mutter vorgefallen war – ganz zu schweigen von allem, was danach gekommen war. Sie hatte das Gefühl, dass es ihr hier, in dieser künstlichen Mittelmeeratmosphäre, leichter fallen würde, darüber zu sprechen. Leise hörte sie, wie Michael den Installateur hereinließ. Kurz darauf kam er zurück.

»Alles in Ordnung mit dir?«, fragte er und setzte sich wieder ihr gegenüber.

Sie nickte. »Danke, Mike.« Sie schenkte sich Wein nach und bemühte sich um einen gleichbleibend ruhigen Ton, als sie sagte: »Ich möchte dir erzählen, worüber Mum und ich uns gestritten haben, bevor sie starb.«

»Glaubst du, du bist so weit?«

Sie nickte und hob ihr Glas. »Also dann. Es ging um Geld.«

Er blinzelte überrascht, sagte aber nichts.

»Ich wollte Geld, damit ich den Pachtvertrag für das Café unterschreiben und den Laden erweitern konnte.«

Michael riss die Augen auf, hatte sich jedoch so weit unter Kontrolle, dass er sie immer noch nicht unterbrach.

»Ich weiß«, fuhr sie hastig fort. »Du willst bestimmt wissen, warum ich dich nicht gefragt habe. Aber das habe ich. Indirekt. Um meinen Fünfzigsten herum habe ich dir ständig irgendeinen Fingerzeig gegeben, habe Anspielungen gemacht, dass das Café schließen würde. Ich habe sogar das Exposé des Immobilienmaklers an die Pinnwand in der Küche gehängt. Ich dachte, ich hätte dir ununterbrochen mit dem Zaunpfahl gewinkt, aber dann hast du …«

»Einen Gutschein für ein Essen in diesem Nobelrestaurant gekauft.« Er schlug sich mit der Hand an die Stirn. »Wie konnte ich nur so blöd sein?«

»Das war nicht blöd, Michael. Das war ein wundervolles Geschenk.«

Er schüttelte den Kopf. »Aber nicht das, was du eigentlich wolltest.«

»Ich dachte, du würdest mich verstehen. Ich dachte, wenn mich jemand versteht, dann du.«

»Du hast recht, ich hätte es kapieren müssen. Entschuldige. Hast du deshalb die Kinder zu dem Essen eingeladen?«

Sie seufzte. »Das war dumm. Tut mir leid. Ich habe sie als … ich weiß nicht … als Schutzschild oder so was benutzt. Es war ehrlich gesagt ganz schön schwer für mich, als sie ausgezogen sind, auch wenn ich das damals nicht zugeben wollte. Es gibt nichts Langweiligeres als jemanden, der an einem Empty-Nest-Syndrom leidet.«

»Na ja …«

»Doch, wirklich, das kannst du mir glauben. Was für ein Klischee. Und ich wollte auf keinen Fall ein Klischee sein. Ich wollte stark und selbstständig sein und all so was. Ich wollte nicht, dass sich die Kinder um mich sorgen, und ich wollte auch nicht, dass die Leute tuscheln, dass mein Leben ohne die Kinder keinen Sinn mehr habe. Der Laden war die Lösung, erst recht, als das Café pleiteging und ich die Chance hatte zu vergrößern. Aber nachdem du … Also, nach meinem Geburtstag hab ich mich mit Mum getroffen. Ein schrecklicher Fehler.«

»Inwiefern?«

Sie stöhnte. »In jeder Beziehung! Ich fragte sie, ob sie mir achttausend Pfund leihen könne. Das war dumm. Jetzt ist mir das klar. Geld war für sie immer ein heikles Thema, und angesichts ihrer Lebensgeschichte verstehe ich auch, warum. Natürlich habe ich das alles damals auch schon gewusst, aber ich habe nur an meine Pläne für den Laden gedacht und nicht eine Sekunde lang an sie. Idiotisch, oder?«

Michael schüttelte energisch den Kopf. »Nein, Jules, ganz und gar nicht. Ich kann verstehen, warum du sie gefragt hast. Wenn eins unserer Kinder zu uns kommen und um Hilfe bitten würde, würden wir keine Sekunde zögern.«

Sie lächelte ihm zu. »Ich weiß. Aber meine Mutter hatte eine komplizierte Beziehung zu Geld. Sie hatte panische Angst davor, wieder ohne einen Penny dazustehen. Das hat sie zwar nicht davon abgehalten, das, was sie hatte, mit vollen Händen auszugeben, wenn ihr danach war, aber das geschah jedes Mal aus einer Laune heraus. Hinterher hat sie es immer bereut.« Sie holte tief Luft. »Sie ist sofort explodiert, als ich davon anfing. Ich hätte es wissen, hätte mich darauf vorbereiten müssen, aber stattdessen … stattdessen bin ich auch in die Luft gegangen. Ich habe furchtbare Dinge gesagt, verletzende Dinge. Dass sie eine Egoistin sei und sich für Clare und mich nicht interessiere und dass ich hoffte, sie werde auf ihrer verdammten Kreuzfahrt über Bord gehen. Und dann … dann hatte sie diesen Unfall und ist in dem Bewusstsein gestorben, dass ich so von ihr denke.«

»O Julie, sie wusste ganz bestimmt, dass du das nicht so gemeint hast.«

»Woher denn?«

»Weil das nur Worte waren. Ihr seid zwar immer wieder aneinandergeraten, wart aber andererseits auch ein gutes Team, und das wusste sie.«

»Meinst du?«

»Ich bin mir sicher!« Er wollte nach ihrer Hand greifen, aber sie hielt ihr Weinglas fest umklammert, scheinbar unfähig loszulassen. »Warum hast du mir das nie erzählt, Julie? Ich wusste ja, dass etwas nicht stimmt, aber ich hatte keine Ahnung, wieso. Ich bin einfach nicht an dich rangekommen.«

Sie sah ihn mit Tränen in den Augen an.

»Ich hatte solche Schuldgefühle, Michael. Ich habe ihr den Tod gewünscht!«

»Du hast gesagt, du hoffst, sie geht über Bord. Zwei, drei Tage später hätte sie darüber gelacht.«

»Aber sie hat keine zwei, drei Tage mehr gehabt. Sie ist in dem Glauben gestorben, ich würde sie hassen. Das habe ich nicht ertragen, aber vor allem hätte ich es nicht ertragen, wenn irgendjemand davon erfahren hätte. Wenn ich es laut ausgesprochen hätte, wäre es doch Wirklichkeit geworden. Die Leute hätten mich verurteilt.«

»Ich nicht! Ich hätte dich nicht verurteilt, Julie.« Er beugte sich vor. »Du hast sie lediglich gefragt. Sie hätte einfach Nein sagen können. Aber deine Mutter liebte Auseinandersetzungen, das weißt du. So war sie eben.«

Der Anflug eines Lächelns spielte um ihre Lippen.

»Da magst du recht haben. Aber ich hätte nicht aus der Haut fahren dürfen. Ich hätte sie nicht anschreien, nicht all diese schrecklichen Dinge zu ihr sagen dürfen, da sie bald sterben würde.«

»Das konntest du doch nicht wissen!«

»Nein. Aber wie heißt es so schön? Man soll nie im Streit schlafen gehen.«

Sie sahen sich an. Die Ironie dieser Bemerkung entging weder ihr noch ihm. Denn war es nicht genau das, was sie seit ein paar Jahren – oder noch länger – taten?

»Ich hasse den Gedanken, dass du das Gefühl hattest, dich mir nicht anvertrauen zu können. Ich bin dein Mann, Julie, dein Lebenspartner.«

Die Worte hingen bedeutungsschwer zwischen ihnen, so massig und drückend wie die heiße griechische Sonne, die auf dem Bettlaken vor ihnen brannte. In den letzten Jahren war es mit ihrer Partnerschaft nicht weit her gewesen. Julie schaute ihn an. Wieder streckte er seine Hand aus, und diesmal löste sie ihre von ihrem Glas und schob sie über den Tisch, bis sich ihre Fingerspitzen berührten.

»Hier geht es nicht um deine Mutter, Julie. Ich meine, versteh mich nicht falsch, es geht schon um sie und das, was passiert ist. Das muss ganz schrecklich für dich gewesen sein. Aber früher hättest du sofort mit mir darüber geredet.«

Sie nickte. »Ich weiß.«

»Was ist schiefgelaufen? Warum hast du mir nichts von eurem Streit erzählt? Und dass du das Café haben wolltest?«

Sie zuckte kläglich mit den Schultern. »Ich glaube, uns ist das passiert, was vielen anderen Paaren auch passiert. Als die Kinder größer wurden, haben wir uns irgendwie auseinandergelebt und … und …«

»Und nicht mehr zusammengefunden?«

Sie nickte erneut.

»Vielleicht schaffen wir es ja jetzt.«

Sie dachte darüber nach. In ihrem Schlafzimmer lagen immer noch die Scheidungsunterlagen. Sie erinnerte sich, dass sie es nicht über sich gebracht hatte, sie ihm gleich an jenem Nachmittag nach dem Anwaltstermin zu geben. Was hatte sie daran gehindert? Liebe? Und war das genug? Sie betrachtete das Mittelmeer, das so verlockend vor dem Garagentor glitzerte.

»Es ist viel geschehen«, sagte sie langsam. »Aber ich glaube, wenn wir es wirklich wollen, wenn wir uns wirklich Mühe geben, können wir es vielleicht noch mal schaffen.«

Er schob seine Hand ein Stückchen weiter über ihre. Auf einmal ertönte von irgendwoher ein merkwürdiges Klicken. Julie erschrak, es hörte sich an, als wäre zwischen ihnen etwas wieder eingerastet. Michael, der nicht ganz so viel Fantasie hatte, lächelte und schaute zu den an den Wänden verlaufenden Leitungen.

»Die Heizung! Halleluja, Jules – die Therme funktioniert wieder!«

Seine Hand schloss sich ganz um ihre, sie sprangen auf, liefen gemeinsam in die Küche und befühlten den Heizkörper. Tatsächlich – er wurde von unten her warm. In dem Moment kam John die Treppe herauf.

»Hallo.« Er blieb in der Tür zur Küche stehen und schaute die beiden an. »Merkt ihr schon was?«

»Allerdings«, antwortete Michael. »Super.«

»Es war nur eine defekte Luftschleuse. Ich hab sie ausgetauscht. Damit sollte das Problem behoben sein.«

»Super«, sagte Michael noch einmal. »Tausend Dank.«

»Die Rechnung schicke ich per Mail, wenn's recht ist.«

»Natürlich. Wunderbar.«

»Ich weiß, wo's rausgeht. Dann euch noch einen schönen Tag. Freut mich, dass ich so schnell helfen konnte.«

Damit wandte er sich zum Gehen, und Julie und Michael stellten sich an den Heizkörper. Julies Po war schon ganz warm, so wie ihre Finger, die immer noch von Michaels Hand umschlossen wurden, und dann wurde ihr noch wärmer, als er sich zu ihr hindrehte. Er stand so dicht neben ihr, seine Augen so unglaublich blau. Ihr Herz hämmerte. Langsam wandte sie ihm ihr Gesicht zu. »Das Problem ist Vergangenheit, oder?«, murmelte sie.

Er presste seine Lippen auf ihre, zog sie an sich und fuhr mit beiden Händen über ihren Körper, als könnte er nie genug davon bekommen, sie zu fühlen.

»Jules«, flüsterte er gegen ihre Lippen, »meine Jules.«

Ihr Name vibrierte in ihrem Inneren. Sie zupfte an seinem Pullover. Sie wollte mehr von ihm, wollte ihn ganz.

Er trat einen Schritt zurück, damit sie ihm den Pulli über den Kopf ziehen konnte. Dann knöpfte er ihre Bluse auf, aber es ging ihr viel zu langsam, und sie stöhnte ungeduldig. Zu guter Letzt riss er ihr die Bluse herunter und warf sie achtlos beiseite. »Ich will dich, Julie.«

Sie griff nach unten und spürte, wie erregt er war. »Ich will dich auch«, keuchte sie.

Sie löste seinen Gürtel und zerrte an seiner Hose, während er den Reißverschluss an ihrer aufzog. Sie schwankten beide ein bisschen, als sie die Kleidungsstücke wegkickten. Julie presste sich an ihn, genoss das Gefühl seiner Haut auf ihrer. Er legte ihr beide Hände auf den Po und zog sie noch näher an sich – aber immer noch nicht nahe genug.

»Bett?«, schlug sie mit erstickter Stimme vor.

»Zu weit«, stöhnte er und zog sie ins Wohnzimmer.

Als er sie auf eins der Sonnenblumensofas drückte und seine Lippen auf ihre, verblassten die letzten schwierigen Jahre, und das wundervolle Hier und Jetzt war das Einzige, was von Bedeutung schien.

# Kapitel achtundzwanzig

## April 1985

Am Morgen nach der Trauung werden Julie und Michael von ihren Gästen in die Flitterwochen verabschiedet. Jemand hat Konservendosen an einer Schnur hinten ans Motorrad gebunden. Ken, der sie »aus Sicherheitsgründen« sofort wieder entfernt hätte, ist nicht mehr da, und Michael stört das blecherne Scheppern, als sie losfahren, auch überhaupt nicht. Im Gegenteil, es gefällt ihm. Und noch viel mehr gefällt ihm, wie Julie sich an ihn schmiegt, wie sie ihre Oberschenkel an seine drückt, so wie fast die ganze letzte Nacht, während ihr Brautschleier, der unter dem Helm hervorschaut, im Fahrtwind flattert. In einer Haltebucht ein Stück die Straße runter hält er an, um die Schnur mit den Konservendosen loszubinden, er ist eben doch der Sohn seines Vaters. Als Julie bei der Gelegenheit ihren Schleier abnehmen will, hält er sie davon ab.

»Alle sollen sehen, was für ein glücklicher Mann ich bin. Mit einer wunderschönen Braut auf meinem wunderschönen Bike.«

Sie nimmt den Helm trotzdem ab, aber nur, um ihn zu küssen. Da es eine Weile dauert, ehe sie weiterfahren, verpassen sie um ein Haar die Fähre. Zum Glück sehen die Mitarbeiter den Brautschleier und winken sie nachsichtig lächelnd an Bord. Als sie das Motorrad abgestellt haben, laufen sie schnell an Deck, um einen letzten Blick auf England zu werfen, aber die Küste ist noch nicht mal richtig außer Sicht, da verschwinden sie schon in ihrer Kabine, um das zu Ende zu bringen, was sie am Straßenrand begonnen haben.

»Jede Nacht«, stammelt Julie, als er sich hektisch abmüht, sie aus ihren Lederklamotten zu schälen. »Das können wir ab jetzt jede Nacht bis an unser Lebensende machen.«

»Heute Nacht würde mir fürs Erste schon reichen«, stößt er heiser hervor, als er es endlich geschafft hat, ihr die Hose herunterzuziehen, und sie in ihrer ganzen Pracht vor ihm steht – seine Frau. Himmel, er kann sich wirklich glücklich schätzen.

In den nächsten Tagen durchqueren sie Frankreich, und die Frühlingssonne brennt umso heißer, je weiter sie nach Süden kommen, weg von der Trauer um seinen verstorbenen Vater, weg von der stressigen Organisation ihrer Hochzeit, weg von der liebevollen Fürsorge von Verwandten und Freunden – weg von allem, sodass nur sie beide und die Straße in eine gemeinsame Zukunft übrig bleiben. Tagsüber fahren sie, nachts lieben sie sich. Sie steigen in kleinen, altmodischen Pensionen mit leckerem Essen und klapprigen Betten ab, deren Quietschen die anderen Gäste an ihren nächtlichen Freuden teilhaben lässt, sodass sie ihre Croissants jeden Morgen mit roten Wangen verspeisen.

*»Lune de miel?«*, fragt einmal ein Wirt und zwinkert

vielsagend. Als Michael nickt, schiebt er ihnen ein paar Croissants zusätzlich hin. *»Pour la fortitude, mes braves!«*

Sie haben zwar auch so genug Energie, aber sie lachen so lange über die Bemerkung, bis es Zeit fürs Mittagessen ist.

Über die Westalpen fahren sie nach Italien, wo die Hitze beinahe unerträglich wird. Von der atemberaubenden Landschaft sind sie fast genauso begeistert wie voneinander. Da sie in ein paar Tagen für Kens Beerdigung zurückfahren müssen, reißen sie etliche Kilometer ohne Pause herunter. Schließlich hält Michael an einem Feld in der Einöde und nimmt seufzend seinen Helm ab.

»Ganz schön heiß.«

»O ja.« Julie dreht sich der Sonne zu. Sie ist immer schon ein Mensch gewesen, der die Hitze liebt.

»Schwitzt du nicht?«

»Es geht. Wie weit ist es noch bis Monferrato, was meinst du?«

»Ungefähr eine halbe Stunde, würde ich sagen.«

»Dann sind wir ja gleich da.«

»Hm«, stimmt er ihr zu, schaut dabei aber zu dem Fluss am Ende der sanft abfallenden Wiese, der zwischen niedrigen Bäumen glitzernd dahinplätschert.

»Michael?«

Er sieht sie grinsend an. »Du schwimmst doch gern.«

»Hier?«

»Wieso nicht? Ist doch keiner da außer uns.«

»Ich hab keinen Badeanzug dabei.«

Er zieht nur eine Braue hoch, und sie kichert.

»Nackt?«

»Wieso nicht?«, fragt er noch einmal.

Sie schaut sich um. Ab und an fährt ein Auto vorbei, aber von der Straße aus dürften sie unten am Fluss nicht zu sehen sein, und außerdem fahren die Italiener viel zu schnell, als dass sie dabei aus dem Fenster gucken und sie bemerken könnten.

»Na, dann los!« Schon rast sie die Wiese hinunter.

Michael verliert keine Zeit. Er rennt ihrem knackigen Po hinterher, der durch die herrlich enge Lederhose noch betont wird. Als er den Arm nach ihr ausstreckt, schlägt sie wild kichernd einen Haken und legt noch einmal an Tempo zu.

Nur Augenblicke später hat sie den Fluss erreicht, der sich als Flüsschen entpuppt, in dem man höchstens herumwaten, aber nicht schwimmen kann. Das Wasser glitzert in der Sonne und plätschert leise murmelnd über die Steine, und Michael kann es kaum erwarten, es auf seiner Haut zu fühlen.

»Wer zuletzt drin ist, ist eine faule Tomate!«, ruft er.

Er hat Schwierigkeiten, sich auf seine eigenen Sachen zu konzentrieren, als sie ihre Stiefel und dann die Hose auszieht und beides an einen Ast hängt. Es folgen Jacke und T-Shirt. Sie blickt sich nervös um, aber kein Mensch ist zu sehen, und als er seine Boxershorts herunterstreift, schlüpft sie aus Slip und BH und wirft sie einfach in den Baum. Michael ist ihr einen Schritt voraus, aber sie packt ihn an der Hand.

»Willst du mich aufhalten, du faule Tomate?«

»Du hast es erfasst!«

»Na schön, von dir lass ich mich jederzeit aufhalten.«

Er küsst sie fest auf den Mund. »Fertig?«

»Fertiger geht's gar nicht.«

Ein romantisches Hand-in-Hand-ins-Wasser-Rennen sieht anders aus. Sie rutschen die erdige Uferböschung hinunter, und auf den Steinen im Flussbett ist es nicht einfach, sicheren Stand zu finden. Doch das spielt keine Rolle. Sie kichern wie verrückt, als sie sich vorsichtig ins Wasser wagen, das so kalt ist, dass ihnen kurz der Atem stockt. Von Sonnenglut zu Eis binnen Sekunden mit einem einzigen Schritt. Michael bückt sich, schöpft Wasser mit der Hand und spritzt Julie nass, die nach Luft schnappt.

»Du gemeiner Kerl!«

Sie windet sich, als unzählige kalte Tröpfchen ihre aufgeheizte Haut treffen. Doch dann zahlt sie es ihm mit gleicher Münze heim. Sie spritzen sich gegenseitig nass, und es fühlt sich herrlich an. Irgendwann rutscht sie aus und landet der Länge nach im eisigen Wasser, das ihr die Luft aus der Lunge presst. Michael wirft sich neben sie, nimmt sie in seine Arme, und sie bleiben lachend und küssend in der bitterkalten Strömung liegen.

»Ich hätte ja jetzt wirklich gern Sex mit dir, meine wundervolle Frau, aber ich glaube, das lässt die Wassertemperatur nicht zu.« Mit kläglich verzerrtem Gesicht schaut er an sich hinunter, und sie prustet von Neuem los.

»Wir haben ja noch eine Woche, Michael. Noch eine ganze Woche!«

Wenn er ehrlich ist, kommt ihm das jetzt schon viel zu wenig vor.

Eine Stunde später checken sie in ihrem Hotel ein, mit nassen Haaren, die von den Helmen zu äußerst unvorteilhaften Frisuren gepresst wurden, und faltigen Hosen an den Stellen, wo das Leder nicht über die feuchte Haut gleiten wollte.

*»Va bene?«*, fragt die Empfangsdame zweifelnd.

*»Mucho bene«*, kauderwelschen sie und wechseln einen verschwörerischen Blick.

Die Frau lacht ordinär und nimmt einen Schlüssel vom Haken.

*»Camera migliore«*, versichert sie. *»Grande letto. Bestes Zimmer! Groooßes Bett!«*

Sie zwinkert anzüglich, bevor sie sie in das schönste Zimmer führt, in dem sie je gewesen sind. Es gefällt ihnen so gut, dass sie es gar nicht wieder verlassen wollen, und so packen sie Wein und Kartoffelchips aus den Motorradkoffern und verschlingen beides mit der gleichen Gier, wie sie einander vernaschen. Der Mond, der in dieser Nacht am Himmel steht, ist wahrlich ein Honigmond.

# Kapitel neunundzwanzig

## Achtzehnter Tag

Michael blinzelte sich aus dem Halbschlaf, ein Gefühl glückseliger Befriedigung immer noch spürbar, und war einen Moment lang verwirrt. Sein Blick fiel auf den farbenfrohen Bezug des Betts, auf dem er lag, und wanderte dann, während ihm langsam bewusst wurde, was passiert war, zu der Frau neben ihm. Julie, eine Hand unter ihrem Gesicht, den anderen Arm lässig ausgestreckt, schlief tief und fest. Sie sah so unglaublich sinnlich dabei aus, dass er den ganzen Tag hätte daliegen und sie betrachten können.

Er streckte sich genüsslich. Nachdem sie in wilder Raserei auf dem Sofa übereinander hergefallen waren, waren sie die Treppe hinaufgestolpert, wo sie sich im Bett ein zweites Mal geliebt hatten, langsam und zärtlich. Sie hatten sich viel Zeit gelassen, um einander aufs Neue zu erforschen, so wie sie es viel zu lange nicht getan hatten, noch bevor sie in ihrer Dummheit angefangen hatten, in getrennten Betten zu schlafen. Mit ihren Teenagern im Haus hatten sie immer nur schnell und leise Sex gehabt, als würden sie etwas Verbotenes tun, doch die letzte Nacht hatte alles wieder wettgemacht. Und er hoffte inständig, dass es heute Nacht wieder so sein würde. Und von jetzt an in jeder.

Übers ganze Gesicht grinsend schwang er seine Beine aus dem Bett. Er musste dringend pinkeln – das Alter! –, aber wenn er sich vorsichtig hinausschlich, würde er Julie nicht aufwecken. Dann würde er sich wieder zu ihr legen und sie beobachten. Und wenn sie aufwachte, wer weiß …

Er stützte sich mit beiden Händen ab, um sich behutsam hochzustemmen, als ihm plötzlich ein Fuß wegrutschte und er unsanft auf die Matratze zurückplumpste.

Julie regte sich, wachte aber nicht auf. Puh!

Er beugte sich vor, um zu sehen, auf was er ausgerutscht war. Ein dickes Blatt Papier, DIN A4, schwarz und eng beschrieben. Als er es aufhob, bemerkte er noch mehr lose Blätter unter dem Bett. Er zog sie nacheinander hervor und ordnete sie mithilfe der Seitenzahlen am unteren Rand, bis die erste Seite obenauf lag. Unter einer ganzen Reihe von Namen prangte ein fantasievolles Wappen und darunter in fetten, unterstrichenen Buchstaben: Antrag auf Scheidung.

Er starrte auf die Worte. Scheidung? Er zwang sich zur Besonnenheit, ermahnte sich, nicht überzureagieren, genau hinzusehen und keine voreiligen Schlüsse zu ziehen. Vielleicht wollte Julie die Unterlagen für jemand anderen durchsehen oder … oder … Aber nein. Mit wachsender Fassungslosigkeit las er Seite für Seite, las seinen eigenen Namen und den von Julie.

»Mein Gott!«, schrie er, und Julie fuhr erschrocken hoch. Verschlafen, die Gesichtszüge noch weich, sah sie unglaublich süß aus, aber Michael hatte keinen Blick dafür. Nur für die harten, kalten Worte auf dem Papier. »Du willst die Scheidung, Julie?«

Sie war schlagartig hellwach.

»Michael …« Sie blickte die Unterlagen an. »Michael, hör zu – das ist lange her. Das war vor dem Lockdown.«

»Ach so, vor dem Lockdown! Na, dann ist ja alles in Ordnung!«

»Wirklich?«

»Nein! Nein, verdammt noch mal, *nichts* ist in Ordnung! Du willst die Scheidung?«

Sie lief rot an und zog die Decke um ihren nackten Oberkörper. »*Wollte*, Michael. Zumindest dachte ich das.«

Er betrachtete das Logo auf dem Antrag. »Du hast mehr als nur daran gedacht, Julie. Du warst schon bei einem Anwalt. Du hast die Formulare ausgefüllt.«

»Also, eigentlich …«

»Es interessiert mich nicht, wer unsere Namen da eingetragen hat! Aber ich will wissen, warum die Papiere die ganze Zeit über hier lagen und du kein Wort darüber verloren hast!«

»Es schien nie der richtige Zeitpunkt dafür, mit dir darüber zu sprechen. Und offensichtlich war es eh keine gute Idee, ich meine, wir …«

»Vögeln wieder?« Sie zuckte bei dem Ausdruck zusammen, aber es war ihm egal. Er kam sich dumm, verwundbar, benutzt vor. »Warum hast du den Antrag dann aufgehoben? Damit du ihn nachts streicheln und dich damit trösten kannst, dass du bald von hier abhauen kannst? Weil er dir die Kraft gegeben hat, noch ein kleines bisschen länger nett zu mir zu sein?« Ein Gedanke bohrte sich wie eine Glasscherbe in sein Gehirn. »Hast du etwa aus Mitleid mit mir gevögelt?«

»Nein!« Sie kniete sich aufs Bett und streckte die Hand nach ihm aus. »Wirklich nicht, Michael. Ich gebe zu, ich habe daran gedacht, mich scheiden zu lassen. Seit Sophies Hochzeit habe ich mit dem Gedanken gespielt.«

Er schwieg einen Augenblick. »Verstehe.« Er hatte sich in den letzten Jahren ziemlich fies benommen. Und er schämte sich dafür. Aber wenigstens war er ehrlich gewesen. Möglicherweise zu ehrlich, aber war das nicht immer noch besser als die Lügen, die sie ihm auftischte? Eine Erinnerung poppte in seinem Kopf auf – wie eine Nachricht auf einem Handydisplay: *Frohe Weihnachten, Julie. Ich habe viel nachgedacht, und du wirst mich nicht wiedersehen.* Er sah sie an. »Was verschweigst du mir sonst noch?«

»Wie bitte?«

»Diese ganzen Geheimnisse. Erst der Streit mit deiner Mutter, dann unsere Scheidung. Was gibt es sonst noch, was ich nicht weiß?« Er war tatsächlich dumm. Und verwundbar. Und definitiv benutzt worden. »Es gibt jemand anders, nicht wahr?«

»Nein!«, sagte sie so heftig, dass diesmal er zusammenzuckte.

»Aber es gab jemanden«, bohrte er weiter.

Sie starrte ihn an. »Was redest du da?« Sie stritt es nicht wirklich ab. Sein Herz verwandelte sich in einen Eisklumpen.

»Ich habe die SMS gesehen. An jenem Weihnachten. Als wir auch hier waren«, er machte eine ausholende Handbewegung, »und es gerade tun wollten. Jemand schrieb, er werde dich nicht wiedersehen. Und du seist ›wunderschön, innen und außen‹.«

Sie blickte ihn schuldbewusst an. »Das hast du gesehen?«

»Von wem war die Nachricht?«

Sie seufzte. »Von George.«

»George?« Er durchforstete sein Gedächtnis. »Der Blumenlieferant? Für den Clare so geschwärmt hat?«

Sie nickte.

»Und dabei warst du es, die die ganze Zeit mit ihm …«

»Nein! Es ist nichts passiert, Michael.«

»Und wie kann ich sicher sein, dass das die Wahrheit ist?«

Tränen standen in ihren Augen, als sie ihn ansah. »Du wirst mir einfach glauben müssen. Mir vertrauen.«

Eine ungeheure Traurigkeit stieg in ihm auf, die Luft wurde in seine Lunge zurückgepresst, seine aufgewühlten Emotionen vorwärtsgepeitscht. Sie trugen all den Ballast und das Treibgut der letzten unglücklichen Jahre in sich. Seine Augen brannten; er bedeckte sie mit beiden Händen.

»Michael, bitte …«

Er spürte ihre Finger an seiner Schulter und schüttelte sie mit einem Achselzucken ab. Er konnte ihre Berührung nicht ertragen. Er wollte nur die Wahrheit, mehr nicht. »Was ist passiert, Julie? Bitte. Sag mir, was passiert ist.«

# Kapitel dreißig

## Weihnachten 2017

Julie hat zu viel Prosecco und Cocktails und Spiced Rum getrunken. Sie ist betrunken, so betrunken, dass Derby – wo man normalerweise zwar ein Feierabend-Pint trinken, aber nicht unbedingt einen glamourösen Abend verbringen kann – ihr wie New York vorkommt. Die Lichter sind hell, die Musik herrlich schnulzig, und sie will die Tanzfläche nie mehr verlassen.

Clare und ihre Freundinnen tanzen ausgelassen rings um sie herum. Irgendein Genie von DJ legt Chesney Hawkes auf, *The One and Only*, und ja, sie *ist* die Eine, die Einzige! Nein, sie möchte mit niemandem tauschen. Die Dinge sind ziemlich kompliziert. Okay, eigentlich mehr als kompliziert, aber sie hat zu viel getrunken, als dass sie präzisere Wörter finden könnte. Düster trifft es vielleicht. Düster und konfus und traurig. Aber nicht heute. Nicht jetzt. Es ist Weihnachten, und zu Weihnachten ist man glücklich und fröhlich und lustig. Und das ist sie wirklich. Vor allem fröhlich. Schluss mit der Traurigkeit! Ihr Laden läuft nach der Erweiterung hervorragend. Linda würde sich bestimmt darüber freuen, wie sie ihr Erbe verwendet hat, wenn sie das Geschäft sehen könnte – oder wenigstens die Zahlen.

*»I am the one and only!«*, schreit sie zusammen mit all

den anderen Idioten mittleren Alters und hüpft auf der heftig vibrierenden Tanzfläche auf und ab. Und da entdeckt sie ihn, mitten im Gedränge. »George!«

Er und seine Kumpels albern gerade herum, sodass er in einer Superman-Pose erstarrt, einen Arm mit geballter Faust nach vorn gestreckt, als er seinen Namen hört.

»Julie!« Er kämpft sich durch das wilde Gehopse. »Du hier? Das ist ja mal eine Überraschung! Fröhliche Weihnachten!«

Er umarmt sie, hebt sie ein Stückchen hoch. Sie spürt, wie stark er ist, sie riecht sein Rasierwasser, vernimmt sein tiefes Lachen. In den letzten Monaten hat sie sich an diesen Klang gewöhnt. George kommt mindestens einmal die Woche in den Laden und bleibt immer auf eine Tasse Tee. Daran ist nichts Ungehöriges. Clare ist jedes Mal dabei. Sie mag George. Und sie ist Single. Aber George scheint sich lieber mit Julie zu unterhalten. Und jetzt, wo ihr die ausgelassene Weihnachtsstimmung zu Kopf gestiegen ist, findet auch sie es herrlich, jemanden zu haben, der sich mit ihr unterhalten will. Vor allem, wenn er über etwas anderes als seine Rückenschmerzen spricht. Sie gibt ihm einen flüchtigen Kuss auf die Wange.

»Willst du was trinken?«, fragt er, und sie nickt und folgt ihm von der Tanzfläche zum Barbereich, wo es nur unwesentlich ruhiger ist. »Was möchtest du?«

In ihrem Kopf dreht sich schon alles. »Nur ein Wasser, bitte.«

Er zieht eine Braue hoch, sagt aber nichts.

Sie klettert auf einen Barhocker und schaut ihm nach,

als er sich durch die Menge zum Tresen schiebt. Er ist ein großer, kräftiger, breitschultriger Mann. Die Muskeln hat er bestimmt von seiner Arbeit. Er muss ja den ganzen Tag Pflanzen schleppen. Und er ist blond. Sie steht nicht auf blonde Typen. Sie steht nicht auf *George*. Sie ist verheiratet. Sie ist nicht so eine. Aber in seinem Rentier-T-Shirt, das seine muskulösen Arme betont, sieht er schon ziemlich süß aus.

Er dreht sich um, vielleicht um nachzusehen, ob sie noch da ist, und seine Augen leuchten auf, als sie ihm kurz zuwinkt. Ihr Magen macht einen kleinen Hüpfer. Sie hat ganz vergessen, wie es ist, so angesehen zu werden. Als ob sie begehrenswert wäre. Und objektiv ist George wirklich sehr attraktiv …

»Dein Wasser.«

»Danke.«

Er beobachtet sie lächelnd dabei, wie sie es hinunterstürzt. »Das war anscheinend dringend nötig.«

»Ich habe die ganze Zeit getanzt. Und hatte mehrere Gratis-Shots von diesem Spiced Rum.«

»Na und? Es ist Weihnachten. Du hast dir eine Belohnung verdient. Was du dieses Jahr aus deinem Laden gemacht hast, ist absolut fantastisch.«

Er muss sich zu ihr beugen, damit sie ihn bei dem Lärm versteht. Das Wort »fantastisch« streift ihr Ohrläppchen wie eine Liebkosung.

»Danke. Der Laden bedeutet mir sehr viel.«

»Das merkt man. Man spürt überall deine Liebe, und das zieht die Leute an.«

»Liebe?«

Er zuckt mit den Schultern. »Liebst du ihn denn nicht?«

Sie denkt darüber nach. Das Wasser scheint die Wirkung des Rums nur noch zu verstärken.

»Wahrscheinlich schon. Ich habe ihn eröffnet, nachdem mein Sohn eingeschult wurde. Anfangs war es nur eine neue Aufgabe, aber bald wurde mehr daraus. Er ist, na ja, zu einem Teil meiner Identität geworden, könnte man sagen.«

*»Julie's Flowers.«*

»Ja.«

Sie verscheucht die Erinnerung, dass sie den Namen Michael zu verdanken hat, aber George spürt ihr Zögern.

Er beugt sich wieder zu ihr und sagt: »Die Ecke mit den Topfpflanzen gefällt mir besonders – logisch, sonst könnte ich schließlich nicht bei dir vorbeikommen. Das ist der Höhepunkt meiner Woche.«

»Die Topfpflanzen?«

»Aber ja«, versichert er, obwohl seine Augen etwas anderes sagen.

Sie schaut zu ihm auf, zum großen, kräftigen George mit dem Lächeln und den längeren blonden Haaren und den Muskeln. So einen Mann hätte sie sich als Teenager für sich vorgestellt – bevor sie aus einem Budapester Café kam und von einem Paar blauer Augen verzaubert wurde. Sie lehnt sich unbewusst näher zu ihm.

»Du bist so wunderschön, Julie«, flüstert er.

»Unsinn!« Sie gibt ihm einen kleinen Schubs.

»Nein, das ist die Wahrheit. Innen und außen einfach wunderschön.«

Sie lächelt. »Das ist jetzt aber wirklich ein bisschen schmalzig, George.«

»Das ist sogar sehr schmalzig, ich weiß. Aber ich kann nichts dafür – das sind nun mal die Gefühle, die du in mir auslöst. Du bist etwas ganz Besonderes.«

Sie schluckt. Etwas Besonderes? So fühlt sie sich überhaupt nicht. In letzter Zeit fühlt sie sich eigentlich nur alt und müde und ein bisschen traurig.

»Danke«, murmelt sie.

Plötzlich beugt er sich zu ihr und küsst sie.

Eine Sekunde lang reagiert sie nicht. Dann kommt sie zu sich und zuckt, schlagartig nüchtern, zurück. Die Lichter wirken auf einmal schäbig, die Leute auf der Tanzfläche, als hätten sie den Verstand verloren, und George – George sieht einfach nur jung aus.

Er blinzelt. »Entschuldige. O Gott, es tut mir so leid. Ich …«

»Schon gut, George.«

»Nein, es ist nicht gut. Ich weiß gar nicht, was in mich gefahren ist. Du bist eine so tolle, hübsche, humorvolle Frau. Aber dich umgibt immer so eine Aura von Traurigkeit, dass ich einfach etwas tun wollte, damit es dir besser geht.«

Julie wird es ganz warm ums Herz. »Das ist lieb von dir, George. Und zu einer anderen Zeit und an einem anderen Ort hätte ein Kuss möglicherweise geholfen. Aber im Augenblick macht er alles nur schlimmer, auch wenn es sicher schön wäre, dich länger zu küssen.«

»Sicher. Ich verstehe. Wie dumm von mir. Entschuldige.«

»Du musst dich nicht entschuldigen, George. Falls es dich tröstet – du hast tatsächlich dafür gesorgt, dass es mir besser geht, wenn auch anders, als du dir vorgestellt hast.«

Er lächelt traurig. »Dummerweise geht es *mir* jetzt schlecht.«

»Das wiederum tut *mir* leid. Clare ist auch hier irgendwo, falls du ...«

Er schüttelt den Kopf und wendet sich zum Gehen.

»Fröhliche Weihnachten, George!«, ruft sie ihm nach. »Wir sehen uns im neuen Jahr.«

Er dreht sich noch einmal um. »Vielleicht. Aber vielleicht wäre es besser, wenn nicht. Für uns beide.«

Und dann ist er weg, und Julie bleibt allein mit einer Mischung aus Übelkeit und Schwindel zurück, hervorgerufen durch Erinnerungen und zu viel Spiced Rum.

## Kapitel einunddreißig

»Mehr war nicht«, sagte Julie. »Er hat versucht, mich zu küssen, und ich hab ihn zurückgewiesen und ihm erklärt, dass zwischen uns nichts sein wird. Deshalb hat er mir diese Nachricht geschickt. Und geschrieben, dass er mich nicht wiedersehen wird. Das ist alles.« Sie schloss die Augen. »Wir hatten uns angefreundet. Ich habe ihm von Mum erzählt, wie sie gestorben ist und so, und wahrscheinlich hat er mehr dahinter vermutet.«

»Wie sie gestorben ist und so?« Sie zuckte zusammen, und Michael beugte sich weiter vor. »Hast du ihm von eurer Auseinandersetzung erzählt, Julie?«

Sie machte den Mund auf, wollte es schon abstreiten, aber wozu denn noch? Keine Geheimnisse mehr zwischen ihnen, hatte er verlangt, und das war sie ihm schuldig.

»Es tut mir leid, Michael.«

Er starrte sie an wie betäubt.

»Ihm hast du es erzählt, aber mir konntest du dich nicht anvertrauen.«

»Es tut mir leid«, sagte sie noch einmal. »Ich war an einem Tiefpunkt angelangt, und es hat einfach … gutgetan, mit ihm darüber zu sprechen. Es war leichter mit ihm, weil er ein Fremder war.«

»Ein Fremder, der dich geküsst hat.«

»Aber ich habe den Kuss schnell abgebrochen, Michael. Deinetwegen.«

Er schloss die Augen. »Das ist mir einfach zu hoch, Julie. Wenn es so gut war, mit diesem George über deine Mutter zu sprechen, wieso hast du nicht noch einmal versucht, mit mir darüber zu reden?«

»Weil du mir aus dem Weg gegangen bist. Sogar an Heiligabend hast du mich kalt auflaufen lassen.«

»Doch nur wegen dieser verdammten Nachricht!«

Sie zog scharf die Luft ein. »Richtig. Du hast sie genau in dem Moment gesehen.«

»Ja. Als du mir das Foto von Briony gezeigt hast.«

Sie seufzte. »Was für ein Durcheinander! Wir haben es einfach nicht geschafft, miteinander zu kommunizieren.«

»*Du* hast es nicht geschafft«, entgegnete er frostig.

Und er hatte recht. Er hatte absolut recht. Sie dachte an diese letzten Wochen, in denen er für sie gekocht, sie ermuntert hatte, über ihre Gefühle zu sprechen, in der Garage sogar eine Griechenlandreise für sie organisiert hatte. Er war immer nur freundlich und nett gewesen, und sie hatte es ihm mit Lügen und Heimlichkeiten vergolten.

»Es tut mir wirklich leid, Michael«, sagte sie. »Ich weiß nicht, warum ich George damals von der Sache mit Mum erzählt habe. Irgendwann war er im Laden, und es hat sich einfach so ergeben. Aber es hatte nichts zu bedeuten. Es war völlig unwichtig.«

»Nicht für mich. Und das Gleiche gilt für diese Scheidungsunterlagen. Du wolltest mich verlassen, Julie, und hast nicht ein Wort darüber verloren!«

»Ich weiß. Entschuldige. Aber das war, weil zwischen uns nichts mehr gestimmt hat. Das ist jetzt anders. Jetzt fühlt es sich doch wieder richtig an, oder etwa nicht?«

Eine grenzenlose Traurigkeit spiegelte sich in seinen Augen, als er sie ansah. »Das hat es, bis ich die hier entdeckt habe.« Er blickte auf die Unterlagen in seinen Händen.

Sie konnte es kaum ertragen, ihn so verzweifelt und verwirrt zu sehen. Sie hätte ihn gern in die Arme genommen und geküsst, aber er wirkte so abweisend. »Was kann ich tun, um es wiedergutzumachen?«, fragte sie flehentlich.

»Ich weiß es nicht, Julie.« Er sprach leise und ruhig, erschreckend ruhig. »In den letzten Wochen habe ich mit meinen beschränkten Mitteln versucht, eine Brücke in die Vergangenheit zu bauen, damit wir wieder zueinanderfinden. Letzte Nacht habe ich gedacht, wir hätten es geschafft. Noch vor wenigen Minuten war ich glücklich, Julie. So unglaublich glücklich. Aber es hat sich herausgestellt, dass es mehr in der Vergangenheit gibt, als ich dachte – dass es mehr Sachen gibt, die *du* getan hast, als ich dachte –, und ich weiß nicht, ob ich noch mehr Lügen, noch mehr Heimlichkeiten ertragen kann. Ich weiß, dass du gelitten hast, Julie, aber ich habe auch gelitten. Ich leide immer noch.«

Er stand auf und ging nackt, wie er war, zur Tür.

»Wo willst du hin, Michael?«

»Weg«, schleuderte er ihr entgegen. »Weg von dir.«

Er knallte die Tür hinter sich zu. Julie sank in das zerwühlte Bett zurück, in dem sie sich vor wenigen Stunden noch so zärtlich geliebt hatten. Ungläubig starrte sie auf die Scheidungsunterlagen, die er auf die Bettdecke geworfen hatte. Wie hatte ihr das nur passieren können? Wieso nur hatte sie die verdammten Papiere nicht richtig versteckt?

Aber verstecken war keine Lösung, das wusste sie jetzt. *Ich weiß nicht, ob ich noch mehr Lügen ertragen kann*, hatte Michael gerade gesagt. Und er hatte recht, etwas zu verstecken war keine Grundlage für eine Ehe. Es war höchste Zeit, reinen Tisch zu machen.

* * *

»Julie Marshall? Sind Sie die nächste Angehörige von Ms Linda Jenkins? Ich muss Ihnen leider mitteilen, dass sie einen Unfall hatte.«

Julie, das Telefon in der Hand, sieht Michael an, der sie anstarrt. »Ein Unfall«, stammelt sie. »Sie sagt, dass Mum einen Unfall hatte.«

Er eilt zu ihr. »Was? Wer?«

»Die Frau vom Krankenhaus.«

Sie fuchtelt mit dem Telefon herum, und Michael nimmt es ihr aus der Hand und beginnt, ruhig zu sprechen. Er ist immer so verflucht ruhig. Auch wenn sie diese Eigenschaft an ihm zu schätzen weiß, manchmal regelrecht darauf angewiesen ist, wäre sie froh, wenn er wenigstens ein einziges Mal die Beherrschung verlieren würde, damit sie es auch könnte.

»Komm«, sagt er später und legt einen Arm um sie. »Gehen wir.«

Sie lässt sich von ihm zum Auto führen und zum Krankenhaus fahren. Als sie dort ankommen, hat sie die Nachricht verarbeitet. Sie muss etwas tun, Linda sofort etwas sagen. Etwas sehr Privates.

»Lass mich bitte am Eingang raus.«

»Julie, ich glaube nicht …«

»Ich komm schon zurecht, Michael. Ich bin erwachsen.«

»Das weiß ich doch.«

»Dann setz mich am Eingang ab. Bitte. Das geht schneller.«

Er diskutiert nicht mehr, sondern fährt zum Haupteingang, wo er anhält. »Ich komme so schnell wie möglich nach.«

»Danke«, murmelt sie, springt aus dem Auto, läuft um die geparkten Krankenwagen herum und durch die großen Glastüren. An der Schlange der Wartenden vorbei eilt sie zum Empfang. »Linda Jenkins«, keucht sie. »Meine Mutter. Sie hatte einen Unfall.«

Ein unwilliges, sehr britisches Murren ertönt hinter ihr, aber eine zufällig vorbeikommende Krankenschwester hört den Namen und kommt auf Julie zu.

»Ich bringe Sie zu ihr.«

Das Murren schlägt in so etwas wie Respekt um. In der Welt der Notaufnahme gibt es eine Hierarchie der Notfälle, und der, wegen dem Julie hier ist, steht ganz klar ziemlich weit oben. Was allerdings kein Trost ist.

Die Krankenschwester führt sie in zügigem Tempo durch zwei Reihen von Klinikbetten, die jeweils nur ein Vorhang trennt. Am letzten Bett bleibt sie stehen und dreht sich, die Hand am Stoff, zu Julie um.

»Es war ein schwerer Unfall. Ihre Mutter muss direkt in das Auto gelaufen sein. Der Fahrer konnte nicht mehr bremsen.«

»War sie betrunken?«

Die Krankenschwester wirft ihr einen traurigen Blick zu. »Sieht ganz so aus. Das einzig Gute daran ist, dass sie dadurch ziemlich entspannt war – ein Körper, der keinen Widerstand leistet, wird oft besser mit den Verletzungen fertig.«

Ein Körper, der keinen Widerstand leistet. Julie weiß jetzt schon, dass sie diese Formulierung nicht so schnell aus ihrem Kopf bekommen wird. »Hat sie Schmerzen?«

Die Schwester reißt sich sichtlich zusammen. »Sie ist nicht bei Bewusstsein – also keine Schmerzen, nein.«

»War sie bei Bewusstsein, als sie … als sie eingeliefert wurde?«

Die Schwester schüttelt den Kopf. »Nein. Sie hat wahrscheinlich nicht viel mitbekommen und bestimmt nicht leiden müssen.«

»Aber das wird sie, wenn sie aufwacht. Und meine Mum ist nicht besonders gut darin, Schmerzen auszuhalten.« Die Schwester betrachtet sie so mitleidig, dass es wehtut. Julie weiß, was das bedeutet, weigert sich aber noch, den Tatsachen ins Auge zu sehen. »Sie ist ein richtiges Weichei, was das angeht. Schon bei einem harmlosen Schnitt oder so was. Als meine Schwester und ich klein waren, musste ich ihr schon einen Brandy holen, wenn sie sich bloß den Zeh angestoßen hatte.« Die Schwester sieht sie unverwandt an. »Sie war keine Alkoholikerin. Damals jedenfalls nicht. Ich meine, heute ist sie auch keine. Sie trinkt gern mal was, klar, aber nicht schon zum Frühstück. Nicht …«

Die Schwester zieht den Vorhang zurück, und Lindas Anblick lässt Julie schlagartig verstummen. Ihre Mutter sieht so klein aus in dem Klinikbett. Sie ist an ein EKG angeschlossen; Schläuche führen aus beiden Armen zu dem Kasten. Ihr Kopf ist bandagiert, und der Verband hebt sich grellweiß von dem stark geschminkten Gesicht ab. Es sieht aus, als würde ihr das Make-up gleich von ihrer erschlafften Haut rutschen. Die linke Wange ist ein einziger Bluterguss. Der Körper unter der dünnen Decke wirkt unnatürlich verrenkt.

»Sie wird nicht wieder aufwachen, oder?«

Die Schwester legt ihr eine Hand auf den Arm. »Das ist sehr unwahrscheinlich, fürchte ich.«

»Nicht einmal ganz kurz?«

»Möglich wäre es. Schwer zu sagen. Aber vielleicht kann sie Sie trotzdem hören.«

»Glauben Sie?«

»Es gibt Studien, die das nahelegen.«

Julie kennt diese Studien zwar nicht, aber sie sind alles, woran sie sich jetzt klammern kann.

»Mum?« Nichts. Sie sieht die Schwester an. »Darf ich sie anfassen?«

»Natürlich. Aber seien Sie behutsam.«

Julie nimmt Lindas kraftlose Hand in ihre.

»O Mum.« Sie hört, wie die Schwester sich leise entfernt, und ist ihr dankbar dafür. Erst jetzt fällt ihr ein, dass sie Clare hätte anrufen sollen. Hoffentlich hat Michael daran gedacht. Aber im Augenblick ist es gut, dass sie mit Linda allein ist, denn sie muss ihr etwas Wichtiges sagen. »Kannst du mich hören, Mum? Ich hoffe es. Ich hoffe, du kannst mich wenigstens mit deinem Herzen hören. Es tut mir leid. Es tut mir leid, dass ich dich um dieses blöde Geld für diesen blöden Laden gebeten habe. Und es tut mir so leid, dass ich sauer geworden bin, als du Nein gesagt hast. Natürlich sollst du dir eine Kreuzfahrt gönnen. Natürlich sollst du Spaß haben. Das ist viel wichtiger, als den Leuten dämliche Blumen zu verkaufen. Viel wichtiger, als seinem Ehemann beweisen zu wollen, dass er nicht der Einzige ist, der Erfolg im Beruf hat.«

Sie hält Lindas Hand noch fester.

»Ich wollte doch nur, dass du stolz auf mich bist, Mum. Müßiggang ist aller Laster Anfang und das ganze Zeug, das hast du doch immer gesagt. Und ich habe mich wirklich angestrengt. Ich habe so lange gearbeitet, so wie du es uns immer gepredigt hast. Es ist nur ein kleiner Blumenladen, ich weiß, aber er läuft richtig gut – und das habe ich nur dir und allem zu verdanken, was du mir beigebracht hast. Und Clare auch.«

Sie mustert Linda verzweifelt, kann aber nicht die kleinste Reaktion ausmachen. Die Augenlider mit den getuschten Wimpern zucken nicht einmal.

»Ich liebe dich, Mum. Ich wollte nicht, dass du über Bord gehst, und ich will auch nicht, dass du stirbst. Ich will, dass du aufwachst und mich anbrüllst und mit mir lachst und uns heiße Schokolade mit Unmengen von Marshmallows machst. Ich will, dass ich dir meine Hausaufgaben zeigen kann und du mich alles noch einmal machen lässt, weil es nicht gut genug ist. Ich will dich anschreien, dass es nicht fair ist, dass ich vor Mitternacht zu Hause sein muss. Ich will, dass du an meiner Rocklänge und meiner Haarfarbe herumnörgelst und schimpfst, weil ich mein Zimmer nicht aufgeräumt habe. Ich will zu dir sagen, dass mein pickliger Freund perfekt ist, und genervt mit den Augen rollen, wenn du mich fragst, ob ich weiß, wie man Kondome benutzt, und ich will mich heulend in deine Arme werfen, wenn er mich drei Tage später abserviert. Ich will mich einfach nur in deine Arme werfen – bitte. Stirb nicht, Mum, nicht jetzt, nicht so, nicht mit dem Gefühl, dass ich dich hasse. Ich hasse dich nicht, Mum. Ich liebe dich.«

In dem Moment beginnen die Apparate durchdringend zu piepsen. Sekunden später stürzen Pflegekräfte ans Bett, drängen Julie zur Seite und setzen die Paddles des Defibrillators auf Lindas Brust, genau so, wie man es immer im Fernsehen sieht. Der Körper bäumt sich auf, einmal, zweimal, dreimal, aber die Maschine piepst weiter.

»Es hat keinen Zweck mehr«, sagt jemand. »Wir haben sie verloren.«

Die Worte versuchen, durch Julies Schädeldecke zu dringen. *Wir haben sie verloren.* Linda ist tot. Wie kann das sein? Gestern Abend saß sie ihr noch in einer Kneipe gegenüber, sah zu, wie sie, Julie, ihre Bacardi Coke hinunterkippte und sich über Designerschuhe aufregte.

Eine Krankenschwester legt schützend einen Arm um sie, während ihre Kollegen mit ruhigen, geübten Handgriffen die Schläuche und Kabel, die Linda nicht am Leben erhalten konnten, von ihrem widerstandslosen Körper entfernen.

Als Michael herbeieilt, sitzt Julie neben einem reglosen, stillen Körper und hält eine Hand, aus der alles Leben gewichen ist. Sie schaut zu ihm auf.

»Sie ist tot.«

»O Julie!« Er nimmt sie in die Arme. »Das tut mir so leid. Hast du noch mit ihr sprechen können?«

Die Frage ist bedeutsamer, als er ahnt. Sie sieht den Mann an, mit dem sie seit einunddreißig Jahren verheiratet ist. Sie hat ihm immer alles erzählt, aber jetzt findet sie nicht die richtigen Worte. Es laut auszusprechen würde alles nur noch realer machen, und es tut jetzt schon unsagbar weh.

Sie nickt. »Ja.«

Und das ist schließlich die Wahrheit. Was sie ihm verschweigt, ist ihre grauenvolle Angst, dass ihre Mutter sie nicht gehört hat. Dass sie in dem Glauben gestorben ist, ihre Tochter verabscheue sie.

# Kapitel zweiunddreißig

Julie konnte nicht mehr klar denken. Der Tod ihrer Mutter, der Kuss mit George, ihre Ehe – alles schien miteinander verwirbelt. Auf einmal verspürte sie das übermächtige Verlangen, zu ihrem Laden zu fahren, die Tür unter dem Schild mit *Julie's Flowers* zu öffnen, hineinzugehen und einfach nur dort zu sein. Sie war schon viel zu lange in diesem Haus, das ihr buchstäblich die Luft zum Atmen nahm.

Sie zog sich in aller Eile an, lief nach unten und schnappte sich die Autoschlüssel. Sie fühlten sich fremd an in ihrer Hand, und als sie sich ans Steuer setzte, kam sie sich fast wie jemand vor, der etwas Verbotenes tat. Sie schob den Zündschlüssel ins Schloss und hoffte inständig, der Wagen würde anspringen. Als der Motor stotternd zum Leben erwachte, seufzte sie erleichtert auf. Anscheinend war das Auto genauso froh wie sie, endlich von hier wegzukommen.

Während der fünfminütigen Fahrt begegnete ihr kein einziger Wagen. Als sie auf den kleinen Parkplatz einbog, fühlte sie sich in die Vergangenheit zurückversetzt. Drei Wochen waren vergangen, seit sie das letzte Mal hier gewesen war, seit drei Wochen stand das Leben still. Ihr war fast schwindlig vor Freude, endlich wieder in ihren Laden zu gehen. Sie sprang aus dem Auto, lief um das Gebäude herum und hielt wie immer einen Moment inne, um zu dem Schild hinaufzublicken: *Julie's Flowers*.

Die Tür gab das vertraute Klappern von sich, als sie aufschloss. Der Geruch nach Erde und Grünpflanzen, eine dunkle, würzige Mischung, schlug ihr entgegen. Mitten auf dem Fußboden lag eine einzelne verwelkte Gerbera mit immer noch farbigen Blütenblättern, und in einem der vielen Eimer steckte ein vertrockneter Schleierkrautzweig, dessen winzige weiße Blütenblättchen abgefallen und wie Konfetti zu Boden geregnet waren. Julie trat in die Mitte des Raums und drehte sich langsam um die eigene Achse. Es war kein großes Reich, aber es gehörte ihr ganz allein.

»Seht zu, dass ihr etwas Eigenes habt«, hatte Linda ihr und Clare immer eingeschärft. »Materielle Sicherheit ist das A und O.«

Julie verstand, warum ihre Mutter so gedacht hatte. Es war schwer für Lindas Generation gewesen, Löcher in die Mauern des Patriarchats zu schlagen, aber war ihr Rat der richtige für sie? Was hatte Michael denn ganz für sich allein? Das Haus gehörte ihnen jeweils zur Hälfte. Sein Gehalt floss auf ihr gemeinsames Konto. Er hatte sogar sein Motorrad, sein geliebtes Motorrad, mit ihr geteilt. Vielleicht tat er das aber auch nur deshalb, weil er das Glück hatte, ein Mann zu sein, mit dem angeborenen Recht auf Privilegien. Und vielleicht war das Bedürfnis, etwas Eigenes zu besitzen, auch genauso schädlich wie nützlich. Zumindest für Julie. In den letzten fünf Jahren hatte sie möglicherweise zu viel für sich selbst geschaffen und zu wenig Raum für sie beide gelassen.

»Scheiße!«, sagte sie laut.

Wie war sie bloß in diesen Schlamassel geraten? Es war fast zum Lachen. Linda hätte sie garantiert ausgelacht.

Kummer überflutete sie, so heftig, dass sie sich mit einer Hand an der Wand abstützen musste. Sie trauerte nicht um den leblosen Körper in dem Klinikbett, sondern um die lebendige, atmende, schreiende, lachende Linda.

»Ach, Mum«, seufzte sie. »Wie kann ich das bloß wieder geradebiegen?«

Sie stieß sich von der Wand ab und ging in den neueren Teil des Ladens hinüber. Unter dem Mauerbogen blieb sie stehen. Die Handwerker hatten ihn aus den Ziegelsteinen herausgehauen, ein elegantes Halbrund, und dann perfekt verputzt, bis die Oberfläche seidig glatt war. Sie erinnerte sich, wie sie mit Clare die Wände gestrichen hatte, und schaute in den ursprünglichen Teil zurück, den sie und Michael verschönert hatten, während Linda auf die Kinder aufpasste. Beides hatte Spaß gemacht, das eine wie das andere, aber der Umstand, dass ihre Schwester ihren Ehemann abgelöst hatte, hatte vielleicht eine größere Bedeutung gehabt, als ihr damals bewusst gewesen war.

Sie griff nach ihrem Telefon, wählte.

»Julie?«

»Hi«, sagte sie und hörte selbst, wie ihre Stimme zitterte.

»Was ist los?«, fragte Clare sofort.

Julie schloss die Augen und fuhr mit der Hand den Mauerbogen entlang.

»Vermisst du Mum eigentlich, Clare?«

»Ob ich …? Natürlich vermisse ich sie, Dummerchen. Die ganze Zeit.«

»Gut. Das ist gut.«

»Wo bist du, Julie? Du klingst so merkwürdig.«

Julie blickte sich in dem leeren Raum um. »Im Laden.«

»Okay. Ich bin in zehn Minuten da.«

»Clare, das ist wirklich nicht …«

»In zehn Minuten, Julie.«

Julie saß im Schneidersitz auf dem Fußboden, als ihre jüngere Schwester hereinkam.

Clare lief auf sie zu, blieb dann aber abrupt stehen. »Diese dämliche Abstandsregel.«

Julie schaute lächelnd zu ihr auf. »Eine grauenvolle Welt, in der man sich nicht einmal mehr umarmen kann, nicht wahr?«

»Wem sagst du das.« Clare machte einen Bogen um sie und setzte sich im anderen Teil des Ladens hin. »So, jetzt kann definitiv nichts passieren.« Sie winkte, und Julie winkte zurück. »Was ist los mit dir, Jules? Was machst du hier? Und wieso hast du mich nach Mum gefragt?« Besorgt sah Clare ihre große Schwester an.

»Sophie ist schwanger«, begann sie mit einem unverfänglichen Thema

»Sophie? Wow! Das sind ja wundervolle Neuigkeiten.«

»Ja, nicht wahr?«

»Du klingst aber nicht besonders glücklich.«

»Oh, ich bin sogar sehr glücklich. Nur schade, dass ich sie momentan nicht besuchen kann. Wir haben das alles überstanden, bis das arme kleine Würmchen auf der Welt ist, oder?«

»Ganz bestimmt. Das hoffe ich jedenfalls, und wie! Wenn ich Dharmesh nicht bald sehe, werde ich noch verrückt. Kaninchen können sich schließlich nicht ewig zusammenreißen.«

Julie lachte laut auf, erinnerte sich dann aber an die letzte Nacht mit Michael und lief feuerrot an. Himmel, war das gut gewesen! Auf der einen Seite vertraut und auf der anderen so unglaublich neu.

»Julie? Hier geht es nicht um Sophie, oder? Warum hast du an Mum gedacht?«

Julie tippte mit einem Finger nervös auf den Boden, nahm dann die Gerbera in die Hand und zupfte an den orangeroten Blütenblättern.

»Weißt du noch, wie du nach dem Unfall ins Krankenhaus gekommen bist, Clare?«

»Wie könnte ich das vergessen! Arme Mum, so leblos und ganz grau. Der Anblick war furchtbar.«

»Gar nicht wie sie.«

»Nein.« Clare lachte leise. »Sie war immer eine von den Lauten – hat laut geredet, laut gelacht, geschrien.«

Julie nickte. Ihre Kehle war wie zugeschnürt.

Clare beugte sich vor. »Du verschweigst mir etwas, stimmt's?«

Julie nickte wieder.

»Also?«

Sie verdrehte die Augen.

»Komm mir nicht so, Julie Jenkins!«

»Marshall.«

»Jenkins auch, Madam. Zuerst Jenkins. Was verheimlichst du mir dieses Mal?«

»Was soll das heißen – dieses Mal?«

»Ach, komm schon! Du liebst Geheimnisse, das war schon immer so. Du hattest mal ein Tagebuch mit *zwei* Schlössern dran, weißt du noch? Und du hast es immer woanders versteckt, damit ich es bloß nicht finde.«

»Woher weißt du das?«

»Na, weil ich es gesucht habe, ist doch klar. Ich wollte unbedingt wissen, was du über mich schreibst.«

Julie schüttelte den Kopf. »Über dich hab ich eher selten geschrieben.«

»Das nehm ich dir nicht ab. Zumindest als wir noch jünger waren, hast du bestimmt Sachen geschrieben wie: *Clare hat sich die leckersten Kekse unter den Nagel gerissen, Clare hat mich bei Mum verpetzt, Clare hat heimlich mein Kleid angehabt und es schmutzig gemacht.*«

»Wirklich, lauter spannendes Zeug!«

Clare beugte sich abermals vor. »War es denn nicht so?«

»Wahrscheinlich schon«, gestand Julie. »Aber später ging es hauptsächlich um die Jungs, die mir gefallen haben.«

»Und genau deshalb wollte ich dein Tagebuch unbedingt finden.«

Sie sahen sich liebevoll an. Aber Clare ließ sich nicht von ihrer Mission abbringen.

»Was würdest du jetzt schreiben, wenn du immer noch Tagebuch führen würdest?«

Julie stöhnte. »Gute Frage. Mit Sicherheit viel zu viel und viel zu langweiliges Zeug. Heutzutage überlege ich mir nicht mehr, welcher Typ mir gefallen könnte.«

Wie zum Trotz tauchte vor ihrem inneren Auge Michael auf, wie er unter dem Sternenhimmel seinen Motorradhelm abnahm. Etwas in ihr regte sich.

»Was ist mit George?«, fragte Clare.

Julie hatte das Gefühl, als hätte jemand eiskaltes Wasser über ihre erregende Erinnerung an ihren Mann gegossen.

»George? Ich steh nicht auf George. Hab noch nie auf ihn gestanden.«

»Dann ist nie was zwischen euch gelaufen?«

Julie verzog das Gesicht. »Einmal hat er versucht, mich zu küssen. In dem Club damals an Weihnachten. Aber ich wollte das nicht und hab das sofort gestoppt.«

»Richtig so.«

»Ja, das war es. Aber hier geht's nicht um George.«

»Nein?«

»Nein«, erwiderte sie und war selbst überrascht darüber, wie ungeduldig sie war. »Es geht um Mum. Ich hab mich damals mit ihr gestritten, Clare.«

»Im Krankenhaus?«

»Nein, am Abend vorher. Ich bin mit ihr ins Pub und habe sie gefragt, ob sie mir nicht das Geld für die Erweiterung des Ladens leihen kann, und sie hat Nein gesagt. Mit der Begründung, dass sie es für Schuhe und Kreuzfahrten bräuchte. Da bin ich ausgerastet und hab sie angeschrien, und zwar ganz schön heftig.«

»Aha.«

Julie sah sie verwundert an. »Das scheint dich nicht sonderlich zu überraschen.«

»Wieso sollte es?« Clare streckte eine Hand nach ihr aus. »Ich bitte dich, Jules, du und Mum, ihr habt euch doch *andauernd* gestritten. Ihr wart euch zu ähnlich, das war das Problem. Außerdem hat sie immer Nein gesagt, wenn du etwas von ihr wolltest. Jedenfalls erst mal.«

»Wirklich?«

»Erinnerst du dich noch an das rosarote Fahrrad, das du dir gewünscht hast?«

»Na ja …«

»Und an die Rollschuhe?«

»Ja, aber …«

»Und an die Karaoke-Maschine, an das große Bett, an die echt hässlichen Vorhänge mit Metalliceffekt? Himmel, wegen denen habt ihr euch eine Ewigkeit in den Haaren gelegen.«

Julie starrte ihre Schwester an. »Worauf willst du hinaus?«

»Ihr beide wart einfach so gepolt. Lass dir das von jemandem gesagt sein, der viel zu oft Zeugin von solchen Situationen war. Andersrum hat es übrigens genauso funktioniert. Wenn sie zu dir gesagt hat, du sollst dein Zimmer aufräumen, hast du sie angeschrien, dass du ein Recht auf deinen Freiraum hast und machen kannst, was du willst. Wenn sie zu dir gesagt hat, du sollst um halb zwölf zu Hause sein, bist du erst um Mitternacht gekommen. Wenn sie zu dir gesagt hat, das Essen soll um sechs auf dem Tisch stehen, haben wir um acht gegessen.«

Betreten rutschte Julie auf dem harten Boden hin und her. Irgendwie kam ihr das alles schon bekannt vor. »Aber Mum ist tot, Clare.«

»Ich weiß, Jules. Und das ist wirklich traurig. Aber wäre der Unfall nicht passiert, wäre sie ein, zwei Tage später mit Sicherheit mit einem Scheck in der Hand bei dir aufgetaucht. Und es hätte nicht lange gedauert, da hätte sie im Laden gestanden und an deiner Farbauswahl und deinem Sortiment und sogar an dem Mauerbogen hier rumgenörgelt.«

Julie kamen die Tränen. Sie seufzte. Nicht schon wieder! Sie hatte doch sonst nicht so nah am Wasser gebaut. Erneut sah sie Michael vor sich, wie er auf dem Bett gesessen hatte, die Hände vors Gesicht geschlagen, und Tränen zwischen seinen Fingern hindurchliefen.

»Meinst du wirklich?«, brachte sie mühsam hervor.

»Ich weiß es. Und sie hat es bestimmt auch gewusst. Hat eigentlich jemand damals den Inhalt ihrer Handtasche kontrolliert? Wahrscheinlich hatte sie ihr Scheckbuch schon dabei. Ach, verdammt, Julie, scheiß drauf!« Clare sprang auf, lief zu ihrer Schwester und nahm sie fest in die Arme. »Mum hat diesen Laden geliebt.«

»Ist das dein Ernst?«

»Bist du wirklich so schwer von Begriff, oder tust du nur so? Sie hat doch von nichts anderem geredet. ›Julie dies, der Blumenladen das. Du kannst froh sein, Clare, so eine tolle große Schwester zu haben! Ist es nicht fantastisch, was sie aus diesem Laden gemacht hat? Ist es nicht toll, dass sie dich eingestellt hat?‹«

»Das hat sie gesagt?«

»Andauernd.«

»Aber nicht zu mir.«

»Nein. Na ja, so war das eben zwischen euch.«

»Ach, Clare.« Julie schmiegte sich an sie und genoss den Trost ihrer verbotenen Nähe. »Was für ein Glück, dass ich dich habe.«

»Das kannst du laut sagen.« Clare zerzauste ihr die Haare. »Und was für ein Glück, dass ich *dich* habe. Sei bitte, bitte nicht so hart zu dir. Warum hast du mir nie etwas von dem Streit erzählt?«

»Ich habe mit niemandem darüber gesprochen.«

»Nicht einmal mit Michael?«

Julie zog scharf die Luft ein. »Nicht einmal mit Michael.« Sie wartete auf eine Bemerkung, aber Clare strich ihr nur schweigend übers Haar. Verdammt. Jetzt würde sie ihr auch noch von diesem Schlamassel erzählen müssen. »Wir, äh, haben in letzter Zeit ein paar Probleme.«

»Du und Michael? Im Ernst?«

»Ach, komm schon, Clare. Du warst auf Sophies Hochzeit, du hast seine Rede gehört.«

»Aber die war doch ganz reizend. Oder meinst du das, was er danach gesagt hat? Wenn ich ehrlich bin, hab ich mir nicht groß was dabei gedacht.« Sie machte ein finsteres Gesicht. »Max hat sich an dem Abend wie ein Idiot benommen, ich hatte genug mit meiner eigenen Beziehung zu tun, da konnte ich nicht noch auf die anderer Leute achten. Wahrscheinlich tu ich das nie. O Gott, Julie, ich bin ein furchtbar egozentrischer Mensch!«

»Unsinn!«

»Du bist meine Schwester und warst so lange unglücklich, und mir ist es nicht einmal aufgefallen.«

»Gott sei Dank.«

Clare guckte sie mit großen Augen an. »Jetzt hör aber auf, Jules! Du musst mich nicht mehr beschützen.«

»Sicher?«

Clare grinste verlegen. »Na ja, vielleicht ein ganz klein wenig. Aber das ist keine Entschuldigung. Ich hätte für dich da sein müssen. Jetzt fühle ich mich richtig mies.«

»Bitte nicht, Clare. Ich konnte damals wirklich mit niemandem reden.«

»Aber jetzt schon?«

Julie holte tief Luft. »Jetzt versuche ich es zumindest.« Nach einer kleinen Pause fuhr sie fort: »Schon seit ein paar Jahren läuft es nicht mehr gut bei uns. Eigentlich seit Mums Tod. Wir hatten vorher schon Probleme – es war nicht immer einfach, als die Kinder größer wurden und auszogen und plötzlich nur noch wir zwei im Haus waren –, aber nach ihrem Tod war ich irgendwie nicht mehr imstande, wieder zu Michael zurückzufinden, unsere Zweisamkeit neu zu entdecken. Wir haben Social Distancing schon lange vor allen anderen praktiziert.«

»Trendsetter, was?«

»Sieht ganz so aus. Wir schlafen seit über zwei Jahren getrennt.«

»Du meine Güte, Julie – ich könnte dich wirklich schütteln! Warum hast du denn nie etwas gesagt? Du wolltest nicht als Versagerin dastehen, oder?«

»Was? Aber woher …?«

»Ich das weiß? Ich bin Spezialistin im Scheitern, schon vergessen? Ich hab meine Ehe an die Wand gefahren, bin, was Männer betrifft, von einer Niete an die nächste geraten und hab es in keinem Job lange ausgehalten, bis du mich eingestellt hast. Ich bin die Versagerin schlechthin, Schwesterchen.«

»Bist du nicht.«

Clare gab ihr einen sanften Klaps auf den Kopf. »Danke dir. Und jetzt überleg doch mal – wenn *ich* keine Versagerin bin, dann bist du erst recht keine.«

»Du hast mich ausgetrickst!«, empörte sich Julie.

»Ich bin deine kleine Schwester – ich darf das.«

Julie konnte ihre Tränen nicht mehr zurückhalten. Kopfschüttelnd war sie es jetzt, die ihre Schwester fest in die Arme nahm. Ein zufälliger Beobachter hätte sie vermutlich für verrückt gehalten, wie sie in einem leeren Laden am Boden kauerten und sich aneinanderklammerten wie zwei Ertrinkende.

»Liebst du ihn noch?«, fragte Clare.

Julie seufzte. »Ja, aber jemanden zu lieben muss nicht heißen, dass man mit ihm zusammenleben kann. Ich habe nie aufgehört, Michael zu lieben, aber dann habe ich akzeptiert, dass unsere Beziehung ein Auslaufmodell zu sein scheint. Sie funktionierte einfach nicht mehr. Ich konnte ihn nicht mehr glücklich machen und er mich auch nicht. Ich hatte mir unsere Zukunft, wenn die Kinder erst einmal aus dem Haus wären, so herrlich vorgestellt, aber es ist alles irgendwie schiefgelaufen.« Sie erinnerte sich an diesen Morgen und wie wunderbar und richtig es sich angefühlt hatte, neben ihm aufzuwachen. »In letzter Zeit hat sich zwischen uns allerdings etwas verändert. Zum Guten.«

»Ihr seid ein tolles Paar, du und Michael.«

»Das waren wir.« Sie sah Clare an. »Ich sei sein ganzes Glück, hat Michael zu mir gesagt, als sein Dad kurz vor unserer Hochzeit starb.«

»Das warst du bestimmt. Und bist es heute noch.«

»Aber manchmal fühlt es sich so anstrengend an, wie Arbeit.«

Clare schlug sich mit der Hand an den Kopf. »O Julie, du bist sein Glück, weil du einfach nur die bist, die du bist. Du musst nichts dafür tun, nicht arbeiten, sondern nur du selbst sein. Sei es einfach!«

»Sei es einfach?«

»Ja. Tu nichts und sei einfach du selbst.«

»Leider bin ich nicht so gut im Nichtstun. Außer wenn ich hinten auf dem Motorrad sitze.«

»Mit Michael?«

»Ja.«

»Das kommt daher, dass Michael eine solche Ruhe ausstrahlt. Eine solche Sicherheit. Das hat dir von Anfang an gutgetan. Wenn du sein Glück bist, dann ist er eindeutig dein Ruhepol.«

»Meinst du?«

»Weißt du, Julie, ich hätte nie gedacht, dass du so begriffsstutzig sein kannst.«

»Danke.«

Eine Zeit lang sagten sie nichts mehr. Julie konnte ihr Herz schlagen hören, das sanfte Geräusch ihres Atems füllte die Leere. Sie rief sich ins Gedächtnis zurück, wie sie gestern hinter Michael auf Gertie gesessen hatte. Diese Ruhe. Einfach nur dort zu sitzen, während sie fuhren, hatte sie immer glücklich gemacht, aber nicht das Motorrad war der eigentliche Grund dafür gewesen – es war Michael.

»O Clare, ich habe so viel Mist gebaut.«

Clare hockte sich auf die Fersen, wischte ihr die Tränen ab und sah sie eindringlich an.

»Es gibt nichts, was man nicht wieder in Ordnung bringen könnte, Schätzchen, auch wenn es manchmal ein bisschen Mühe kostet. Und vielleicht ein wenig Fantasie braucht.«

»Fantasie?«

Sie lächelte. »Du liebst Michael, richtig?«

»Richtig«, stimmte Julie ohne zu zögern zu. Das war das Einzige in dieser völlig aus den Fugen geratenen Welt, dessen sie sich auf einmal ganz sicher war.

»Dann musst du einen Weg finden, es ihm zu zeigen.«

Julie überlegte. »Du hast recht.« Sie sprang auf.

»Wo willst du hin?«

»Aufs Feld!«

»Aufs Feld? Hast du den Verstand verloren, Julie?«

Sie schüttelte energisch den Kopf. »Ganz im Gegenteil. Mir ist gerade eine Idee gekommen, wie ich diesem Wahnsinn ein Ende bereiten kann.«

## Kapitel dreiunddreißig

Michael wanderte im Gästezimmer auf und ab, hin und her und hin und her. Nicht mehr lange, dann hätte er eine Spur in den beigefarbenen Teppichboden getreten. Fünf Stunden waren vergangen, seit er aus dem Schlafzimmer gestürmt war, und abgesehen vom Knall, mit dem die Haustür ins Schloss gefallen war, hatte er nichts mehr gehört. War es das jetzt? War Julie einfach gegangen? Bestimmt nicht. Oder doch?

Hin und her und hin und her. Er warf einen Blick aus dem Fenster. Die Sonne senkte sich allmählich Richtung Horizont, aber es war immer noch ein herrlicher Tag. Er sollte ihn für ein bisschen Gartenarbeit nutzen, doch der Zwang des Auf-und-ab-Wanderns war stärker. War das das Ende seiner Ehe? Er wusste nicht, ob er das ertragen würde. Er war wütend auf sich selbst, wütend darüber, wie er mit der Situation umgegangen war. Kein Wunder, dass Julie nach dem ganzen Mist der letzten Jahre zum Anwalt gegangen war.

Er dachte daran, wie er zur Neueröffnung ihres Ladens nach der Erweiterung viel zu spät gekommen war, als ginge ihn das alles nichts an, und wie sie an Weihnachten versucht hatte, ihn zu verführen, nachdem sie einem anderen, interessanteren Mann einen Korb gegeben hatte. Er erinnerte sich, dass sie sich die Mühe gemacht hatte, die Sitzgarnitur neu zu beziehen und alles für einen romantischen Abend vorzubereiten, und wie er mit seiner unsensiblen Bemerkungen über *Blumen des Schreckens* alles zunichtegemacht hatte. Und dann natürlich seine furchtbare Ansprache auf Sophies Hochzeit. Es war fast schon ein Wunder, dass sie die Scheidung nicht schon lange vorher eingereicht hatte.

Hin und her und hin und her. Er blieb abrupt stehen und lauschte. Hatte er nicht etwas gehört?

»Michael!«

Doch.

»Michael, ich bin hier draußen!«

Er trat ans Fenster. Julie stand weit entfernt, auf der anderen Seite der Gartenpforte. Als sie ihn entdeckte, winkte sie.

»Michael, kommst du mal? Bitte!«

Er riss das Fenster auf. »Jetzt?«

»Bitte.«

Aufgeregt schloss er das Fenster wieder und ging über den Flur zur Treppe. Was in aller Welt machte sie denn da draußen? Würde er diese Frau je verstehen? Würde er je die Gelegenheit dazu bekommen?

In der Küche fiel ihm auf, dass er keine Schuhe anhatte. Er schaute sich hektisch um, konnte aber nur die alten Clogs sehen, in die er normalerweise nur schlüpfte, um die Mülltonnen rauszustellen. Egal. Dies war nicht der Zeitpunkt, um wählerisch zu sein. Er schob seine Füße in die Clogs und ging in den Garten. Julie war noch da.

»Komm her!«, rief sie ihm zu.

Sie wirkte nervös, trat von einem Fuß auf den andern. Es sah fast so aus, als würde sie herumhüpfen wie die Lämmer auf der Wiese hinter ihr.

Als er auf sie zuging, kam er sich ein bisschen vor wie ein Angeklagter, der sein Urteil erwartete. Ein komischer Gerichtssaal, dachte er. Das Gras unter seinen Füßen wuchs schon üppig und hellgrün, und die angrenzende Wiese war mit Gänseblümchen und Löwenzahn gesprenkelt. Die tief stehende Sonne tauchte die ganze Szenerie in ein weiches Licht.

»Gut so?«, fragte er, als er vor dem Gartentor stand.

Julie nickte. Ihr Gesicht war gerötet, ihr Haar völlig zerzaust. Sie sah wunderschön aus. Und immer noch sehr nervös.

»Alles in Ordnung?«

»Ja, schon. Aber ich muss dir etwas sagen. Also eigentlich gibt es ziemlich viel, was ich dir sagen muss, wahrscheinlich mehr, als ich selber weiß, aber irgendwo muss ich anfangen, und ich hoffe, dass wenigstens ein bisschen was richtig rüberkommt. Okay?«

»Äh, okay.«

»Gut. Also.« Sie räusperte sich. »Himmel, ich bin echt miserabel in so was. Also, was ich sagen will, Michael – du bist ein toller Mann. Du bist anständig, liebevoll, rücksichtsvoll und fürsorglich.«

Der Anfang ließ hoffen, doch er befürchtete ein Aber.

»Und ich kann mich sehr glücklich schätzen, dass du mich zu deiner Frau gemacht hast.«

Immer noch war Platz für ein Aber. Michael hielt die Luft an.

»Ich habe immer geglaubt, ich sei so gut darin, mich mitzuteilen. Zu gut sogar. Ich habe mich immer für einen Menschen gehalten, der sein Herz auf der Zunge trägt, der sich so gibt, wie er ist – was in mancher Hinsicht auch stimmt. Ein ›Komm rein, auch wenn es bei mir aussieht, als hätt 'ne Bombe eingeschlagen‹-Typ oder ein ›Bleib doch zum Essen, allerdings hab ich nur ein paar Dosenravioli da‹-Typ. Das ist aber nur eine Seite von mir. Andererseits fällt es mir schwer, Menschen an mich heranzulassen. Sehr viel schwerer als dir zum Beispiel. Als dein Vater starb, hast du deine Trauer nicht verdrängt und meine Hilfe zugelassen. Ich konnte das andersrum nicht, als Mum starb. Vielleicht hängt das damit zusammen, dass alles viel komplizierter und verworrener war, als ich dachte, oder dass ich fürchtete, ich müsste eine Therapie oder so was machen, aber egal, darum geht es im Moment gar nicht.«

Michael spürte, wie ihm schwindlig wurde, und hielt sich mit einer Hand am Gartentor fest.

»Entschuldige«, sagte sie. »Ich mach so etwas wie jetzt nicht jeden Tag. Hab bitte Geduld mit mir.«

Er lächelte. »Was willst du mir sagen, Julie?«

»Gute Frage. Eine ausgezeichnete sogar. Schön. Ich werde versuchen, auf den Punkt zu kommen. Aber ich bin nervös. Blöd, nicht wahr? Wieso bin ich in deiner Nähe nervös? Also, worauf ich hinauswill, ist schlicht und einfach, dass ich dir alles hätte erzählen und deine Hilfe hätte annehmen sollen. So wie du meine angenommen hast.«

»Aber ich hätte auch für dich da sein sollen«, sagte Michael.

Sie hob eine Hand. »Darüber können wir später diskutieren, jetzt bin ich erst mal dran, okay?«

Er lachte kurz auf. »Okay.«

»Ach, verdammt, ich schaff das einfach nicht!«

»Ich würde dir ja gern helfen, wenn ich nur wüsste, was ›das‹ ist.«

»Berechtigter Einwand.« Sie nickte und fuhr dann mit plötzlicher Entschlossenheit fort: »Gut, ich denke, du kommst jetzt am besten zu mir. Man hätte es bestimmt besser machen können, zum Beispiel ordentlicher – so wie du alles machst. Und es ist auch nicht so clever wie deine Griechenland-Illusion. Aber mir ist nichts eingefallen, was genauso toll wäre, und dann dachte ich, na ja, schließlich bin ich Floristin, also sag ich es mit Blumen.«

Michael verstand überhaupt nichts mehr. Als Julie das Gartentor öffnete und ihn zu sich winkte, ging er auf die Wiese und blieb unvermittelt stehen.

In großen, aus Wildblumen geformten Worten stand da: ICH LIEBE DICH. Die Buchstaben waren typisch für Julie: ein bisschen krakelig, unterschiedlich groß und ziemlich bunt. Sie versprühten pure Lebensfreude.

»Du liebst mich immer noch?«, fragte er.

»Ja. Ich liebe dich von ganzem Herzen.« Sie trat zwischen die Blumenbuchstaben und fiel vor ihm auf ein Knie. »Michael Marshall, würdest du mir die große Ehre erweisen, mein Ehemann zu bleiben? Jetzt und bis ans Ende unserer Tage?«

Er strahlte.

»Wir wissen zwar nicht, wie viele Jahre uns noch bleiben …«

Sein Herz tanzte wild vor Freude.

»… aber ein paar hoffentlich schon noch. Ich meine, eine ganze Menge, hoffe ich. Mindestens weitere fünfunddreißig.«

»Mindestens.« Lachend riss er sie in seine Arme und küsste sie lange und stürmisch. Als er sich endlich von ihr löste, blickte sie schüchtern lächelnd zu ihm auf.

»War das ein Ja?«

Er küsste sie aufs Neue. »Und ob! Dick unterstrichen. Julie Marshall, ich werde bis in alle Ewigkeit dein Ehemann bleiben. Wir werden reden. Und wir werden Lösungen finden. Für alles. Aber vor allem werden wir uns lieben.«

»Versprochen?« Sie sah ihn mit funkelnden Augen an, und er presste ihren Körper, den er so mochte, an sich und nickte.

»Immer und immer und immer wieder.«

Sie schafften es gerade noch zurück ins Haus, aber nicht einmal annähernd bis zu ihrem Bett.

Als die Sonne unterging, zerrten sie den alten Feuerkorb aus dem Schuppen und machten ein großes Lagerfeuer. Eng aneinandergeschmiegt, je ein Glas Champagner in der Hand, fütterten sie die Flammen mit den Schnipseln der überflüssig gewordenen Scheidungsunterlagen.

»Ich weiß noch, wie ich dich das erste Mal gesehen hab«, sagte Julie. »An dieser Straßenecke in Budapest. Du sahst so verdammt cool aus, wie du dich in deinen Lederklamotten an dein Motorrad gelehnt hast.«

»Du glaubst gar nicht, wie heiß mir war! Es waren sechsunddreißig Grad im Schatten, und ich wollte eigentlich schnellstens zum Campingplatz zurück und aus dieser verdammten Hose raus. Aber dann bist du aus dem Café gekommen in deinen knappen Shorts.«

»Und hab meine dicken Stampferchen gezeigt.«

»Quatsch, deine wohlgeformten Beine. Ich hab nie was übriggehabt für diese klapperdürren Kleiderständer, die aussehen wie Drogensüchtige. Aber es waren nicht deine Beine, die mir zuerst aufgefallen sind. Auch nicht deine Brüste, obwohl die unübersehbar waren – dein rotes Top war extrem tief ausgeschnitten. Nein, das Erste, was mir auffiel, war dein Lachen. Du bist aus der Tür gekommen, hast dich zu Susie umgedreht – natürlich wusste ich damals nicht, dass das Susie war – und gelacht. Es war, als ob ein Engel auf die Erde gefallen wäre.«

»Ein Engel?«

»Natürlich keiner von der Sorte mit Heiligenschein und so. Dafür war dein Lachen viel zu dreckig. Eher ein Engel, wie ich ihn mir immer vorgestellt hatte. Du warst so fröhlich. So voller Lebensfreude. Und dann hast du dich umgedreht und mich angesehen, und da dachte ich wirklich, ich sei im Himmel gelandet.«

»Und dann hast du meine Oberweite bemerkt.«

»So ungefähr. Aber es war nichts Bestimmtes an dir, was mir damals aufgefallen ist. Du als Ganzes warst es – einfach als Julie.«

Sie kuschelte sich enger an ihn. »Clare sagt, dass ich mehr ich selbst sein soll.«

»Clare ist viel weiser, als ich ihr je zugestanden habe. Mehr brauche ich tatsächlich nicht. Als dich. Nur dich. Und daran wird sich nichts ändern, egal was du sagst.«

»Du bist einfach wunderbar, Michael. Das wusste ich vom ersten Augenblick an.«

»Du hast gewusst, dass ich wunderbar bin?«

»Ich hab gewusst, dass du ziemlich attraktiv bist. Und dass ich dich unbedingt ansprechen muss. Gott sei Dank hab ich's getan.«

* * *

»Tolles Motorrad. Gefällt mir.«

Michael starrt das wunderschöne Mädchen mit der Traumfigur und dem ansteckenden Lachen an. Dann blickt er sich verwirrt um. Sie lacht schon wieder.

»Ich spreche mit dir«, sagt sie und zeigt mit dem Finger auf ihn. »Ist das dein Motorrad?«

Er nickt dümmlich. »Hab ich zum achtzehnten Geburtstag bekommen. Von meinem Dad.«

»Wow! Dein Dad muss richtig cool sein.«

»Ich wette, nicht so cool wie deiner.«

»Mein Dad ist abgehauen.«

»Oh. Oh, Scheiße, sorry.«

Sie grinst. »Schon okay. Meine Mum hat auch allein einen spitzenmäßigen Job gemacht. Und allem Anschein nach war er sowieso ein Dreckskerl.«

»Verstehe. Tja, äh, tut mir trotzdem wirklich leid.«

»Kein Problem. Dein Motorrad – was ist das für ein Fabrikat?« Sie beugt sich vor, um sich das Logo anzusehen, und ermöglicht ihm dadurch einen reizvollen Blick in ihr Dekolleté. »Moto Guzzi? Nie gehört.«

»Kennst du dich aus mit Motorrädern?«

Sie richtet sich auf, schleudert ihre Haare zurück. »Ein bisschen.« Als ihre Freundin hinter ihr lacht, wirft sie ihr einen bösen Blick zu. »Das stimmt! Mein, äh, Nachbar hat auch eins.«

»Ah. Und was für eins?«

Sie zieht die Nase kraus, und Michael würde ihr am liebsten einen Kuss auf die Spitze drücken. Seine Nervenenden scheinen in Flammen zu stehen. Natürlich ist sie nicht die Erste, die ihm gefällt, aber so etwas hat noch keine in ihm ausgelöst.

»Eine Honda, glaube ich. Das ist doch eine Motorradmarke, oder?«

Er grinst. »Ja.«

»Puh!« Sie lacht schon wieder. »Bist du den ganzen Weg von zu Hause auf dem Bike gefahren?«

»Schon.«

»Mit wem?«

»Ganz allein. Also, nur wir zwei – Gertie und ich.«

»Gertie?« Ihre Augen werden schmal, und sie schaut verunsichert die Straße rauf und runter.

»So heißt mein Bike. Gertie. Blöd, ich weiß.«

»Nein, überhaupt nicht.« Sie geht um das Motorrad herum und tätschelt den Lenker. »Hallo, Gertie. Du bist echt ein Hingucker.«

»Du auch«, platzt es aus Michael heraus, und im nächsten Augenblick verwünscht er sich für seine Direktheit. Aber das Mädchen sieht ihn nur an und lächelt.

»Danke. Und wie heißt du?«

»Michael.«

»Michael. Süß.«

»Findest du?«

»Mike mit dem Bike.«

Er stöhnt. »Darauf bin ich noch nie gekommen.«

»Ist auch reichlich doof.«

Auf einmal wirkt sie verlegen. Ihre Freundin tritt neben sie. Michael lehnt sich mit seinem ganzen Gewicht an Gertie. Er schmort in seiner Lederjacke, aber lieber kriegt er einen Hitzschlag, als sie jetzt auszuziehen und seine Schweißflecken zu zeigen.

»Studierst du, Mike mit dem Bike?«, fragt die Freundin.

Er nickt. »Noch ein Jahr bis zum Abschluss.«

Sie mustert ihn abschätzend von Kopf bis Fuß. »Jura?«

Er schüttelt den Kopf.

»Naturwissenschaften?«

»Auch nicht.«

»Medizin!«

»Nein.« Allmählich fühlt er sich unbehaglich. »Ingenieurwesen.«

»Oh!«

Er ist erleichtert, als das Mädchen mit dem roten Oberteil sich wieder einmischt. »Eine gute Wahl. Vielleicht sollte ich dich auf der Stelle heiraten.«

Er betrachtet sie. Er hätte nichts dagegen, sie an der

Hand zu fassen, mit ihr zur nächsten Kirche zu marschieren und sie beim Wort zu nehmen. Er ist jetzt schon überzeugt davon, dass er in seinem Leben kein besseres Angebot bekommen wird. Doch da zupft ihre Freundin sie am Arm.

»Wir müssen los, sonst ist der Laden zu, und wir haben heute Abend nichts zu futtern. Und keinen Wein.«

»Und das wär ein Albtraum!« Sie lachen beide.

Michael überlegt krampfhaft, was er sagen könnte, damit sie nicht geht, aber ihm will einfach nichts einfallen.

»Na dann, Mike mit dem Bike, man sieht sich.«

»Hoffentlich.«

Sie grinst, aber ihre Freundin packt sie am Arm und zieht sie mit sich.

»Wie heißt du eigentlich?«, ruft er ihr verzweifelt hinterher.

»Julie!«, ruft sie zurück, und dann biegen die beiden um die Ecke und sind verschwunden, und er ist allein. Schlagartig wird ihm kalt. Er ist sich sicher, dass er sie nie wiedersehen wird.

»Da bist du ja!«

Jemand klopft ihm auf die Schulter, und einen unheimlichen Augenblick lang kommt ihm die Berührung so vertraut vor, dass er schon befürchtet, seine Mutter ist ihm nach Budapest gefolgt, um sich davon zu überzeugen, dass er auch genug isst. Aber als er herumfährt, sieht er etwas viel, viel Besseres – nämlich das Mädchen mit dem roten Oberteil.

»Julie!«

»Das weißt du noch?«

»Na klar.«

»Habt ihr noch ein Plätzchen frei?« Sie deutet auf die Camper, die sich um das Lagerfeuer geschart haben.

Er rutscht bereitwillig zur Seite. »Aber immer.«

»*Zwei* Plätzchen«, lässt sich eine empörte Stimme vernehmen, und ihre Freundin erscheint. Sie schwenkt eine große Weinflasche, was dazu beiträgt, dass die anderen ihr zügig Platz machen.

Julie schlüpft neben Michael, sodass er den sanften Druck ihrer weichen Beine spürt. Sie trägt immer noch das rote Top, hat sich allerdings jetzt eine bunte Strickjacke über die Schultern geworfen. Ihre blonden Haare glänzen im Feuerschein.

»Wie hast du mich gefunden?«, will er wissen.

»Oh, das war ganz schön schwer«, antwortet sie fröhlich. »Susie und ich haben ganz Budapest und Umgebung abgesucht. Wir waren die halbe Nacht unterwegs.«

»Allerdings«, knurrt Susie mürrisch, aber da reicht ihr schon jemand eine selbst gedrehte Zigarette, und ihre Stimmung hellt sich mit einem Schlag auf.

Irgendjemand greift zu der obligatorischen Gitarre, und *Hotel California* erklingt. Michael hat den Song nie ausstehen können – bis jetzt. Julie lehnt sich an ihn, und er wagt es, seinen Arm um ihre Taille zu legen. Sofort schmiegt sie sich noch enger an ihn. Sie fühlt sich so weich an, so unglaublich weiblich. Und aus irgendeinem wundervollen Grund hat sie sich gerade ihn ausgesucht.

»War es das Motorrad?«, fragt er.

»War was das Motorrad?«

»Hast du mich so gefunden?«

»Ach so, ja. So in etwa. Ein paar Jungs ist deine Maschine aufgefallen – Moto Guzzi, richtig?«

»Richtig.«

»Den Mädels bist du allerdings auch aufgefallen.«

»Echt?«

»Wenn ich es dir doch sage! Als ich nach dem gut aussehenden angehenden Ingenieur mit den eisblauen Augen gefragt hab, haben sie mich sofort hierhergeschickt.«

»Blödsinn!«

Sie kichert. »Bin ich hier, oder bin ich nicht hier?«

Sie ist hier. Sie ist wirklich und wahrhaftig hier. Als sie sich wenig später zu ihm hindreht und fragt: »Welches ist eigentlich dein Zelt?«, springt er augenblicklich auf. Er hat sie schon einmal gehen lassen, ein zweites Mal wird ihm das nicht passieren.

* * *

Im Schein eines anderen Feuers sahen Julie und Michael sich an und schwelgten lächelnd in Erinnerungen.

»Was meinst du, haben wir das damals geahnt?«, fragte sie leise. »Haben wir geahnt, dass wir fünfunddreißig Jahre später in unserem Garten sitzen und drei erwachsene Kinder und bald ein Enkelkind haben würden?«

»Und dass wir beinahe alles weggeworfen hätten, weil wir zwar im selben Haus wohnen, aber anders als in jener ersten Nacht nicht mehr imstande waren, über unsere

Wünsche zu sprechen?« Er küsste sie, löste sich von ihr und betrachtete sie lange. »Ein Glück, dass es diesen Lockdown gegeben hat. So weit wie in diesen letzten drei Wochen bin ich noch nie gereist.«

»Ich auch nicht. Aber wir sind gerade noch rechtzeitig zu unserem fünfunddreißigsten Hochzeitstag zurückgekommen.«

»Was das betrifft«, sagte Michael, »hätte ich eine Idee …«

# Kapitel vierunddreißig

## Neunundzwanzigster Tag

»Schalt deine Kamera ein, Mum.«

»Was?«

»Klick auf das Kamerasymbol. Ganz oben. Genau. Schön, dich zu sehen!«

Betty strahlte. »Michael! Hallo! Oh, und der Rest der Familie ist auch da! Das ist ja super. Hi, Sophie! Ich habe gehört, dass ich bald Uroma werde. Das sind wirklich wundervolle Neuigkeiten. Carol und Liz sind ziemlich neidisch. Ich werde einen ganz speziellen Gin destillieren und ihn dir zu Ehren Baby Bath nennen. Gut, oder?«

»Wirklich eine tolle Idee, Granny«, sagte Sophie, die sich in ihrem kleinen Bildausschnitt an Leo schmiegte.

»Und Briony!«, rief Betty, die sich anscheinend alle der Reihe nach vornahm. »Wie geht es dir, Schatz? Habt ihr auf der Suche nach einem Impfstoff schon Fortschritte gemacht? Wir brauchen ihn weiß Gott dringend. Ich sehne mich so danach, euch zu besuchen. Carol und Liz sind ganz großartig, aber kein Ersatz für die Familie.«

»Wir tun unser Bestes, Granny.«

»Sie arbeitet viel zu viel«, warf Julie ein.

»Das glaube ich nicht«, erwiderte Betty energisch. »Ein Gehirn wie ihres muss gefordert werden.« Adam lachte, und ihr laserscharfer Blick schwenkte zu ihm hinüber.

»Ich hoffe, Adam, du bist im Lockdown auch so produktiv wie möglich, junger Mann.«

»Nicht direkt, Granny. Es sei denn, TikTok-Videos zählen auch.«

Betty schien darüber nachzudenken. »Eigentlich schon, ja. Es gibt da ein paar äußerst unterhaltsame. Ich werde mal in deinem Account vorbeischauen und sehen, ob du mithalten kannst.«

Adam bekam Stielaugen, und alle lachten. Im letzten Kästchen auf dem Bildschirm winkte Clare etwas verlegen. Neben ihr saß ein gut aussehender Inder.

»Dharmesh?«, fragte Julie.

»Ganz genau«, erwiderte er und winkte ebenfalls.

»Das sieht aber nicht nach Social Distancing aus, Tantchen«, bemerkte Sophie mit schelmisch funkelnden Augen.

»Ist es auch nicht«, zwitscherte Clare fröhlich. »Aber da wir ein Haushalt sind, geht das schon in Ordnung.«

Julie schnappte nach Luft. »Er ist zu dir gezogen? Entschuldigung, Dharmesh, ich meine, Sie sind bei Clare eingezogen? Respekt, Sie sind ein mutiger Mann.«

Er legte seinen Arm um Clare und grinste. »Hier zu wohnen hat auch seine Vorteile.«

»Iiiihhh!«, rief Adam. »Ihr seid doch viel zu alt für so was.«

»Hast du eine Ahnung«, empörten sich Clare und Dharmesh.

Julie und Michael sahen sich an. Ihre Blicke sprachen Bände, und Adam stöhnte gequält auf.

»Also das brauche ich jetzt echt nicht. Ihr seid meine Eltern!«

»Wir sind aber auch Mann und Frau«, warf Michael ein.

»Und genau aus diesem Grund sind wir alle hier, falls ihr das vergessen haben solltet«, sagte Julie. »Sorry, dass wir das so handhaben müssen, aber es geht nun mal nicht anders. Sobald der Lockdown vorbei ist, werden wir das Fest nachholen und richtig feiern, versprochen. Aber wir wollten euch zu diesem Anlass trotzdem sehen.«

Sie und Michael traten vom Computer zurück und stellten sich einander gegenüber. Es war ein bisschen seltsam, vielleicht sogar ein wenig albern, aber es war wichtig. In den vergangenen zehn Tagen, seit sie die Scheidungsunterlagen verbrannt hatten, hatten sie sehr viel und sehr ehrlich miteinander geredet, aber jetzt gab es etwas, an dem die restliche Familie teilhaben sollte.

Julie machte den Anfang. Sie errötete ein wenig, die Worte kamen stockend, aber entschlossen: »Michael Marshall, heute, an diesem unserem fünfunddreißigsten Hochzeitstag, gelobe ich, dich zu lieben, zu achten und mich wieder mit dir auf Gertie zu setzen. Ich gelobe, dir zu erzählen, was mir für dumme Gedanken durch den Kopf gehen, und ich gelobe, mindestens einmal in der Woche in Stille und Ruhe mit dir zusammen zu sein. Einfach mit dir zusammen zu sein, weil ich vom ersten Augenblick an, als ich dich gesehen habe, nie etwas anderes wollte.«

Michael beugte sich zu ihr und küsste sie.

»He!«, rief Briony. »Dürft ihr das überhaupt?«

Michael machte eine wegwerfende Handbewegung. »Wir sind alt, wir können machen, was wir wollen.«

»Hört, hört!«, warf Betty ein.

Michael sah Julie an. »Julie Marshall, heute, an diesem unserem fünfunddreißigsten Hochzeitstag, gelobe ich, dich zu lieben, zu achten und mindestens einmal in der Woche in deinen Blumenladen zu kommen. Ich gelobe, dir immer zuzuhören, und ich gelobe, dich für alle Zeit in meinem Herzen zu tragen, weil ich nicht sicher bin, ob es ohne dich darin überhaupt imstande wäre weiterzuschlagen.«

»Oh, das ist so süß!«, seufzte Sophie gerührt, woraufhin Adam rief: »Sophie weint ja!«

»Das kommt bloß von dem Baby«, sagte sie und wischte sich hastig über die Augen. »Die Hormone.«

»Stimmt«, pflichtete Julie ihr bei. Sie sah nacheinander alle an. »Kinder sind wirklich ein Geschenk.«

»Vor allem, wenn sie so wundervoll geraten sind wie wir«, ergänzte Adam schnell.

»Vor allem dann, ja. Aber manchmal machen sie einem das Leben auch ganz schön schwer.«

»Autsch!«

»Sorry, Leute«, warf Michael ein, »aber eure Mutter hat recht. Obwohl auch wir beide uns das Leben ganz schön schwergemacht haben.«

Sie sahen sich an und küssten sich erneut.

»Aber damit ist jetzt Schluss«, sagte Julie mit Bestimmtheit. »Okay, hat jeder ein Glas?«

»Jawohl!«, kam die einhellige Antwort.

»Und diesmal alle mit richtigem Schampus«, fügte Briony hinzu. »Dieses So-tun-als-ob, als wir auf Sophies Baby angestoßen haben, war doch Quatsch.«

»Sehr gut. Also dann …«

»Halt!«, rief Sophie. »Erst müsst ihr den Kuchen anschneiden.«

»Was denn für einen Kuchen?«

Sophie schwenkte ihre Handykamera auf einen mit Blumen verzierten Kuchen, auf dem ein Motorrad aus Marzipan thronte.

»O Sophie, der ist ja wunderschön!«

»Leo hat ihn gebacken«, gestand sie. »Ein Möhrenkuchen.«

»Versteht sich von selbst.«

»Mit Bacon-Füllung«, sagte Leo lachend und stieß seine Frau zärtlich an. Sie zahlte es ihm mit gleicher Münze heim.

»Na los, schneidet ihn virtuell an«, sagte Sophie dann in die Kamera und streckte ihnen ein Messer mit dem Griff voraus hin.

Julie und Michael taten so, als würden sie gemeinsam danach greifen.

»Und jetzt wünscht euch was«, forderte Leo sie auf.

Julie und Michael sahen sich an.

»Griechenland?«, fragte sie.

Er nickte. »Griechenland!«

Dann senkten sie ihre aufeinandergelegten Hände, als führten sie das Messer, während Sophie für sie den Kuchen anschnitt.

»Lasst uns darauf anstoßen.«

»Halt!« Diesmal war es Adam, der alle stoppte. Er hielt eine Gitarre in den Händen. »Ich möchte vorher noch ein Lied für euch singen.«

»O nein, bitte nicht, Adam«, flehte Sophie.

Adam grinste. »Ich singe ja nicht allein. Es ist ein Duett. Bri?«

Gemeinsam gaben sie eine fast perfekte Version von *All You Need is Love* zum Besten.

Julie weinte, und Michael schien was im Auge zu haben.

»Dafür habt ihr bestimmt eine Ewigkeit geübt.«

»Gar nicht, Mum. Wir sind einfach talentiert.«

»Muss an den Genen liegen.«

»Garantiert. Und jetzt lasst uns endlich anstoßen!«

Alle erhoben ihre mit perlendem Sekt gefüllten Gläser.

»Alles Gute zum Hochzeitstag!«, riefen ihre Kinder im Chor. »Zum fünfunddreißigsten!«

»Der bisher beste«, sagte Michael.

»Der bisher beste«, bekräftigte Julie.

Da die Zoom-Party doch nur ein Ersatz für eine richtige war, schloss sich schon bald wieder ein kleiner Bildausschnitt nach dem anderen, und der Bildschirm wurde dunkel. Die Familie befand sich wieder im Lockdown.

»Ich kann es kaum erwarten, alle persönlich wiederzusehen«, sagte Julie.

»Geht mir genauso.« Michael zog sie fester an sich. »Aber für den Augenblick sind es halt nur wir beide – und so schlecht ist das nun auch wieder nicht, oder?«

»Du hast vollkommen recht.« Julie küsste ihn. »Für den Augenblick ist das sogar absolut perfekt.«

# Dank

COVID-19 hat unser aller Leben auf den Kopf gestellt, und ich werde für immer dankbar dafür sein, dass wenigstens etwas Gutes für mich dabei herausgekommen ist – nämlich dieser Roman. Ohne den Horror des Virus, die Schrecken des Lockdowns und der Konsequenzen für uns alle herunterspielen zu wollen, hat diese Zeit unserer Gesellschaft auch Positives in Form von menschlicher Wärme, Geduld und Fürsorge gebracht und vielleicht, wie im Fall von Julie und Michael, auch eine gewisse heilende Wirkung gehabt. Wir leben in einer so schnelllebigen Zeit, dass es dem einen oder anderen sicher gutgetan hat, mal einen Gang herunterzuschalten und nachzudenken. Ich hoffe, dass *Nur wir beide* diesen positiven Aspekt beleuchtet.

Jeder Roman ist das Ergebnis eines Teams, und dieser hier wahrscheinlich noch mehr als die meisten, daher möchte ich mich ganz herzlich bei Hannah Wann für ihr einfühlsames und unglaublich schnelles Lektorat bedanken. Wir haben die Geschichte von Julie und Michael in sechs Wochen geschrieben und daran herumgefeilt; es war ein intensives und aufregendes Projekt, das mir ohne ihre Hilfe niemals gelungen wäre. Einen Riesendank auch an Anna Boatman, die uns dabei unterstützt hat, und Jess

Gulliver, die für die Öffentlichkeitsarbeit zuständig ist. Das Team von Piatkus strotzt nur so vor Begeisterung, Energie und Engagement für seine Arbeit, und es ist mir eine Ehre, dazugehören zu dürfen.

Wie immer geht ein großes Dankeschön an meine Familie für ihre rückhaltlose Unterstützung. Dieses Mal allerdings möchte ich mich ganz besonders bei meinen Kindern bedanken, die nicht nur das Kochen, sondern auch den Hausputz übernahmen, damit ich mehr Zeit fürs Schreiben hatte – dank ihnen habe ich besser denn je geschrieben! Rory, Hannah und Alec, ich danke euch. Stuart, mein wundervoller Ehemann, hat mir wie üblich hilfreich zur Seite gestanden und hatte stets ein offenes Ohr, einen klugen Gedanken und einen kleinen Whisky parat. Bei meinem Dad und meiner Schwester bedanke ich mich, weil sie mir als flotte Testleser ungeheuer geholfen haben.

Dieser Roman ist den Hunters gewidmet – Sarah-Jane, Paul, Ella und Joe. Wir haben diese tolle Familie 2008 bei einem Campingurlaub kennengelernt, als unsere etwa gleichaltrigen Töchter im Kinderclub aneinandergerieten. Zum Glück wurden die Mädchen bald darauf beste Freundinnen, und ihre Familien freundeten sich ebenfalls an. Seitdem haben wir viele fröhliche Ferien unterm Zeltdach miteinander verbracht. Darauf, dass noch viele folgen mögen, wenn wir alle wieder rausdürfen!

Es wäre nicht richtig, dieses auf dem Lockdown basierende Buch ohne ein riesengroßes Dankeschön an all die Männer und Frauen enden zu lassen, die den Laden unter extrem schwierigen Bedingungen am Laufen gehalten haben, während die Welt weitgehend zum Stillstand kam: Ärzte und Pflegepersonal in Kliniken, Alters- und Pflegeheimen, Wissenschaftler, Fahrer von Lieferdiensten, Postzusteller, die Leute von der Müllabfuhr und die Rettungsdienste. Die Liste ließe sich beliebig lang fortsetzen, und ich entschuldige mich bei allen, die ich nicht erwähnt habe, aber ich bin allen unendlich dankbar. Sicher am Schreibtisch zu sitzen und ein Buch zu schreiben ist nahezu unbedeutend verglichen mit dem, was ihr geleistet habt.

Ein letztes Dankeschön an meine unermüdliche Agentin Kate Shaw und natürlich an alle meine Leser. Ich vermag mir kaum vorzustellen, wie jemand das Chaos und die psychisch so anstrengende Zeit des Lockdowns – oder das Leben im Allgemeinen – überstehen kann, ohne Trost und Zuflucht in der Fiktion zu suchen. Ich bin jedem dankbar, der ein bisschen Zeit in der Welt von *Nur wir beide* verbringt. Kontaktieren Sie mich bitte via @jowilde author auf Twitter oder Facebook. Ich freue mich sehr, von Ihnen zu hören.